Ruth L. Ozeki
Beef

SERIE PIPER

Zu diesem Buch

Jane Takagi-Little, Tochter eines Amerikaners und einer Japanerin, erhält die Chance ihres Lebens: die Leitung einer TV-Serie im Auftrag des Fleischkonzerns Beef-Ex, die den Absatz von amerikanischem Rindfleisch in Japan erhöhen soll. Ein Jahr lang reist sie durch Amerika und filmt vorbildliche Hausfrauen bei der Rindfleischzubereitung. Im fernen Japan verfolgt gleichzeitig die unglückliche Akiko auf Wunsch ihres Mannes die Fernsehserie. Er hofft, daß amerikanisches Rindfleisch Akikos Fruchtbarkeit endlich wieder herstellt. Doch Janes Fleischfilme werden zum Entsetzen der Auftraggeber immer subversiver, schließlich deckt sie sogar noch einen Hormonskandal auf. Und Jane gelingt es außerdem, das Leben von Akiko nachhaltig zu beeinflussen – allerdings ganz und gar nicht im Sinne ihres Mannes! Ruth L. Ozeki ist ein hintergründiges Lifestyle-Porträt gelungen – provozierend, satirisch und oft umwerfend komisch.

Ruth L. Ozeki, 1956 als Tochter einer Japanerin und eines Amerikaners geboren, wuchs in New Haven auf. Sie studierte englische und japanische Literatur in Amerika und Japan und war danach als Filmemacherin tätig. Sie lebt in New York und in British Columbia.

Ruth L. Ozeki
Beef

Roman

Aus dem Amerikanischen von
Ursula Wulfekamp

Piper München Zürich

Anmerkung der Autorin:
Dieses Buch ist ein Roman und damit fiktiv. Jeder Verweis auf wirkliche Ereignisse, existierende Personen – ob lebend oder tot – und auf tatsächliche Örtlichkeiten sollen der Handlung lediglich eine realistische, authentische Atmosphäre verleihen. Andere Namen, Figuren, Orte und Ereignisse sind das Produkt meiner Phantasie, und jedwede Ähnlichkeit mit tatsächlich Existierenden ist rein zufällig.

Ungekürzte Taschenbuchausgabe
Piper Verlag GmbH, München
April 2000

Titel der amerikanischen Originalausgabe:
»My Year of Meats«, Viking, New York 1998

Umschlag: Büro Hamburg
Stefanie Oberbeck, Katrin Hoffmann
Foto Umschlagvorderseite: Thomas Schmidt
Foto Umschlagrückseite: Marion Ettlinger
Druck und Bindung: Clausen & Bosse, Leck
Printed in Germany ISBN 3-492-23002-4

Für Oliver,
der richtungweisend Halt gab

DIE MONATE DES JAHRES

Als Ihre Majestät eines Tages von Fürst Korechika, dem Innenminister, einen Stoß Papiere bekam, fragte sie mich, was man darauf schreiben solle. Als ich ihr sagte, daß ich ein «Kopfkissenbuch» daraus machen möchte, entgegnete Ihre Majestät: «So nimm sie», und gab sie mir.

Ich nahm die unendlich große Papiermenge in Empfang, und als ich meine Absicht wahrmachen wollte, die einzelnen Bogen mit allerlei Bemerkungen vollzuschreiben, kam mir sehr viel Merkwürdiges in den Sinn. Sehr oft ließ ich dem Pinsel freien Lauf, und ohne genauer zu überlegen, folgte ich nur meiner inneren Eingebung. So habe ich denn im großen und ganzen über all das berichtet, was mir in der Welt seltsam vorkam; ich habe auch auf Schwächen der Menschen hingewiesen und von Gedichten, Bäumen, Gräsern, Vögeln und Insekten gesprochen. Ich dachte, die Leute werden sagen: «Es ist noch schlechter, als wir erwarteten; ihr geringes Talent zeigt sich da deutlich.» Ich habe in meinem Buch zu Scherz und Spiel nur kunterbunt aufgeschrieben, was in meinem Herzen von ungefähr auftauchte...

Wie aus diesen Aufzeichnungen hervorgeht, gehöre ich der Art Mensch an, die das, was die anderen verabscheuen, gut nennt, und was sie preisen, nenne ich schlecht.

Das Kopfkissenbuch
der Hofdame Sei Shonagon, ca. 1000 n. Chr.

Die Heimat der weißen Rasse in der Alten Welt liegt zwischen den Ländern der schwarzen und der gelben Menschen... In der Neuen Welt hat sich die weiße Rasse fast überall niedergelassen.

Man glaubt, daß vor langer Zeit irgendwo in Zentralasien eine Rasse weißer Menschen lebte, die heute als Arier bekannt sind. Als diese Rasse zahlenmäßig immer größer wurde, wanderten große Gruppen auf der Suche nach einer neuen Heimat aus, um Weiden für ihre Rinder zu finden.

Fryes *Grammar School Geography*, 1895–1902

Prolog

Die amerikanische Hausfrau sitzt mit untergezogenen Beinen auf dem Boden vor dem Kamin. Der flackernde Schein eines elektrischen Holzscheits tanzt auf ihrem großflächigen, verschwitzten Gesicht. Ihre Zehen spielen nervös in einem nagelneuen rosafarbenen Flokatiteppich vom Wal-Mart. Auf einen Arm gestützt, hat sie sich vorgebeugt und hält völlig still. Ihre Lippen sind gespitzt. Ihr Mann sitzt ihr gegenüber, der Mund angespannt, bereit, wenige Zentimeter von ihr entfernt. Sie warten.

«*Takagi!*»

«*Hai!*»

«*Chotto*... könnten Sie der Frau bitte sagen, sie soll nicht so starren! Das sieht gespenstisch aus. Überhaupt nicht romantisch.»

«*Hai*... Verzeihung, Mrs. Flowers?»

Ohne den Kopf zu drehen, sieht die amerikanische Hausfrau mich aus den Augenwinkeln an.

«Der Regisseur, Herr Oda, fragt, ob Sie in dieser Szene vielleicht die Augen schließen könnten? Wenn Ihr Mann Sie küßt?»

«O.k.», murmelt Suzie Flowers. Ihr Kiefer bewegt sich nicht, aber sie kann nicht verhindern, daß sie leicht mit dem Kopf nickt.

Der Kameramann, das Auge fest gegen den Sucher gepreßt, stöhnt entnervt.

«*Takagi, sagen Sie ihr, sie soll sich nicht BEWEGEN!*» knurrt er.

«Es tut mir leid, Mrs. Flowers, ich muß Sie noch einmal bitten, den Kopf nicht zu bewegen...»

«*Muri desu yo*», sagt der Kameramann zu Oda. «*Es geht nicht. Wir können nicht näher ranfahren. Ihr Gesicht glänzt und ist ganz fleckig. Sie sieht häßlich aus.*»

«Takagi!»

«Hai!»

«Fragen Sie sie, ob sie Make-up hat, um die häßliche Haut abzudecken!»

«Äh... Mrs. Flowers? Mr. Oda fragt, ob Sie vielleicht Make-up, eine Grundierung haben? Wir haben ein kleines Problem mit der Kamera, und da ist diese eine Stelle... nur für die Nahaufnahme.»

«Soll ich es holen?» fragt Suzie, das Kinn starr.

«Sie hat Make-up. Soll sie es holen?»

«Baka – seien Sie nicht so dumm. Ich will nicht, daß sie sich rührt. Fragen Sie sie, wo es ist, und holen Sie es!»

«Äh, Mrs. Flowers? Könnten Sie mir vielleicht sagen, wo es ist? Damit ich es für Sie holen kann?»

Suzie nickt. «Im Schlafzimmer», sagt sie durch die Zähne. «Auf der Kommode. Die neben dem Spiegel an der Wand, links von...»

«Sie bewegt sich!» stöhnt der Kameramann und setzt sich verärgert auf.

«Vergessen Sie's!» bellt Oda mich an. Zum Kameramann sagt er: *«Es tut mir leid, Suzuki-san. Hören Sie, fahren Sie einfach nicht so nah ran. Dann laufen wir.»*

«...ganz oben, rechte Schublade, unter...»

«Hmm, Mrs. Flowers, es ist in Ordnung. Wir drehen einfach so...»

«Kamera ab...» Oda versetzt mir einen Klaps auf den Rücken.

«Action», zische ich.

Suzie kneift die Augen zusammen. Wie ein Projektil, das von einem Katapult losgeschleudert wird, schießt Fred Flowers Kopf zum Kuß nach vorn – viel zu schnell. Seine Zähne landen in der Oberlippe seiner Frau. Sie reißt die Augen auf.

«Au!» schreit sie.

«ABBRECHEN!» ruft Oda.

«Kassettenwechsel», sagt der Videotechniker.

Kopfschüttelnd geht Oda davon.

«Ich glaube, meine Lippe blutet», jammert Suzie.

«Das ist doch blöd», murrt Fred.

«Also gut», beruhige ich sie. «Warum machen wir nicht alle eine kleine Pause, bis der Kameramann die Kassette gewechselt hat?»

«Was soll das überhaupt?» fragt Fred, steht auf und streckt die Beine. «Ist das der Anfang? Soll die Sendung damit anfangen?»

«Nein, Schätzchen», erklärt Suzie. «Weißt du nicht mehr? Das ist die allerletzte Szene.»

«Wenn's am Ende kommt, warum wird's dann am Anfang gedreht?»

«Tja, Fred», erläutere ich geduldig. «Beim Fernsehen muß man manchmal mit dem Ende anfangen.»

«*Takagi!*»

«*Hai!*» antworte ich und bedeute den Flowers, wieder ihre Plätze auf dem Teppich einzunehmen.

«*Setzen Sie sie wieder richtig hin. Wir sind soweit.*»

1. Der Monat des Sprießens

SHONAGON

Erfreuliches

Jemand hat einen Brief zerrissen und weggeworfen. Man hebt die Schnipsel auf und stellt fest, daß man viele von ihnen wieder zusammensetzen kann.

JANE

Fleisch ist Trumpf

Diesen Satz schrieb ich vor gut einem Jahr, hier in meiner Wohnung im New Yorker East Village, mitten im schlimmsten Schneesturm des Jahres oder möglicherweise auch des Jahrhunderts – im Fernsehen muß alles immer das Schlimmste, Größte oder Beste sein, und nach einiger Zeit achtet man nicht mehr darauf. Vor allem nicht in dem Jahr. Es war Januar 1991, der erste Monat im ersten Jahr des letzten Jahrzehnts in diesem Jahrtausend. Präsident Bush hatte gerade die Operation Wüstensturm eingeleitet, die schwersten Luftangriffe und Landoffensiven seit dem Zweiten Weltkrieg. Der Boiler im Haus war kaputt, es war eiskalt in meiner Wohnung, und ich konnte mich bei meinem Vermieter nicht beschweren, weil ich die Miete nicht bezahlt hatte. Ich hatte mich gerade auf vegetarische Kost bestehend aus Kohl und Reis gesetzt, weil ich keinen Job hatte. Von der politischen Lage und dem Wetter einmal abgesehen, war alles wunderbar. Schließlich hatte ich mir bewußt das Image der hungernden Künstlerin zugelegt: Ich wollte Dokumentarfilme machen, aber wie sollte man in einem solchen Klima schon Arbeit finden?

Als morgens um zwei das Telefon klingelte, ging ich gar nicht ran. Ein Jobangebot konnte es um die Zeit kaum sein, und ich war gerade ins Bett gegangen, lag stocksteif zwischen der eisigen Bettwäsche und versuchte, mich lange genug zu entspannen, um einschlafen zu können. Ich wollte mich von der Körperwärme, die ich schon ins Auftauen der Decken investiert hatte, nicht trennen, also ließ ich den Anrufbeantworter in Aktion treten – dafür hat man ihn ja schließlich. Doch dann erkannte ich die Stimme. Es war Kato, mein früherer Chef bei der Fernsehproduktionsfirma in Tokio, wo ich meinen ersten Job hatte – englische Soundbites in griffige japanische Untertitel zu übersetzen. Er sagte, er hätte eine neue Sendung übernommen und würde meine Hilfe brauchen. Ich sprang aus dem Bett und stürzte ans Telefon. Nach einem kurzen Gespräch legten wir wieder auf. Ich wickelte mich in Decken, setzte mich an die Tastatur meines Computers, hauchte mir auf die Finger, damit sie warm wurden, und schrieb folgendes:

> *My American Wife!*
>
> Fleisch ist Trumpf. Den Höhepunkt einer jeden wöchentlichen dreißigminütigen Sendung von *My American Wife!* muß eine bestimmte Fleischsorte und ihr Verzehr bilden. Das Fleisch (und nicht die Frau) ist der Star der Show. Aber natürlich ist die «Hausfrau der Woche» auch wichtig. Sie muß attraktiv sein, appetitanregend und durch und durch amerikanisch. Sie ist die Verkörperung des Fleisches: üppig, kraftvoll, aber nie zäh oder schwer verdaulich. Durch sie wird den japanischen Hausfrauen Gemütlichkeit, Behaglichkeit, Wohlbefinden vermittelt – die traditionellen Familienwerte, die rotes Fleisch in der Weite Amerikas symbolisiert.

Ich lehnte mich zurück und las die Zeilen zufrieden durch. Es war ein Exposé für Katos neue Sendung, eine mehr oder weniger getreue Übersetzung des japanischen Textes, den er mir übers Telefon diktiert hatte – na ja, vielleicht eher weniger getreu, vielleicht sogar etwas übertrieben. Aber er gefiel mir. Damit würde ich den Job landen. Ich faxte den Brief nach Tokio und kroch wieder ins Bett. Während ich zitternd dalag und mir die neue Sendung durch den Kopf gehen ließ, konnte ich nicht ahnen, daß das, was ich gerade geschrieben hatte, wohl zu der lukrativsten Prosa gehörte, die ich je verfaßt hatte – ich würde damit den Job bekommen und mehr als ein Jahr in Lohn und Fleisch stehen.

Mein Jahr mit Fleisch. Es veränderte mein ganzes Leben. Kennen Sie das? Wenn Ihre Welt so durcheinandergebracht wird, daß hinterher nichts mehr so ist, wie es früher war?

Ich heiße Jane Takagi-Little. Little war mein Vater, ein Little aus Quam, Minnesota. Takagi ist der Name meiner Mutter. Sie ist Japanerin. Doppelnamen mögen in manchen Fällen die moderne Antwort auf patriarchalische Gesetze bei der Namensgebung sein, aber nicht bei mir. Bei mir ist der Bindestrich das Ergebnis reinen Aberglaubens. Während meiner Taufe befiel meine Mutter bei dem Gedanken, ihre Tochter müsse ihr ganzes Leben mit dem bedeutungslosen Nachnamen Little verbringen, das Grauen aller Asiaten ob einer solchen Vorstellung, und so bestand sie in letzter Minute darauf, daß der ihre vorangestellt wurde. Takagi ist ein großer Name, und zwar buchstäblich: Er setzt sich aus den Schriftzeichen für «groß» und «Baum» zusammen. Ma dachte, das Format und die Bedeutung ihrer hehren Vorfahren würden das «Little» von Dad wettmachen. Über solche Dinge haben sich die beiden ständig gestritten.

«Es bedeutet doch nichts», sagte Dad immer, «es ist nur ein *Name*!», woraufhin Ma entsetzt aufschrie. «Wie du kannst sagen *‹nur ein Name›*? Name ist allererstes. Name ist Gesicht, das man zeigt der Welt.»

Auf «Jane» verfielen sie aus schierer Verzweiflung – sie hätten sich nie auf einen interessanten Kompromiß einigen können.

Trotz seines Namens war mein Vater ein großgewachsener Mann, und ich selbst bin knapp unter einsachtzig. In Japan gelte ich deswegen als Mißgeburt. Nachdem ich eine Zeitlang dort gelebt hatte, gab ich es auf, mich anpassen zu wollen. Ich ließ mir die Haare kurz schneiden, färbte mir grüne Strähnen und verwendete die japanische Männersprache. Das gefiel mir. Multisexuell, multiethnisch, pervers, so überragte ich die einheitlichen Köpfe der glatthaarigen Pendler in der Tokioter U-Bahn. Ironischerweise erlebte ich den eigentlichen Kulturschock erst, als ich von Japan nach New York zog, ins East Village. Plötzlich sahen alle schräg aus, genau wie ich.

Durch meine ethnische «Zweiteilung» – weder hier noch dort – war ich prädestiniert für eine Nische im Fernsehgewerbe. Kato engagierte mich als Koordinatorin für *My American Wife!*, die Fernsehserie, die «das Herz Amerikas ins japanische Heim» bringen sollte. Eigentlich hatte ich mir in den Kopf gesetzt, Dokumentarfilme zu machen, aber offenbar war ich nützlicher als Vermittlerin, als kulturelle Zuhälterin, die die gewaltige Illusion «Amerika» an die gedrängt lebende Bevölkerung eines Archipels im Pazifik verkaufte.

Als Koordinatorin gehörte ich zu einem Produktionsteam, das zweiundfünfzig dreißigminütige Sendungen von *My American Wife!* für die Marketingfirma Beef Export and Trade Service drehte, kurz BEEF-EX. Ihrem Namen zum Trotz war BEEF-EX eine landesweite Lobby-Organisation, die jede Art von amerikanischem Fleisch vertrat – Rind, Schwein, Lamm, Ziege, Pferd –, ebenso wie Fleischproduzenten, -verarbeiter, -lieferanten, -exporteure, Getreidevermarkter, pharmazeutische Firmen und andere der Agrarindustrie angegliederte Unternehmen. Sie richteten ihr Augenmerk kollektiv auf Asien. BEEF-EX war der alleinige Sponsor unserer Sendung, und der Auftrag war eindeutig: «Bei japanischen Hausfrauen das richtige Verständnis für den gesundheitlichen Wert, die Bekömmlichkeit und den Gehalt von amerikanischem Fleisch zu wecken.»

Und so gingen wir vor: *My American Wife!* war eine Reportage à la «Ein Tag im Leben von ...». Die Idee war, in jeder Sendung eine Hausfrau vorzustellen, die gut kochen konnte. In Katos Worten lautete meine Jobbeschreibung etwa folgendermaßen:

«Sie müssen fangen gesunde amerikanische Frauen mit köstliche Fleisch.»

Sein Englisch war grauenhaft, aber ich wußte, was er meinte: Mit meinem großen Netz bewaffnet, ging ich zwischen den Kühlregalen großer Supermärkte quer durch Amerika auf die Pirsch und beobachtete nichtsahnende amerikanische Hausfrauen, wie sie den Finger in plastikverpackte Lendensteaks bohrten.

Exotische Reisen, Glamour, Aufregung – das war's nicht. Aber im Verlauf eines einzigen Jahres bereiste ich jeden einzelnen der fünfzig Staaten der USA und drehte in Orten, deren gesamte Bevölkerung in einen Isuzu-Pick-up gepaßt hätte – Orte, die sich kaum von meiner Heimatstadt Quam, Minnesota, unterschieden. Ich kannte mich aus.

Meine ganze Vergangenheit lebte wieder in mir auf, als wir im Saal eines Veteranenvereins in Bald Knob, Arkansas, bei einem Pfannkuchen-Frühstück saßen.

Das war bei einem unserer ersten Drehtermine. Ich hatte mein japanisches Team am Flughafen abgeholt. Als ich ankam, spielte eine Blaskapelle, und die Ticketschalter waren mit Wimpeln voll glitzernder Sternchen und kräftiger Streifen geschmückt. Gelbe Schleifen prangten in der Abflughalle, und Ballons schwebten wie ätherische Planeten über der wolkengleichen Lockenpracht blonder Mädchen, die in Pastelltönen gekleidet gekommen waren, um Abschied zu nehmen.

Im Mittelpunkt all dieses festlichen Trubels standen Rekruten, die noch grün hinter den Ohren waren; sie hatten alle einen frischen Bürstenhaarschnitt und knallrote Ohren und trugen die noch ungewohnte helle Wüsten-Camouflage. Babys wurden ihnen an die frischrasierten Wangen gedrückt. Mütterbrüste wogten wie auslaufbereite Schlachtschiffe, während die Finger der Soldaten üppige, von steingewaschenem Denim verhüllte Oberschenkel tätschelten. Viele Tränen wurden vergossen.

Mein japanisches Team war geschockt. Nach einem zwanzigstündigen Flug von Tokio, an Jetlag leidend und benommen, gerieten sie mitten in die fieberhafte Golfkriegs-Begeisterung. Im heutigen Japan ist Militarismus vergleichbar mit sexueller Abartigkeit – wenn man auf der Straße jemandem begegnet, der sie praktiziert, schaut man weg.

Und dann, nach den Dreharbeiten bei dem Pfannkuchen-Frühstück, während wir mit Tabletts voller Pfannkuchen und amerikanischem Speck in der Schlange standen, schoß sich ein rotgesichtiger Veteran des Zweiten Weltkriegs auf mich und das Team ein.

«Wo kommt ihr denn überhaupt her?» fragte er und musterte mich aus zusammengekniffenen blauen Augen.

«Aus New York», antwortete ich.

Er schüttelte finster den Kopf und fuchtelte mir drohend mit dem Finger vor der Nase herum. «Nein. Ich meine, wo sind Sie geboren?»

«In Quam, Minnesota.»

«Nein, nein ... *Was* sind Sie?» Er greinte beinahe vor Frustration.

Und ich erwiderte leise, aber mit vor albernem Stolz zitternder Stimme: «ICH – BIN – *AMERIKANERIN* – VERDAMMT – NOCH – MAL!»

Memo

AN: AMERIKANISCHES RECHERCHETEAM
VON: Büro Tokio
DATUM: 5. Januar 1991
BETR.: *My American Wife!*

Wir im Büro Tokio wünschen Sie alle gehabt schöne Feiertage. Jetzt ist Neujahr, und Wetter ist frigid, aber wir bitten Sie für hart Arbeit für unser aufregendes *My American Wife!*. Wir wollen mit neu Sendung voranmachen!

Hier ist Liste von WICHTIG DINGE FÜR *My American Wife!*

WÜNSCHENSWERT DINGE:

1. Attraktivität, Gesundheit, warm Persönlichkeit
2. Köstliche Fleischrezept (WICHTIG: Schwein und andere Fleisch ist zweitklassig; bitte Motto nicht vergessen: «Schwein kann sein, aber Rind bringt's!»)
3. Attraktiver, fügsamer Gatte
4. Attraktive, gehorsame Kinder
5. Attraktive, gesunde Lebensweise
6. Attraktive, saubere Haus
7. Attraktive Freunde und Nachbarn
8. Aufregende Hobbys

NICHT WÜNSCHENSWERT DINGE:

1. Körperliche Makel
2. Fettsucht
3. Dreck
4. Zweitklassige Menschen

*** AM WICHTIGSTEN SIND WERTE, DIE SIND RICHTIG AMERIKANISCH!

Memo

AN: RECHERCHETEAM
VON: JANE TAKAGI-LITTLE
DATUM: 6. JANUAR
BETR.: *My American Wife!*

Nur ein kurzer Brief zu dem Memo aus Tokio. Ich habe mit Kato gesprochen, dem leitenden Produzenten der Serie, und ihm gesagt, daß einige der darin enthaltenen Punkte den amerikanischen Mitarbeitern Schwierigkeiten bereiten. Er war sehr besorgt und bat mich, Ihnen folgendes mitzuteilen:

BETR. AMERIKANISCHE EHEMÄNNER – Japanische Marktforschungen haben ergeben, daß sich japanische Frauen von ihren Ehemännern oft vernachlässigt fühlen und sich von Eigenschaften wie Freundlichkeit, Großzügigkeit und Liebenswürdigkeit, die ihrer Ansicht nach typisch für amerikanische Männer sind, angesprochen fühlen. Das heißt, unsere Hausfrauen sollten gepflegt aussehende, gesunde Ehemänner haben, die ihnen beim Kochen, Abwaschen, im Haushalt und mit den Kindern helfen. Die für die Werbekampagne für BEEF-EX verantwortliche Agentur setzt sich zum Ziel, ein neues Image zu kreieren: *Eine Hausfrau, die Fleisch auf den Tisch bringt, hat einen freundlichen, sanftmütigen Mann.*

BETR. HERKUNFT – Der Verweis auf «zweitklassige Menschen» bezieht sich *nicht* auf ethnische oder soziale Herkunft. Kato möchte nicht, daß Sie glauben, Japaner seien rassistisch. Allerdings geht aus Marktforschungen hervor, daß die durchschnittliche japanische Hausfrau weiße Amerikanerinnen aus der Mittel- und oberen Mittelschicht mit zwei bis drei Kindern für exotisch hält, eine solche Familie ihr aber gleichzeitig auch vertraut ist. Die Agentur hat uns gebeten, uns in den ersten zwei bis drei Sendungen auf Hausfrauen zu beschränken, die diesen demographischen Kriterien entsprechen, damit die Serie gut anläuft.

BETR. AMERIKANISCHE WERTE – Unsere ideale amerikanische Hausfrau muß genügend Gemeinsamkeiten mit der durchschnittlichen japanischen Hausfrau aufweisen, um weder bedrohlich noch unbedeutend zu erscheinen. Die amerikanische Hausfrau der neunziger Jahre soll ein modernes Vorbild liefern, ebenso wie ihre Mutter den Japanerinnen nach dem Zweiten Weltkrieg ein Rollenmodell war. Allerdings ist heute ein brandneuer Kühlschrank oder ein automatischer Dosenöffner kein «Muß» mehr. Durch das japanische «Wirtschaftswunder» der letzten Jahre sind japanische Hausfrauen mit diesen Dingen weit mehr vertraut als amerikanische. Nach Vorgabe der Agentur sollen wir dieses veraltete Konsumverhalten durch zeitgemäße, gesunde und ansprechende Werte ersetzen, die nicht mit elektrischen, der Arbeitserleichterung dienenden Haushaltsgeräten gleichgesetzt werden, sondern mit gutem, nahrhaftem Essen für die ganze Familie. Und das bedeutet Fleisch.

Fleisch ist erst seit relativ kurzer Zeit in der japanischen Küche bekannt. In der Heianzeit vom achten bis elften Jahrhundert galt der Verzehr von Fleisch zweifellos als unfein und aufgrund des buddhistischen Einflusses vermutlich sogar als unsauber. Wir wissen ziemlich viel über das damalige Leben in Japan – zumindest über das Leben am Hof und in den höheren Schichten –, und zwar dank der großartigen Dokumentaristinnen dieses Jahrtausends wie zum Beispiel Sei Shonagon. Sie schrieb ein *Kopfkissenbuch*, das detaillierte Aufzeichnungen über ihr Leben und ihre Liebhaber sowie hundertvierundsechzig Listen von Dingen umfaßt:

Was vornehm ist
Ernüchterndes
Was gut ist, wenn es groß ist
Was gewinnt, wenn man es malt
Was Herzklopfen verursacht
Dinge, die sich nicht vergleichen lassen

Murasaki Shikibu, die «Die Geschichte vom Prinzen Genji» verfaßte, schrieb in ihr Tagebuch über Shonagon:

> Sei Shonagon strahlt eine außerordentliche Selbstzufriedenheit aus. Doch wenn wir die chinesischen Schriften, die sie in ihrer anmaßenden Art verbreitet, näher betrachten, entdecken wir zahllose Unvollkommenheiten. Jemand, der sich derart bemüht, sich von anderen abzuheben, muß in der Achtung seiner Mitmenschen fallen, und ich bin überzeugt, daß ihr eine harte Zukunft bevorsteht.

Shikibu verachtete die «chinesischen Schriften» Shonagons, wie sie sie nannte, und der Grund dafür ist folgender: Bis zum sechsten Jahrhundert, als die chinesischen Schriftzeichen entlehnt wurden, gab es in Japan überhaupt keine Schrift. In Shonagons Zeit war der Gebrauch dieser Zeichen Männern vorbehalten – hehren Dichtern und Gelehrten. Verfasserinnen von Tagebüchern wie Shikibu und Shonagon mußten ein von diesen Zeichen abgeleitetes, vereinfachtes Alphabet verwenden, das als weich und weiblich galt. Aber Shonagon hielt sich nicht an dieses Gebot, sondern schrieb gelegentlich in chinesischen Zeichen. Sie dilettierte mit der Männersprache.

Murasaki mochte sie vielleicht nicht sonderlich, aber ich bewundere Shonagon, die Listen erstellte und anmaßende chinesische Schriften hinterließ. Sie machte mir Mut, Dokumentaristin zu werden, die japanische Männersprache zu sprechen und anders zu sein. Wegen ihr arbeite ich für das Fernsehen. Mir gefiel die Vorstellung, daß irgendeine junge Japanerin – jetzt oder vielleicht auch erst in tausend Jahren – meine Sendungen sah, sich angesprochen fühlte und etwas über das wirkliche Amerika erfuhr. Wie ich, während meines Jahres mit Fleisch.

Ich lernte sehr viel – zum Beispiel, daß es bei uns gar keine Kühe gab, bis die Spanier sie zusammen mit Cowboys einführten. Sogar die Präriehexe, ein weiteres Symbol des amerikanischen Westens, ist im Grund eine exotische Pflanze, die ursprünglich nicht in Amerika heimisch war, sondern auf den weiten Steppen Osteuropas. Weltweit wandern endemische Arten ab oder sterben aus, und im nächsten Jahrtausend wird die Vorstellung einer einheimischen Person, Pflanze oder Kultur überholt sein. Während meines Jahrs mit Fleisch machte ich Dokumentationen über ein exotisches, dem Untergang geweihtes Amerika, die auf der anderen Seite der Weltkugel konsumiert werden sollten.

Mit meiner Zweiteilung bin ich der Beweis dafür, daß auch Ethnien im Begriff sind, zum Relikt zu werden. Irgendwann einmal werden wir alle mehr oder minder braun sein. Manchmal, an guten Tagen, komme ich mir vor wie eine Novität, ein Prototyp. In grauer Vorzeit blieben die Vorfahren meines Vaters hinter den Alpen stekken, die meiner Mutter östlich des Urals. Und jetzt liegt es an mir, diese wunderbare, ständig schrumpfende Welt zu verbinden.

2.

Der Monat der gefütterten Kleider

SHONAGON

Wenn ich mir vorstelle

Wenn ich mir vorstelle, wie es wäre, eine jener Frauen zu sein, die ein redliches Leben führen, mit dem ehelichen Scheinglück zufrieden sind und auch von der Zukunft keine besonderen Freuden zu erwarten scheinen, empfinde ich nichts als Geringschätzung.

AKIKO

2 kg	amerikanisches Rindfleisch (Rumpsteak)
1 Dose	Campbells Champignoncremesuppe
1 Tüte	Liptons Zwiebelsuppe
1,5 l	Coca-Cola (bitte *kein* Pepsi!)

«Rumpu-Steako», wiederholte Akiko leise. «Bitte keinu Pepsi.» Sie verfolgte, wie auf dem Fernsehschirm eine stämmige amerikanische Hausfrau eine Familien-Plastikflasche Coca-Cola in einen Bräter leerte. Die Frau lächelte Akiko breit zu, so daß sie das Lächeln automatisch erwiderte. Die Frau schüttelte die Flasche, woraufhin sich die Flüssigkeit in rhythmischen Schwällen über das rote Rumpu-Steako ergoß. Im Flüsterton sprach Akiko die Worte noch einmal nach. Ihr gefiel der Klang – das «r» mit dem leichten Zungenschlag am Gaumen, der Explosivlaut «pu» wie ein Kuß, oder wie ein Furz inmitten eines üppigen amerikanischen Essens.

Ihr gefiel, wie groß alles Amerikanische war. Praktisch. Wirtschaftlich. Groß und einfach. Wie diese Hausfrau mit dem «Rumpu». Sie schüttelte die Flasche ungeduldig auf und ab, wie ein quengeliges Kind, dessen Spielzeug nicht funktioniert. In der Nahaufnahme war die Plastikflasche so groß, daß die Finger, die das biegsame Plastik zusammendrückten, wie die eines Kindes wirkten. Die Kamera folgte der schäumenden braunen Cola-Fontäne, bis sie auf dem perlend nassen Fleisch auftraf. Die Frau lachte. Sie hieß Suzie Flowers. Ein wunderschöner Name, dachte Akiko. Suzie Flowers lachte gern, und Akiko übte, das auch zu tun.

Jetzt öffnete Suzie eine Dose mit dem elektrischen Öffner. Mehrere Kinder liefen durch die Küche, und Suzie jagte sie mit ihrem Bratenwender gutmütig davon. Ohne sich beirren zu lassen, verteilte sie mit dem Bratenwender die bläßliche Pilzsuppe auf dem Fleisch und strich sie mit leichten Klopfbewegungen über die Seiten. Obenauf streute sie die Tüte Zwiebelsuppe. Dann schob sie den Braten in den Ofen. Drei Stunden bei 125° Grad. Einfach. Fertig.

Akiko war so dünn, daß ihr die Knochen weh taten. Die Armbanduhr schlackerte um ihr Handgelenk, so daß das Ziffernblatt nie oben blieb. Sie drehte die Uhr herum und sah nach, wie spät es war. Das Rezept war einfach; wenn sie die Einkäufe vormittags erledigte, konnte sie zum Markt gehen, wieder nach Hause kommen, das Fleisch marinieren und wie vorgeschrieben drei Stunden garen. Mit einem Blick auf die Liste der Zutaten, die sie notiert hatte, stellte sie fest, daß sie noch eine Gemüsebeilage brauchte. Erbsen aus der Dose, hatte Suzie vorgeschlagen. Einfach. Fertig. Suzie stand gebückt vor dem Ofen. Die Kinder drängten sich zwischen ihre stämmigen, fleckigen Beine und klammerten sich an ihren Rocksaum. Sie müssen einfach herausgepurzelt sein, dachte Akiko, eines nach dem anderen, in schaumigen Fruchtbarkeitsschüben. Die Vorstellung war ihr unangenehm und kam ihr irgendwie unsauber vor, und ihr wurde leicht übel.

«Aber nicht aus Trotz», murmelte Akiko und kaute auf ihrer Unterlippe. «Oder weil ich ein Widerspruchsgeist bin.» Sie versuchte, Suzie wieder zuzulächeln und sich unbeschwert zu fühlen.

Als ihre Periode ausblieb, hatte Akikos Arzt ihr erklärt, ihre Eileiter seien verhungert und produzierten keine Eier. Das bekümmerte Akikos Ehemann Joichi sehr. Er sagte, sie brauche mehr Fleisch auf den Rippen und kaufte ihr einen ganzen Stapel Kochbücher – *Fleischgerichte leicht gemacht*, *Erlesene Fleischküche für den japanischen Gaumen*, *Köstliche Fleischgerichte* und *Fleisch – unser Leben*. Er verschlang jedes von vorn bis hinten.

«‹Eine ausreichende Versorgung mit Fleisch›», so las er ihr aus einem dieser Bücher vor, «‹gilt seit jeher als Synonym für glückliche, lebenstüchtige Völker und war stets das Hauptnahrungsmittel von Siedlern, die neue, unbewohnte Landstriche erschlossen.›»

Er zeigte ihr das Cover des Buches.

«Professor P. Thomas Ziegler. Ein kluger Mann. Ein Amerikaner.»

Joichi war ein überzeugter Anhänger von Fleisch. Die Werbeagentur, für die er arbeitete, hatte den Auftrag erhalten, Fleisch amerikanischer Herkunft in Japan zu vermarkten. Nachdem er einige Monate lang Kochbücher gelesen hatte, fing er an, abends lange im Büro zu bleiben. Dann unternahm er mehrere Geschäftsreisen nach Texas. Das störte Akiko nicht. Sorgen machte sie sich erst, als er von einer dieser Reisen zurückkam und ihr mitteilte: «‹Joichi› ist nicht modern. Von jetzt an heiße ich ‹John›.»

Er sagte ihr, er arbeite an einem großen Projekt. Als er immer nervöser und rastloser wurde, fragte sie sich, ob er vielleicht eine Affäre in Texas hatte.

Dann kam er eines Tages nach Hause und verkündete: «*My American Wife!*», lehnte sich zurück und wartete auf ihre Reaktion.

Akiko sank das Herz. «Wer...?» flüsterte sie betroffen. «Wann...?»

«Samstagmorgen um acht Uhr. Dreißig Minuten. Unsere neue Fernsehsendung. Eine *Dokumentarserie*.»

Seine Brust war stolzgeschwellt – und das war der Anfang von Akikos Fleisch-Einsatz. Jeden Samstagmorgen mußte sie *My American Wife!* ansehen und anschließend einen von «John» entworfenen Fragebogen ausfüllen, auf dem sie die Sendung mit Noten von eins bis zehn bewertete; die Kategorien waren Allgemeines Interesse, Bildungswert, Authentizität, Bekömmlichkeit, Erhältlichkeit der Zutaten und Köstlichkeit des Gerichts. Um die beiden letzten Fragen beantworten zu können, mußte sie die Zutaten besorgen und das Rezept zubereiten. Wenn John am Samstagabend von der Arbeit heimkam, aßen sie das Gericht, er gab seine Meinung dazu ab, und dann sprachen sie über Akikos Antworten auf dem Fragebogen.

«Da schlagen wir zwei Fliegen mit einer Klappe», sagte John gesprächig. Sie saßen nach dem Essen am niedrigen *kotatsu*-Tisch. John trank Remy Martin, Akiko eine Tasse Tee.

«Du hilfst mir bei der Kampagne», fuhr er fort, «lernst gleichzeitig, Fleischgerichte zuzubereiten, und du nimmst ein bißchen zu.» Dann wurde er plötzlich feierlich. Er kniete vor ihr nieder, den Rücken völlig gerade, den Kopf gesenkt.

«Nur aufgrund deines Zustands ist mir die wunderbare Idee für diese Kampagne gekommen», sagte er in förmlichem Japanisch. «Meine Vorgesetzten in der Firma haben mir ein großes Lob dafür ausgesprochen, und wenn alles gut läuft, bekomme ich eine beträchtliche Gehaltserhöhung.» Er verneigte sich tief vor ihr, so daß seine Stirn den *tatami*-Boden berührte. «Ich bin dir zu großem Dank verpflichtet.»

Akiko holte tief Luft, dann ging ihr auf, daß er betrunken war.

Im Fernsehen lief der *Gesellschaftsspiegel*, der Akiko nicht besonders interessierte; deshalb stand sie auf und machte sich fertig zum Gehen. Sie warf einen Blick auf das Thermometer auf dem Balkon, trat nach draußen und sah über das Geländer auf den Spielplatz im Hof, zwölf Stockwerke unter ihr. Es war kalt und noch sehr früh, um an einem Wintermorgen im Freien zu spielen. Ein kleines Mädchen, vermummt in einem rosafarbenen Schneeanzug, saß auf der Schaukel. Ihre Mutter stand neben dem Maschendrahtzaun; auf dem Rücken trug sie ein Baby, das in einen rotkarierten Umhang mit Kapuze gehüllt war, so daß es aussah, als habe die Frau einen Buckel. Vornübergebeugt unter dem Gewicht des Kindes, wiegte sie es sacht auf und ab. Akiko beobachtete das Mädchen, das auf der Schaukel hin- und herschwang, und hörte deutlich das Quietschen der Ketten. Das metallische Ächzen hallte an den Mauern der hohen Gebäude des *danchi*-Wohnkomplexes wider, die den Spielplatz wie steile Felswände umschlossen.

Als kleines Mädchen in Hokkaido hatte Akiko die Schaukeln geliebt, aber sie waren immer von anderen Kindern belagert gewesen. Einmal, an einem Wintertag, hatte sie darauf gewartet, an die Reihe zu kommen, und sich unterdessen an einem der senkrechten Pfosten festgehalten, die den waagrechten Balken stützten. Dabei hatte sie ihre Zunge gegen das kalte Metall gedrückt – ohne besonderen Grund, nur weil sie dachte, es würde erfrischend schmecken, wie Eis. Aber zu ihrer Überraschung blieb ihre Zunge am Metall kleben. Sie wußte noch genau, wie weh das getan hatte, und auch wie seltsam es gewesen war, dort festzukleben, inmitten von Menschen, die nichts ahnten. Sie hatte sich einsam gefühlt. Zuerst hatte sie leise gewimmert, damit irgend jemand vielleicht auf sie aufmerksam würde, aber als niemand sie beachtete, war sie wieder still geworden. Schließlich hatte sie die Luft angehalten und den Kopf mit einem Ruck in den Nacken geworfen, um sich zu befreien. Kaum hatte sich die Zunge vom Pfosten gelöst, füllte sich ihr Mund mit Blut. Sie ging in die Hocke, damit niemand etwas sah, und spuckte auf den gefrorenen Boden. Dann schluckte sie und stand auf. Das Blut bildete eine kleine Lache auf dem Sand, die sie mit der Schuhspitze verrieb; dann wartete sie weiter, bis sie mit dem Schaukeln an die Reihe kam.

Akiko zitterte. Selbst jetzt noch, wenn ein kalter Wind ihr Tränen in die Augen trieb und der Winterhimmel sich stahlgrau färbte, hatte sie den Geschmack von Blut und Metall im Mund. Sie ging in die Wohnung und schob die Glastür zu.

Suzie Flowers und ihr Ehemann Fred, ein Rohrleger, hatten sich mit einem Dutzend Nachbarn und Freunden zu einer steifen Gruppe zusammengestellt. Der Gesellschaftsspiegel war als lockere Quizsendung angelegt, bei der alle Teilnehmer zwei große Karten mit der Schrift nach unten im Schoß hielten. Sobald eine Frage vorgelesen wurde, hielten sie zur Antwort eine der beiden Karten hoch und zeigten ein großes JA oder NEIN. Es war eine Sondershow zum Valentinstag; deswegen hatten einige Fragen etwas mit Liebe zu tun, und die Karten waren mit großen roten Herzen bemalt.

«Haben Sie Ihren Schatz von der High-School geheiratet?»

«War er/sie bei der Hochzeit noch Jungfrau?»

«Stellt Japan Ihrer Ansicht nach eine wirtschaftliche Bedrohung für Amerika dar?»

Bei den Fragen wechselten sich aktuelle Themen mit derbem Humor ab, eine Mischung, die Akiko als peinlich empfand. Sie zog den Mantel an.

«Hatten Sie während ihrer Ehe jemals eine Affäre?»

Mit dem Finger auf dem Schalter, um den Fernseher auszustellen, sah Akiko, wie der Rohrleger Fred die Karte mit «JA» umdrehte. Niemand lachte. Die Kamera schwenkte zu Suzie Flowers entsetztem Gesicht, und plötzlich dröhnte aus dem Lautsprecher ein lautes *«boinnggg!»*. Akiko ging in die Hocke und sah sich den Rest der Sendung an. Als sie später auf dem Markt vor der Fleischtheke stand und den Einkaufszettel aus der Manteltasche holte, stellte sie fest, daß sie ihn so zwischen den Fingern hin und her gerieben hatte, daß die Schrift völlig unleserlich geworden war. Der Fleischer wartete ungeduldig, während sie auf das zerknüllte Papier in ihrer Hand starrte und sich bemühte, den Fleischnamen zu entziffern. Dann fielen ihr das «r» mit dem leichten Zungenschlag und der Explosivlaut «pu» ein.

«Rumpu-Steako», sagte sie. «Ein großes.»

SUZIE

Aus Gewohnheit, damit niemand sie hörte, schluchzte Suzie Flowers in die nagelneue geblümte Tagesdecke. Von Zeit zu Zeit wischte sie sich die Nase daran ab und merkte, daß der Polyesterstoff die Tränen nicht so gut absorbierte wie die alte Baumwolldecke. Beim Location Scout, der Motivsuche, hatte Jane, die Koordinatorin, gebeten, das ganze Haus sehen zu dürfen, einschließlich des Schlafzimmers. Dabei war ihr die alte gesteppte Tagesdecke ins Auge gestochen, und sie hatte sich eingehend danach erkundigt. Suzies Mutter hatte sie gemacht. Die Decke war zerrissen und fleckig, und Suzie hatte sich so geschämt, daß sie hinterher gleich zum Wal-Mart gegangen war, um eine neue Decke zu kaufen, damit es im Fernsehen gut aussah. Außerdem hatte sie neue Gästehandtücher für das Badezimmer und mengenweise Limonade für das japanische Team besorgt. Aber dann hatten die Fernsehleute gar keine Limonade gewollt. Sie versorgten sich mit französischem Mineralwasser aus dem Kühlschrank in ihrem Kleinbus. Sie hatten zwar sehr höflich abgelehnt, aber trotzdem hatte Suzie den Eindruck bekommen, daß Japaner einfach keine amerikanische Limonade mochten.

Als Jane bei den Dreharbeiten in der darauffolgenden Woche die neue Tagesdecke sah, hatte sie gezögert und nach der alten gefragt. Suzie hatte sie mittlerweile schon gewaschen und zu ihrer Schwester, die Antiquitäten sammelte, nach Wisconsin geschickt. Das war ja der Witz dabei – die Decke war so alt, daß man sie antik nennen konnte. Jane runzelte die Stirn und besprach sich mit Oda, dem Regisseur, auf Japanisch, dann fragte sie, ob es möglich sei, die Decke schleunigst wieder herbeizuschaffen. Aber Suzie hatte die Decke auf dem Landweg versendet, weil Luftpost so teuer war. Schließlich eilte es ja nicht, und jetzt befand sich das Paket vermutlich in einem Postauto irgendwo zwischen hier und Skokie. Das hatte Jane offenbar verblüfft. Sie hatte erklärt, daß ihr die alte Decke genau deswegen so gut gefallen habe, weil sie altmodische, anheimelnde Familienwerte vermittelte. Die neue Decke sei nicht interessant, sagte sie, und Oda hatte wütend gewirkt und beschlossen, doch nicht im Schlafzimmer zu drehen. Suzie hatte sich schrecklich gefühlt.

Fred war wütend gewesen, weil sie ein solches Theater machte, weil sie so viel Geld für die neue Tagesdecke und die Handtücher ausgegeben und überhaupt in die Dreharbeiten eingewilligt hatte. Aber als Jane von New York aus zum ersten Mal angerufen hatte, hatte Suzie gedacht, die Fernsehshow könnte genau das Richtige sein, um ihr und Fred wieder ein positives Lebensgefühl zu vermitteln, vor allem, weil es der Film zum Valentinstag war. Und auch wenn die romantische Kuß-Szene anfangs etwas schwierig gewesen war, hatten zum Schluß alle zufrieden gewirkt, und sogar Fred war recht guter Laune gewesen, aber vielleicht hatte das auch nur am Sekt gelegen.

Mit dem Coca-Cola-Braten war alles schiefgegangen. Als Suzie das Gericht Jane in New York am Telefon beschrieben hatte, war Jane ganz begeistert gewesen. Aber als sie den Braten dann tatsächlich zubereitete, waren Jane und Oda enttäuscht, weil es nur so wenige Arbeitsschritte gab. Das sei doch genau der Punkt, erklärte Suzie. Das Rezept sei schnell und einfach. Aber anstatt das zu würdigen, schienen die beiden nur verärgert. Die Zubereitung des Fleisches sei der wichtigste Teil der Sendung, sagte Jane. Der Kochvorgang müsse interessant sein. Um die fehlenden Arbeitsgänge wettzumachen, beschloß der Regisseur, von denselben Schritten immer wieder andere Aufnahmen zu machen. Aber Suzie hatte nur Zutaten für *einen* Braten gekauft, und deswegen mußten sie zum Circle K-Markt fahren und ein Dutzend Familienflaschen Pepsi kaufen (Coca-Cola gab es nicht mehr). Aber sie konnten kein Fleischstück finden, das wie Suzies Braten aussah, also mußte sie das rohe Fleisch nach jedem Take im Waschbecken abspülen und mit Küchenpapier trockentupfen, damit es wieder frisch aussah.

Anfangs war es ziemlich lustig gewesen. Jane füllte das Pepsi mit dem Trichter in die Coca-Cola-Flasche ab, die Suzie über das ausgelaugte Rumpsteak goß, immer und immer wieder, bis das Fleisch grau wurde. Dann sagten sie ihr, sie müsse es einige Dutzend Male in den Ofen schieben, und Suzie war ganz erleichtert gewesen, als das endlich vorbei war – aber dann fragte Jane aus heiterem Himmel nach dem fertig gegarten Braten, den sie im voraus hätte zubereiten sollen, damit sie Suzie filmen konnten, wie sie das Rumpsteak aus dem Ofen nahm, ohne Zeit zu verlieren. Sie hätte den Braten *mehrfach* zubereiten sollen, stöhnte Jane, um jeden Arbeitsgang einzeln zu demonstrieren. Aber das hatte Suzie nicht gewußt. Also war ihnen nichts anderes übrig geblieben, als zu warten, bis das Fleisch gar war. Es waren die längsten drei Stunden in Suzies ganzem Leben. Das Team ging in den Wagen; Suzie konnte sie lachen hören.

Später drehten sie die Familie – sie, Fred und die Kinder – beim Essen, aber die Kinder nörgelten, weil sie den Geschmack von Pepsi nicht mochten, und Oda schrie Jane an, und Jane sagte den Kindern immer wieder, sie sollten so tun, als würde der Coca-Cola-Braten ihnen schmecken, und schließlich war Fred aufgestanden und ohne ein Wort verschwunden.

Da hätte sie es wissen müssen. Sie hätte ein Machtwort sprechen und dem ganzen Spuk ein Ende bereiten sollen. Dann wäre Fred irgendwann wieder nach Hause gekommen, wie immer, und der *Gesellschaftsspiegel* wäre nie gemacht worden, und sie, Suzie, hätte nie von der Cocktail-Bedienung erfahren, und die Nachbarn auch nicht. Und dann wäre sie jetzt, in diesem Augenblick, glücklich – na ja, vielleicht nicht unbedingt glücklich, aber zumindest würde sie schlafen. Sie wischte sich wieder die Nase ab und betrachtete die silbrigen Fäden, die sich über die wasserabweisende Polyesterdecke zogen. Sie sahen aus wie die Schleimspur einer Schnecke. Zumindest, dachte Suzie, könnte sie ihre Schwester bitten, ihr die alte Decke zurückzuschicken, weil sie offenbar nicht aufhören konnte zu weinen.

«Und?»

Kenji, mein gepflegter, mandeläugiger Produzent in New York, lehnte sich im Stuhl zurück und stützte die Füße elegant gegen den Schneidetisch. Er aß Cashewnüsse aus einem kleinen Stoffbeutel und betrachtete nachdenklich Suzies entsetztes Gesicht – den offenen Mund, die ungläubige Miene –, das als Freeze auf dem Monitor zu sehen war.

«Der Gesellschaftsspiegel ist wirklich öde...», meinte er. Er hatte seine Ausbildung in England absolviert und gehörte zur neuen Klasse der *Issei*, der japanischen Immigranten der ersten Generation. Sein britischer Akzent wirkte ebenso lässig wie sein Armani-Anzug, und er vermittelte den Eindruck, als habe er Anspruch auf die ganze Welt.

«...hätte früher rausgehen und zeigen sollen, wie die anderen lachen.»

«Es hat aber niemand gelacht.»

«Oh.»

Unser Büro war im New Yorker East Village. Für eine japanische Fernseh-Produktionsfirma war diese Lage etwas ungewöhnlich, denn die meisten drängten sich um das Rockefeller Center, ein sicheres Viertel, das fest in japanischer Hand war. Kenji wäre SoHo lieber gewesen, aber Kato hatte den Vorschlag abgelehnt, weil die Mieten dort zu teuer waren, und deswegen hatten wir uns für dieses Büro entschieden. Für mich war es großartig, weil es nur fünf Straßen von meiner Wohnung entfernt lag, aber Kenji lebte im Westen der Stadt und ärgerte sich immer noch darüber.

Als die Bänder mit den ersten fertigen Beiträgen nach der Ausstrahlung in Japan bei uns eintrafen, drängten sich die Mitarbeiter im New Yorker Büro um das Videogerät im Konferenzzimmer, um die Ergebnisse ihrer Arbeit zu sehen. Herbe Enttäuschung machte sich breit – *My American Wife!* war dumm. Blöd. Nach den ersten Sendungen schauten die New Yorker sie sich gar nicht mehr an.

Die Sendungen liefen folgendermaßen ab: Die Hausfrau des Tages erscheint in einer mitreißenden, atmosphärischen Einstimmung; sie stellt ihren Mann und die Kinder vor; sie führt uns durch ihre Heimatstadt und ihr Haus und gelangt schließlich in die Küche, wo sie das Fleisch der Woche zubereitet. Gelegentlich befaßte sich ein kurzer Beitrag mit einem besonderen regionalen oder jahreszeitlichen Thema, aber anfangs folgten die Sendungen diesem Muster, angereichert mit Rubriken wie *Mein Hobby*, *Damenklatsch*, *Hübsches Heim* und *Stimmungsvolle Romantik* und dann dem *Gesellschaftsspiegel*, der sich angeblich *Aktuellen Themen in Stadt und Land* widmete. Also gut, es war wirklich blöd.

Ich war unglücklich. Mein Exposé war vielleicht banal und mein Umgang mit den Hausfrauen anfänglich ungeschickt gewesen, aber ich fühlte mich wirklich berufen. Nicht nur im Hinblick auf irgendein Mädchen im nächsten Jahrtausend, sondern im Hinblick auf das Hier und Jetzt. Ich hatte viele Jahre in Japan und Amerika verbracht und orientierungslos in einem Meer verworrener Fehlinformationen über Kultur und Ethnien getrieben; jetzt war ich entschlossen, diese Nische im öffentlichen Fernsehen zu nutzen und Erziehungsarbeit zu leisten. Vielleicht war die Vorstellung naiv, aber ich glaubte wirklich, ich könnte die Hausfrauen, die den Fleischexport steigern sollten, in den Dienst einer größeren Wahrheit stellen.

Für eine Dokumentarfilmerin war es eine großartige Chance. *My American Wife!* wurde jeden Samstagvormittag von einem großen Sender landesweit ausgestrahlt und richtete sich an japanische Hausfrauen mit schulpflichtigen Kindern, die den größten fleischkonsumierenden Teil der Bevölkerung darstellten. Die Sendung mußte gegen Zeichentrickfilme auf anderen Kanälen antreten, was nicht einfach war. Aber die ersten Sendungen hatten Einschaltquoten von bis zu 7,8 Prozent erreicht und waren von rund 9 563 310 Haushalten empfangen worden. Das war sehr gut. Mit durchschnittlich 3,0 Personen pro Haushalt hatten schätzungsweise 28 689 930 Japaner unsere Sendung gesehen – und das ist sehr viel Rindfleisch.

Zum Teil beruhte der Erfolg auf der Marketingstrategie des Senders. *My American Wife!*, so versicherten sie den japanischen Zuschauern, würde «praktisch ausschließlich» von einem echt amerikanischen Team gemacht, so daß das in der Sendung vermittelte

Amerika authentisch sei und nicht verzerrt durch den Blickwinkel tendenziöser japanischer Fernsehproduzenten.

Aber im Grunde waren die Filme überhaupt nicht echt. Schon im Februar schaute ich mir die Reportagen nur noch aus Verantwortungsgefühl und einem Rest Loyalität gegenüber meinem Ideal an. Auch Kenji sah sie alle. Er kam kaum aus dem Büro heraus, von New York ganz zu schweigen; vielleicht war das der Grund, weshalb die Sendungen ihm gefielen. Als wir Suzies erstarrtes Gesicht betrachteten, fragte ich mich, ob wir überhaupt dasselbe sahen.

«Fred, ihr Ehemann, hat sie gleich nach dem *Gesellschaftsspiegel* verlassen…»

Kenji steckte sich eine weitere Nuß in den Mund. «War das deine Schuld?» Er war aus seinen italienischen Schuhen geschlüpft und versuchte, die Mischhebel des Schneidetisches mit den Zehen zu bedienen. Seine Socken waren aus feinem Seidenstrick. «Steht uns eine Klage ins Haus?»

«Nein. Ich weiß es nicht. Ich glaube nicht. Er hatte eine Affäre mit einer Cocktail-Bedienung. Er war ziemlich sauer, daß wir da waren, und wütend, daß Suzie uns überhaupt eingeladen hatte. Deswegen hat er ihr, nachdem er das JA hochgehalten hat, alles gesagt. Alles. Vor versammeltem Publikum, vor uns, der ganzen Familie, den Nachbarn. Siehst du Suzies Gesichtsausdruck? Sie hat gerade vom Ehebruch ihres Mannes erfahren. Der Regisseur sprach kein Wort Englisch und verstand nicht, was Fred sagte – er ließ Suzuki einfach weiterdrehen.»

«Wer war der Regisseur?»

«Der Schwachkopf Oda. Als wir später im Hotel die Bildmuster ansahen und ich ihm erklärte, was passiert war, wurde er richtig aufgeregt und meinte, wir sollten nach Freds Geständnis einen Schnitt zu einer Sexszene mit der Kellnerin machen…»

«War das sein Ernst?»

«Absolut. Er hat das Konzept von ‹gesund und bekömmlich› nicht verstanden. Ich mußte in Tokio anrufen und Kato bitten, ihm den Auftrag von BEEF-EX zu erklären.»

Kenji zuckte die Achseln, setzte sich auf und spulte das Band ein Stück zurück. Einen Augenblick sahen wir Suzies gefaßtes Gesicht, dann drückte Kenji auf Play. Die Stimme des japanischen Sprechers fragte im Voice-over: «Hatten Sie während Ihrer Ehe jemals eine Affäre?» Die Beteiligten hielten ihre Antwortkarten hoch, und die Kamera zoomte auf Freds großes «JA!». Auf der Tonspur schwoll Archivgelächter an, und Suzies Gesicht fiel vor Entsetzen zusammen, bis ein dröhnendes *«boinnggg!!!»* erklang.

«Das ist grausam», sagte Kenji mit einem Grinsen. «Aber es funktioniert.»

«Ich finde es zum Kotzen. Wir können ihr die Kassette doch nicht schicken. Es ist die reinste Farce. Schau dir mal das Ende an.»

Suzie und Fred lagen auf einem rosafarbenen Flokati vor dem Kamin und prosteten sich mit Sekt zu. Die Kinder hätten sie schon ins Bett gebracht, murmelte der Sprecher, und der große Moment des Valentinstags sei gekommen, die Zeit zu vergeben und zu vergessen. Die beiden beugten sich langsam vor und küßten sich, und dort, wo ihre Lippen aufeinandertrafen, hatte Oda ein Grafik-Herz darübergelegt, das von dem Kuß aus über die ganze Leinwand pulsierte. Es war ein billiger Computereffekt, wie ein Werbespot für Telefonsex.

«Das ist nett», sagte Kenji.

«Das ist blöd.»

«Das ist Fernsehen.» Er spulte zurück und spielte den Kuß noch einmal. «Schöne Graphik. Wie habt ihr das gedreht, wenn der Ehemann sie verlassen hat?»

«Wir haben die Szene gleich am ersten Tag gedreht.»

«Schlau von dir.»

«Ja, wahrscheinlich.»

«Ich find's super. Es sieht aus, als hätten sich die beiden einen kleinen Krach geliefert und am Ende doch wieder versöhnt.»

«Aber so war's in Wirklichkeit doch gar nicht, Kenji. Es ist gelogen. Weißt du, ich sollte die Regie führen. Ich könnte das viel besser machen. Bei mir würde es echt...»

Kenji holte ein sorgsam gebügeltes Taschentuch hervor und wischte sich die Fingerspitzen und dann die Mundwinkel ab. Er war erst Anfang Dreißig, aber seine Vorlieben – gebügelte Taschentücher, edle Weine, antike Kameras und teure Audio-Geräte – waren die eines eingefleischten Junggesellen. Pachelbel und Delibes hatten den Soundtrack zu seinem Leben geschrieben, und während er den melancholischen Klängen lauschte, ließ er seinen Blick nach

Osten schweifen, zum Fenster seines Lofts in TriBeCa hinaus, an der Freiheitsstatue im New Yorker Hafen vorbei über London hinaus bis nach Tokio. Er fühlte sich wie ein Höfling, den sein Fürst in eine barbarische Provinzhauptstadt verbannt hat.

«Na, dann sprich mit Kato darüber», meinte er. «Aber du weißt, im Grunde führst du jetzt schon Regie. Du bestimmst den ganzen Inhalt. Das einzige, was du nicht machst, ist der Schnitt.»

«Aber genau darauf kommt's doch an, Kenji. Das Schneiden ist das Wichtigste. Ich meine, schau doch nur, was Oda...»

«Hör mal», unterbrach er mich und spulte die Kassette wieder zurück. «Immerhin hast du ein gutes Fleischgericht gezeigt, die Kinder sind süß, und es gibt genügend Seitenstränge, um keine Langeweile aufkommen zu lassen.» Er schwang die Füße zu Boden, schlüpfte in seine Schuhe und stand auf, um zu gehen. An der Tür blieb er stehen und drehte sich noch einmal um.

«Was soll ich machen – ihr die Kassette schicken?»

«Können wir das ‹*boinnggg!*› rausschneiden?»

«Nein. Außerdem wäre das nicht ehrlich.»

«Dann können wir sie ihr nicht schicken. Wenn sie anruft, sag ihr, daß der Film nicht gesendet wurde.»

Sein Blick fiel auf die rückwärts laufenden Bilder auf dem Monitor, und er lächelte. Ich drehte mich in dem Moment um, in dem die riesige Coca-Cola-Flasche den allerletzten Rest ihres Inhalts vom schäumenden Fleisch hinauf in sich einsog.

«Hmmm», sagte Kenji. «Gutes Produktbild.»

Ich schüttelte den Kopf. «Das ist Pepsi, Kenji. Es ist keineswegs drin, was draufsteht...»

3. *Der Monat des unablässigen Wachsens*

SHONAGON

Beschämendes

Ein Dieb hat sich in ein Haus geschlichen und verbirgt sich nun in einem Winkel, von dem aus er heimlich verfolgen kann, was im Haus vor sich geht. Da kommt eine weitere Person in das dunkle Zimmer, nimmt einen dort herumliegenden Gegenstand und verbirgt ihn im Ärmel. Für den Dieb muß es überaus unterhaltsam sein, jemanden zu beobachten, der dieselbe Veranlagung hat wie er.

JANE

Ich stelle mir Shonagon vor, die Meisterdiebin, die sich in ihrem Winkel der Geschichte verbirgt und mich beobachtet, wie ich in abgedunkelte Räume schleiche und aus dem Leben anderer Menschen stehle. Ich hoffe, sie lacht sich hinter ihren langen Seidenärmeln ins Fäustchen.

Eine Grundvoraussetzung für eine gute Dokumentaristin ist, schamlos zu nehmen, was man bekommen kann.

Es war März, in der Vor-Heian-Zeit der «Monat des unablässigen Wachsens», und wir drehten seit Jahresanfang. Unser Kameramann Suzuki war einer der besten im ganzen Videogewerbe. Er hatte ein überdimensional großes Mondgesicht, und wenn er betrunken war, schwitzte es wie ein Laib Gouda. Dazu hatte er lange Haare, die er beim Arbeiten wie ein Beamter am Heian-Hof zum Pferdeschwanz zusammenband, aber abends an der Bar löste er sie, so daß sie wie geschmolzener Obsidian über seinen Rücken fielen. Auch seine Augen waren die eines Heian-Höflings, bloße Schlitze, als hätte jemand mit einer Rasierklinge blutlose Schnitte in seine aufgedunsene Haut gemacht. Man wußte nie, ob seine Augen offen oder geschlossen waren oder ob er einen beobachtete. «Er hat ein wunderbares Auge», sagte ich oft zu den Amerikanern und freute mich immer, wenn sie ihn zweifelnd betrachteten und sich fragten: «Wie das?»

Suzuki hatte eine Vorliebe für Jack Daniels, den Wal-Mart und amerikanische Hardcore-Pornos. *«Waru-Maato wa doko...?»* fragte er mich, sobald wir in eine neue Stadt kamen. Ich kann's verstehen.

In diesen Orten gibt es nichts anderes als den Wal-Mart. Wenn man einen Gesellschaftsspiegel machen würde, käme heraus, daß alle Einwohner ihre Freizeit dort verbringen.

Der Tonmann hieß Oh. Er war ein ruhiger Mensch, der einsilbig und nur aus dem Mundwinkel heraus redete. Er wandte sich stets ab. Außerdem schielte er und war gemein, allerdings nicht zu Tieren. Tiere liebte er. Wenn er die Tonangel hielt und eine Aufnahme machte, glaubte man manchmal, sein Mantel sei lebendig geworden – zum Kragen und aus den Ärmeln lugten überall zappelnde Kätzchen hervor. Seine Liebe zu Tieren wurde nur noch von seiner Verehrung für Suzuki übertroffen. Die beiden betranken sich mit Jack Daniels und klebten amerikaweit Bilder von Blondinen aus dem *Hustler* an die Fasergipswände der Motels und beschossen deren Unterleib mit Luftgewehren, die sie im Wal-Mart erstanden.

Unser Assistent war ein Amerikaner, ein ehemaliger Flugbegleiter. Er war ein kleiner, aber gutaussehender junger Mann, der zur Vergrößerung seiner Statur Cowboystiefel mit Absätzen trug und dazu Blue jeans, die vorn eine scharfe Bügelfalte hatten. In jedem Hotel, in dem wir übernachteten, gab er seine Kleider zum Waschservice und verursachte mit Sex-Chatlines gigantische Telefonrechnungen. Ich hatte ihn eingestellt, weil ich gedacht hatte, seine blonde Anmut würde mir den Umgang mit den Hausfrauen erleichtern. Er redete schrecklich gern davon, es im Flugzeug zu treiben, und vom Mile High Club. Deswegen hatte er bei Suzuki und Oh einen Stein im Brett.

Die Regisseure kamen aus Japan zu uns; im Zweimonatsturnus immer dieselben, die dann eine oder zwei Sendungen drehten. Ich kann mich nur an solche wie Oda erinnern – entweder mit Dummheit geschlagen oder mit einem Hang zu Katastrophen gesegnet.

Wir hinterließen unsere Spuren in Raststätten und Motels quer durch Amerika. Für das Team war so vieles neu. In Taos, New Mexico, schliefen Suzuki und Oh in einer Suite aus rosafarbenem Adobe mit einem Kamin. Sie betranken sich und machten ein kleines Feuer; als ihnen das Holz ausging, verbrannten sie das Telefonbuch und die Bibel, dann einen Stuhl und einen Bettpfosten, und schließlich stand das Zimmer selbst in Flammen. Nachdem die

Feuerwehr weggefahren war, erklärte Oh etwas betreten: «In Japan gibt's keine Kamine.»

Als Suzuki in Austin, Texas, im Rausch das Badewasser einlaufen ließ, einschlief und dreizehn Stockwerke des Raddison Hotels unter Wasser setzte, fragte ich ihn, ob es in Japan auch keine Badewannen gäbe, aber er zuckte nur die Achseln. «Natürlich gibt's bei uns Badewannen», sagte er. «Wir sind berühmt für unsere Bäder. Aber bei uns sind die Wannen viel tiefer.»

Doch am meisten beeindruckte sie die unendliche Fülle Amerikas. Ich werde nie den überraschten Ausdruck auf Suzukis Mondgesicht vergessen, als er das erste Mal einen Wal-Mart betrat. Für einen Japaner ist der Wal-Mart ehrfurchtgebietend, das materialistische Gegenstück zu den weiten Prärien und dem endlosen Horizont des amerikanischen Westens. Man brauchte nur zuzugreifen! Begehrlichkeit und Habgier werden wach, die Augen weiten sich vor Staunen. Ich folgte Suzuki durch den Supermarkt, während er sich über ein Dutzend verschiedener motorisierter Caddies beugte, Gartenschläuche befingerte und am Rand der Wäscheabteilung herumlungerte und Farmerfrauen beim Kaufen von Büstenhaltern beobachtete. Er fand es großartig, daß man im Wal-Mart über den Ladentisch richtige Feuerwaffen und nicht nur Luftgewehre kaufen konnte, aber da erhob ich Einspruch.

Langsam lernte ich. Genau darum ging es bei *My American Wife!* – japanischen Hausfrauen die schiere Fülle Amerikas zu vermitteln. Also setzten wir Suzuki in einen Einkaufswagen, die Betacam auf der Schulter, und schoben ihn die endlosen Gänge der Supermärkte entlang, während er Waren filmte, um bei unseren japanischen Hausfrauen Wünsche wachzurufen, denn Wünsche sind gut, weil sie Begehrlichkeiten wecken. Wir schwenkten über Regale, in denen sich Waren bis an die Decke stapelten, folgten Frauen mit Einkaufswagen voll styroporverpackter Tiefkühl-Steaks, von denen ein jedes vom Standpunkt einer japanischen Hausfrau aus eine ganze Familie mehrere Tage lang ernähren würde. «Vorratshaltung», so nannten unsere rotwangigen Hausfrauen ihren Einkauf und lachten nervös, weil unendliche Fülle automatisch das Gegenteil heraufbeschwört – das unausgesprochene Gespenst der Not.

Unsere jeweilige Hausfrau der Woche zu finden war letztlich eine

Sache des Vertrauens. Ich hielt einer netten Frau ihre staatsbürgerliche Pflicht vor Augen, den Verkauf von amerikanischem Fleisch im Ausland zu fördern und dadurch das Ungleichgewicht im Handel mit Japan auszugleichen. Überwältigt vom Gefühl ihrer eigenen Bedeutung, öffnete sie uns Tür und Tor. Wir verbrachten zwei oder drei Tage mit ihr, drangen bis in die letzten Nischen ihres Alltags vor und fuhren dann weiter zur nächsten Stadt und zur nächsten Hausfrau. Wir bemühten uns, rücksichtsvoll zu sein, aber man darf nicht vergessen, daß *My American Wife!* eine Serie war. Wir schafften ein oder zwei Frauen in der Woche. Während wir bei ihnen drehten, stellten sie unsere Welt dar, wir teilten ihren warmen, häuslichen Alltag, aber sobald wir das Haus und die liebevolle, fröhlich winkende Familie verließen, war es vorbei. Ihr Leben war auf den Kassetten festgehalten, die wir zusammen mit dem Regisseur zum Schneiden nach Japan zurückschickten. Und das war's. Fertig.

So sollte es zumindest sein. Aber manchmal klappte es nicht ganz so, wie wir es uns vorstellten.

«Mrs. Flowers?» Ich klopfte laut an die Tür. «Äh, Suzie?»

Schließlich hörte ich Schritte; die Tür öffnete sich einen Spalt, und Suzie spähte hinaus. Sie trug einen alten Bademantel. Ihr Gesicht war fleckig, die Augen vom Weinen verquollen. «Ja?» flüsterte sie.

«Es tut mir leid, daß ich Sie störe...», haspelte ich. «Äh – ich wollte Ihnen nur sagen, daß wir jetzt fahren und daß es mir leid tut, was passiert ist...»

Sie schluchzte einmal auf, dann schluckte sie. «Es ist schon in Ordnung, Jane. Es ist nicht Ihre Schuld, wirklich nicht.» Sie öffnete die Tür etwas weiter und versuchte sogar zu lächeln.

«Also, wir wollten uns nur verabschieden und...» Ich deutete auf die Straße, wo der Wagen mit laufendem Motor wartete. Der Ex-Flugbegleiter saß am Steuer, Oda, Suzuki und Oh hatten ebenfalls schon Platz genommen. Oda winkte vom Beifahrersitz herüber. Er hatte sich geweigert, mit mir zur Tür zu kommen und sich zu verabschieden. Suzie winkte zurück.

«... und noch etwas, Suzie. Eine letzte Sache noch... Oda wollte, daß ich Sie nach den Fotos frage. Wissen Sie noch? Sie sagten, wir könnten sie haben? Ich meine, wenn Sie jetzt noch dazu bereit sind...»

Es waren die Fotos aus ihrem Hochzeitsalbum, und Oda wollte einige davon für die Sendung haben. Ich hatte versucht, es ihm auszureden – es kam mir einfach zu grausam vor –, aber er hatte darauf bestanden. Suzie starrte mich an, dann nickte sie. «Natürlich. Ich gehe sie schnell holen...»

Sie kam zurück, das große, dicke Album an die Brust gedrückt.

«Sie vergessen nicht, es mir zurückzuschicken?» fragte sie ängstlich.

«Nein, ich vergesse es nicht», versprach ich.

«Und ein Video von der Sendung? Sie sagten, ich könnte eins bekommen...»

Zögernd hielt sie mir das Album hin.

«Wissen Sie...», sagte sie. Tränen traten ihr in die Augen, und ihr ganzes Leid schwang in ihrer Stimme mit. «Das ist das einzige, was ich noch habe...»

Ich ließ Kenji das Album sofort zurückschicken, allerdings ohne Videokassette. Trotzdem war mir unwohl, wenn ich an Suzie Flowers dachte – als ob ich ihr etwas gestohlen hätte, das unersetzlich war.

AKIKO

Manchmal hatte Akiko das Gefühl, als würde sie wie ein Dieb durch die Winkel ihres eigenen freudlosen Lebens schleichen und Momente und Fragmente ihrer selbst zurückstehlen.

Es war nicht immer so gewesen. Sie und «John» waren seit drei Jahren verheiratet. Zuvor hatte sie in einem *manga*-Verlag gearbeitet, wo sie Texte für Comics schrieb. An der Universität hatte sie klassische Literatur studiert, doch dafür gab es dieser Tage kaum Bedarf. Andererseits hatte sie eigentlich sowieso nicht gedacht, daß sie Karriere machen oder auch nur ihre Ausbildung fortsetzen würde.

Die Arbeit im Verlag machte ihr Spaß, weil sie dort schreiben konnte. Ihr Spezialgebiet waren Action-Abenteuer, und ihre Kollegen zogen sie auf und sagten, sie habe ein Händchen für Blutrünstiges. Nach der Hochzeit gab sie ihren Job auf, um kochen zu lernen und sich auf die Mutterschaft vorzubereiten. Seitdem schrieb sie gelegentlich Artikel für Mutter-und-Kind-Zeitschriften, aber sie wußte, daß die jungen Mütter vom *danchi*, ihrem Wohnkomplex, sie für eine Hochstaplerin hielten, weil sie über etwas schrieb, von dem sie nichts verstand. Aber John war überzeugt von der Kraft des positiven Denkens. Er hatte an einem amerikanischen Seminar darüber teilgenommen. Wenn sie der Mutterschaft positiv gegenüberstand, so meinte er, würde sie schwanger werden, und deswegen hatte er ihr verboten, über irgend etwas anderes zu schreiben. Seine Fleischkampagne, mit der sie ein paar Pfund zunehmen und wieder ihre Periode bekommen sollte, gehörte auch zu diesem Training. Positives Denken führte zu positivem Handeln und damit zum Erfolg.

Aber es klappte nicht. Akiko fiel es schwer, positive Gedanken zu haben. Sobald sie gegessen und das Geschirr gespült hatte, ging sie ins Bad, stellte sich vor den Spiegel und betrachtete sich darin. Kaum einen Augenblick später spürte sie das Fleisch. Es fing in ihrem Magen an, wie ein lebendiges Tier, und stieg ihr wieder die Speiseröhre hinauf, bis es aus dem Schlund hervorbrach. Sie konnte es nicht bei sich behalten. Sie konnte nichts Lebendiges bei sich behalten. Aber sie drückte immer auf die Spülung, während sie sich übergab, damit John nichts hörte. Und jeden Abend, wenn es vorbei war, spürte sie ein kleines Flattern im Magen, das sie als Erfolg deutete.

Sauberes

Ein irdener Becher.
Eine neue Metallschale.
Eine Binsenmatte.
Das Spiel des Lichts auf dem Wasser, das man in ein Gefäß füllt.
Eine neue Holztruhe.

Unsauberes

Ein Rattennest.
Ein Mensch, der sich erst spät am Morgen die Hände wäscht.
Ein Kind, das, den Rotz fortwährend hochziehend, herumläuft.
Schalen und Krüge, in die man Öl füllt.

Junge Sperlinge, wenn sie noch keine Federn haben.
Ein Mensch, der in der heißen Jahreszeit lange kein Bad nimmt.
Alle verblichenen Kleidungsstücke erwecken den Eindruck der Unsauberkeit; doch besonders die gelb glänzenden Gewänder sehen in solchen Fällen abscheulich aus.

Die Ästhetik des Heian-Hofes mit ihrer ätherisch-abgehobenen Dekadenz tröstete Akiko, wenn sie spätnachts im fahlen Licht neben John lag, der ihr den Rücken zugekehrt hatte und schnarchte. Sie blätterte die Seiten des *Kopfkissenbuches* mit äußerster Vorsicht um, damit sie ihn nicht weckte. Shonagon war so selbstsicher und wußte genau, was sie von diesem oder jenem zu halten hatte, was Akiko beruhigend zu lesen fand.

«Ochsen sollten eine sehr kleine Stirn haben...»
«Kleinkinder und Babys sollten füllig sein.»
«Am fünften Tag des Fünften Monats sollte der Himmel bewölkt sein.»
«Ein Priester muß ein ansprechendes Äußeres haben...»
«Die richtige Jahreszeit, um seinem Geliebten zu begegnen, ist der Sommer.»

Akiko konnte sich nicht vorstellen, wie sich solche Gewißheiten anfühlen würden. Sie war sich in nichts sicher, nicht einmal in dem, was sie mochte und was sie nicht mochte. Sie hatte sich ein eigenes Kopfkissenbuch gekauft, ein kleines verschließbares Tagebuch, das sie unter dem Futon aufbewahrte, und gelegentlich versuchte sie, Listen wie Shonagons aufzustellen: «Was das Herz erfreut», «Was süße Erinnerungen weckt».

«Schnee» schrieb sie und bemühte sich, Bilder von Hokkaido in sich heraufzubeschwören. «Kühe. Landschaft. Ein Bauernhaus.» Aber dann schweiften ihre Gedanken ab, und statt dessen sah sie das verkniffene Gesicht der Tante, die sie großgezogen hatte, und das lüsterne Grinsen ihres Onkels, der sich betrunken vor der Außentoilette herumtrieb. Ihre Eltern und ihr jüngerer Bruder waren bei einem Autounfall ums Leben gekommen. Sie hatte auch im Wagen gesessen, war aber hinausgeschleudert worden; dann hatte sie die Ströme von Blut gesehen, die Leichen...

Das war überhaupt keine schöne Erinnerung, und Akiko fragte sich, ob es nicht eher zu den «Unangenehmen Dingen» gehörte. Schließlich stellte sie fest, daß sie nicht über die Überschriften hinauskam. Bei konkreteren Themen tat sie sich leichter, zum Beispiel bei «Wolken». Vielleicht, dachte sie, suchte sie sich die verkehrten Kategorien aus. Vielleicht waren sie zu farblos. Sie nahm einen Bleistift zur Hand und blätterte Shonagons Buch durch, um ein anregenderes Thema zu finden.

Was verwirrend und befremdend wirkt

> Die Innenseite einer Stickerei.
> Katzenohren von innen.
> Wenn junge Rättchen, denen noch keine Haare gewachsen sind, in hellen Scharen aus dem Nest purzeln.
> Die Naht eines ungefütterten Pelzwerkes.

Das Problem mit Shonagon war, dachte Akiko, daß man es kaum besser machen konnte als sie. Selbst wenn das, was sie beschrieb – wie ungefütterte Pelzgewänder –, heute kaum mehr bekannt war, konnte man sich, wenn man es sich überlegte, genau vorstellen, wie befremdend es wäre. Andere Einträge in den Listen waren natürlich zeitlos.

> Inmitten einer Unordnung, wenn es stockfinster ist.
> Die Geschäftigkeit einer unattraktiven Frau, die einen Haufen Kinder hat.

Diese Beschreibung paßte genau auf Suzie Flowers, die Coca-Cola-Dame, eine Ehefrau aus Iowa in den Vereinigten Staaten von Amerika. Suzie Flowers war ja nicht von Anfang an unattraktiv gewesen; zuerst hatte sie reizend gewirkt, aber am Ende der Sendung hatte Akiko das Gefühl gehabt, daß etwas nicht stimmte. In Anbetracht all der quengeligen Kinder und des süßen, fettigen Fleischbratens und des billigen Sektes, den ihr betrügerischer Ehemann mitbrachte, schien ihr Leben in der Tat befremdend. Akiko hatte der Sendung eine 3 für Authentizität gegeben, und John ärgerte sich deswegen noch immer über sie.

«Ich dachte...», wollte Akiko erklären. «Ich weiß nicht warum... vielleicht wegen der Computer-Grafik...»

«Das ist doch wie im Zeichentrickfilm», antwortete er gereizt, als hätte sie ihn verraten. «Ich dachte, du magst *manga*...»

«Schon. Aber der Film soll doch echt sein, oder? Es ist nur... es kam mir vor, als würden sie etwas verbergen.»

John seufzte gereizt. «Die Sendung verdient trotzdem mehr als eine 3.»

Akiko wußte, daß es besser war, nicht zu widersprechen. Seitdem die Produktion von *My American Wife!* begonnen hatte, war John ständig gereizt. «Jetzt liegt es nicht mehr in meiner Hand», sagte er. «Es ist ein gutes, solides Konzept, aber die Amerikaner machen es kaputt.» Er kam regelmäßig jeden Abend nach Hause und richtete seine rastlose Aufmerksamkeit wieder auf ihre Schwierigkeiten mit der Menstruation; er ärgerte sich, daß Akiko trotz des gesteigerten Fleischkonsums nicht zunahm. Sie war so blaß und anämisch wie eh und je.

> Eine Frau, die weder viel Herz noch Gemüt hat,
> kränkelt und siecht lange Zeit dahin; dann wird
> der Mann in seiner Liebe zu ihr verwirrt.

Das war eine Beschreibung von ihr selbst, dachte Akiko, von ihrer eigenen traurigen Gestalt. Was konnte sie einer solchen Liste noch hinzufügen? Sie legte den Stift beiseite. Es war bedrückend. Manche Dinge hatten sich in den letzten eintausend Jahren überhaupt nicht verändert. Als sie ihr Kopfkissenbuch schloß und unter die Matratze steckte, wurde ihr bewußt, daß es eine Sache gab, bei der sie sich ganz sicher war. So befremdend das Fleisch auch war, es war sehr wichtig. Sie sah zu John hinüber und schaltete das Licht aus. Sie mußte weiterhin viel Aufhebens um das Fleisch machen.

«Er heißt Joichi Ueno», erklärte ich meinem Assistenten, der einmal Flugbegleiter gewesen war. «Das spricht man wie ‹Wayne› mit einem O aus. Aber er will ‹John› genannt werden.»

Der Ex-Flugbegleiter seufzte. Ich zuckte die Schultern. Um ehrlich zu sein, ging der Name auf mein Konto; ich hatte ihn Ueno bei der ersten Vorbesprechung für die Serie gegeben. Danach hatte Kato mir erzählt, er sei so stolz auf das «John», daß er jetzt immer so genannt werden wollte, sogar von seinen Kollegen in Japan.

«Hören Sie», fuhr ich streng fort. «Sie dürfen ihn nicht ärgern. Er ist der Oberboß. Ich übertrage Ihnen eine sehr große Verantwortung. Ich möchte, daß Sie ihn am Flughafen abholen und ihn umgarnen, und wichtiger noch, er soll sich von Ihnen umgarnen lassen, verstanden? Sie sollen sich um ihn kümmern, damit er uns in Ruhe läßt. Sie sind für die Aufgabe wie geschaffen; ihr habt beide denselben Geschmack.»

Als Vertreter der Werbeagentur, die das Vermarkten der Fleischwaren übernommen hatte, war Ueno praktisch mein Vorgesetzter. Er wollte bei allem ein Wort mitreden und kam zu allen Werbedrehs. In jede Folge von *My American Wife!* wurden vier Werbespots für BEEF-EX eingeblendet. Der Gedanke war, «eine überzeugende Synergie zwischen der Werbung und den Reportagen herzustellen, um den Kaufimpuls der Kunden zu stimulieren.» Anders gesagt: Die Werbespots sollten in die Reportage übergehen, und die Reportage sollte als Werbeträger dienen.

Für die Werbedrehs hatten wir größere Teams. Weil ich Dokumentarfilmerin bin, war ich bei den Spots nicht für die Koordination zuständig, aber ich wurde trotzdem gebeten, dabeizusein, wegen der Synergie.

Mit sofortiger Verunsicherung kommt man bei diesen Agentur-Leuten am weitesten, und am besten ist es, ihnen gleich zu Anfang einen neuen Namen zu geben. Ueno war ein großer Mann mit schlaffen Fleischmassen, einer glatten, feuchten Haut und grauenvollem Mundgeruch, der auf gravierende Verdauungsstörungen schließen ließ und wie Dampf aus den Verschlingungen seines Darms aufstieg. Er hatte ein christliches College besucht und war

Mitglied der English Speaking Society gewesen, wo er die Sprache hingebungsvoll studiert hatte, um den Amerikanern erklären zu können, warum die Japaner einzigartig sind. Eine Schwäche hatte er, über die ich zufällig genau Bescheid wußte, weil ich bei früheren Dreharbeiten alles daran gesetzt hatte, sie zu kultivieren und auszunutzen: Er liebte Amerikanerinnen mit großem Busen. Füllige texanische Stripperinnen waren ein überaus wirksames Hilfsmittel bei der Verunsicherung von «John» Ueno.

Also überließ ich ihn meinem Flugbegleiter mit dem Auftrag, Ueno «außer Aktion zu setzen». Am Abend nach seiner Ankunft machten die beiden sämtliche Striptease-Lokale in Austin unsicher, und folglich war John am ersten Drehtag noch betrunken und damit fügsam. Wir drehten eine Squaredance-Szene; die Mädchen trugen kurze Rüschenröckchen, die wie umgedrehte Chrysanthemenkelche aussahen, und John saß wortlos auf einem Sitzsack in einer Ecke des Sets, von wo aus er den Mädchen beim Vorbeihüpfen unter den Rock sehen konnte. Am ersten Tag machten wir plangemäß Drehschluß.

Am Abend widerstand er allerdings unseren konzertierten Bemühungen, ihn in eine Bar zu locken, und ging früh zu Bett. Der zweite Tag war ein Alptraum. Es war der wichtigste Tag; zehn Stunden lang drehten wir die Präsentation des Fleischstücks. Um unser Soll zu erfüllen, brauchten wir zwei Einstellungen: zum einen, wie das große, dicke, rohe Steak zischend in die glühendheiße Pfanne kommt, und zum anderen dasselbe Steak auf dem Teller, genau richtig gebräunt und angeschnitten, so daß das saftige, zartrosafarbene Innere sichtbar ist.

John hatte an allem etwas auszusetzen. Das Geschirr war unpassend. Die Gemüsebeilagen waren unappetitlich. Das Fleisch war saft- und kraftlos. Er beschwerte sich über die Fettäderchen und bemängelte die Farbschattierungen, sah der Food-Stylistin über die Schulter, wie sie sich mit ihren feinen Kamelhaarpinseln um genau den richtigen rosafarbenen Hauch bemühte. Achtzehn Stunden später war er immer noch unzufrieden mit dem Braten; dann ging der Stylistin das Glyzerin aus, das dem Fleisch seinen Glanz verlieh, und das amerikanische Team empfahl sich. Ich fand ihn ganz allein auf dem leeren Set, wie er über dem Steak auf dem Teller brütete, ein Salatblatt mit seinem Atem malträtierte und kummervoll mit einer Erbse spielte. «John» Ueno hatte auch eine dunkle, einsame Seite.

Als er die Bildmuster sah, war natürlich alles wunderbar und großartig, und er freute sich, als habe er jede saftige Einstellung selbst gedreht.

An dem Abend zogen wir alle gemeinsam durch die Clubs. Mit dem Whiskey, dem Schoßtanzen und dem herzerwärmenden Gefühl, gute Arbeit geleistet zu haben, fühlte sich der alte John Ueno im siebten Himmel. Die jungen texanischen Schönheiten brachen ihm das Herz. Er weinte haltlos, als eine – sie hieß «Dawn» – sich rittlings auf seine Lenden setzte und ihr fülliges Bruststück seinem prüfenden Blick darbot. Als sie sich zu ihm umdrehte, liefen ihm Tränen über die fleckigen Wangen und fielen auf die aufgerichteten rosafarbenen Spitzen ihrer Brustwarzen.

«Japanische Mädchen sind nicht so», klagte er. «Mager, weißt du? Nicht unbekümmert.»

Dawn zuckte vor seinem warmen Aasatem zurück. Sie hob ihren üppigen Busen zu ihrem Mund und leckte seine Träne fort, dann hüpfte sie davon, eine Hundert-Dollar-Note aus unserem Produktionsetat in ihren G-String gesteckt.

John seufzte tief und trocknete sich die Augen mit einem sorgfältig gebügelten Taschentuch. Es war unverkennbar, daß seine Frau in Tokio ihm den Koffer gepackt hatte. Sehnsüchtig sah er sich in der Bar um. Dann kamen seine Augen auf mir zu ruhen.

«Sie, Takagi, Sie sind gutes Beispiel für Lebenskraft von Hybride, wissen Sie?»

«Nein.» Ich saß in der Ecke und schrieb in Gedanken ein Fax, das ich später noch wegschicken mußte. Auf diese Unterhaltung glaubte ich mich nicht einlassen zu müssen.

«Doch.»

John Ueno musterte mich. Dann beugte er sich über den Tisch und nahm mein Kinn in die Hand, um meinen Kopf hin und her zu drehen. Ich hielt die Luft an. Es hätte mich nicht gewundert, wenn er meinen Mund gewaltsam geöffnet und mein Gebiß inspiziert hätte. Dann ließ er mein Gesicht los und schüttelte traurig den Kopf.

«Wir Japaner haben schwache Gene durch viele Jahrhunderte ungekreuzte Zucht. Wie altmodische Kühe. Das gibt schwächliche

Rasse. Aber Sie sind gute, kräftige, moderne Mädchen aus Kreuzzucht. Sie haben Hybrid-Lebenskraft. Meine Frau, vergessen Sie. Wir seit vielen Jahren versuchen, Kind zu machen, aber sie ist nicht gut. Ich, ich brauche Frau wie Dawn für kräftige Baby.»

Er lehnte sich zurück, nahm einen großen Schluck aus seinem Glas und winkte dann einer weiteren Tänzerin, die gehorsam herbeitrippelte. Während ich ausatmete und ihn beobachtete, zählte ich Kategorien auf:

Hassenswert
Ungeeignet
Bedrückend
Ärgerlich
Arrogant
Was Hitze in einem aufsteigen läßt
Was einen jämmerlichen Eindruck macht
Was zu nichts zu gebrauchen ist
Was schlecht aussieht

Als ich genügend Distanz zwischen ihm und mir hergestellt hatte, kam mir der Gedanke, daß ich vermutlich der einzige Mensch in der Weltgeschichte war, der in einem Striptease-Schuppen in Texas an Shonagon dachte. Das gefiel mir.

Menschen, die selbstzufrieden aussehen.

Auf der Liste stand ich ganz oben.

AKIKO

Als sie vor drei Jahren nach den Flitterwochen in die *danchi*-Anlage gezogen waren, hatte John Akiko gesagt, es sei ihre Aufgabe, Kondome zu kaufen, bis die Zeit käme, keine Empfängnisverhütung mehr zu betreiben und eine Familie zu gründen. Er sprach das Thema an, als er neben ihr auf dem Futon kniete und ein Kondom aus der Schachtel nahm.

«Das ist das letzte aus dem Vorrat für die Flitterwochen», sagte er und riß die Folie auf. «Von jetzt an bist du dafür verantwortlich, sie zu besorgen. Als verheirateter Mann schickt es sich für mich nicht, so etwas zu kaufen. Es müssen immer genügend da sein – und zwar diese Marke.»

Er ließ die aufgerissene Packung auf ihren nackten Bauch fallen. Sorgfältig glättete sie die Folie, las die Aufschrift «Mandom SuperPlus» und steckte sie zwischen die Seiten der Kochzeitschrift, die sie gerade gelesen hatte.

«Meinst du, daß du das vielleicht auch lernen könntest?» Er klang leicht gereizt. Er zog ihren Kopf näher, so daß sein Penis nur wenige Zentimeter von ihrer Nase entfernt war. Schielend sah sie zu, wie er den dünnen Gummi langsam über den Schaft hinabrollte. Gehorsam legte sie Daumen- und Zeigefingerspitze darum und rieb ihn.

Wie kauft man Kondome? Diese Frage ging ihr ständig durch den Kopf, als sie an dem Abend miteinander schliefen.

Neben dem Markt gab es eine Apotheke. Aber als Akiko sie am nächsten Tag betrat, stellte sie fest, daß die Kondome außer Reichweite hinter dem Tresen aufbewahrt wurden. Eingehend begutachtete sie die amerikanischen Schmerzmittel und kaufte dann eine Flasche Shampoo auf Vorrat und eine Packung mit Badesalz von einem berühmten Kurort, das sie gar nicht wollte. Es war hoffnungslos, dachte sie beim Bezahlen. «Eine Schachtel Mandom SuperPlus bitte.» Sie konnte die Worte im Kopf hören, aber sie würde sie nie in Gegenwart der Verkäuferin über die Lippen bringen.

Als einziger Ausweg blieb noch der Automat an der Ecke des Spirituosenladens ganz in der Nähe des Bahnhofs. Akiko wartete, bis es dunkel wurde.

An der Ecke standen sogar drei Automaten. In einem gab es Kondome. Im zweiten konnte man pornographische Zeitschriften kaufen. Sie waren in zwei Querreihen ausgestellt. Über die unbekleideten Körperteile der Frauen auf der Titelseite war diskret Spiegelfolie geklebt. Aber im trübgelben Schein der Straßenlampe konnte man immer noch sehen, worum es ungefähr ging – Schülerinnen in Matrosenanzügen, Frauen, die in Embryonalpose gefesselt und über deren Brüste kreuzweise Seile geschlungen waren, oder sogar unbekleidete Nonnen.

Im dritten Automaten gab es Batterien.

Akiko beeilte sich. Sie hatte Angst, daß einer der Nachbarn auf dem Heimweg von der Arbeit vorbeikommen und sie sehen könnte. Sie steckte die Münzen in den Schlitz, drückte auf den Knopf und steckte die herausfallende Packung schnell in die Tasche. Als sie sich umdrehte, sah sie ihre Augen in der Spiegelfolie auf den Frauen reflektiert. Die Mädchen von der Titelseite begegneten ihrem Blick, aber es waren ihre, Akikos, in den Falten der Folie gebrochenen Augen, die leblos wirkten.

Weil die Straße leer war, warf sie auf dem Heimweg rasch einen Blick auf die Schachtel in ihrer Tasche. Es war die verkehrte Marke, nicht «Mandom SuperPlus». John würde wütend werden. Er würde sie mit einem verächtlichen Blick strafen.

«Denk nicht daran», riet sie sich. Sie machte einen Umweg, damit sie etwas länger an der Böschung neben den Bahngleisen entlanggehen konnte. Es gefiel ihr hier. Rechts und links der Gleise wuchsen Pflaumenbäume, und da es März war, fingen sie gerade an zu blühen, und die von den Straßenlampen beleuchteten Blüten hoben sich hell vom kalten, dunklen Himmel ab. «Denk an etwas anderes.» Also dachte sie an die Automaten. Sie konnte nicht verstehen, warum die drei nebeneinanderstanden, einer am anderen, an derselben Straßenecke. Wenn man die pornographischen Zeitschriften kaufte, wofür brauchte man dann Kondome? Und wie paßten die Batterien dazu?

Das Shampoo konnte sie später benutzen, und das Badesalz würde sie John in den Koffer packen, wenn er das nächste Mal nach Amerika fuhr. Die liebevolle Geste einer Ehefrau – wenn er sie überhaupt bemerkte –, und vielleicht würde er sich nach zu Hause sehnen.

Wie sich herausstellte, bemerkte er es tatsächlich. Im Gegenzug brachte er ihr eine Packung stacheliger, neonfarbiger Gummiteile mit, die «Texas-Ticklers» hießen und die er in der Herrentoilette einer amerikanischen Raststätte aus einem Automaten gekauft hatte. Neugierig beäugte sie eines der schwabbeligen Dinger auf ihrer Handfläche. Es sah wie ein kleiner Tintenfisch aus, wie etwas aus dem Angelkasten ihres Cousins. John lag wartend auf dem Rükken, und sie streifte ihm das Ding über mit einer Geschicklichkeit, die sie sich angeeignet hatte, um ihren Widerwillen zu verbergen.

Sex mit dem Tintenfisch rieb sie noch mehr auf als sonst, und nach zwei Malen fragte sie John, ob es in Ordnung sei, sie nicht mehr zu benutzen.

«Schon gut», sagte er achselzuckend. Er war offensichtlich beleidigt. «Ich habe sie zu deinem Vergnügen gekauft.»

John zufolge gehörte es sich nicht, wenn die Frau allzubald nach der Hochzeit schwanger wurde, aber nach einem Jahr erklärte er, jetzt sei es soweit. Doch mittlerweile hatte Akiko stark abgenommen, und ihre Periode kam sehr unregelmäßig. Sie hatte John nichts davon erzählt, weil es egal gewesen war. Aber plötzlich wurde ihre Periode zu seiner Sache, und sofort blieb ihre Menstruation völlig aus. Am Ende des zweiten Jahres begann er, sich zu beschweren: Seine Mutter erwarte einen Enkel, sagte er, und die Kollegen begännen zu tuscheln. Trotzdem passierte nichts. Jetzt, im dritten Ehejahr, war er von kalter Wut erfüllt.

* «Gattungsname eines Ziergehölzes, das in Asien heimisch ist und zur Familie der Saxifragaceae gehört. Besonders ansprechend sind die Sträucher im Frühsommer, wenn sie viele Blüten tragen, die vorwiegend weiß, gelegentlich aber auch rosa gefärbt sind.» *The Wise Garden Encyclopedia*

4. Der Deutzia*-Monat

SHONAGON

Hassenswertes

Gerade beim Abschied stellt sich heraus, was der Liebhaber für ein Mensch ist. Er seufzt und ist traurig, daß er schon aufbrechen muß. Nur widerwillig erhebt er sich, wenn sie beschwörend zu ihm sagt: «Oh, der Tag bricht schon an, jetzt mußt du aber gehen!» Noch einmal kommt er ihr ganz nah und flüstert ihr Zärtlichkeiten ins Ohr, die er ihr während der Nacht nicht oft genug gesagt hat. Unauffällig kleidet er sich an, öffnet behutsam die Fenster, und wenn er sich dann zum Aufbruch entschließt, gehen sie gemeinsam bis zum Gartentor. «Wie endlos wird dieser Tag ohne dich sein!» gesteht er ihr klagend beim Abschied. Wenn er sich so verhält, muß sie ihm noch lange mit ihren Blicken folgen, indem ihr Herz mit Seligkeit und Trauer erfüllt wird.

Wie verabscheuungswürdig ist dagegen ein Liebhaber, der sich mit einem Sprung vom gemeinsamen Lager erhebt, aufgeregt im Zimmer hin und her läuft, um seine Siebensachen zusammenzusuchen, und, wenn er sich schließlich umständlich angekleidet hat, mit ganzer Kraft seine Jackenbänder festbindet. Wenn er dann beim Hinausgehen noch nicht einmal das Gartentor hinter sich schließen sollte, so wird sie ihn eines Tages nur noch hassen.

JANE

Im Jahr mit Fleisch hatte ich einen Liebhaber. Er hieß Sloan und war ein Musiker aus Chicago. Eine gemeinsame Freundin hatte uns quasi verkuppelt, aber da ich mich nur selten in New York aufhielt und auch er ständig unterwegs war, lernten wir uns erst nach mehreren Monaten persönlich kennen. Unterdessen lief zwischen uns eine Art Telefonsex. Ich rief ihn spätabends an, aus einem Trucker-Motel in Gnawbone, Indiana, oder wo immer wir gerade drehten, und dann führten wir die halbe Nacht lang laszive, libidinöse Gespräche. Die Produktionsfirma kam für die Telefonrechnungen auf, also war es egal, wie lange wir redeten. Wenn wir nicht telefonierten, schickten wir uns Faxe, und wann immer wir in ein neues Motel eincheckten, wartete am Empfang meist schon ein Fax auf mich. Dadurch wurde das Leben ein bißchen spannender, bekam ein paar Höhepunkte. Ich fragte mich immer, ob die Angestellten am Empfang unsere Faxe lasen oder bei unseren Telefonaten mithörten.

«Exotisch? Na ja, biologisch gesehen vielleicht schon, aber nicht so, wie du es dir möglicherweise vorstellst. Ich bin eher ein Hybrid, ein Mutant... Ich bin groß. Sehr groß und dünn wie eine Bohnenstange.

Grüne Augen, genauso schlitzförmig wie die meiner japanischen Mutter, aber mit einer Mongolenfalte; die stammt von meinem Vater, der blaue Augen hatte. Woher das Grün kommt, wissen wir nicht, aber Ma denkt, es ist der *oni*, der Kobold, und ich bin der Samen des Teufels.

Braune Haare. Meistens. Wenn ich nicht arbeite, färbe ich sie mir manchmal. Kurz, aber manierlich. Nein, richtig kurz. Wie bei einem Jungen. Mit zwei Teufelshörnern, die vorne abstehen.

Busen? Klein, aufrecht. Nie schlapp, nie lethargisch... ja, sehr empfindlich... Hmmm, das stimmt. Ein bißchen Schmerz ist gut.

Jetzt? In einer Raststätte. Ich liege auf dem Bett und schaue zu der abgehängten Decke hinauf... Ein altes militärgrünes Unterhemd und nagelneue Boxershorts vom Wal-Mart... Ich war schon seit Wochen in keinem Waschsalon mehr. Ja, Männershorts... Mehr Bewegungsfreiheit...

Das Zimmer? Grauenhaft. Feuchte Wände, die Farbe blättert von der Decke, und es stinkt nach Zigarillos. Die Tapete ist Pseudobrokat, goldgelb mit Blumenmuster. Die Wände sind durchlöchert, sieht nach Luftgewehr aus, und der Spiegel hat einen langen Sprung. Die Matratze ist watteweich. Der Teppich ist auch goldgelb und so dreckig, daß ich meine Fliegerstiefel anlasse... nicht zugeschnürt, ohne Socken... Nein. Weißt du, wie's hier aussieht? Wie der Set für einen Sechziger-Jahre-Porno – exotischer Eurasier unbestimmten Geschlechts, in Männerunterwäsche und Fliegerstiefeln, der/die auf einer klammen Nylondecke liegt und Telefonsex hat – so ein Nostalgieporno aus der Nach-Vietnamzeit. Eine nette Soldaten-Phantasie in Tokio oder Seoul. Ich sollte die Jungs ins Zimmer holen, damit sie es filmen. Da muß es einen Markt für geben...»

In Nebraska lernten wir uns schließlich persönlich kennen. Ich kam ins Motel zurück, nachdem wir den ganzen Tag lang Mrs. Beadles und ihren Brustspitz gedreht hatten, und da saß Sloan an der Bar und trank einen Martini. Er erkannte uns natürlich sofort; schließlich waren wir das einzige japanische Fernsehteam auf der zweihunderttausend Quadratkilometer großen Hochebene, aus der Nebraska besteht. Er kam zu uns herüber und streckte die Hand aus.

«Jane Takagi-Little? Sloan Rankin, Leiter der Filmkommission von Nebraska. Es ist mir ein großes Vergnügen, Sie und Ihr geschätztes Team in Nebraska, dem Staat der Maisschäler, willkommen zu heißen.»

Ich stolperte über das Stativ in meiner Hand. Suzuki, Oh und der Regisseur standen direkt hinter mir, also stellte ich sie vor, und da fiel mir an den Japanern etwas Eigenartiges auf – sie konnten sich nicht überwinden, einem Amerikaner ins Gesicht zu sehen. Der Regisseur – dieser war einer von der schüchternen Sorte – näherte sich dem vorgeblichen Filmkommissar mit dem Eifer der Verzweiflung. Redlich bemüht, eine herzliche amerikanische Begrüßung nachzuahmen, schüttelte er Sloan die Hand, war aber unfähig, den Blick vom Boden zu heben. Als Oh an die Reihe kam, wand sich sein Körper wie ein von negativer Ladung abgestoßener Magnet. Suzuki war noch am erfolgreichsten; er fixierte einen Punkt auf Sloans Solarplexus und begrüßte zurückhaltend die Schnürsenkelkrawatte, die Sloan sich als Teil seiner Verkleidung zugelegt hatte. Zusammen mit dem Cowboyhut. Das erzählte er mir später.

«Werden Sie während Ihres Aufenthalts unseren Nationalpark besuchen?» fragte Sloan im näselnden Tonfall der Nebraskaner mit schmieriger Arroganz. «Er ist wirklich eine der bemerkenswertesten Sehenswürdigkeiten bei uns in Nebraska, der einzige von Menschenhand geschaffene Wald in den Vereinigten Staaten von Amerika.»

Das Team stand schweigend und mit gesenkten Köpfen da und ließ den englischen Wortschwall über sich ergehen wie Schüler, die eine ungerechte Bestrafung entgegennehmen, also ließ ich sie gehen, und sie flohen mit der Ausrüstung auf ihre Zimmer. Später drückte ich ihnen Geld in die Hand und sagte ihnen, sie sollten sich selbst versorgen, ich müsse mit dem Filmkommissar essen gehen. Er sei während der Vorproduktion überaus hilfsbereit gewesen, erklärte ich, und habe uns Mrs. Beadles und ihren Brustspitz und die ganzen netten Leute von Nebraska vorgestellt... aber Suzuki, Oh und der Regisseur hatten sich bereits in die Gesellschaft von Jack Daniels verzogen und kicherten lauthals über etwas Vertrauliches, das mit ihrer Video-Auswahl für die abendliche Unterhaltung in Zusammenhang stand.

Ich ließ sie in ihrem Motelzimmer zurück, während sie die Betacam an das moteleigene Fernsehgerät anschlossen. Zu unserer Ausrüstung gehörte eine kleine, aber gutsortierte Sammlung bereits bespielter Kassetten mit Titeln wie «Texas T-Bone und die Sirenen aus Indiana». Dies waren wenig bekannte regionale Delikatessen, die das Team im Verlauf unserer Reisen zusammengetragen hatte, und wie nicht anders zu erwarten, hatte der Höhepunkt stets etwas mit Fleisch zu tun.

Es war eine filmreife Nacht. Ein schäbiges Motelzimmer. Ein großer, dunkler Fremder in Cowboy-Stiefeln, der mir durch die Tür folgte, sie fest hinter sich zuzog und dann abschloß. Die unvertraute Hand, die sich schwer auf meine Schulter legte und mich wissen ließ, daß es kein Entrinnen gab. In der kühlen Nacht draußen vor der Jalousie flackerte nervös das hitzige rote Neonlicht. Ohne große Worte zu machen, drückte Sloan mich auf das klapprige Bett und legte sich obenauf. Als Filmkommissar war er unerbittlich.

«Nebraska», flüsterte er mir ins Ohr. «Bevölkerung: 1584617. Geburtenziffer: 17 pro tausend. Sterblichkeitsziffer: 9,2 pro tausend. Bevölkerungsdichte: 7,99 pro Quadratkilometer. 37. Staat der Union.»

Er gab mir einen langen Kuß, dann drehte er mich auf den Bauch. «Bedeutende landwirtschaftliche Produkte», fuhr er fort, «...Mais, Sojabohnen, Heu, Weizen, Sorghum, Bohnen...» er knabberte an meinem Nacken, «...Zuckerrüben...» – er drehte mich wieder um – «...Rinder, Schweine, Schafe...»

Seine Hände fuhren über meinen Körper nach oben, unter mein T-Shirt, dann nach unten in meine Boxer Shorts. Mit einem Ruck zog er sie herunter und preßte sich gegen mich. «Motto von Nebraska: Gleichheit vor dem Gesetz.»

Eine Diskussion sollte nicht stattfinden.

Sloan spielte Saxophon. Er hatte ein bemerkenswertes Mundstück und ein ausgezeichnetes Gedächtnis. Er erinnerte sich an alles, was ich ihm in den vergangenen Monaten erzählt hatte, und setzte es jetzt gekonnt ein, mal langsamer, dann dringlicher, bis es Morgen wurde. Es war merkwürdig. Da ich ihn vom Telefon so gut kannte, hatte ich das Gefühl, alles tun oder sagen zu können – aber gleichzeitig hatte ich den Mann noch nie gesehen, und mich packte das blanke Entsetzen, weil ich mit einem Wildfremden vögelte. Für ihn war es ebenso seltsam. Während einer Pause öffnete ich die Augen und ertappte ihn dabei, wie er mich betrachtete.

«Ist es so, wie du es dir vorgestellt hast?» Ich konnte mir die Frage nicht verkneifen.

«So ungefähr. Du siehst jünger aus. Wie ein vorpubertärer Junge nach einem Wachstumsschub.»

«Kommst du dir wie ein Kinderschänder vor?»

«Ein bißchen. Aber es gefällt mir. Und wie geht's dir damit?»

«Ich hab dich gekannt. Du hast dich gut beschrieben. Hager, skelettartig.»

«Kommst du dir wie eine Leichenschänderin vor?»

«Nein.»

«Gut. Es stört mich nicht, wie ein Skelett auszusehen, aber ich möchte nicht, daß du glaubst, ich würde wie eins vögeln.»

Er drehte sich auf den Rücken und schloß die Augen. Er hatte ein kantiges Gesicht und tiefliegende Augen, in die eine dunkelbraune Locke hing, so daß ihnen ihre bohrende Intensität ein wenig genommen wurde. Er war groß, größer als ich, und schlaksig, aber irgendwie trotzdem elegant. Außerdem hatte er unglaubliche Finger, lang und gelenkig, und er besaß die Gewohnheit, die Fingerspitzen auf die Lippen zu pressen, als wollte er sie versiegeln. Er konnte wunderbare Dinge mit diesen Fingern tun.

Am Morgen, es war noch dunkel, quälte ich mich aus dem Bett, duschte und zog mich an. Ich verließ Sloan, der quer über dem ganzen Bett schlief; er war ein anmutiges Skelett. Das Team lud auf dem Parkplatz schon leise die Ausrüstung in den Bus. Dann fuhren wir durch den tiefblauen, schattendunklen Morgen, um den Sonnenaufgang über den Dünen von Nebraska zu filmen. Den ganzen langen Tag hinduch dachte ich unablässig an Sloan. Er hatte sich unter meine Haut geschlichen. Sooft wie möglich klinkte ich mich innerlich von der Arbeit aus, und meine Gedanken zogen sich wie eine Auster in ihre Schale zurück, um dieses neue, mit Perlmutt zu umgebende Gefühlskorn zu umhegen. Als wir abends ins Motel zurückkehrten, war er weg. Er hatte sich am Regionalflughafen in ein Flugzeug gesetzt und war ebenso plötzlich verschwunden, wie er gekommen war. Das Zimmer war aufgeräumt, das Bett gemacht, die Bettwäsche gewechselt worden. Ich dachte, er hätte vielleicht einen Zettel auf dem Nachttisch hinterlassen, oder in meinem Koffer, oder etwas auf den Spiegel im Bad geschrieben. Vielleicht eine Nachricht beim Empfang. Fehlanzeige. Ich ging ins Bett. Lag da und wartete. Als er anrief, schlief ich tief und fest.

«Du bist nicht hier», sagte ich verschlafen.

«Das stimmt. Ich bin hier.»

«Oh.» Ich war etwas wacher geworden, und das Herz klopfte mir bis zum Hals. «Warst du nicht gerade noch hier?» Ich bemühte mich um eine tiefe, schläfrige Gleichgültigkeit.

«Ja. Letzte Nacht.»

«Oh.» Ich gähnte. «Das glaube ich nicht.»

«Nein?» Ich hörte sein Lächeln.

«Nein. Ich glaube nämlich nicht, daß es dich wirklich gibt. Gute Nacht.»

«Schade. Schade, daß ich einen derart flüchtigen Eindruck hinterlassen habe. Das würde ich gerne ändern. Also – am Samstag in Bloom, oder? Im Süden von Dodge City?»

«Woher weißt du das?»

«Ich hab bei dir im Büro angerufen. Ich habe mich als Filmkommissar von Kansas ausgegeben und mich beschwert, daß du keine Drehgenehmigung eingeholt hast. Sie haben mir deine Route für den Rest des Monats gefaxt.»

Er gefiel mir. Er produzierte Platten in New York, schrieb Filmmusik in L.A., und seine Band in Chicago spielte eine düstere, schräge Art von postmodernem Jazz, wie er in Tokio und Berlin beliebt war. Er flog ständig kreuz und quer durch Amerika und konnte deswegen relativ leicht für eine oder zwei Nächte einen Zwischenstop einlegen.

Anfangs machte ich mir Sorgen wegen des Teams. Der Ex-Flugbegleiter wußte sofort Bescheid, aber ich erkaufte mir sein Schweigen, indem ich seinen Telefonsex bezahlte. Er grinste zwar ständig, hielt aber den Mund. Die Regisseure flogen sowieso jede Woche neu aus Japan ein, so daß ihnen nichts auffallen konnte. Das Problem waren Suzuki und Oh. Aber irgendwie merkten sie nie, daß der Filmkommissar von Kansas oder Utah genauso aussah wie derjenige von Nebraska, und Sloan zog sich für jeden Bundesstaat eine andere Art Hemd und eine neue Krawatte an. Ich wartete darauf, daß die Jungs einmal die Augen heben und sein Gesicht wiedererkennen würden, aber das passierte nie. Vielleicht waren sie einfach zu betrunken, oder Sloan war zu groß, oder vielleicht sahen für sie alle Amerikaner ohnehin gleich aus. Aber wahrscheinlich war es ihnen einfach nur egal.

Sloan sah diese Besuche als Gelegenheit, zu vögeln und soziologische Studien zu betreiben. Ich auch, aber das war schließlich mein Job. Das mit den soziologischen Studien, meine ich. Es war nicht leicht, jede Woche eine passende amerikanische Hausfrau zu finden, denn wir mußten viele Kriterien beachten. Zuerst suchten wir eine Gegend, die geographisch typisch und landschaftlich reizvoll war, dann begann die systematische Ermittlung: Handelskammern, Kirchen, Eltern-Lehrer-Vereinigungen, regionale Agrarvereine. Die Rechercheure im New Yorker Büro stellten telefonisch Nachforschungen bei diesen Bastionen der Kleinstadtkultur an. Dabei entdeckte ich, daß es nur noch herzlich wenig Kultur gibt, und das Wenige, was noch existiert, ist vorwiegend auf gepflegt altenglisch gemacht.

Die Main Street, früher das Herz einer jeden amerikanischen Kleinstadt, ist tot. Das ist nichts Neues für Menschen, die Familienbetriebe an der Main Street gehabt hatten. Als ich aus Japan zurückkam und nach Quam fuhr, stellte ich fest, daß alle kleinen Läden aus meiner Kindheit vom Wal-Mart verdrängt worden waren. Wenn es ein einziges Symbol für den Niedergang der regionalen amerikanischen Kultur gibt, dann ist es dieser Prototyp des Hypermarktes, ein riesiger kapitalistischer Stiefel, der die braven Steuerzahler wie hilflose Würmer zerquetschte. Mißverstehen Sie mich nicht. Ich finde den Wal-Mart toll. Für mich gibt es nichts Schöneres, als einen Nachmittag geistlos in den Gängen dieses Konsumtempels zu verbringen, Verstand und Urteilsvermögen an der Kasse abzugeben. Es ist wie Fernsehen. Aber für eine Dokumentaristin der amerikanischen Kultur ist der Wal-Mart ein Alptraum. Hope, Alabama, sieht mittlerweile genauso aus wie Hope, Wyoming, oder auch Hope, Alaska. Das einzige, was von der Aufbruchsstimmung der Pioniere noch geblieben ist, sind die peinlichen Phantome der Relikt-Kultur: Ye Olde Curiosities n' Copie Shoppe, Deadeye Dick's Saloon and Karaoke Bar – phantasievolle Hybride und seltsame globale Fertigware bilden die einzige Chance der Familienbetriebe, in der Hypermarkt-Wirtschaft zu überleben.

Auf jeden Fall, sobald wir unsere Stadt gefunden hatten, sondierten wir die dortigen Hausfrauen. Gewappnet mit der Liste idealer Eigenschaften aus Tokio und mit Unterstützung unserer ersten Kontaktpersonen – Geistliche und Lokalreporter waren die zuverlässigsten Quellen –, erstellten wir eine Liste brauchbarer Kandidatinnen, die wir telefonisch ausloteten. Es war nicht schwer, von ihnen Informationen über ihre Familie, ihre Hobbys und ihr liebstes Fleischrezept zu bekommen. Sogar Bekömmlichkeit ließ sich fernmündlich feststellen. Schwieriger war es, herauszufinden, wie sie aussahen. Aber auch da gab es Mittel und Wege. Man konnte beim «Unisex Salon» der Stadt anrufen oder bei «Chez-Moi Hair Styling and Life Insurance» und die Inhaberin als Kollegin ansprechen.

«Ja, Cindy, Sie kennen Mrs. Crumph also seit fünf Jahren? Super. Also, unter uns gesagt... Sie sind doch Fachfrau in Sachen Schönheit, und deswegen würde ich Sie gerne nach Ihrer *professionellen* Meinung über ihr Aussehen fragen... Ich meine, wir arbeiten fürs Fernsehen und brauchen eine Frau, die attraktiv ist... nicht unbedingt eine Traumfrau, aber Sie wissen schon, nicht extrem übergewichtig, oder daß sie schielt oder einen Kropf hat oder so.»

«Fragst du das wirklich?» fragte Sloan amüsiert.

«Natürlich. Das müssen wir wissen.»

«Du kannst keine Frau mit Kropf filmen?»

«Nein, die Leute von BEEF-EX sind sehr streng. Sie möchten nicht, daß ihr Fleisch eine synergetische Verbindung zu Mißbildungen bekommt. Darunter verstehen sie zum Beispiel ethnische Herkunft, Armut oder Klumpfuß. Andererseits beschwert sich der Sender ständig, daß die Reportagen nicht ‹authentisch› genug sind. Ich sag's ihnen ja schon die ganze Zeit, wenn ich Regie führen dürfte, würde ich ihnen richtige Amerikanerinnen zeigen. Tja, Sloan, das ist meine große Chance...»

Sloan fand das alles witzig. Ich lag auf dem Bett im Outlaw Inn, während er die roten Stellen auf meinen Beinen mit Wet 'n' Wild Nagellack bestrich, wo sich Erntemilbenlarven ausbreiteten. Die Larven graben sich unter die Haut ein, und der einzige Weg, sie loszuwerden, ist, ihnen mit Nagellack die Sauerstoffzufuhr zu kappen.

Ich holte mir die Larven in Texas, auf einem Feld außerhalb von Lubbuck, aber es hatte sich gelohnt. Wir hatten den Großteil des Nachmittags dort verbracht, um einen kleinen Jungen mit seinem Ferkel zu filmen. Im Hintergrund stand ein weißes Farmhaus. Der Junge, er hieß Bobby, lebte dort mit seinen Eltern Alberto und Catalina Martinez. Alberto, oder Bert, wie er jetzt genannt werden wollte, war Farmarbeiter. Vor sieben Jahren hatte er seine linke Hand in einer Heuballenpresse verloren, nur wenige Monate, nachdem er und Catalina (Cathy) – legal – von Mexiko ausgewandert waren, genau rechtzeitig, damit Bobby als amerikanischer Staatsbürger geboren werden konnte. Cathy hatte immer davon geträumt, einen amerikanischen Sohn zu haben, und Bert hatte für ihren Traum mit seiner Hand bezahlt. Seitdem hatte er Schwerarbeit auf den Feldern anderer Farmer geleistet, um seine Familie zu ernähren, Cathy hatte in der Fabrik dazuverdient, und schließlich trug ihre Mühe Früchte. Sie hatten gerade genügend Geld zusammengespart, um das kleine weiße Farmhaus und ein paar Tagwerk Land zu kaufen, und meiner Ansicht nach waren Alberto, Catalina und der kleine Bobby auf dem besten Weg, eine typisch amerikanische Erfolgsstory zu werden. Das Problem war nur, sie erzählen zu dürfen. Nach vier Monaten waren die Vorgaben von BEEF-EX über die demographische Herkunft unserer Frauen noch immer nicht gelokkert worden, und wir filmten nach wie vor weiße Amerikanerinnen aus der Mittelschicht mit zwei oder drei Kindern. Natürlich paßte die Familie Martinez nicht ganz in dieses Konzept.

Erschwerend kam hinzu, daß bei dieser Folge Oda Regie führte, der Schwachkopf, der uns zum zweiten Mal beehrte.

«Takagi, seien Sie nicht dumm», sagte er zu mir. «Die Sendung heißt nicht *My Mexican Wife!...*» Ich hatte es aufgegeben, ihm die Geschichte verkaufen zu wollen.

Aber dann passierte etwas wirklich Seltsames. Wir hatten in Oklahoma gedreht, dem «Sooner State», direkt hinter der Grenze in einer Stadt am äußersten Rand des Panhandle, des schmalen Korridors, der nach Texas hineinragt. Oda hatte die grandiose Idee gehabt, das gesamte Essen müsse in Bratpfannen zubereitet werden, und unsere Hausfrau, eine gewisse Mrs. Klinck, willigte ein. Sie machte deutsche Bratkartoffeln, Succotash und gegrillte Biscuits, und ihr Fleischgericht bestand aus einem zarten Sooner-Schnitzel aus dünnen Kalbfleischscheiben, die in zerstoßenen Kelloggs Crispies und Paprika gewälzt und dann mit gedünsteten Zwiebeln und saurer Sahne in Bratenfett gebraten wurden. Mrs. Klinck bestand darauf, daß wir die Koteletts probierten, und zu meiner Überraschung griff Oda herzhaft zu. Offenbar hatte er eine Vorliebe für deutsches Essen. Aber nach den ersten Bissen ließ er die Gabel fallen und faßte sich an den Hals, als müsse er würgen.

«*Oda-san! Dame da yo!* Hören Sie sofort auf!» zischte ich. Ich war wütend, daß er sich auf derart grausame und unmißverständliche Art über Mrs. Klincks Essen lustig machte. Schließlich saß sie uns am Tisch gegenüber und beobachtete, ob ihre Schnitzel uns schmeckten.

Aber er hörte nicht auf. Statt dessen wurden die würgenden Geräusche immer lauter, und Mrs. Klincks Augen wurden immer größer und runder. Dann sprang sie auf, wobei sie den Stuhl umstieß, und lief hinaus.

«Rufen Sie den Notarzt!» schrie sie, und da erst bemerkte ich, was noch passierte.

Odas ganzer Körper war plötzlich starr geworden und begann anzuschwellen. Nach wenigen Minuten war seine Luftröhre zu, und als die Sanitäter eintrafen, war er fast am Ersticken. Sie gaben ihm eine Adrenalinspritze, und wir flogen ihn in einem Flugzeug, mit dem sonst Insektizide versprüht wurden, ins nächste Krankenhaus.

«Anaphylaktischer Schock», sagte der Arzt in der Notaufnahme. «Was hat er gegessen?»

Ich beschrieb die Gerichte in aller Ausführlichkeit.

Der Arzt zuckte die Schultern. «Ziemlich schwer», meinte er. «Aber sonst ganz in Ordnung.»

Nachdem der Anfall vorüber war, half ich Oda, den medizinischen Fragebogen auszufüllen. Die Frage nach antibiotischen Allergien beantwortete er mit «ja». Als der Arzt das sah, nickte er nur.

«Das ist es», sagte er finster. Er war jung, hatte gerade seine Ausbildung abgeschlossen und war von San Francisco nach Oklahoma gekommen. Er war nett und sehr groß, und wir hatten ein bißchen geflirtet.

«Was ist es?» fragte ich.

«Antibiotika», sagte er. Dann musterte er mich. «Sie leben in der Stadt. Wahrscheinlich haben Sie noch nie eine Großmästerei gesehen.»

«Sie meinen für Kühe?»

Er verdrehte die Augen. «Nein. Für Rinder. Fleisch.»

«Nein, das habe ich nicht. Aber wie kommen Sie darauf? Was hat eine Großmästerei mit einem anaphylaktischen Schock zu tun?»

«Wenn Sie eine gesehen hätten, dann wüßten Sie, wovon ich

rede. Sie sind überfüllt und dreckig – Brutstätten für alle möglichen Krankheiten –, und deswegen bekommt das Vieh vorbeugend Antibiotika, das sich im Fleisch anreichert...»

«Aber das war Kalbfleisch...»

Er sah mich an. «Sie machen wohl Witze! Kalbfleisch ist das Schlimmste. Im Ernst! Die Kälber werden in Boxen gehalten, in denen sie nicht einmal laufen können – und die Farmer halten sie mit massiven Dosen von Medikamenten am Leben, bis sie geschlachtet werden können. Was bei Ihrem Regisseur den Schock ausgelöst hat, waren die Antibiotikaspuren im Sooner-Schnitzel.»

«Das kann nicht sein.»

«Aber sicher. Wie heißt er – Oda? Er muß sehr empfindlich sein.»

«Also bitte...» Wenn er nur wüßte.

Das Lächeln wich dem jungen Arzt aus dem Gesicht. «Wissen Sie, es macht mir richtig angst. Ich meine, Allergien sind eine Sache. Aber diese ganzen Antibiotika erhöhen beim Menschen die Toleranzschwelle, und bald wird das Zeug nicht mehr wirken. Es gibt schon eine ganze Reihe virulenter Bakterien, die resistent geworden sind... Zurück in die Zukunft – es wird uns ergehen wie früher, als es noch keine Antibiotika gab.»

Die Bedeutung dieses Gesprächs ging mir erst sehr viel später auf. Damals dachte ich nur an Schadensbegrenzung. Ich rief Kato in Tokio an und berichtete ihm, was passiert war. Zu meiner absoluten Überraschung überließ er mir die Sendung. Die Regie.

Und das war's. Ohne irgend jemanden um Erlaubnis zu fragen, fuhr ich mit dem Team nach Süden, nach Texas, direkt zur Familie Martinez.

Bert hatte seine fehlende Hand durch einen häßlichen Haken ersetzt. Beim Mittagessen zeigte er mir den Twostep, und beim Tanzen drückte er mir die Spitze seines Hakens in die Wirbelsäule. Unterdessen walzte Cathy mit Suzuki um den Küchentisch. Cathy und Bert konnten ausgezeichnet tanzen. Bert habe auch wunderschön Gitarre gespielt, erzählte Cathy, damals, als sie noch in Mexiko lebten, vor dem Unfall.

«Aber jetzt, hier in Amerika», meinte sie achselzuckend, «haben wir nicht mehr soviel Musik. Aber wir können noch tanzen.»

Wir filmten sie am Samstagabend beim Twostep, und am Sonntagnachmittag, nach der Kirche, machte Cathy Rindfleisch-Burritos auf texanische Art, aus mageren, zarten Lendenscheiben von texanischen Rindern. Die Burritos waren das Symbol ihres hart erarbeiteten amerikanischen Lebens, das sie an ihre Wurzeln erinnerte, aber auch an ihren neuen Wohlstand. Anschließend wollte Bobby uns sein Ferkel, ein Projekt seines Biologie-Unterrichts, zeigen. Da standen wir also in dem milbenverseuchten Feld und drehten den kleinen Bobby in einem Meer von goldenen Ähren, durch das eine Brise wehte. Burt und Cathy standen Arm in Arm daneben und sahen ihrem Sohn zu. Das Ferkel hieß Supper und war so groß und schwer, daß Bobby es kaum halten konnte. Er trug seine Sonntagskleidung, einen abgelegten Anzug von einem Nachbarn, der ihm noch etwas zu groß war, und die Hose flatterte um seine knochigen Schienbeine. Auf seinem Kopf thronte ein alter Filzhut seines Vaters. Er hatte das Ferkel gerade gebadet, so daß Wassertropfen in der Sonne glitzerten, als es sich in seinen Armen wand. Bobby lächelte in die Kamera, ein kleiner mexikanischer Junge, der sein amerikanisches Supper schüchtern den japanischen Zuschauern darbot. Alles war in Zeitlupe. Es war ein surrealer, zauberhafter Augenblick.

AKIKO

Samstags morgens klingelte der Wecker immer um Viertel nach sieben. Akiko wachte mit einem Ruck auf. Als sie merkte, daß sie allein war, ging ihre Panik in leichtes Unbehagen über. Sie lag auf dem Futon und starrte zu den lärmdämmenden Deckenplatten und den Neonröhren hinauf. Vom Balkon konnte sie das dumpfe, rhythmische Klopfen einer Hausfrau hören, die das Bettzeug über dem Balkongeländer ausklopfte. Auch Kinder waren schon auf; ihre Stimmen schallten vom Spielplatz herauf. Wenn Akiko zum Markt ging, versuchte sie immer, den Spielplatz und die jungen Mütter, die auf dem Platz direkt hinter dem Tor zusammenstanden, zu vermeiden. Es fiel ihr schwer, auf dem Weg hinter dem Zaun an ihnen vorbeizugehen.

Akiko fielen viele Dinge schwer. Zum Beispiel, zu einer vernünftigen Zeit zu Bett zu gehen, wenn John die Nacht in der Stadt verbrachte oder geschäftlich unterwegs war. Die Luft in der kleinen Wohnung roch feucht und süß von den Ausdünstungen der Nacht. Akiko drehte sich auf die Seite und sah die flache, kleine Whiskeyflasche, die sie am Abend zuvor in ihrem Überschwang geleert hatte. Es war schön gewesen, allein zu sein. Nicht belästigt zu werden. Sie spürte den harten Einband von Shonagons Buch unter dem Kissen. Dann sah sie ihr eigenes Kopfkissenbuch, ihr Tagebuch, in das sie angetrunken ihre eigenen Listen kritzelte.

Was Herzklopfen verursacht

Regenwolken, die sich vor einem Sturm am Himmel auftürmen. Auf dem Balkon zu stehen und zur Stadt hinüberzuschauen. Den matten, ockergrünen Ring zu sehen, der sich um die Einschlagstelle bildet, der getretene Himmel, *mein Tokio-Herz.*

Sich seinen Schlüssel im Schloß vorzustellen, das Auftreten seines Schuhs, seine bestrumpfte Ferse, die auf dem hohlen Boden auftritt. Zu fühlen, wie sich der süße, feuchte Dampf des Fleisches auf das Gesicht legt, wenn man es auf der Servierplatte aufträgt. Sich zurückzuziehen, sich zu reinigen, keine Menschenseele sieht etwas, doch *dies* erzeugt innere Freude.

Es ist Nacht, man gibt vor zu schlafen. Man wird sich seines kritischen Blicks bewußt, der über die spatzenhaften Rippen wandert, den eingefallenen Unterleib betrachtet, die Buckel auf der Wirbelsäule befingert, die Brüste verschmäht. Plötzlich schreckt man vom Geräusch seines Schnarchens auf.

Im beschwipsten Zustand hatte sie die dumme Vorstellung gehabt, daß Listen zu Poesie werden könnten. Sie riß die Seiten aus ihrem Tagebuch heraus und zerknüllte sie, dann begann sie eine neue.

Was ein Gefühl von Hitze erzeugt

Die Scham zu trinken.

Ungehorsam.

Betrunkene Dichtung voller Unvollkommenheiten.

Langsam stand sie auf. Es hämmerte in ihrem Kopf. Sorgsam legte sie die Zudecke und die Flanellaken zusammen. Dann faltete sie den Futon und die dünne Schaumstoffmatratze zweimal wie eine Ziehharmonika . Sie stapelte alle Decken auf die Matratze, legte die reisgefüllten Kissen obenauf, nahm das ganze Bettzeug in den Arm und stolperte zum Schrank. Sie stopfte alles hinein und schob schnell die Tür zu, damit es nicht wieder herausfiel. Dann setzte sie Wasser für den Tee auf. Um acht Uhr saß sie angezogen an dem niedrigen *kotatsu*-Tisch vor dem Fernseher. Mit untergezogenen Füßen sah sie auf den Bildschirm, wo ein kleines mexikanisches Kind inmitten eines wogenden Weizenfeldes stand, sie scheu anlächelte und ihr sein riesiges Schwein darbot. Es wand sich in seinen Armen und war so schwer, daß der Junge es kaum halten konnte. Er taumelte auf den Zehenspitzen hin und her. Dann, in Zeitlupe, fing sich der Wind in seinem großen Filzhut und wehte ihn in die Luft, das Schwein zappelte und flog ihm aus den Armen, der kleine Junge brach in fröhliches Gelächter aus und rannte beiden nach. Akiko stiegen Tränen in die Augen, als sie mit einem Stift in der Hand das Blatt Papier glättete, um das Rezept des Tages für Rindfleisch-Burritos auf texanische Art auf die Rückseite ihres zerknüllten Gedichts zu schreiben. Die ergreifende *a capella*-Melodie von «Amazing Grace» übertönte den Lärm des Tokioter Vororts.

JANE

Fax

AN: S. Kato
VON: Jane Takagi-Little
DATUM: 12. April 1991

Lieber Kato-san,
Vielen Dank für Ihr Fax. Ich freue mich sehr über die hohen Einschaltquoten bei der Martinez-Sendung, und gleichzeitig möchte ich Ihnen für Ihr Vertrauen danken, mir die Regie einer weiteren Sendung von *My American Wife!* zu überlassen. Ich werde mir alle

Mühe geben, die Authentizität und das Allgemeine Interesse der Beiträge zu steigern und dabei den hohen Standard an Hilfestellung, Bildungsgehalt, Bekömmlichkeit, Gehalt und natürlich an Köstlichkeit des Gerichts beizubehalten.

Bitte versichern Sie Mr. Ueno, daß ich seine Besorgnis, eine amerikanische Regisseurin könne möglicherweise den außergewöhnlichen Empfindlichkeiten der japanischen Zuschauer nicht angemessen Rechnung tragen, durchaus verstehe. Ich werde mein Bestes tun, und ich werde Ihnen selbstverständlich die Exposés jeweils im voraus zukommen lassen, damit Sie sie prüfen können.

Bislang haben wir unsere Hausfrauen für *My American Wife!* anhand der Kriterien ausgewählt, die den Marktforschungen zufolge eine verheiratete japanische Frau ansprechen. Meiner Ansicht nach erreichte die Martinez-Sendung eben deshalb so hohe Einschaltquoten, weil sie anders war. Sie vermittelte dem Publikum einen erweiterten Begriff dessen, was es bedeutet, amerikanisch zu sein. Ich würde gerne auch künftig die reiche, gelegentlich verschrobene Vielfalt und den starken Hang zum Individualismus darstellen, durch die sich die Menschen in diesem Land auszeichnen.

Nachfolgend mein Exposé für die kommende Sendung.

FAMILIE BEAUDROUX
Askew, Louisiana

ERÖFFNUNGSSEQUENZ: Stellen Sie sich *Vom Winde verweht* vor. Das Bild steht und zeigt einen klassischen Südstaaten-Blick. Die lange Auffahrt führt direkt durch die Bildmitte auf das Haus zu, rechts und links gesäumt von uralten Eichen, deren Äste mit Spanischem Moos überwuchert sind. Das Plantagenhaus, ein Ziegelbau, bildet das Ende der Auffahrt und versperrt den Fluchtpunkt. Wir hören einen langsamen Zydeco, «Valse Bébé», oder einen langsamen Cajun Blues-Riff wie «Ma Petite Fille est Gone» von Rockin' Dopsie.

Eine attraktive Frau mittleren Alters mit blondem Haar und einem humorvollen Funkeln in den Augen tritt von links ins Bild. Sie dreht sich um und blickt in die Kamera. «Hi, Leute», sagt sie, und ein Lächeln breitet sich langsam auf ihrem Gesicht aus. «Ich bin Grace Beaudroux. Ich bin heute Ihr *American Wife!* Und jetzt stelle ich Ihnen meine Familie vor.»

Bei ihren Worten macht die Kamera eine Fahrt auf einen schlaksigen, sonnengebräunten Mann mit dem Ansatz einer Glatze.

«Ich bin Vern», sagt er im Südstaaten-Akzent, «Gracies liebender Ehemann.»

Wieder wandert die Kamera weiter, dieses Mal zu einer blonden Tochter; ihr gerundeter Bauch am unteren Bildrand zeigt, daß sie schwanger ist.

«Ich bin Ashley», sagt sie. «Ich bin die Älteste.» Die Kamera fährt weiter.

«Ich bin Vernon», sagt ein großer, dunkelblonder junger Mann. «Vernon junior. Ich bin der zweite.» Die Kamera schwenkt nach unten, und plötzlich blickt ein asiatisches Mädchen mit pechschwarzen Haaren und einem Pony, der ihr tief in die Augen hängt, in die Kamera.

«Ich bin Joy», sagt sie aggressiv. «Ich bin die dritte.» Eine ihrer Augenbrauen ist gepierct.

«Ich bin Newton», sagt der asiatische Junge, der als nächster kommt. «Der vierte.»

«Ich bin Cici», sagt das nächste Mädchen. «Ich bin die fünfte.» Und dann kommt ein asiatisches Kind nach dem anderen ins Bild, mit unterschiedlichen Hautschattierungen, immer kleiner und immer jünger.

«Ich bin Elvis. Ich bin der sechste.»

«Ich bin Page. Ich bin die siebte.»

«Ich bin Jordan. Ich bin der achte.»

«Ich bin Emily May. Ich bin die neunte.»

«Ich bin Duncan. Ich bin der zehnte.» Die kleineren Kinder sprechen noch mit einem Akzent.

«Ich bin Joey. Ich bin der elfte.»

«Ich bin Chelsea», sagt das kleinste Mädchen. Ihre Haut ist sehr dunkel, und sie sieht völlig anders aus.

Ihre schwarzen Augen glitzern verwirrt. Hilflos blickt sie sich um. Im Off ist Flüstern zu hören, das sie offenbar ermutigt. Tapfer blickt sie in die Kamera. «Ich bin die letzte.»

SCHNITT ZU:
Totale der Familie, aufgereiht vor dem Plantagenhaus. Gracie steht mit ihrem Mann in der Mitte, rechts und links von ihnen die lächelnden Kinder.

Stellen Sie sich bloß vor, wieviel Fleisch dieser Clan auf einen Schlag essen kann!

SCHNITT ZU AUS DER REGION:
Zu den heiseren Klängen von Southern Funk – Tony Joe White singt «Poke Salad Annie» – erwacht die kleine Stadt Askew, Louisiana, mit dem alljährlichen Fest des Schweins zum Leben. In der Ortsmitte werden ganze Schweine über offenen Feuergruben gebraten, Leute spucken Wassermelonenkerne aus, machen Wettbewerbe, bei denen sie Schweinen Befehle zurufen oder eingefettete Ferkel fangen müssen. Das Fest endet mit der Krönung der Schweine-Königin.

SCHNITT ZU FLEISCH:
Vern kocht sehr gern und kommt oft früher von der Arbeit nach Hause, damit sich Grace den Luxus eines späten Nachmittagsschlafs leisten kann. Während sie ihr Nickerchen hält, kocht er das Essen. Da gerade das Fest des Schweins ist, macht er seine Spezialität: Ferkel-Spareribs auf Cajun-Art. Sein Rezept ist recht ausgefallen und auf den japanischen Gaumen abgestimmt. Die Kinder helfen alle mit, so daß das Kochen zu einer ziemlich ausgelassenen Angelegenheit wird.

SCHNITT ZU CHERRY STREET:
Samstagabendliches Spazierenfahren auf der Cherry Street. Die Straße wirkt wie ein träger Fluß aus geschmolzenem Metall und Chrom, wenn die Teenager von Askew sich zu einem Ritual versammeln, das sich seit Graces und Verns Jugend nicht verändert hat – nur

heißen die Automarken heute Nissan und Mazda, und die Musik stammt von House of Pain. Die Autos fahren langsam die Cherry Street entlang zum Bürgerkriegsdenkmal am Stadtrand, umrunden das Denkmal und kreuzen dann zum Parkplatz der Dairy Queen, wo sie wenden und das Ganze noch mal von vorn beginnen. Um sieben Uhr, dem inoffiziellen Beginn der Veranstaltung, sind die Wageninsassen streng nach Geschlecht getrennt. Wenn die Autos aneinander vorbeifahren, werden unmerklich Verabredungen getroffen, dann halten zwei Wagen wie durch Zufall nebeneinander, und einige der Insassen tauschen die Plätze.

«Das ist der Sinn des Ganzen», sagte Grace. «Stimmt's, Joy?»

Wir saßen im Wagen, Vern am Steuer, und ich bekam eine Stadtrundfahrt durch Askew. Joy verdrehte die Augen und schnitt hinter dem Rücken ihrer Mutter eine Grimasse. «Woher soll ich das wissen?» fragte sie. «Ich hab's nicht erfunden. Das wart ihr.»

Grace wandte sich über die Rücklehne zu mir.

«Das ist eine unserer primitiven Südstaaten-Sitten», erklärte sie. «Joy macht das nur uns zuliebe.»

CHERRY STREET (Forts.)
Grace Peabody und Vernon Beaudroux lernten sich beim Spazierenfahren auf der Cherry Street kennen. Gracie war gerade erst nach Askew gezogen, ebenso wie Vern. Keiner von ihnen besaß ein Auto, aber da sie beide jung und attraktiv waren, hatten sie Glück und durften sich der Clique anschließen – Grace auf dem Rücksitz eines blauen Barracuda, Vern in einem kirschroten Chevrolet Impala. Doch am Ende des Abends, als sie die Rücksitze für platzbedürftige Paare räumen mußten, fanden sie sich beim Denkmal am Ende der Cherry Street wieder und sprachen über ihre Zukunftsträume. Vern saß rittlings auf dem großen Bronzepferd, Rücken an Rücken mit einem stolzen Südstaatenkavalleristen. Gracie hockte bescheiden zu Füßen des Pferdes, an die Hüfte des Negerdieners des Konföderierten gelehnt.

«Da ist sie», sagte Grace und deutete auf die Statue, während Vern sie langsam umrundete. «Es ist eine Schande. Ich weiß nicht, ob Sie die wirklich filmen sollten.»

«Elvis und ein paar seiner Mitschüler machen sich dafür stark, daß sie abgerissen wird», erzählte Joy.

«Das war 1968!» rief Vern. «Wir waren sechzehnjährige weiße Jugendliche, und wir haben einfach nicht...»

«Wir haben einfach nicht *gedacht*», schloß Grace und preßte die Lippen aufeinander.

CHERRY STREET (Forts.)
Nach dreißig Minuten wußten Vern und Gracie alles voneinander, worauf es ankam: daß sie beide das Stadtleben kannten, aber lieber auf dem Land wohnten; daß sie beide Zydeco, Funk und vor allem Tony Joe White mochten, aber auch gern im Kirchenchor sangen; daß sie beide Kinder liebten und sich eine große Familie wünschten, aber auch beide das Gefühl hatten, es sei nicht richtig, mehr als zwei Kinder in die Welt zu setzen.

«Meiner Ansicht nach», sagte Vern, «sind zwei genug. Und wenn wir eine größere Familie haben wollen, könnten wir einfach welche adoptieren...» Er sah zu Grace und fragte sich, ob ihr aufgefallen war, daß er ihr praktisch einen Heiratsantrag gemacht hatte.

«Das ist wunderbar!» rief Gracie und klatschte in die Hände, als habe er nur ein tolles Thema für die Dekoration der Aula für den Abschlußball vorgeschlagen. «Zum Beispiel all die kleinen asiatischen Babys aus Korea und Vietnam, um die sich niemand kümmert und die niemanden haben, der ihnen Spielzeug kauft oder für ihre Ausbildung aufkommt...»

Plötzlich wurde sie ernst. «Ich habe mir immer schon gedacht, daß die Menschen sich nur selbst ersetzen sollten, weißt du, ein Kind pro Elternteil, damit es nicht mehr werden. Wenn jeder das täte, würde es keine Bevölkerungsexplosion geben...»

«Sie ist immer schon ein Mathegenie gewesen», sagte Vern lächelnd.

Grace runzelte die Stirn. «Das hat mich richtig aufgeregt», erklärte sie. «Ich hab an die Milliarden von Menschen gedacht, die auf der Welt leben und sich fortpflanzen und immer mehr Kinder bekommen; ich schwör's, das hat mich nachts oft nicht schlafen lassen. Tut's immer noch. Darüber wird viel zu wenig gesprochen.»

«Worüber? Übers Kinderkriegen?» fragte ich.

Joy stöhnte. «Gleich legt sie los», warnte sie laut flüsternd.

Grace überhörte sie geflissentlich. «Ich meine, wir reden über Umweltverschmutzung, über die Weltwirtschaft, über Menschenrechte, aber niemand redet von der Bevölkerungs...»

«Bei dem Thema flippt sie voll aus», warf Joy ominös ein.

«Aber letztlich ist das doch die Wurzel allen Übels», widersprach Grace und wandte sich zu uns um. «Oder wird es zumindest sein. Wart's nur ab, Joy. Du wirst es schon noch erleben, wenn du-weißt-schon-was am Dampfen ist. Kinderkriegen wird das große Thema des Jahrtausends sein – wer darf, wer's überhaupt noch kann... ich meine, es kann nicht endlos so weitergehen. Die Rechnung geht einfach nicht auf...» Sie lehnte sich in den Sitz zurück. «Das sind diese religiösen Fanatiker», murmelte sie ärgerlich. «Man kann sich über Abtreibung nicht einmal vernünftig unterhalten.»

SCHNITT ZU FAMILIENALBUM:
Grace und Vern heirateten, und im Verlauf der folgenden drei Jahre begannen sie, ihr Projekt in die Tat umzusetzen. Ashley kam zur Welt, zwei Jahre später folgte Vernon junior. Vern senior hatte einen grünen Daumen, und Gracie war eine Rechenkünstlerin. Gemeinsam kauften sie eine Gärtnerei und bauten sie zu einem der größten Landschaftsarchitekturunternehmen in Louisiana aus. Als Ashley sieben und Vernon junior gerade fünf waren, kauften sie ein altes Plantagenhaus und machten sich daran, es mit Kindern zu füllen.

Joy kam als erste. Sie war fünf, nur ein paar Monate jünger als Vernon junior. Sie fanden sie in einer christlichen Adoptionszeitschrift, die amerasiatische Tochter eines G.I. und einer koreanischen Prostituierten. Joy war im Alter von dreieinhalb Jahren auf den Stufen einer katholischen Kirche ausgesetzt worden; an ihrem Handgelenk hing ein Zettel mit den Worten: «Die Mutter dieses Mädchens ist eine Hure, ihr Vater Amerikaner. Gott, bitte zieh sie für mich groß. Vielen Dank.» Ihre Beschreibung in der Adoptionszeitschrift lautete:

Min Jung ist eine aufgeweckte, intelligente Fünfjährige, die einem wahre Freude bereiten kann. Im allgemeinen ist sie ruhig und gehorsam und empfänglich für Klänge und Musik. Wegen der frühkindlichen Vernachlässigung in Institutionen und der mangelnden Anregung entwickeln sich ihre verbalen Fähigkeiten nur langsam, und sie neigt zu gelegentlichen Anfällen von Trotz.

«Manche Dinge ändern sich nie», kommentierte Grace. Wir saßen im Wohnzimmer und warteten auf die restliche Familie.

«Halt den Mund, Mom», antwortete Joy. Sie hielt mir die alte Adoptionszeitschrift hin und deutete auf das Inserat. «‹Wahre Freude. Ruhig und gehorsam.› Das erwähnt sie nie.»

FAMILIENALBUM (Forts.)

«Und?» Vern senior eröffnete die Diskussion. Bei der wöchentlichen Familienversammlung setzten sich alle zusammen, sprachen über die Ereignisse der kommenden Woche und trafen gemeinsam Entscheidungen über die Dinge, die sie alle betrafen.

«Sie ist süß», sagte Ashley. «Sie sieht aus wie eine Puppe.»

«Ich will einen Bruder», warf Vernon junior ein.

«Anfälle von Trotz?» gab Vern senior zu bedenken.

«Empfänglich für Musik», schloß Gracie, die mittlerweile stellvertretende Leiterin des Kirchenchors war.

Durch Abstimmung einigte man sich auf den Namen Joy. Als sie in das große Ziegelhaus am Ende der Auffahrt kam, sprach sie kein Wort Englisch, und gewisse Dinge erfüllten sie mit panischer Angst: etwa, wenn Vern senior Ashley einen Gutenachtkuß gab, oder Geburtstagspartys mit Krachern oder blinkende Weihnachtslichter. Manche Dinge, zum Beispiel der Anblick des Vollmonds von Louisiana oder eines schwarzen Babys, das kleiner war als sie, löste eine andere Reaktion aus. Es war, als würde in ihrem Herzen etwas bersten. Sie drehte sich zur nächsten vertikalen Fläche, preßte die Stirn dagegen, kniff die Augen zusammen und stieß einen hohen, ohrenbetäubenden Klagelaut aus. So blieb sie stundenlang stehen, summend wie eine Stimmgabel, voller Trauer.

«Musikalisch?» fragte Vern senior leise.

Gracie schürzte die Lippen und wartete. Nachts, wenn der Mond schien, oder in der Spielzeugabteilung im Wal-Mart, zog sie ihre fremde neue Tochter sacht von der stützenden Wand fort, ging in die Hocke und umarmte sie. Aber das Kind beruhigte sich nicht, und es konnte nichts erklären. Die Ursache von Joys Erstarrung lag zu tief,um sie zu ergründen, und die sonst so gelassene Grace machte sich endlos Sorgen.

Es dauerte fast ein Jahr, bis die Anfälle seltener wurden. Als Joy Englisch sprechen lernte, konnte sie ihr Grauen und ihren Kummer in Worte fassen und damit lindern. Anfangs war ihre Stimme hart und nasal, aber je besser und schneller sie sprechen konnte und damit Selbstvertrauen gewann, desto sanfter wurde sie. Erst da bemerkte Grace, daß Joy eine Sopranstimme hatte, und die Klagelaute waren der erste Ausdruck ihres Talents gewesen. Sie nahm ihre Tochter in den Chor mit, und schon bald sang sie Solo.

Grace gewann ihre innere Ruhe zurück und berief eine weitere Familienversammlung ein. Als nächstes kam der gutmütige Newton:

> Dong Chul hat einen Wolfsrachen, aber er lacht gern und plappert schon gut. Seine Gutmütigkeit, sein Glucksen und Lachen bezaubern alle.

Und dann die kecke Cici:

> Ha Young ist ein Baby, das gut auf Licht und Geräusche reagiert und den Kopf aufrecht halten kann.

Der kräftige Elvis:

> Young Bum ist ein liebevolles, gesundes, fröhliches Kind, das gut und laut schreien kann.

Die ruhige Page:

> Nam Hee sieht aufmerksam Fernsehen.

Der rastlose Jordan:

> Ist das nicht ein gewinnendes Lächeln? Dieses energiegeladene Baby erforscht seine Umgebung neugierig und krabbelt im ganzen Zimmer umher.

Die neugierige Emily May:

> Mee Ree ist empfindsam und vergnügt sich damit, mit ihren Fingern und Zehen zu spielen.

Der kluge Duncan:

> Ho Young nimmt Blickkontakt auf mit den Menschen, die ihn versorgen.

Der süße Joey:

> Dieser kleine Glückspilz hatte Kinderlähmung, aber jetzt kann er schon gut gehen und bemüht sich, wenn schon nicht zu laufen, dann doch, sich schnell zu bewegen.

Und schließlich die dunkle, bekümmerte Chelsea:

> Diesem Waisenkind aus Kalkutta mit seinen strahlenden Augen fehlen Finger an beiden Händen. Möglicherweise wurde sie als Baby verstümmelt, damit sie beim Betteln mehr Erfolg hat.

«Behaltet ihr alle eure Beschreibung?» fragte ich die Kinder. Sie brüllten vor Lachen.

«Na klar, Mann. Das ist doch cool. ‹Gut und laut schreien…›», sagte Elvis.

«Wir haben viel durchgemacht», erklärte Newton leise. «Wahrscheinlich sind wir stolz darauf.»

«Ich nehm meine mit in die Schule und zeig sie herum!» sagte Joey. «Ich bin ein Glückspilz. Ich bewege mich schnell!»

Chelsea vergrub ihren Kopf in Elvis' Seite. Er legte den Arm um sie. «Ich hab's nicht so gemeint», sagte er zu ihr. «Eigentlich ist es gar nicht cool. Nur irgendwas, was irgend jemand mal über einen gesagt hat. Sie haben nicht einmal…»

Joy beugte sich vor. «Sie weiß noch nicht, was ‹verstümmelt› bedeutet», flüsterte sie. «Aber sie mag das Wort ‹betteln› nicht.»

FAMILIENALBUM (Forts.)
Als das Garten- und Landschaftsarchitekturunternehmen der Beaudroux expandierte, wurde die Adoption zu einem jährlichen Ereignis. Jedes Jahr zu Weihnachten riefen Gracie und Vern eine Familienversammlung ein, die sich eigens mit der Frage befaßte, ob die Familie erweitert werden sollte, und wenn ja, für welches Kind sie sich entscheiden wollten. Sie adoptierten Kinder derselben ethnischen Herkunft in der Hoffnung, daß die Adoptivkinder schließlich – in einem Städtchen mit nur gut eintausend Einwohnern – eine eigene Minderheit bilden würden. Einige der Kinder waren biologisch miteinander verwandt. Elvis war Joys jüngerer Bruder, der sechs Monate alt gewesen war, als Joy vor der Kirche ausgesetzt wurde. Joy war außer sich vor Freude, als der siebenjährige Young Bum nach einer schwierigen und kostspieligen Suche in Korea beim Putzen der Zimmer in dem Bordell gefunden wurde, in dem ihre Mutter vor ihrem Tod gearbeitet hatte. Elvis' Vater war Afro-Amerikaner, und deswegen waren seine Haare lockiger und seine Haut dunkler als die der anderen koreanischen Geschwister. Joy verprügelte jeden, der ihn wegen seiner Hautfarbe oder seines Namens aufzog. Später wählte er Chelsea aus dem Ka-

talog und setzte sich dafür ein, daß sie trotz ihrer unterschiedlichen ethnischen Herkunft in die Schar der Geschwister aufgenommen wurde. Chelsea klebte an Elvis wie eine Klette, klammerte sich mit Daumen und Zeigefinger einer Hand an seiner Gürtelschlaufe fest und steckte die restlichen Finger der anderen in den Mund. Mit Chelsea als Nummer zwölf war das Dutzend voll. Die Familie kam mehr oder minder zu dem Schluß, daß sie das letzte Adoptivkind sein sollte.

«Tja, und jetzt Ashley», seufzte Grace. «Ihr Freund hat sie sitzengelassen. Ich sollte nicht so altmodisch sein, aber es fällt mir schwer, ihre Entscheidung zu akzeptieren, das Kind zu bekommen und eine alleinerziehende Mutter zu werden. Es ist verdammt schwer, Kinder großzuziehen, und heutzutage kann man es sich nicht mehr leisten, wahllos Nachkommen in die Welt zu setzen. In der heutigen Zeit...»

Wir schlenderten über das Gelände hinter dem Plantagenhaus und sahen uns die früheren Sklavenunterkünfte an, die Vern und die Jungen gerade renovierten. Meine Jungs verstauten die Ausrüstung im Wagen; wir würden bald abfahren.

«Haben Sie Kinder?» fragte Grace.

Ich schüttelte den Kopf. «Ich hab's versucht. Ich war mal verheiratet, aber es hat nicht geklappt...»

«Na, Sie sind ja noch jung. Ihnen bleibt noch viel Zeit. Sind Sie mit jemandem liiert?»

«So halb. Aber es ist ziemlich unverbindlich.»

«Wahrscheinlich bleibt Ihnen doch gar nicht mehr so viel Zeit, oder?» lächelte Grace. «Ist es unhöflich, wenn ich Ihnen all diese Fragen stelle?»

«Gar nicht. Es ist nur fair. Schließlich weiß ich alles von Ihnen...»

Die meisten Hütten waren verfallen und von Kudzu überwuchert, aber zwei waren bereits renoviert und wunderhübsch. Ashley würde mit ihrem Kind in der ersten leben.

«Joy möchte die nächste Hütte haben», sagte Grace. «Sie ist sehr auf ihre Privatsphäre bedacht. In ihrem Alter...» Sie lächelte mich an. «Sie haben großen Eindruck auf sie gemacht.»

«Das ist wegen der Tätowierung.» Ich hatte ihr den anmutigen Tiger gezeigt, mein chinesisches Geburtszeichen, das ich mir in Kyoto aufs Schulterblatt hatte tätowieren lassen. Joy war ebenfalls im Jahr des Tigers geboren.

«Vielleicht auch deswegen. Aber Sie und Ihr Team sind einfach cool, wissen Sie? Gute Rollenmodelle. Die Kinder waren alle von Ihnen hingerissen. Auch von Suzuki und Oh.»

«Das beruht auf Gegenseitigkeit», sagte ich.

Ich hatte noch nie erlebt, daß Suzuki und Oh sich derart auf eine Familie einließen. Angefangen hatte es mit dem Kudzu. Wir hatten Vern und die Jungen beim Renovieren der Hütten gedreht, wie sie die Ranken vom Dach und vom Mauerwerk rissen, um das darunterliegende Holz zu behandeln. Als wir die Szene abgedreht hatten, legte Suzuki verdutzt die Kamera beiseite. Ihm war nicht klar gewesen, daß Kudzu in den Südstaaten als Unkraut galt – beim Filmen hatte er geglaubt, es sei Verns großer Renner als Gemüse.

Suzuki verstaute die Kamera im Wagen und kam mit einem Montiereisen zurück, mit dem er einen Armvoll Knollen ausgrub. In der Küche zeigte er Vern, wie man sie zu Stärke verarbeitet und mit dieser Stärke Saucen und Teig andickt. Aus den Sprößlingen und Blüten machte er einen Salat und sogar ein Mittel gegen Kater, das wie Magnesiamilch aussah. Vern war verblüfft. Eines seiner größten Probleme im Gartenbau, sagte er, sei der Kudzu. Er sei die Plage der Südstaaten, und er habe die Pflanze immer nur als ein wucherndes Unkraut betrachtet.

Ich fand die Geschichte sehr interessant, vor allem für ein japanisches Publikum.

SCHNITT ZU WISSENSWERTES:
Kudzu, von japanischen Bauern seit vielen Generationen als Nutzpflanze geschätzt, gilt als der berüchtigtste Exot, der je seine Wurzeln in die dünne amerikanische Humusschicht trieb. Dieser bescheidene Angehörige der Erbsenfamilie ist in weiten Teilen Asiens heimisch. Er wurde 1876 zur Jahrhundert-Ausstellung in Philadelphia eingeführt, auf der das fremde Knollengewächs als «Wunderpflanze» gepriesen und

wegen seiner vielseitigen Verwendbarkeit, seiner Widerstandsfähigkeit und seines raschen Wachstums ausgezeichnet wurde. In nur wenigen Tagen konnte es Arkaden umranken und nebenbei eine Herde Kühe und Schweine ernähren. Aber das war erst der Anfang.

Zu Beginn des Jahrhunderts hatte jahrzehntelange Mißwirtschaft durch Baumwoll- und Tabakanbau den Boden ausgelaugt, die Farmer machten bankrott und wanderten von ihren ertraglosen Feldern ab. 1933 rief der Kongreß ein Programm ins Leben, um zu verhindern, daß die Südstaaten völlig erodierten, und Kudzu wurde aufgrund seiner tiefen, geflechtartigen Wurzeln und seiner Fähigkeit, den Boden mit Stickstoff anzureichern, als Rettung des Südens gesehen. Die Pflanze war dürrebeständig. Sie gedieh in allen Böden, auch dort, wo nichts anderes wuchs. Sie konnte das Land regenerieren. Der Staat bezahlte den Farmern bis zu zwanzig Dollar pro Hektar, um die Rankpflanze anzubauen.

Aber Kudzu war räuberisch und opportunistisch, schlug überall Wurzeln und nahm bald überhand. Am Ende des Zweiten Weltkriegs hatte das invasive asiatische Unkraut schätzungsweise 200 000 Hektar Land im Südosten der Vereinigten Staaten erobert. Es erstickte die einheimische Vegetation, überwucherte Büsche und Bäume und verwandelte Telegrafenmasten und Häuser in gespenstische smaragdgrüne Dschungel.

Unter idealen Bedingungen wächst Kudzu dreißig Zentimeter pro Tag. Verbitterte Farmer sagen, man könne sein Wachstum in Stundenkilometern messen. Wenn man eine Knolle fallen ließe, nähme man besser die Beine in die Hand. Mütter drohen ihren unartigen Kindern, sie in das Kudzu-Beet zu werfen, wo sie von einem Würgegriff umschlungen würden. Der ökonomische und praktische Nutzen der Pflanze geriet in Vergessenheit. Heute hat sie nur noch metaphorische Bedeutung – um das Vordringen der japanischen Industrie in die gewerkschaftlich nicht organisierten Südstaaten zu beschreiben.

«Wir haben uns wirklich gefreut, Sie bei uns zu haben», sagte Vern. «Und nicht nur wegen dem Kudzu.» Er gab Suzuki die Hand.

Grace legte den Arm um mich und ging mit mir zum Wagen. «Und wir freuen uns, wenn Sie wiederkommen – jederzeit, hören Sie?»

AKIKO

Tony Joe White sang «Poke Salad Annie». Akiko saß am Fensterplatz des Expreßzugs in die City und studierte die Liedertexte, die der CD beilagen. Der Song gefiel ihr. Es kam ihr vor, als würde Tony Joe ihr eine Geschichte erzählen, und wenn sie nur die Wörter verstünde, würde sie sich ganz damit identifzieren können. Leider gab es keine japanische Übersetzung. Es war ein Lied über ein Mädchen, das gern Salat aß, soviel stand fest. Akiko aß auch gern Salat, viel lieber als Fleisch. Aber in dem Lied kamen außerdem Alligatoren und «Chain Gangs»* vor. Sie wußte nicht, was eine «Chain Gang» war. Den Ausdruck hatte sie nie im Wörterbuch nachgeschlagen.

Sie hatte den Song in der *My American Wife!*-Folge über die koreanischen Kinder in Louisiana gehört. Es war eine gute Sendung gewesen, und sie hatte ihr eine 9 für Authentizität gegeben. Besonders gut hatte ihr die Musik gefallen. Sie hatte die Namen von Tony Joe White und auch von Rockin' Dopsie unten auf den Zettel geschrieben, auf dem sie das Rezept für die Ferkel-Spareribs auf Cajun-Art notierte. Am nächsten Tag war sie mit dem Shinkansen in die Stadt gefahren und hatte die CDs bei Tower Records in Shibuya gekauft. Sie war fast den ganzen Tag unterwegs gewesen, aber es hatte sich gelohnt. Als sie nach Hause kam, legte sie Rockin' Dopsie auf und kochte die Ferkel-Spareribs auf Cajun-Art. Sie gelangen ihr sehr gut, und sie gab ihnen eine 9 für Köstlichkeit, aber selbst das stimmte John nicht zufriedener, obwohl er sie mit großem Appetit aß.

«Sie ist einfach dumm», murmelte er grimmig, als er das klebrige Fleisch mit den Zähnen vom Knochen riß.

* A. d. Ü.: ein Trupp aneinandergeketteter Strafgefangener

«Wer?» fragte Akiko. Sie gab sich alle Mühe, ein Gespräch in Gang zu setzen.

«Diese blöde amerikanische Koordinatorin. Da dreht sie doch glatt einen Ehemann, der kocht! Ehemänner sollen nicht kochen. Die Sendung heißt *My American Wife!*»

«Aber zur Abwechslung ist es doch ganz nett...», setzte Akiko an, doch dann wurde ihr klar, daß es besser wäre, ihm nicht zu widersprechen. «Aber natürlich hast du recht, es ist unsinnig...»

«Und sie hat den Auftrag, Sendungen mit Rindfleisch zu machen!» Er nagte das Sparerib ab, legte es zu dem wachsenden Knochenberg auf seinem Teller und griff nach dem nächsten. «Aber nein, sie muß Schwein machen, was eindeutig zweitklassiges Fleisch ist. Also wirklich! Ein Fest für Schweine! Ganz zu schweigen von den koreanischen Kindern...»

Er schüttelte den Kopf. John hatte die Fähigkeit, die Stimmung zu verändern, sobald er einen Raum nur betrat.

Aber bevor er heimgekommen und Akiko noch beim Kochen gewesen war, waren der süße Duft des garenden Fleisches und die heitere, schwüle Musik des Bayou durch die kleine Wohnung gezogen. «Hot Tamale Baby». Nur die Kinder fehlten. Eine ganze Bande, die wie neugeborene Hunde ausgelassen übereinanderpurzelten. Die Kinder hatten wie japanische Kinder ausgesehen, waren aber völlig anders als die im *danchi*, die eher schüchtern und befangen wirkten; sie hatten eine sehr direkte Art gehabt und sich verantwortungsbewußt verhalten. Es müßte schön sein, ein Kind in einer munteren Familie aufwachsen zu lassen. Vielleicht konnten sie und John eins adoptieren, wenn sich das Problem nicht von selbst löste.

Akiko nahm die Kopfhörer ab. Die gespenstische Stille im Zug, die durch die große Geschwindigkeit und den hohen Druck entstand, verstopfte ihr die Ohren wie Watte. Sie setzte die Hörer wieder auf und stellte den tragbaren CD-Spieler lauter. Ihr gefiel Tony Joes Stimme, die Art, wie er zwischen den Strophen aufseufzte. Wahrscheinlich würde sie Angst bekommen, wenn sie ihm persönlich begegnete, aber seine Songs gaben ihr das Gefühl, verwegen und sogar ein bißchen gefährlich zu sein. Letztlich, dachte sie, war er wohl ein ganz bodenständiger Mann. Die Klänge seiner Gitarre flirrten wie Hitze, die von einer asphaltierten Straße aufstieg. Sie hatte noch nie flirrende Hitze gesehen oder eine «straight-razor totin' woman» getroffen. Was immer das war, plötzlich wünschte sie sich, eine solche Frau zu sein. Sie fragte sich, ob sich vielleicht die Südstaaten so anfühlten. «Lord have Mercy…»

Sie sah durch die dicke Glasscheibe auf die Reisterrassen hinaus, die jetzt überflutet und mit schnurgeraden Reihen junger, grüner Reissprößlinge bepflanzt waren. Die Songs hatten einen treibenden Rhythmus, der gut zur schnellen Fahrt des Zuges paßte, aber die Landschaft war verkehrt. In den Sümpfen von Louisiana wuchs der Reis wild, dachte sie, aber hier war es anders. Die japanischen Reisfelder hatten keinen Rhythmus, keinen Funk.

In weniger als einer Stunde fuhr der Zug in den Tokioter Bahnhof ein. Akiko ließ sich vom Strom der Menschen zur U-Bahn treiben. Dann fuhr sie mit der goldenen Linie ins Ginza-Viertel. Als sie dort auf der Straßenebene angekommen war, holte sie den Zettel hervor, auf dem John die Adresse des Facharztes für sie notiert hatte. Die Praxis lag im zehnten Stock eines Hauses in der Nähe des Warenhauses Ginza.

Im Wartezimmer saßen schon drei Frauen. Eine, die erkennbar schwanger war, lächelte und nickte Akiko zu, als sie hereinkam. Die beiden anderen, zaundürr und eingefallen wie Akiko, zogen den Kopf ein und sahen beiseite, als hätten sie etwas Schreckliches verbrochen. Sie wurden der Reihe nach ins Untersuchungszimmer gebeten. Als die Schwangere aufgerufen wurde, erhob sie sich langsam und drückte den Rücken durch; dabei lächelte sie entschuldigend. Die beiden Dünnen hielten den Blick auf den Boden geheftet und huschten wie Krebse davon.

Als Akiko an die Reihe kam, gebot die Krankenschwester ihr, sich auszuziehen und den bereitliegenden Papierkittel überzustreifen. Im Untersuchungszimmer setzte sich Akiko auf den Rand des gynäkologischen Stuhls und wartete. Schließlich kam der Arzt herein und sagte ihr, sie solle sich auf den Untersuchungsstuhl legen und die Füße in die metallenen Steigbügel stecken. Nachlässig legte er ihr ein Laken über die Knie, zog sich ein Paar Latexhandschuhe an und stellte sich an das untere Ende des Stuhls. Er trug einen weißen Kittel, die untere Hälfte seines Gesichts war von einer weißen Gazemaske verdeckt, die von Gummibändern hinter den Ohren gehalten wurde. Es sah aus, als würde das breite, schwarze, eckige Gestell seiner Brille auf dem Rand seiner Maske aufliegen, wodurch sein Gesicht eine strenge Symmetrie erhielt. Haaröl gab seiner Frisur den richtigen Halt. Während er Akiko untersuchte, tauchte sein Haarschopf immer wieder über dem Horizont des durchhängenden Lakens auf, um gleich darauf wieder darunter zu verschwinden. Akiko bemerkte, daß sein Scheitel weißlich war, übersät mit großen Schuppen.

Die Untersuchung tat weh, und als er endlich fertig war, streifte er die Handschuhe ab und befahl ihr, sich anzuziehen und in sein Büro zu kommen. Sie gehorchte. Schüchtern klopfte sie an die Tür. Er saß hinter einem großen Schreibtisch und wartete, bis sie ihm gegenüber Platz genommen hatte. Ohne die Gazemaske hatte sein Gesicht mit den vollen, gerundeten Lippen, die sich mißbilligend verzogen, etwas Kindliches.

«Frau Ueno, um ehrlich zu sein, glaube ich, daß ich der falsche Arzt für Sie bin. Das habe ich auch Ihrem Mann gesagt, aber er hat auf der Untersuchung bestanden. Körperlich fehlt Ihnen nichts, was sich nicht mit einigen Kilogramm mehr beheben ließe. Sie sind extrem unterernährt, und das ist der Grund, warum Ihre Menstruation ausbleibt, aber angeblich wissen Sie das bereits? Das Seltsame daran ist natürlich, daß Ihr Mann mir sagte, Sie bekämen reichlich zu essen und hätten auch einen kräftigen Appetit.»

Akiko nickte stumm und blickte weiterhin auf ihre Hände, die gefaltet auf ihrem Schoß lagen. Der Arzt musterte sie durch seine Brille hindurch, dann beugte er sich vor.

«Ich bin kein Psychiater. Ich beschäftige mich mit richtigen Krankheiten, die richtige Symptome und richtige Ursachen haben. Aber wenn ich eine Vermutung anstellen müßte, würde ich sagen, daß Sie absichtlich etwas tun. Stimmt das? Daß Sie sich bewußt selbst etwas antun, damit Ihre Menstruation ausbleibt?»

Akiko sah, wie ihre Knöchel weiß wurden.

«Also gut.» Kopfschüttelnd lehnte er sich wieder zurück. Akiko versuchte, ihre Schultern zu entspannen.

«Ich muß sagen, ich habe kein Verständnis für eigensinnige Frauen wie Sie. Es gibt so viele junge Frauen, die sich sehnlichst ein Kind wünschen und einen Arm oder ein Bein hergeben würden, um schwanger zu werden, die aber wirklich nicht dazu in der Lage sind. Sie hingegen sind nicht aufrichtig. Es fehlt Ihnen an Willenskraft und menschlicher Stärke. Kurz gesagt, es mangelt Ihnen an der richtigen Einstellung. Diese Diagnose werde ich auch Ihrem Mann sagen. Ich hoffe um Ihrer beider willen, daß er Ihnen helfen kann, Ihr Problem zu beheben.»

In der öffentlichen Toilette des Warenhauses Ginza spürte Akiko das Fleisch in sich hochsteigen, obwohl sie den ganzen Tag nichts gegessen hatte. Sie drückte die Spülung, beugte sich über die Schüssel und würgte, aber es kam nichts. Als die Krämpfe nachließen, spülte sie erneut. Der Geruch des rauschenden Wasser erfrischte sie. Sie richtete sich auf und lehnte sich gegen die Wand der Kabine, rieb mit der Hand über ihren leeren Magen und überlegte, ob sie einen Arm im Tausch für ein Baby hergeben würde. Eine dumme Idee. Am Waschbecken hielt sie ihr Taschentuch unter das Wasser und tupfte sich damit über das Gesicht, dann strich sie die Bluse glatt und setzte wieder die Kopfhörer auf. Bei Tony Joes heiserer Stimme machte ihr Herz einen Satz. Sie bewegte sich im Rhythmus der Musik zur Toilette hinaus, durch das Warenhaus, an Schals, Parfüms und Kosmetik vorbei zur Abteilung, in der Accessoires verkauft wurden. Ihr Arm streifte ein Ausstellungsregal. Rasch blickte sie den Gang auf und ab. Niemand beobachtete sie. Während Tony Joe «Oh Lord» stöhnte, nahm sie eine perlenbesetzte Haarspange in die Hand, betrachtete sie kurz und ließ sie dann in ihre Tasche gleiten. Tony Joes Stimme zitterte vor unterdrücktem Schmerz, dann befreite sie sich und schwang sich in die Höhe.

Nur mit Mühe konnte Akiko sich davon abhalten, mitzusingen.

GRACE

Grace gähnte und streckte die Zehen, um das Wohlgefühl nach dem Nachmittagsschlaf voll auszukosten. Es war warm, aber ein leichter Wind wehte, und das Zimmer lag in dem weichen, gesprenkelten Licht, das durch die Blätter vor dem Fenster hereinschien. Irgend etwas an diesem Moment, eine flüchtige Verbindung der Sinne, des Lichts und der Luft, der Wärme und Kühle, des Geruchs, der Geräusche und Erinnerungen ließ sie wohlig erschauern vor dem Leben, das alles erfüllte. Es war wie eine sexuelle Regung, aber völlig in sich ruhend, rein und makellos.

Sie hörte Vern mit einigen der Kinder in der Küche. Auch das war schön. Elvis war eindeutig dabei; sie hörte seine dröhnende Stimme. Und wenn er da war, würde Chelsea nicht weit sein. Wenn gerade gekocht wurde, würden Page und Duncan mithelfen, und Joey würde herumstehen und um die Reste betteln. Emily May saß sicher auf der Veranda und las. Vernon Junior war im College. Newton war beim Football-Training. Cici war bei den Cheerleaders, Jordan bei seiner Band. Waren das alle? Nein, Joy. Joy würde nicht in der Küche stehen. Joy würde bei Ashley im Häuschen sein und sich in der Nähe des Babys herumtreiben.

Ashley hatte Joy entdeckt, wie sie mitten in der Nacht neben der Wiege des Babys stand. Sie hatte Angst bekommen und sich am nächsten Tag bei Grace darüber beschwert – sie wolle nicht, daß sich ihrem Kind dieses Bild von Joys gepierctem Gesicht einprägte, das wie ein wolkenverhangener Erntemond an seinem Horizont auftauche. Grace sagte ihr, sie solle sich nicht aufregen. Die meisten Kinder seien bei ihrer Adoption schon älter gewesen, und deswegen seien Babys etwas Neues für sie; außerdem sei Joy in einem Alter, in dem Mädchen kleine Kinder faszinierend fänden. Aber insgeheim machte Grace sich Sorgen. Vielleicht war es Ashleys Wortwahl, wie sie Joy mit dem Mond verglich – irgendwie hatte Grace wieder an all die Schwierigkeiten damals denken müssen.

Das war das Problem, wenn man versuchte, den Nachmittagsschlaf auszudehnen, dachte sie. Man ließ einen einzelnen Gedanken zu, selbst einen angenehmen, und schon fielen alle übrigen auch über einen her, und bald kollidierten sie und machten einem Sorgen, so daß es schwer war, die schläfrige Ruhe wiederzufinden. Aber manchmal konnte man die Ruhe doch wieder zurückholen, wenn man an etwas Schönes dachte, an etwas völlig anderes...

Das Drehen mit dem Fernsehteam hatte Spaß gemacht und überraschende Folgen gehabt. Plötzlich war Grace aufgefallen, daß die Kinder kaum einen erwachsenen Asiaten kennengelernt hatten, seit sie nach Askew gekommen waren. Auf jeden Fall hatten sie und Vern keine asiatischen Freunde. Sie kannten zwar viele Afro-Amerikaner, aber auch mit ihnen waren sie nicht richtig befreundet. Als Teenager hatte sie, Grace, nie viel über ethnische Herkunft nachgedacht, und jetzt wurde ihr klar, daß sie auf dem Auge blind gewesen war. Die Farben hatten sie umgeben, mit endlos vielen Schattierungen, so vielfältig, wie das genetische Spektrum sie hervorbringt. Joy hatte ihr erzählt, daß sich Elvis in der Schule mit schwarzen Kindern angefreundet hatte, die sich dafür einsetzten, das Denkmal an der Cherry Street abreißen zu lassen. Das war gut. Veränderungen waren gut, und Elvis hatte eine Clique, und seine Stabilität färbte auf Chelsea ab. Ashley fand sich gut in ihr neues Leben ein, und Grace mußte zugeben, daß sie es trotz ihrer Vorbehalte schön fand, wieder ein Baby im Haus zu haben. Nein, Sorgen machte sie sich nur um Joy. Immer wieder Joy.

Aus der Küche stieg der Duft von gebratenem Hühnchen über die Treppe zu ihr hinauf. Vern experimentierte wieder einmal. Grace lächelte. Seitdem das Fernsehteam hiergewesen war, war Vern davon besessen, andere Verwendungsmöglichkeiten für Kudzu zu finden und die Rezepte für Gerichte und Heilmittel zu vervollkommnen. Am Wochenende lud er die Kinder jetzt oft in den kleinen Bus und setzte sie an den Grundstücken seiner Kunden ab, damit sie Kudzuwurzeln ausgruben. Am Abend kamen sie verdreckt, erschöpft und mit vollen Rucksäcken nach Hause und verarbeiteten die Wurzeln zu Stärke. Die Kinder freuten sich, weil Vern sie für diese Arbeit nach Stunden bezahlte. Er setzte seine ganze Hoffnung darein, bei der jährlichen Landwirtschaftsmesse mit seinem knusprigen Hühnchenteig aus Kudzu den ersten Platz zu machen.

«Das glauben die mir nie, Grace!» sagte er immer wieder. «Wenn ich gewinne und ihnen dann erzähle, worin das Geheimnis besteht – das glauben sie mir nie!»

Vern war felsenfest davon überzeugt, daß er mit etwas Phantasie und ein wenig Hilfe aus dem Fernen Osten eine Möglichkeit finden würde, das Unkraut in eine gewinnbringende Feldfrucht zu verwandeln. Das zeigt wieder einmal, dachte Grace und setzte sich im Bett auf, daß man Dinge manchmal nur aus einem etwas anderen Blickwinkel betrachten muß.

5. *Der Monat der sprießenden Reispflanzen*

SHONAGON

Wenn man auf der Hut sein muß

Selbst aus der Ferne betrachtet ist das Meer etwas Furchterregendes. Wieviel erschreckender muß es für die armen Taucherinnen sein, die sich in seine Tiefen stürzen, um ihren Lebensunterhalt zu verdienen! Man fragt sich, was mit ihnen passieren würde, wenn das Seil um ihre Taille reißen sollte. Es mag noch hingehen, daß Männer eine solche Arbeit verrichten, aber von Frauen verlangt sie sehr großen Mut. Nachdem die Frau ins Wasser hinabgelassen wurde, sitzen die Männer bequem in ihren Booten, singen fröhliche Lieder und werfen nur ab und zu einen Blick auf das Seil aus Maulbeerrinde, das auf der Wasseroberfläche treibt. Es ist ein erstaunlicher Anblick, denn sie lassen nicht die geringste Sorge erkennen ob der Gefahren, denen die Frau ausgesetzt ist. Wenn sie schließlich auftauchen will, zieht sie kurz an dem Seil, und die Männer hieven sie aus dem Wasser mit einer Flinkheit, die ich gut nachvollziehen kann. Schon umklammert sie die Wand des Bootes, ihr Atem geht schmerzhaft und in Stößen. Beim bloßen Anblick fühlt man selbst als Unbeteiligter, wie ihr das salzige Wasser über den Körper herabläuft. Ich kann mir nicht vorstellen, daß irgend jemand diese Arbeit aus freien Stücken tut.

JANE

SUPERMÄRKTE FÜHREN FLEISCHAUTOMATEN EIN

Der modernen japanischen Hausfrau ist die menschliche Interaktion beim Kaufen von Fleisch unangenehm.

Zu diesem Ergebnis gelangte eine Marktforschung, die von der Supermarktkette Dai durchgeführt wurde und in der behauptet wird, japanischen Hausfrauen im Alter von 20 bis 65 Jahren sei es peinlich, den Namen von Fleischteilen laut auszusprechen. Die Frauen waren auch der Ansicht, daß zuviel Konversation gemacht werden müsse, um einen Kauf zu tätigen, und daß die menschliche Interaktion in der Metzgerei zu persönlich sei.

Die Mehrzahl der Hausfrauen erklärten, sie würden Fleisch lieber aus Automaten kaufen, wo nicht von ihnen verlangt würde, sich über das Wetter zu unterhalten oder Fragen nach ihrem Befinden zu beantworten.

«Die moderne japanische Hausfrau führt das Dasein eines Einsiedlers, ist zunehmend von der Außenwelt abgeschnitten und verliert buchstäblich ihre Stimme. Ist es da verwunderlich, daß sie lieber mit einer Maschine interagiert?» fragt Dr. Yoko Horii von der Universität Tokio. Dr. Horii untersucht klinische Depression, Genußmittel- und Drogenmißbrauch, Selbstmordtendenzen und andere Verhaltensstörungen bei japanischen Hausfrauen.

Auf Soziologen wie Dr. Horii mögen diese neuen Erkenntnisse alarmierend wirken, doch für alle, die sich mit der Vermarktung von Fleischwaren befassen, besteht die Herausforderung eindeutig darin, Fleisch zu «entmenschlichen».

Asahi Gazetteer

Ich las diesen Artikel in einer Tokioter Zeitung und fand den Trend zu entmenschlichtem Fleisch sehr aufschlußreich. Nach meinem Jahr mit Fleisch habe ich eine eigene Meinung zu diesem Thema.

Ein sechzehnjähriger japanischer Austauschschüler namens Yoshihiro Hattori wurde in Louisiana erschossen. Rodney Pearis, der Mann, der den tödlichen Schuß abgab, arbeitete in der Fleischkonservierung. Hattori hatte bei Pearis geklingelt, um sich nach dem Weg zu erkundigen, und Pearis hatte den Jungen mit seiner .44er Magnum in die Brust geschossen. Vor dem Abfeuern hatte er «Stehenbleiben!» gerufen. Beim Prozeß sprach die Jury den Angeklagten vom Vorwurf des Totschlags frei, weil er aus nachvollziehbaren Gründen – dem Schutz seines Heimes – gehandelt habe.

In Japan war man über das Urteil entsetzt. Das sei Mord gewesen, oder zumindest böswilliger, fahrlässiger Totschlag, und die japanischen Medien überschlugen sich im Versuch, dieses eindeutige Fehlurteil zu erklären. Bei Talkshows im Fernsehen diskutierten Fachleute auf dem Gebiet der amerikanischen Kultur über die tiefen Gefühle, die Amerikaner ihren Waffen entgegenbringen und gingen mit ihren Kameras in Tankstellen und Supermärkte, um den Zuschauern die zahllosen Waffen, die Munition und Jagdmagazine vorzuführen, die dort zum Verkauf ausliegen. Sie drehten in Bars, in denen Feuerwaffen wie Kunstgegenstände in Glasschränken ausgestellt werden, neben den ausgestopften Köpfen der Tiere, die damit getötet worden waren. Ein Fernsehteam besuchte sogar einen Wal-Mart, um zu dokumentieren, wie problemlos man an eine Waffe herankommen kann. In einem Zeitungsartikel versuchte ein Journalist, die tiefen Gefühle der Amerikaner für ihre Waffen mit der japanischen Vorliebe für Reis zu vergleichen.

«Laufen alle Amerikaner mit Waffen herum?» hatten mich meine japanischen Freunde früher oft gefragt. «Was für Waffen haben sie? Wie werden sie getragen?» Zum Teil wurde ich auch Dokumentarfilmerin, um derartige kulturelle Vorurteile aus der Welt zu schaffen, und es ärgerte mich, daß sie durch diesen Vorfall jetzt wieder eilfertig bestätigt wurden.

Hattori starb, weil Pearis eine Waffe besaß und wei! Hattori anders aussah. Pearis besaß eine Waffe, weil wir in Amerika glauben, noch im Wilden Westen zu leben und unser Heim gewaltsam gegen Menschen verteidigen zu müssen, die anders aussehen. Ich sage nicht, daß Pearis den Abzug drückte, weil er Metzger war, aber sein Beruf überraschte mich nicht. Waffen, ethnische Herkunft, Fleisch und Schicksal prallten in einem kurzen, gewaltsamen, entmenschlichten Augenblick aufeinander. Im Verlauf des später stattfindenden Zivilprozesses tauchte Material auf, das beim Strafprozeß unterdrückt worden war und das unter anderem Pearis' Verbindungen zum Ku-Klux-Klan aufdeckte. In dieser Verhandlung wurde er für schuldig erklärt.

Ich gewöhnte mir an, Geschichten, die ich unterwegs aufgabelte, an meinen Jungs auszuprobieren, während wir mit dem Kleinbus durch die Lande fuhren. Wenn eine Geschichte ihnen gefiel oder sie verblüffte, baute ich sie in die Sendung ein. Mittlerweile war ich eine erprobte Regisseurin, und ich hatte Ueno versprochen, mir alle Mühe zu geben, den «außergewöhnlichen Empfindlichkeiten» des japanischen Fernsehpublikums gerecht zu werden. Und da ich keine Japanerin war, dienten mir die Jungs als Gradmesser. Bei unseren Fahrten quer durch Amerika überraschte es sie immer wieder, wie sehr die Gewalt in unserer Kultur verwurzelt ist, wie sehr sie zu unserer Kultur *geworden* ist und wie wenig Lokalkolorit es noch gibt. Wir sind eine blutrünstige Nation.

In einer Bar in Green River, Wyoming, erzählte der Barkeeper uns die Geschichte eines Ranchers, der eines Abends auf dem Weg in die Stadt ein Lagerfeuer bemerkte. Erfreut über die Aussicht auf Gesellschaft und ein gutes Essen, ritt er darauf zu. Am Feuer saßen zwei wild aussehende Männer vor einem großen Topf, aus dem ein köstlicher Duft aufstieg. Der Rancher fragte, ob er etwas von dem Ragout haben könnte, und widerwillig gaben sie ihm eine Schüssel davon ab. Zum Essen setzte er sich zu ihnen, und weil es ihm so gut schmeckte, fragte er, was es sei. «Taubengulasch», antworteten sie kurz angebunden. Da sie nicht besonders gesprächig waren, blieb er nicht lange bei ihnen, sondern ritt weiter nach Green River, wo er in die Bar einkehrte. Das Lokal war voll. Auf der einen Seite saßen einige Einheimische und sprachen über einen Arzt im Osten, der auf der Suche nach sauberen Menschenschädeln war. Auf der anderen Seite erzählten ein paar Rinderhirten von einem Rancher, der spurlos verschwunden war. Er hieß Lloyd Taube.

«Sooo da ne...», sagte Suzuki nachdenklich. «Die Amerikaner finden Kannibalismus wohl interessant.»

«Wir Japaner essen vorwiegend Fisch», erklärte Oh.

Sloan hörte solche Geschichten schrecklich gern. Er war ein durch und durch moderner, urbaner Musiker, der nie die makabre Innenwelt der amerikanischen Kleinstadt kennengelernt hatte. Oft, wenn das Team und ich von einem Tag in den Beifußsteppen zurückkamen, wo wir über Hügel geklettert, durch Flußbetten gestolpert, über Stacheldrahtzäune gestiegen und überwucherten Pfaden gefolgt waren auf der Suche nach der perfekten Aufnahme des tiefen Himmels, fand ich Sloan in einer Bar wie derjenigen in Green River sitzen und Drinks für arbeitslose Bergarbeiter und Eisenbahner kaufen. Er war großartig, wie ein Feldforscher, der mir bei meinen Recherchen zur Hand ging. Er brachte die Leute dazu, Geschichten zum besten zu geben, die er mir später im Bett weitererzählte.

Im Bett mit Sloan. Er konnte wunderbar Geschichten erzählen, aber das machte nur einen kleinen Teil seines Reizes aus. Vorweg muß ich etwas weiter ausholen. Ich erreichte meine volle Größe schon mit vierzehn und galt den Großteil meiner Pubertät hindurch als Exotin, weil ich so viel größer war als meine Klassenkameradinnen. Meine ersten sexuellen Erfahrungen kamen mir wir geographische Studien vor; ich war ein Kontinent, ein ganzes Land, das von kleinen, wagemutigen Pionieren belagert wurde. Wie Gulliver. Es war lustig, wenn auch etwas distanziert. Lust lernte ich später kennen, aber wenn ich sie mir verschaffte, kam es mir vor wie Masturbation; als ob mein Partner ein Werkzeug war, etwas, das ich in der Hand halten und manipulieren konnte.

Nur wenige Männer konnten mir das Gefühl vermitteln, daß ich klein war. Sex war gepflegt und narzistisch, aber das waghalsige, beklemmende Paradox von Kühnheit und Angst war mir fremd. Ich fühlte mich nie unterlegen und verlor niemals die Kontrolle.

Bis ich Sloan kennenlernte. Er überwältigte mich. Ist es regressiv, das zu sagen? Mir fällt das Wort «meisterhaft» ein, aber so war er. In dem Motelzimmer in Nebraska, wo das flackernde rot-blaue Neonlicht die Luft mit elektrischer Spannung auflud, übernahm Sloan die Kontrolle. Ich kenne keinen Menschen, der im Alltag kompetenter ist als ich. Das kann hinderlich sein. Aber Sloan war ein Meister des Sex, und deswegen war meine alltägliche Kompetenz völlig nebensächlich. Er enthob mich der Wahl. Und der Befangenheit.

Das war das Schöne daran. Ich war jetzt Regisseurin, hatte die Kontrolle über mein Team und die Dreharbeiten. Aber in Hotels und Motels quer durch Amerika, in schäbigen Zimmern oder gelegentlich auch in Penthouse-Suiten war es, sobald sich die Tür hinter uns schloß, als würden sich die Parameter meines Lebens verschieben – gewaltsam, wie das Krängen eines Schiffes, oder wie im Flugzeug, wenn der Magen sich beim Landeanflug durch Turbulenzen hebt; so brachte er mich aus dem Gleichgewicht.

Im stillen Korridor auf dem Weg zum Zimmer ging er hinter mir her, und wenn ich seinen Blick auf mir spürte, zog ich den Kopf ein. Meine Nackenhaare sträubten sich, und einen Moment lang empfand ich Angst – ich habe Naturfilme über das sexuelle Verhalten großer Raubtiere in freier Wildbahn gesehen. Ich habe Naturfilme über das sexuelle Verhalten großer Raubtiere in freier Wildbahn *gemacht*. Ich habe mich nur nie wie eines gefühlt.

Ich ging einfach davon aus, daß er, wie jedes dominante männliche Wesen, einen Harem hatte. Gut. Doch in einem lief Sloan der Natur zuwider, zumindest der dokumentierten: Er trug nicht nur eines, sondern zwei Kondome, die dicken, die wie aus synthetischem Latex und Kevlar gemacht schienen, und die streifte er sich über, bevor auch nur annähernd an etwas wie Penetration gedacht werden konnte. Kein Reiben, kein zufälliges Streifen, nicht die mindeste Berührung waren ungeschützt erlaubt. Ich nahm an, daß diese Vorsichtsmaßnahme den besonderen Gegebenheiten seines Berufes entsprach: Natürlich hatten Musiker häufigen Partnerwechsel. Natürlich war ich voll und ganz für Safer Sex und war ihm dankbar dafür, daß er sich doppelt umsichtig verhielt, aber trotzdem hatte das zweite Kondom etwas beängstigend Neurotisches an sich.

Als wir in Fly, Oregon, im Bett lagen, fragte ich ihn danach. Er war entgeistert über meine Vermutungen bezüglich seiner Promiskuität. Im Gegenteil, widersprach er, er schütze sich vor mir. Die übliche Vorsichtsmaßnahme. Und damit hatten wir den kritischen Punkt erreicht.

«Takagi, da, wo ich herkomme, sind die Leute unvorsichtig. All die Jungs, mit denen ich auf der High-School war, haben ihre Freundinnen geschwängert und arbeiten jetzt in beschissenen Fabriken in Akron, um für die Alimente aufzukommen...»

«Ich bin nicht deine Freundin, Sloan. Und ich werde nicht schwanger.»

«...Und dann mit Aids und allem – ich bin Musiker – viele meiner Freunde sind gestorben. Und du arbeitest beim *Film*, verdammt noch mal. Du könntest in jedem Hafen einen Kommissar haben...»

«Sloan, das ist doch verrückt... Wie sollte das gehen? Es ist schwer genug, dich in diese Käffer zu lotsen...»

«Aber nachdem du die Logistik für einen ausgetüftelt hast, ist es doch kein Problem, dir einen zweiten oder dritten zu bestellen...»

«Dafür habe ich keine Zeit...»

«Oder du könntest dich vor Ort bedienen...»

«...ganz zu schweigen von der Energie...»

«...oder du könntest dir ein Reisemodell zulegen, etwas Kompaktes und Tragbares, wie deinen Flugbegleiter. Ich dachte immer, er...»

«Du bist geschmacklos. Außerdem hatte ich nie die Absicht, monogam mit dir zu sein, das kannst du mir glauben. Ich hatte nicht einmal die Absicht, dich zu *mögen*, aber so ist es eben gekommen.»

Auf dem Parkplatz vor dem Motelfenster quietschte die Luftdruckbremse eines gigantischen Trucks und ließ zischend die Luft ab. Das Motel lag in einem kleinen Einkaufscenter an der Interstate.

«Ist diese Bemerkung von Bedeutung?» fragte Sloan.

Der Truckfahrer checkte in das Zimmer neben uns ein. Er warf die Tür ins Schloß und ging direkt ins Bad. Ich hörte ihn urinieren.

«Ich weiß nicht, Sloan... Möchtest du das denn? Wenn ja, könnten wir uns dann auf die nächste Stufe der Intimität begeben und nur ein Kondom benutzen?»

«Wir könnten einen Test machen lassen...»

«Das habe ich schon. Mehrmals. Na ja, zwei Mal seitdem wir... *Ich* hab nichts.»

Der Truckfahrer spülte. Ich hörte ihn wieder ins Zimmer gehen und den Fernseher anstellen; dann zappte er durch die Kanäle. Wahrscheinlich suchte er nach Pornos.

Sloan wälzte sich auf die Seite und stützte sich auf einen Ellbogen auf. «Ich auch nicht.»

Der Fahrer machte den Fernseher aus und schaltete das Radio ein. Zu meiner Überraschung drang der Klang von Mahler durch die Hohlwände. Ich sah Sloan an.

«Mahlers Sechste», sagte er. «Seine *persönlichste* Symphonie, laut seiner Frau. Hör mal, das ist sein altes Orchester – das Boston Philharmonic –, aber Tilson Thomas dirigiert.» Er beobachtete mich. «Das heißt also, daß wir sicher sind», schloß er zögernd. «Zumindest, was Krankheiten betrifft, oder? Ich habe seit dir auch mit niemand anderem geschlafen.»

«Also...?» Ich wußte nicht, worauf er hinauswollte. Als er sich auf mich legte, grinste er verwegen.

«Takagi, hast du etwas dagegen, wenn ich... ich meine, könnten wir... Nur einen Augenblick... ich werde nicht in dir kommen, versprochen...»

«Sloan, was willst du...?»

Er hatte sich auf mich gelegt, lachte ein wenig und flüsterte mir unerbittlich ins Ohr: «...es ist toll, Jane, bitte... Komm, es ist so *intim*...»

«Sloan, du spinnst...»

«Jane, ich vertraue dir voll und ganz...»

«Ja, hm, ich dir auch...»

Das war gelogen. Ich meine, ich vertraute ihm, was das negative Testergebnis anbetraf, weil ich wußte, daß er im Bereich empirischer Wahrheiten und Gesundheitsvorsorge überaus gewissenhaft war. Aber emotional war er mir ein Rätsel. Wie konnte ich ihm vertrauen, wenn ich ihn nicht verstand?

Vielleicht ist das der Grund, warum ich mich darauf einließ.

Plötzlich wollte ich etwas in Erfahrung bringen: Warum wollte er das? Was bedeutete es für ihn? Ich mußte wissen, ob er ungeschützt anders war, ob er die Kontrolle verlieren, sich plötzlich in mich verlieben würde, und wenn, ob ich mich in ihn verlieben würde. Und genauso plötzlich wurde das Bedürfnis nach einer Antwort körperlich, und ich stellte fest, daß ich mich nach dem gesteigerten Kontakt völliger Nacktheit sehnte, nach dem Kitzel des alles oder nichts. Plötzlich schien es sehr intim.

Wir vögelten ohne Kondom, was banal klingt, aber angesichts all dieser dringlichen Fragen war es, als würde der Sex seine Schleusen öffnen und uns verschlingen. Ich ließ ihn in mir kommen, weil ich wußte, daß keine Gefahr bestand, und als es vorüber war und das Erschaudern bis auf ein sporadisches, hilfloses Zittern verebbt war, hob Sloan seinen feuchten Kopf von meinen schweißnassen Brüsten und dankte mir höflich. In der unzusammenhängenden Unterhaltung, die dann folgte, erfuhr ich, daß er in den zwanzig Jahren, in denen er seine sexuellen Fähigkeiten verfeinert hatte, kein einziges Mal ohne Kondom gevögelt hatte. Er war neugierig gewesen – und ich natürlich auch. Doch damals war ich mir nur allzusehr der Geräusche bewußt, die den Raum erfüllten: das ferne Dröhnen der Autos auf der Interstate, Sloans leise Atemzüge beim Schlafen, die gedämpften Bewegungen des Truckfahrers nebenan, der immer wieder über den schmuddeligen Teppich hin und her ging, den Verschluß einer Bierdose öffnete, Schubläden aufzog und zuschob und dabei die ganze Zeit Mahlers allerpersönlichste Symphonie im Radio hörte, was mir nur bewies, daß ich doch nicht so viel über Musiker oder Truckfahrer wußte.

AKIKO

Der Chefredakteur hatte ihr gesagt, er wolle einen leichten, beruhigenden Ton, aber das fiel Akiko schwer. Schließlich handelte der Artikel von Komplikationen:

> Schwangerschaftsvergiftung: Dies ist eine gravierende Störung, die in Japan heutzutage dank unserer

modernen, fortschrittlichen pränatalen Vorsorge frühzeitig erkannt und behandelt werden kann. Deswegen ist es sehr wichtig, auf folgende Symptome zu achten: Anschwellen der Finger, des Gesichts und der Beine aufgrund von Wassereinlagerungen; Bluthochdruck; extreme Gewichtszunahme; Sehstörungen; starke Kopfschmerzen; Krampfanfälle gefolgt von Bewußtlosigkeit oder Koma. Wenn eines dieser Symptome bei Ihnen auftritt, sollten Sie sich nicht schämen, sondern sofort Ihren Ehemann und Ihren Arzt davon in Kenntnis setzen.

Diese Art von Artikel zu schreiben war nicht gerade eine Übung im positiven Denken, wie John es von ihr forderte. Solche Dinge verhalfen ihr zweifellos nicht zu der richtigen Einstellung, um schwanger zu werden.

Es nützte nichts, dachte Akiko. Es machte ihr einfach keinen Spaß, solche Artikel zu schreiben. Dabei gefiel ihr das Schreiben durchaus. Ihr früherer Job beim *manga*-Verlag, wo sie blutrünstige Details in die Episoden eingebaut hatte, die dann von den Illustratoren bebildert wurden, hatte ihr gut gefallen. Sie hatte immer gehofft, eines Tages einen eigenen Comic zu haben. Aber das war vor der Hochzeit gewesen.

Johns Chef bei der Werbeagentur hatte die Ehe Akikos Chef beim *manga*-Verlag vorgeschlagen. Die beiden waren Geschäftsfreunde und Trinkgefährten, und eines Nachts hatte Johns Chef in einem kleinen, feinen Club in Shinjuku seinem Freund anvertraut, daß bei ihm ein vielversprechender junger Angestellter arbeite, der eine Frau brauche, und hatte ihn um Hilfe gebeten. Akikos Chef hatte eine Minute nachgedacht, von der Hosteß einen weiteren verwässerten Scotch entgegengenommen und den Kopf geschüttelt. Ihm falle keine passende Frau in seiner Firma ein, sagte er bedauernd. Die Hosteß stubste ihn mit dem bloßen Ellbogen an und tadelte ihn. Wie unaufrichtig und wenig großzügig Sie sind, sagte sie. Ein Mann, der so gut aussieht wie Sie, hat doch bestimmt viele hübsche junge Angestellte für sich arbeiten, aber Sie sind zu egoistisch und wollen Sie alle für sich behalten. Die beiden älteren Männer kicherten, und Akikos Chef legte ihr eine Hand auf den Oberschenkel. Langsam ließ er seine Finger unter den Saum ihres Minirocks wandern. Du hast zugenommen, sagte er, und drückte ihren fülligen Schenkel, und da fiel ihm plötzlich Akiko ein. Die Hosteß versetzte ihm einen Klaps, und er zog die Hand zurück, dann schlug er seinem Freund eine Braut vor.

Akiko war nicht ausgesprochen dick. Etwas füllig, so nannten es die Leute. Sie war sich dessen bewußt, insbesondere bei ihrer ersten Verabredung mit John. Eigentlich war es keine richtige Verabredung. Mehr ein Geschäftstermin, an dem sie auf Wunsch ihres Chefs teilnahm. Eines Tages war er an ihrem Schreibtisch vorbeigegangen und dann stehengeblieben, als sei ihm etwas eingefallen; dann machte er kehrt und stellte sich neben sie. Das hatte er noch nie getan, und sie war sehr erschrocken. Ihr Herz klopfte heftig und sie wagte es nicht aufzusehen.

«Tanaka ... Akiko, oder?»

«*Hai*», flüsterte Akiko.

«Hmmm. Woran arbeiten Sie gerade?» fragte er.

Sie murmelte den Namen des Comics.

«Gut, gut. Wie alt sind Sie?»

«Neunundzwanzig.»

«Zeit zu heiraten, finden Sie nicht? Irgendwelche Aussichten?»

Akiko lief puterrot an. «Nein», stieß sie hervor.

«Gut. Gut. Ich glaube, ich habe jemanden für Sie. Einen guten, soliden Angestellten in der Firma meines Freundes. Morgen treffen wir uns mit ihnen zum Tee. Wir verlassen das Haus um drei.»

Der Termin fand in einem eleganten Teesalon im Ginza-Viertel statt, der ganz in aquamarinblau gehalten war. Riesige Aquarien waren in die Trennwände eingelassen, die die gepolsterten Nischen unterteilten, und die Decke schimmerte matt. John und sein Chef saßen auf der einen Seite, Akiko und ihr Chef ihnen gegenüber.

Akiko trug ein marineblaues Kostüm, weil dunkle Farben schlank machten. Sie bestellte Earl Grey Tee, weil sie gelesen hatte, das sei stilvoll, aber ihre Hände zitterten so sehr, daß sie die Tasse nicht zum Mund führen konnte. Sie saß, die Hände krampfhaft im Schoß gefaltet, da und spielte mit der Kante ihres Spitzentaschentuchs. Nur einmal wagte sie es, den stämmigen jungen Mann mit den ölig glatten Haaren anzusehen, der ihr als zukünftiger Ehemann vorgeschlagen wurde. Hinter seinem Kopf schwammen Fische mit bunten Schwänzen umher, und das Hin- und Herflitzen, die raschen Kehrtwendungen machten sie derart benommen, daß sie rasch wieder den Blick senken mußte. Sie spürte, wie die Männer sie musterten. Die beiden Chefs bemühten sich, ein Gespräch in Gang zu bringen, und stellten Fragen. John gab knappe Antworten, aber Akiko konnte nur nicken oder den Kopf schütteln. Sie wußte, daß sie einen schlechten Eindruck machte, aber ihre Kehle war wie zugeschnürt, und sie konnte kaum schlucken. Es war ihr unmöglich, auch nur ein Wort zu sagen. Nehmen Sie vom Gebäck, drängte Johns Chef. Trinken Sie noch etwas Tee. Aber es half nichts. Sie fühlte sich wie aufgebläht, sie hatte schreckliche Kopfschmerzen, und das Blut klopfte ihr dermaßen heftig im Gehirn, daß sie das Gefühl hatte, sie sei tief unter Wasser und schwimme an den Fischen vorbei zu den Austern mit ihren Perlen am Grund des Meeres. Sie hatte Angst, das Bewußtsein zu verlieren, bevor sie wieder an die Oberfläche kam. Außerdem hatte sie das Bedürfnis zu pinkeln.

> Ein plötzlicher Wasserschwall bedeutet meist, daß die Fruchtblase, in der Ihr Baby heranwächst, geplatzt ist und das Wasser Ihnen an den Beinen hinabläuft. Wenn dies zwischen der 28. und der 36. Woche passiert, müssen Sie sofort das Krankenhaus aufsuchen, wo Ihnen moderne, hochwirksame Beruhigungsmittel und Medikamente gegeben werden, um ein vorzeitiges Einsetzen der Wehen zu verhindern. Tritt dies aber nach der 36. Woche ein, wird Ihr Arzt aller Wahrscheinlichkeit nach beschließen, die Geburt ihren Lauf nehmen zu lassen, und bevor Sie sich's versehen, sind Sie Mutter geworden!

Im Taxi auf dem Heimweg vom Termin hatte Akikos Chef ihr Vorwürfe wegen ihres Schweigens gemacht.

«Warum sind Sie so schüchtern?» fragte er. «Sie müssen sich mehr Mühe geben, sonst finden Sie nie einen guten Ehemann.»

«Es tut mir leid», flüsterte sie.

«Sie möchten doch heiraten, oder nicht?»

Sie nickte.

Er seufzte. «Na ja. Man kann nie wissen.»

Das stimmte. Man konnte nie wissen. Wie sollte man wissen, ob man heiraten wollte oder nicht? Als ihr das Angebot einer guten Ehe gemacht worden war, hatte sie gar nicht in Erwägung gezogen, daß sie sich etwas anderes wünschen konnte. Sie war nur dankbar gewesen. Aber jetzt, nach über drei Ehejahren, wurde ihr klar, daß sie sich vielleicht vieles gewünscht hätte, aber daß sie diese Wünsche aufgegeben hatte, noch bevor sie sich ihrer überhaupt bewußt geworden war.

Am nächsten Tag kam ihr Chef wieder zu ihrem Schreibtisch und kicherte.

«Na, wir haben noch mal Glück gehabt. Sie haben Ueno offenbar doch gefallen. Er möchte Sie noch einmal sehen. Er wird Sie anrufen und sich mit Ihnen verabreden.»

Akiko spürte, wie sich ihr wieder die Kehle zuschnürte.

«Jetzt hören Sie mir gut zu. Es ist in Ordnung, wenn ein Mädchen schüchtern ist; das ist sogar ganz reizvoll. Aber ein Mann will eine Frau, mit der er reden kann. Im Laufe der Zeit müssen Sie lernen, mehr aus sich herauszugehen, verstehen Sie?»

Akiko nickte. Doch bei der ersten Verabredung sowie allen folgenden stellte sich heraus, daß ihr Schweigen kein Problem war, weil John jede Pause in der Unterhaltung mit seinen Ansichten und Überlegungen füllte, und dafür war Akiko ihm dankbar. Sie gingen zusammen essen, aber Akiko brachte nie viel hinunter. Vom ersten Treffen an bis weit in ihre Ehe hinein schnürte sich ihre Kehle oft krampfhaft zusammen, so daß sie kaum schlucken konnte. Sie begann abzunehmen. Schließlich lernte sie, sich genügend zu entspannen, um das Essen hinunterzuschlucken, aber das ging nur, wenn sie sehr schnell aß und dabei an etwas anderes dachte. Das Problem war, daß sie das Essen meist nicht sehr lange bei sich behielt, aber zumindest sah es so aus, als würde sie essen. Ihr war klar, daß sie John damit hinterging, aber sie wollte ihn nicht beunruhigen.

> Heftige Unterleibsschmerzen, begleitet von einer Blutung, können auf einen Plazentaabriß hindeuten, das heißt, daß sich die Plazenta vorzeitig von der Gebär-

mutter löst. Aber Sie brauchen sich keine Sorgen zu machen. In den meisten Fällen eines Plazentaabrisses überlebt das Kind. Nur 25 Prozent führen zum Abgang.

Als Akiko vom Schreibtisch aufstand, hatte sie immer noch starke Unterleibsschmerzen. Sie schleppte sich ins Bad, um einen Schluck Wasser zu trinken, und betrachtete ihr Gesicht im Spiegel über dem Waschbecken. Der Schorf über ihrem Auge war abgefallen und hatte eine dünne weiße Narbe hinterlassen.

Als sie nach dem Besuch beim Facharzt im Ginza-Viertel nach Hause gekommen war, hatte sie sich auf das Schlimmste gefaßt gemacht. Der Arzt hatte gedroht, er werde John seine Diagnose telefonisch bei der Arbeit mitteilen. John hatte sich in letzter Zeit seltsam verhalten, und das letzte, was er brauchte, war die Erklärung, daß seine Frau ihre Fruchtbarkeit selbst sabotierte. Akiko führte seine Gereiztheit auf Streß bei der Arbeit und Schwierigkeiten mit der Fleisch-Kampagne zurück. Sie tat ihr Bestes, ihm zu helfen, sah sich die Sendungen an, gab ihre Meinung ab, auch wenn sie wenig zählte, und kochte die Fleischgerichte, so gut sie konnte. Aber es war nicht leicht. Die meisten Rezepte waren schlecht, ungenau und schmeckten überhaupt nicht. Immer häufiger ging sie dazu über, zu schummeln, schaute in Kochbüchern nach und fügte Zutaten hinzu, von denen die amerikanischen Hausfrauen nicht einmal im Traum gehört hatten.

An dem Abend, als sie vom Facharzt nach Hause gekommen war, hatte sie die würzigen Rindfleisch-Burritos auf texanische Art gemacht, die sie von der mexikanischen Familie kennengelernt hatte. Es war bis dahin eines der besten Rezepte der Sendung gewesen, und sie hatte es insgeheim noch verfeinert, indem sie die Marinade zusätzlich mit scharfer koreanischer Bohnenpaste und gemahlenem Ingwer gewürzt hatte. John schien das Gericht zu schmecken. Die Sendung hatte ihm nicht gefallen, aber die Rindfleisch-Burritos sagten ihm zu. Er liebte alles, was aus Texas stammte.

Er kam sehr spät nach Hause. Als er schließlich die Wohnung betrat und seine Schuhe abstreifte, hielt er sich sehr steif. Er ging direkt durchs Wohnzimmer in die Küche und blieb wenige Zentimeter vor Akiko stehen.

«Also, damit wir uns recht verstehen. Du willst keine Kinder, stimmt das?»

Der Arzt hatte mit ihm gesprochen, und er war betrunken. Er sprach langsam, betont, und bemühte sich, nicht zu lallen.

«Stimmt das? Das hat der Arzt mir heute am Telefon gesagt. Er hat sich sehr über dich geärgert. Und über mich. Er sagte, als Facharzt für Fruchtbarkeitsfragen sehe er immer nur Patientinnen, die schwanger werden wollen, und nicht solche, die sich selbst etwas zufügen, um es zu verhindern. Was sagst du dazu, Akiko?» Er schwankte ein wenig, kniff die Augen zusammen und sah zu ihr hinab.

Akiko schwieg, blinzelte und versuchte, nicht zurückzuzucken. Sein Atem roch nach Bier und fettigen *gyoza*-Knödeln.

«Vielleicht hast du mich angelogen», fuhr er fort. «Vielleicht hast du gelogen, als du mir bei der Hochzeit gesagt hast, du möchtest eine Familie. Stimmt das?»

Akiko schüttelte den Kopf.

«Nein? Ah ja. Das heißt, du möchtest Kinder?»

Akiko nickte.

«Wenn das wirklich stimmt, warum sorgst du dann dafür, daß deine Periode nicht mehr kommt, und übergibst dich immer wieder? Da – bitte! Ich weiß alles. Ich kenne dein Geheimnis. Ha!» Die Wucht seines übelriechenden Auflachens ließ ihn nach hinten gegen die Wand taumeln. Er fing sich, bevor er zu Boden fiel, und stützte sich lässig gegen den Geschirrschrank.

Akiko schüttelte wieder den Kopf. «Ich... Ich kann nichts dafür...», sagte sie hilflos.

«Ah ja. Da ist der Arzt aber anderer Meinung. Er sagt, du könntest das durchaus in den Griff bekommen, wenn du nur wolltest. Also, wie erklärst du dir das? Es ist offensichtlich, daß du nicht schwanger werden willst, aber andererseits sagst du, du möchtest eine Familie. Entweder du lügst, oder du bist dumm. Eins von beiden. Bin ich nun mit einer Frau verheiratet, die Lügen erzählt, oder mit einer, die einfach dumm ist?»

«Wir... wir könnten...»

«Sprich lauter. Ich kann dich nicht verstehen.»

«Wir könnten ein Kind adoptieren...» Sie fand ihre Stimme wieder und schrie jetzt fast. «Wir könnten ZEHN Kinder adoptieren! Zehn koreanische Kinder wie die Familie Beaudroux in Askew, Louisiana!»

John taumelte, als habe sie ihm einen Schlag versetzt. Dann marschierte er auf sie zu, packte sie an den Schultern und schüttelte sie heftig, so daß ihr Kopf auf dem dünnen Hals hin und her flog.

«Ich will MEINE EIGENEN KINDER. Meine. Verstehst du mich? MEINE! Keine verkrüppelten Bastarde von einer koreanischen Hure und einem idiotischen amerikanischen Soldaten. Ich will MEINE Gene in MEINEN Kindern. Darum geht's mir! MEINE!»

Dabei schüttelte er Akiko ein letztes Mal, aber so brutal, daß sie ihm entglitt und einmal herumwirbelte, mit dem Unterleib auf die Lehne des Küchenstuhls krachte und dann gegen den Geschirrschrank fiel. Er war eines der ersten Möbelstücke, das sie und John gemeinsam gekauft hatten, und sie hatten sich dafür entschieden, weil es keine Kanten hatte – wenn ein Kind beim Laufenlernen dagegen stieß, würde es sich nicht daran verletzen können. Aber sie hatten nicht an den scharfen Griff gedacht, der Akiko jetzt direkt über dem Auge erwischte. Blut schoß hervor, so daß sie sich fast blind den Weg ins Bad tasten mußte. Als sie wiederkam, war John verschwunden.

Als sie jetzt ihr Gesicht im Spiegel untersuchte, stellte sie fest, daß die Narbe recht klein sein würde. Die Haut rund um das Auge heilte auch…

an ever brightening ring
of yellow, green and blue.

Der gelb-grün-blaue Kreis um ihr Auge verblaßte. Bald würde sie wieder das Haus verlassen können. John hatte ihr verboten, nach draußen zu gehen, solange die Verletzung zu sehen war. Aber seit dem Unfall kam er jeden Tag früh von der Arbeit heim, um ihr zu helfen. Am Abend danach war er nüchtern und betreten nach Hause gekommen. Er hatte sich förmlich bei ihr entschuldigt, hatte sich vor sie gekniet und sich verneigt, bis seine Stirn den Boden berührte. Er ging sogar Einkaufen. Akiko faxte ihm einen Einkaufszettel ins Büro, und er besorgte die Sachen auf dem Heimweg von der U-Bahn. Er hatte seinem Chef erzählt, daß Akiko krank sei, und der Chef, der Anteil an der Ehe nahm, weil er sie arrangiert hatte, erließ ihm alle Überstunden. Es fiel Akiko schwer, tief durchzuatmen; zum Teil wegen der heftigen Schmerzen im Unterleib, wo sie auf den Stuhl gefallen war, und zum Teil, weil John jetzt so viel Zeit zu Hause verbrachte. Aber er war sehr nett und höflich zu ihr, und es war eine Erleichterung, sogar ein Luxus, nicht jeden Tag auf den Markt gehen zu müssen. Trotzdem freute sie sich auf seine nächste Geschäftsreise, damit sie sich entspannen konnte.

JANE

We are lost, we are lost, we are lost, we are lost…
without your help sweet Jesus we are lost
We are lost, we are lost, we are lost, we are lost…
oh Lord…

Ohne Deine Hilfe sind wir verloren… Die blecherne Yamaha-Orgel legte eine Brücke aus Noten aus, wie Trittsteine, über die der Prediger gehen konnte, als die Stimmen der New Harmony Five verklangen und die Gemeinde den Chor mit einem letzten «Halleluja» und einem langanhaltenden «Praise the Lord» entließ. Ohne den Gläubigen eine Atempause zu gönnen, erklang die Stimme des Predigers.

«Und nun bitte ich diejenigen unter uns, die zum ersten Mal hier sind, ich bitte unseren Bruder und unsere Schwester, die neu in unserer Mitte sind, sich jetzt zu erheben, uns eure Namen zu sagen und zu erzählen, wie ihr heute zu uns gekommen seid, damit wir euch richtig begrüßen können…»

Der Prediger hielt seinen Blick auf uns gerichtet, und soweit ich es erkennen konnte, sprangen keine anderen Neuankömmlinge auf. Ich stieß Ueno, der stocksteif neben mir auf der hölzernen Kirchenbank saß, in die Seite. Meiner Ansicht nach war es ein Gebot der Höflichkeit, ihm den Vortritt zu lassen. Er bildete sich so viel auf sein Englisch ein, und außerdem war ich wütend auf ihn.

«Selbstvorstellung», zischte ich auf japanisch. «Stehen Sie auf und erklären Sie, wer Sie sind.»

Bestürzt sah er sich um. Die Kirche war klein, aber die gesamte Bevölkerung von Harmony, Mississippi, war gekommen, um uns zu sehen. Schwankend erhob er sich.

«Ich...» Seine Kehle war trocken, und seine Stimme zitterte. Er schluckte schwer.

Die Gemeinde wartete höflich. Seit Beginn des Gottesdienstes hatte keine solche Stille in der Kirche geherrscht wie jetzt. Alle trugen ihren Sonntagsstaat und waren erstaunlich geduldig und tolerant, angesichts der Tatsache, wie Miss Helen mir erzählt hatte, daß ihrer Erinnerung nach noch nie ein Weißer über die Schwelle der Harmony Baptist Church getreten war. Anfangs hatte Miss Helen große Bedenken gehabt. Sie hatte erst gar nicht verstanden, worum es mir ging.

«Wir möchten mit einer Kamera in die Kirche kommen. Um dort zu filmen...», erklärte ich.

«Äh – äh...», flüsterte Miss Helen. Ihre Stimme war am Telefon kaum zu hören.

«Wissen Sie, was ich meine?» Mir kam es vor, als würde ich schreien. Der Lärm draußen vor dem Büro im East Village war ohrenbetäubend; Polizeisirenen, Sanitätswagen, Preßlufthämmer auf der Straße übertönten unser Gespräch.

«Sie wollen mit einer Kamera in unsere Kirche kommen...», wisperte sie.

«Ja. Um die Kirche für das japanische Fernsehen zu filmen. Und dann Sie und Ihre Familie.»

«Ich glaube nicht, daß je ein Weißer in unserer Kirche war...»

«Also, streng genommen sind wir nicht weiß, Miss Helen. Wir sind Japaner, also sind wir eher gelb...»

«Äh – hmm...»

Ich fand es aufregend, eine Sendung über Miss Helen Dawes zu machen. Sie lebte in einem winzigen Ort namens Harmony im Bundesstaat Mississippi, direkt an der Grenze zu Tennessee. Miss Helen und ihr Mann Purcell hatten neun Kinder: einen Sohn gefolgt von acht Töchtern; die Jüngste war in der Grundschule. Mr. Purcell und Lewis, der Sohn, sangen beide bei den New Harmony Five, die in

Gospelkreisen in den Südstaaten recht bekannt waren. Miss Helen war in Harmony für zweierlei bekannt – ihre Kutteln und ihren schnell sinkenden Curveball, und alle Töchter gerieten nach ihr und waren entweder Sportskanonen oder exquisite Köchinnen. Auf dem Gelände hinter ihrem Haus hatte Mr. Purcell ein richtiges Baseballfeld angelegt, mit Bänken für die Zuschauer, einer Tafel, die den Spielstand anzeigte mit Nummern, die auf Haken hingen, und einem Maschendrahtzaun hinter dem Schlagmal zum Abfangen. Im Sommer versammelte sich die Familie dort jeden Sonntag nach der Kirche mit den Nachbarn und spielte schnelle Softballspiele. Miss Helen machte Kutteln. Manchmal brachte eine Nachbarin Brathühnchen oder Bohnen oder Biscuits und Sauce mit. Die Mädchen machten Limonade und Kuchen und schlugen den ganzen Nachmittag lang Homeruns. Miss Helen war stolz darauf, wie sehr ihre Familie und ihre Freunde in schlechten Zeiten zusammenhielten, «was praktisch immer war», wie sie mir am Telefon flüsternd mitgeteilt hatte.

Ich hatte mich wochenlang bemüht, ihr die Sendung zu erklären und ihren Widerstand zu überwinden. Sie konnte einfach nicht begreifen, weshalb wir sie interessant fanden. Schließlich hatte sie uns erlaubt, sie zu besuchen, zumindest zu einem Location Scout, und jetzt machte Ueno meine ganze Mühe zunichte.

«Ich...» Ueno hatte seine Stimme wiedergefunden. Es war unglaublich heiß, und er schwitzte aus allen Poren und sah im Augenblick eher rot als gelb aus. Die schwarzen Gesichter, die uns umgaben, glitzerten ebenfalls vor Schweiß, und die Szene hatte etwas Beängstigendes an sich, hervorgerufen durch das schnelle Schlagen Hunderter identischer weißer Papierfächer, auf die der Name der Kirche gedruckt war. Ueno holte tief Luft. Ich wußte, daß er jeden Augenblick loslegen würde, und wappnete mich.

«Ich heiße Joichi Ueno», verkündete er. «Aber ihr dürft mich bei meinem Spitznamen nennen. Der ist ‹John›. Versteht ihr? ‹John› Wayno!» Erwartungsvoll hielt er inne. «Das ist ein Witz!» sagte er, aber niemand lachte. Es kam überhaupt keine Reaktion, nur die höflich-gespannte Erwartung, das Geräusch der Fächer, die wie die Flügel eines Vogelschwarms durch die Luft schlugen, und eine einzelne schrille Orgelnote, die einsam nachhallte, während Ueno in sich zusammensackte. «Danke», murmelte er und setzte sich wieder.

Ich stand auf, und die Orgel ging in eine andere Tonart über. Ich sah mich um und lächelte.

«Ich heiße Jane Takagi-Little.» In solchen Augenblicken haßte ich die komplexe Banalität meines Namens, aber ich sprach weiter, langsam und, wie ich hoffte, aufrichtig.

«Wir danken euch, heute in eurer Kirche sein zu dürfen. Wir freuen uns sehr, hier zu sein. Wir sind aus Japan hergekommen, um eine Fernsehsendung zu machen und den Menschen in Japan von Amerika zu erzählen. Miss Helen Dawes und ihre Familie haben sich freundlicherweise bereit erklärt, uns zu helfen, und Miss Helen hat uns heute hier in die Kirche mitgenommen, weil ihr zu ihrer Familie gehört. Wir sind der Meinung, daß die Menschen in aller Welt mehr übereinander wissen und sich verstehen sollten, und darum geht es in unserer Fernsehsendung. Deswegen bin ich hier und bitte euch, euren Glauben mit den Menschen in Japan zu teilen und uns zu erlauben, euch hier in der Kirche zu filmen, während eures Gottesdienstes an einem der kommenden Sonntage. Danke, daß ihr mir zugehört habt. Gott segne euch.»

Als die Orgel anschwoll, begannen die Gemeindemitglieder zu lächeln und zu klatschen. Ich setzte mich hin, und eine alte, runzelige Dame mit mahagonifarbener Haut und schneeweißem Haar umklammerte meinen Unterarm mit einer dürren Hand und tätschelte mich mit der anderen. Auf ihrem Kopf saß ein winziger Hut aus Stroh und Tüll, verziert mit kleinen Stoffblumen, deren Stiele wie Antennen wackelten, als sie heftig nickte. Sie nickte und tätschelte mich wie meine japanische Großmutter.

Auf der anderen Seite neben mir saß Ueno. Er war schweißnaß; sein Gesichtsausdruck verriet eine Mischung aus Niederlage und Widerwillen. Im Grunde war es nicht fair. Ich hatte gewußt, daß wir uns würden vorstellen müssen, und hatte meine Rede vorbereitet, Ueno aber nicht gewarnt. Wie gesagt, ich war wütend auf ihn.

Einige Wochen zuvor hatte ich mit dem Prediger gesprochen, und er hatte erklärt, er könne uns die Genehmigung zum Drehen geben, aber wenn ich von der Gemeinde akzeptiert werden wollte, sollte ich selbst in die Kirche kommen und sie persönlich darum bitten. Deswegen hatte ich diesen Location Scout auf den Sonntag gelegt und war zwei Tage zuvor nach Memphis geflogen. Ueno leider auch.

Als ich am Freitag ins Holiday Inn eingecheckt hatte, wurde mir am Empfang ein Fax ausgehändigt. Zuerst dachte ich, es sei von Sloan, und mein Herz machte einen Satz. Ich hatte ihn seit Fly nicht mehr gesehen und ihm eine Nachricht auf Band hinterlassen, er könne nach Memphis kommen. Ich wollte ihn unbedingt sehen. Aber das Fax kam aus Tokio.

Fax

Takagi,
Ich hoffe, daß Ihnen gutgeht zu Memphis, aber es gibt kleine Änderung. Mr. Ueno von Agentur wird Freitagabend in Flugzeug dort ankommen. Er wird Sie beim Jagen von Ehefrauen helfen; bitte Sie holen ihn am Flughafen ab.

Ich glaube, es wird werden schwierig für Sie, aber es nicht läßt sich ändern. Sein Job ist nur Fleisch, aber wegen Synergie er fragt, daß Büro in New York bessere Wahl von amerikanische Ehefrauen mit beste Fleisch treffen muß, und damit er will Ihnen dieses Mal helfen. (Vielleicht ihm nicht gefiel letzte Geschichte über Schwein und Adoption?) Außerdem er macht gerne mit.

Dies nicht ist übliche Vorgehensweise, und es mir tut leid, Ihnen Ärger zu bereiten, aber unsere Firma braucht gute Verhältnis mit Agentur. Außerdem ich bin mit Ihnen einer Meinung, daß Minderheiten in unserer Sendung sind gut. Bitte Sie machen weiter, so gut Sie können.
S. Kato

Es war ja nett von Kato, mir Mut zu machen, aber ehrlich gesagt war Uenos «Hilfe» nicht hilfreich, sondern eher kontraproduktiv, sowohl was meine persönlichen Pläne betraf – ich würde Sloan nicht sehen können, und das war schlimm genug –, als auch meine Arbeit an der Sendung. Normalerweise schlug das Büro in New York zwei

Frauen für jede Sendung vor. Die erste und für mich einzige Kandidatin war Mrs. Helen Dawes.

Als zweite Möglichkeit hatte das Büro Becky Thayer empfohlen. Sie war die Inhaberin einer Frühstückspension in Magnolia Springs, einem kleinen, aber recht bekannten Ort auf der Touristenroute durch die Plantagen. Sie und ihr Mann Tom wollten unbedingt, daß wir sie filmten, weil seit neuestem viele ihrer Gäste aus Japan kamen – Folge des *Vom Winde verweht*-Booms, der das Land geheimnisvollerweise erfaßt hatte –, und ihrer Ansicht nach wäre es ihrem Bekanntheitsgrad nur zuträglich, wenn sie in *My American Wife!* erschienen. Mrs. Becky Thayer war eine erstklassige Köchin und Antiquitätensammlerin; die Frühstückspension betrieb sie nur als Hobby.

«Mir blieb nichts anderes übrig!» hatte sie mir am Telefon erklärt. «Ich mußte die Pension einfach eröffnen, um meinen ganzen Kram irgendwo unterzubringen! Aber ich hätte nie gedacht, daß es *dazu* kommen würde!»

Mit «dazu» meinte sie ein florierendes Unternehmen, das in jedem amerikanischen Hotel- und Pensionsführer an erster Stelle genannt wurde wegen seiner Authentizität, der schönen Räumlichkeiten und der erlesenen Küche. Mittlerweile bot Mrs. Thayer am Wochenende auch Essen an, und sie faxte uns Speisekarten, nach denen wir unsere Wahl treffen sollten; mögliche Hauptgerichte waren etwa Filet Mignon nach Südstaatenart mit Schwarzaugenbohnen und Grünkohlpüree, oder auch Hühnchensteak à l'Orientale, das in würziger Sojasauce mariniert und dann in einem leichten tempuraartigen Teig aus Eiern von freilaufenden Hühnern, Maismehl und Szechuan-Pfeffer gewendet wurde. Die Salate, erklärte sie, würden immer mit Kapuzinerkresse und Taglilien aus ihrem Küchengarten verziert, und das, versicherte sie mir, mache sich im Film wirklich bezaubernd.

Mr. Thayer war Grundstücksmakler und Vorsitzender der Handelskammer von Magnolia Springs. Sie hatten zwei kleine Kinder, die beide bei einer Tagesmutter waren. Habe ich vergessen zu erwähnen, daß die Thayers weiß waren?

Das Büro in New York hatte Beschreibungen beider Familien nach Tokio geschickt, aber ich war so begeistert von den Dawes, daß ich gar keinen Besuch bei den Thayers geplant hatte. Doch wenn Ueno kam, mußte ich meine Pläne natürlich ändern. Ich rief Becky an und vereinbarte mit ihr einen Termin für den folgenden Tag, sprach Sloan auf Band, daß ich ihn ausladen müsse, und buchte zwei Zimmer im Peabody, dem besten Hotel in Memphis.

Meiner Erfahrung nach sind Japaner auf Geschäftsreisen umgänglicher, wenn man sie in einem der besseren Hotels unterbringt, und ich wußte, daß Ueno auf diese Art von Behandlung besonders gut ansprach. Auf dem Weg vom Flughafen war er barsch und schweigsam, aber das prachtvolle Foyer mit den Palmen und dem Golddekor stimmte ihn etwas freundlicher. Er hatte bereits im Flugzeug gegessen, so daß wir uns nur kurz in der Bar zusammensetzten, wo ich ihm unsere Termine für den Location Scout erklärte. Wir saßen nebeneinander in großen, tiefen Sesseln mit einem niedrigen Tisch zwischen uns. Er ließ sich in das samtige, tannengrüne Polster sinken und hob sein Glas Remy Martin.

«Auf *My American Wife!*» sagte er und trank einen großen Schluck. Dann seufzte er vor Zufriedenheit. Er kam sich reich vor. Sein Blick wanderte durch den Raum und kam auf mir zu ruhen. «Tja, jetzt Sie sind Regisseurin ...»

«Ja», lächelte ich und versuchte, wohlwollend und neutral dreinzusehen.

Er runzelte die Stirn. «Ich sage Kato, die Idee ist nicht gut. Sie sind noch inkompetent und können nicht richtige Entscheidungen zu richtige Thema wählen. Also muß ich herkommen und Sie beibringen.» Er hielt inne, um zu sehen, wie ich darauf reagieren würde.

«Vielen Dank. Ich weiß Ihre Hilfe zu schätzen.» Ich lächelte wieder und hoffte, mein Lächeln würde ergeben wirken.

«Kein Problem», brummte er. Er trank noch einen großen Schluck, stellte das Glas auf dem Tisch ab und drückte mir das Knie. «Ist mir Vergnügen», sagte er und ließ die Hand liegen. Ich stand auf und entschuldigte mich. Mißmutig fuhr ich mit dem Lift zu meinem Zimmer hoch und schwor mir, daß ich ihm eine Lektion erteilen würde. Wie sich herausstellte, war das gar nicht nötig.

Im Foyer des Peabody Hotel befindet sich ein Ententeich, auf dem tagsüber richtige Enten schwimmen. Sie verbringen die Nacht auf dem Dach, und jeden Morgen um elf Uhr werden sie in einen bestimmten Lift getrieben und nach unten gefahren. Das ist eine regelrechte Zeremonie. Ein roter Teppich, der vom Lift zum Ententeich führt, wird feierlich ausgerollt, der Pianist setzt sich ans Klavier, die Türen des Lifts öffnen sich, und heraus kommen die Enten, watscheln hintereinander den roten Teppich entlang durch das Foyer, bis sie eine nach der anderen in den Teich hüpfen. Viele Leute kommen eigens, um sich dieses Ritual anzusehen. Es gehört zum Touristenprogramm in Memphis. Ich weiß nicht, wie es Ueno gelang, ausgerechnet diesen Aufzug zu erwischen, aber am Samstagmorgen, als die Musik begann und die Türen sich öffneten, kam er herausgewatschelt. Die Aktentasche unter den Arm geklemmt, ging er schnurstracks den roten Teppich entlang, bis das Kichern einer amerikanischen Touristin ihm wohl bewußt machte, daß etwas nicht stimmte. Nervös blickte er sich um und stolperte, als er sah, daß ihm Enten auf den Fersen waren. Er fing sich gerade noch, ging weiter und bemühte sich, so zu tun, als passiere nichts Ungewöhnliches, als würde er nicht von Enten verfolgt oder von einer Schar amerikanischer Touristen verspottet, die rechts und links des roten Teppichs standen. Als er den Ententeich erreichte, blieb er stehen und sah sich panisch um; dann ging ihm auf, daß die Enten zielstrebig auf den Teich zusteuerten, und er trat rasch beiseite. Die enttäuschten Zuschauer begannen zu buhen. Die Enten watschelten geradewegs weiter, über den Rand des Teiches, und ließen sich ins Wasser plumpsen.

Ich hatte mich hinter einer Palme beim Nebeneingang versteckt, und jetzt schlüpfte ich hinaus, ging um das Hotel herum und kam zum Haupteingang wieder herein. Ueno saß unauffällig in einer Ecke.

«Guten Morgen! Haben Sie gut geschlafen?» fragte ich ihn fröhlich.

«Ich warte lange Zeit für Sie», antwortete er. Er war eindeutig sauer.

«Oh, wunderbar! Dann haben Sie bestimmt die Enten gesehen. Sie kommen jeden Tag hier vorbei...»

Es war ein wunderschöner Tag, und wir fuhren durch die smaragdgrüne Kudzu-Landschaft nach Magnolia Springs. Die Thayers waren genau so, wie ich sie mir vorgestellt hatte, und nach einigen Stunden hatte Beckys gastfreundliche Südstaatenart Ueno in beschwingte Stimmung versetzt. Aber ich machte mir Sorgen. Beim Abendessen fing er an, eine Liste der Räume in dem exquisit eingerichteten Haus zu machen, die er unbedingt in der Sendung haben wollte. Ich erinnerte ihn daran, daß wir noch eine zweite Familie besuchen würden, aber er winkte ab und entwarf weiter die eröffnende Kamerafahrt durch das Foyer. Das war nicht seine Aufgabe, das war meine. Ich bestellte ihm noch einen doppelten Wild Turkey in der Hoffnung, daß ich sein Gedächtnis rückwirkend durch exzessiven Alkoholgenuß außer Kraft setzen könnte. Ich war optimistisch. Für mich stand fest, daß ich nicht bei den Thayers drehen würde.

Ich ging mit ihm in einen Blues Club in der Beale Street – mir war es egal, wohin wir gingen, solange es laut genug war, daß wir uns nicht unterhalten mußten. Ueno war zufrieden, weil die Atmosphäre absolut authentisch war. Das entnahm ich der Art, wie er lässig dasaß, einen Fuß auf die Sprosse des Nachbarstuhls gestützt, so daß das Hosenbein hochgerutscht und eine weiße Socke zu sehen war, und auch der Art, wie er die Bedienung zu sich winkte, die Hand erhoben, den Kopf gesenkt, die Augen halb geschlossen – aber das wirkliche Indiz seiner Stimmung war der aufgestellte Kragen seines Freizeithemdes. Ich weiß nicht genau, wann er ihn aufstellte. Zuerst lag der Kragen auf dem Hemd, dann war er plötzlich hochgeschlagen. Ueno kippte einen Wild Turkey nach dem anderen hinunter, und als wir schließlich gingen, hatte er ganz schön geladen.

Da ich ihn bei den Werbedrehs schon in diesem Zustand erlebt hatte, wußte ich, was mir bevorstand, aber damals war ich nicht auf mich allein gestellt gewesen. Er war schwer. Sein Quadratschädel wackelte und schwankte im Rhythmus des durch die Nacht hallenden Blues. Losgelöste Noten trieben durch seinen hohlen Kopf. Selbst torkelnd konnte er sich kaum auf den Beinen halten. Um sich zu stützen, schlang er mir die Arme um den Hals, so daß sein Kopf ständig gegen meinen stieß, und immer wieder drehte er das Gesicht zu mir, um mir seine tiefsten Herzensregungen anzuvertrauen. Die Enthüllungen waren unerfreulich genug, aber dazu kamen noch die gasösen Schwaden aus den tiefsten Tiefen seiner Gedärme, die mich würgen ließen.

Wir schafften es, im Lift zu seinem Stockwerk hinaufzufahren und bis zu seiner Tür zu gelangen, bevor er zusammenbrach. Ich überlegte mir kurz, ihn einfach dort liegen zu lassen, aber dann siegte mein Mitgefühl. So abschreckend er auch war, ich mußte seinen Schlüssel finden. Vorsichtig steckte ich die Finger in seine Hosentasche und bemühte mich, ihn beim Herumfischen nicht zu berühren. Ich entdeckte den Schlüssel in seiner Geldbörse, öffnete die Tür und versuchte, Ueno über die Schwelle zu schleppen, aber er war zu schwer. Also holte ich aus dem Bad ein nasses Handtuch und schlug es ihm ein paarmal ins Gesicht. Schließlich war er wach genug, um aufzustehen. Er taumelte wie ein Kreisel und torkelte gegen mich, wodurch er mich durch die Tür stieß und ich zu Boden fiel.

Und plötzlich war er hellwach. Er war ein raffinierter Schuft und erstaunlich schnell. Er stieß die Tür mit dem Fuß zu, und bevor ich wußte, wie mir geschah, hatte er mich auf den Rücken gedreht und sich auf mich geworfen. Es gelang mir nicht, ihn abzuwerfen. Er war ungemein schwer und preßte mich mit aller Kraft auf den Boden. Dabei riß er mir das Hemd auf, packte meine Brust und drückte sie, drängte mir stöhnend ein Knie zwischen die Beine und schob meinen Rock hoch.

«*Yarashite*, Jane-chan, *yarashite* – bitte laß mich. Ich möchte so gerne mit dir machen...»

Er zerrte meine Unterhose herunter, stopfte seine Finger zwischen meine Beine, und ich fühlte, wie seine dicke, kalte Hand die Öffnung meiner Vagina befingerte. Ich wand mich, konnte seinen massigen Körper aber nicht abwerfen, und das schien ihn noch mehr zu erregen. Er stöhnte immer weiter.

«*Jane-chan wa kawaii* – du bist süß. Hör mir zu... Meine Frau nicht ist fruchtbar, aber... Jane *akachan ga tsukuritai* – ich will Baby mit dir machen...»

Das war sein Fehler. Die Vorstellung, von diesem Mann mit dem üblen Mundgeruch geschwängert zu werden, verlieh mir die Kraft, ihm ein Knie in den Schritt zu stoßen, meine Finger um seine Luftröhre zuzudrücken und ihn von mir abzuwerfen. Dann stand ich auf. Er wand sich ächzend am Boden.

«*Tsumetai*, Jane. Warum du bist kalt?» Er hielt sich mit beiden Händen den Schritt.

Es war widerwärtig. Ich unterdrückte die Übelkeit, die in mir aufstieg, und das überwältigende Bedürfnis, ihm einen heftigen Tritt zu versetzen.

«*Oi*, Ueno. Morgen um sieben im Foyer.» Ich hielt inne. «Haben Sie mich verstanden?»

Er ächzte, und ich wandte mich zum Gehen. An der Tür blieb ich noch einmal stehen.

«Und nehmen Sie den rechten Lift, Sie Idiot. Der linke ist für die Enten.»

An dem Abend duschte ich mich ungefähr zehn Mal. Am nächsten Morgen war mir noch immer leicht übel, aber das war vor allem psychosomatisch. Den schlimmsten Kater hatte die Kudzu-Mixtur verhindert, die Suzuki mir in New York gemacht hatte, aber als ich Ueno um Viertel nach sieben aus dem linken Aufzug wanken sah, hätte ich mich beinahe übergeben. Ihm ging es allerdings noch viel schlechter. Sein Gesicht sah aus wie im Fernsehen, wenn die Farbe nicht richtig eingestellt ist und die Haut zuviel Grün hat. Er schwitzte. Als er mich im Foyer sah, entschuldigte er sich murmelnd für seine Verspätung und watschelte demütig hinter mir zum Eingang, wo der Page mit meinem Auto wartete. Ich war noch zu wütend, um ihn anzusprechen. Auf der Fahrt nach Harmony mußte ich dreimal anhalten, damit er sich im Straßengraben übergeben konnte.

Als wir, mit Verspätung, den Stadtrand von Harmony erreichten, fuhr ich an den Rinnstein.

«Ueno, jetzt hören Sie mir gut zu. Ich habe sehr viel Mühe investiert, um das Vertrauen dieser Familie zu gewinnen. Sie sind an Leute wie uns nicht gewöhnt, und im Gegensatz zu den Thayers wissen sie kaum etwas darüber, wie es beim Fernsehen zugeht. Es ist mir egal, wie beschissen es Ihnen geht oder wie beschissen Sie sind, aber wir gehen jetzt in die Kirche, und Sie werden sich wie ein anständiger, zivilisierter Mensch benehmen, verstehen Sie? Nicht wie ein aalglatter Vertreter einer Werbeagentur. Nicht wie ein Fernsehproduzent. Sondern wie ein Mensch. Mehr sind Sie nicht für die nächsten Stunden, bis wir diese Stadt wieder verlassen. Wenn Sie sich noch einmal übergeben müssen, dann tun Sie's jetzt. Das ist Ihre letzte Chance. Verstehen Sie mich?»

Er nickte ergeben, öffnete die Tür und würgte.

Wir fuhren weiter zur Kirche. Der kleine Parkplatz war vollgestellt mit Autos, aber niemand stand draußen, und die Türen waren geschlossen. Ich parkte und führte Ueno die Stufen hinauf, versetzte ihm einen Rippenstoß, damit er sich aufrichtete, trat etwas zur Seite und klopfte leise an die Tür. Ich war noch leicht verkatert, in einem Zustand zwischen Übelkeit und Klarsichtigkeit, und als die Tür aufging und eine Krankenschwester uns begrüßte, kam mir das intuitiv nur logisch vor. Aber nicht Ueno. Er warf einen Blick auf sie, eine riesige schwarze Frau in einer engsitzenden, gestärkten Krankenschwesteruniform, unter der sich ihre spitzen Brüste und ihre stämmigen Schenkel deutlich abzeichneten, holte tief Luft, taumelte und wäre beinahe in Ohnmacht gefallen.

«Pssst!» zischte sie, als sie ihn mit ihrer weiß behandschuhten Faust an der Manschette packte und durch die Tür zog.

Wir standen mit einer Reihe anderer Nachzügler unter der Aufsicht der kräftigen Krankenschwester im Eingangsbereich zwischen den äußeren und inneren Kirchentüren. Alle hielten den Kopf gesenkt, als täten sie Buße, und ich versetzte Ueno einen Stoß und beugte ebenfalls den Kopf. Die New Harmony Five sangen das Anfangslied, und als sie geendet hatten, öffneten sich die inneren Türen, und wir durften eintreten. Zwei weitere Krankenschwestern nahmen uns in Empfang. Ich hatte gehofft, in der hintersten Reihe sitzen zu können, damit Ueno bei Bedarf hinausschlüpfen konnte, aber wir wurden in die erste Reihe geführt, an Ehrenplätze, die offenbar für uns reserviert worden waren. Wir setzten uns. Ich sah mich um in der Hoffnung, Miss Helen oder Purcell zu erkennen, aber ich hatte sie nie gesehen, und alle, die in der Kirche saßen, musterten uns mit ähnlich neugieriger Aufmerksamkeit.

Der Prediger sprach, und erst nach einer Weile wurde mir bewußt, daß er derjenige war, mit dem ich am Telefon geredet hatte. Auch da hatte er einen Akzent gehabt, aber nichts im Vergleich zu den vollen, honigsüßen Klängen, in denen ich weder Wörter noch Sinn erkennen konnte. Es wäre beleidigend, wenn ich hier versuchen würde, seine Rede wiederzugeben, und außerdem, muß ich gestehen, war ich nicht sonderlich aufmerksam. In dem Augenblick konzentrierte ich mich weniger auf die Details der religiösen Anschauung des Predigers, als vielmehr darauf, ob Ueno sich übergeben würde. Ich machte mir Sorgen. Wir waren rechts und links von Leuten umgeben, und es würde schwierig sein, schnell hinauszugelangen. Es sah nicht gut aus.

Doch in dem Augenblick leitete der Prediger in das nächste Lied über, und das war «Without Your Help Sweet Jesus We Are Lost». Die New Harmony Five stimmten in das Lied ein, und die Gemeinde schloß sich an.

We are lost, we are lost,
We are lost, we are lost...
oh Lord...

Die Musik wurde immer schwungvoller, die Leute sprangen singend und klatschend auf, und plötzlich merkte ich, daß meine Sorgen wie weggeblasen waren. Es gab keinen Raum für sie. Die Musik erfüllte Herz und Seele und spülte meine Übelkeit fort. Wir waren zwar verloren, aber wir würden gerettet werden, daran gab es keinen Zweifel.

Als das Lied zu Ende war und der Prediger uns bat, wir sollten uns vorstellen, verstand ich genau, was er sagte, und ich hielt meine kleine Rede, und alles war gut. Die alten Damen um uns begannen zu nicken und uns zu tätscheln, und wahrscheinlich erinnerten sie auch Ueno an seine Tanten in Japan, so daß er etwas entspannter wurde.

Und dann fing die richtige Predigt an. Sie handelte davon, daß die Welt uns so groß und fremd erscheint, aber in Wirklichkeit nur aus Ländern besteht, die aus Bundesstaaten zusammengesetzt sind, und diese bestehen aus Städten, die aus Gemeinden bestehen, und darin leben Nachbarn, die aus einzelnen Familien bestehen, und so weiter. Und wenn in der Familie jemand krank wird, wendet man sich an seine Nachbarn und seine Gemeinde, die einem hilft, wieder gesund zu werden, weil die Gemeinde dazu da ist, jedem Mitglied zu helfen, und die Gemeinde nur so gesund ist wie jedes einzelne Mitglied. Und dann erhob sich ein junger Mann, wandte seine Hände gen Himmel und legte Zeugnis ab. Er berichtete, daß er in Harmony aufgewachsen und bis zur High-School hier zur Schule gegangen sei, sich dann aber von seiner Familie und seiner Gemeinde losgesagt und in der Großstadt Arbeit gefunden habe.

Beim Reden ging er vom hinteren Teil der Kirche langsam nach vorn, bis er neben dem Prediger an der Kanzel stand, bei den New Harmony Five, die ihm mit leisem Gesang ein wenig Unterstützung gaben. Er erklärte, er *wisse*, daß er gesegnet sei, weil ihm die Möglichkeit gegeben worden sei, in der Großstadt Arbeit zu finden, aber daß die Großstadt ihn *verführt* hatte mit ihrem Leben und er sich seiner Verantwortung gegenüber seiner Familie und seiner Gemeinde *entzogen* und viele Sünden begangen habe, er habe getrunken und die Sünde des Fleisches begangen, und er sei *krank* geworden...

Und jetzt, wann immer er mit *Nachdruck* sprach, wenn er ein Wort *betonte*, zuckte sein Knie nach *oben*, seine Ellbogen *drückten* sich in seine Seite... und er erzählte, wie er eines Tages *erkannt* habe, daß die Arbeit und die Großstadt ihn *veränderten*, daß es an *ihm* sei, daß es seine *Pflicht* sei, zu seinen *Nachbarn*, seiner *Gemeinde* heimzukehren und zu seiner *Kirche*, daß *hier* seine *wahre* Kraft liege, daß er *hier von Krankheit, von der Versuchung erlöst werden könne*...

Und da überkamen ihn plötzlich spastische Zuckungen, seine Glieder flogen umher, zuerst ein Arm, dann ein Bein, und die Yamaha unterstrich jedes synkopische Zucken mit einem Akkord; die New Harmony Five hatten die Gemeinde in einen Rausch versetzt. Alle wedelten die Hände über den Kopf, riefen «Gelobt sei der Herr!» und «Amen, Bruder!» und «Ja, sag's, wie's ist!». Der junge Mann warf seinen Kopf in den Nacken und fiel zu Boden, strampelte mit den Beinen, so daß ein Schuh durch die Luft flog und in Uenos Schoß landete. Ueno reagierte, als sei der Schuh lebendig, und schleuderte ihn erschrocken fort, und da setzte der Prediger wieder ein. Die Damen rechts und links packten Ueno und mich, schlossen uns in die Arme und reichten uns an andere Nachbarn weiter, die uns ebenfalls an ihre Brust drückten. Die Katharsis war nahe. Das war mir unbewußt klar, ich spürte sie rund um mich. Und Wunder über Wunder, Ueno erging es ebenso.

Die Mischung von Entsetzen und Kater hatten ihn über den Abgrund hinausgeschoben. Rund um ihn tanzten Menschen, wanden sich, sangen, zitterten und sprachen in fremden Zungen, und andere kümmerten sich um sie, legten ihnen die Hand auf, stützten sie in ihrer Trance. Schweiß strömte über Uenos Gesicht, dem Geruch nach zu urteilen reiner, destillierter Alkohol, und er schluchzte. Eine große, kräftige Frau, die ein marineblaues Kleid mit kleinen weißen Pünktchen trug, drückte seinen Kopf wie den eines Babys an ihren Busen und streichelte seinen massigen Rücken. Er hob den Kopf, der etwas wackelte, als sei sein Hals noch nicht kräftig genug, das Gewicht zu tragen. Auf seinem aufgedunsenen, tränenüberströmten Gesicht waren die Abdrücke der kleinen weißen Pünktchen zu sehen. Er lächelte mich glückselig an, dann legte er den Kopf wieder an die Brust der Frau und schniefte. Die Pünktchen-Frau streichelte ihn immer weiter, und als sie mir über seine Schulter einen Blick zuwarf, lächelte sie.

«Hi», sagte sie leise. Ich erkannte die Stimme. Es war Miss Helen Dawes.

Genau in dem Augenblick erklang die Stimme des Predigers. Sie richtete sich an die ganze Gemeinde, wob die Trance der einzelnen zu einem einzigen, gemeinsamen Ausdruck des heilenden Glaubens, anschwellend, schwebend am Abgrund zwischen irdischer Rede und Lied, machte sich frei und stieg zum gewölbten Himmelsdach empor. Dieser Mann konnte *singen*! Die New Harmony Five leiteten die Gemeinde in den Refrain über, und als das Lied zu Ende war, bat der Prediger uns, zum Gebet die Hand unserer Nachbarn zu ergreifen. Die knochige alte Dame nahm meine rechte Hand, und Miss Helen hielt Uenos. Er und ich standen da und schauten uns nur an. Dann drehten wir den Kopf und sahen zur Kanzel. Ich fühlte das Band der Bruderschaft zerrissen zwischen uns hängen, aber als der Prediger zu beten begann, tat Ueno etwas Überraschendes. Er streckte die Hand aus, nahm meine Linke in seine feuchten, klebrigen Finger und hielt sie ruhig fest. Das ganze Gebet hindurch ließ ich ihn meine Hand halten und biß die Zähne zusammen, während mich abwechselnd Übelkeit und Vergebung durchfluteten.

Es war gar nicht so unlogisch. Wie konnte ich wütend auf ihn sein, nachdem ich ihn in all seiner Blöße gesehen hatte, wie er schluchzend und verwundbar an Miss Helens Busen lag? Ich war erstaunt, daß dieser verkrampfte japanische Geschäftsmann sich überhaupt gehenlassen konnte. Vielleicht hatte ich ihn unterschätzt.

Vielleicht hungerte er schlicht nach Zuneigung, und die warme, herzliche Stimmung hier in Harmony hatte die Fesseln seiner unterdrückten Gefühle gesprengt und seine Liebe freigesetzt. Es war möglich. Alles war möglich. Am Ende des Gebets bat der Prediger uns, unsere Nachbarn brüderlich zu umarmen, und ich gestattete Ueno, mich in seine schwitzigen Arme zu schließen; es gelang mir sogar, ein heftiges Schaudern zu unterdrücken. Ich würde diesen Mann niemals mögen; das wurde mir klar, als ich ihn an mich drückte. Andererseits konnte ich es mir leisten, großzügig zu sein – immerhin würde ich meine Sendung mit Helen Dawes bekommen.

Nach dem Gottesdienst kamen Miss Helen und Mr. Purcell, um uns als ihre Gäste zu begrüßen und uns stolz der Gemeinde vorzustellen. Alle, einschließlich der kleinen Kinder, wollten uns die Hand geben. Wir waren Exoten. Doch außerdem glaube ich, daß Miss Helen von Uenos religiösen Gefühlen wirklich ergriffen worden war. Wir fuhren zum Haus der Dawes, das an einem Feldweg in der Nähe der Kirche lag, und gingen hinein. Wir sollten mit ihnen zu Mittag essen und dann beim Softball zusehen, aber zuerst wollte ich kurz mit Miss Helen und Mr. Purcell reden und mehr Informationen über sie bekommen, damit ich mein Drehbuch schreiben und einige Details für den Film notieren konnte.

Es ist immer schwierig, Amateurköche beim Zubereiten eines Gerichts zu filmen. Seit der Sendung mit den Flowers hatte ich gelernt, daß ich den Frauen bessere Anweisungen geben mußte, damit sie ihr Rezept in einzelne Schritte unterteilten und jeden Arbeitsgang im voraus zubereiteten und wir beim Drehen nicht warten mußten, bis das Gericht fertig war. Außerdem mußte das Fleischstück bei jedem Schritt dem vorhergehenden optisch genau entsprechen, so daß die Zuschauer den Trick nicht merkten. Miss Helen sollte Kutteln für uns machen, und ich wollte herausfinden, woraus das restliche Menü bestand.

Wir saßen im kleinen Wohnzimmer der Dawes. An den verblichenen hellgrünen Wänden hingen Automatenfotos aller neun Kinder. Eine Sammlung goldglänzender Trophäen für Softball, Baseball, Basketball und auch Preise der New Harmony Five lag auf dem Beistelltisch, quoll aus dem Bücherregal und verdeckte fast den Fernseher, auf dem darüber hinaus ein verstaubter Strauß blauer

Plastikrosen stand. Wenn die Kinder in die Küche liefen oder den Flur entlang in ihre Zimmer stürmten, zitterten die Wände, so daß die Rosen bebten. Aber plötzlich schienen die rennenden Kinder sehr weit weg. Als die Außenwelt sich zurückzog und das Wohnzimmer sich um uns schloß, wurde mir die irritierende Situation bewußt, in der wir stecken, wenn alle gesellschaftlichen Verhaltensmuster einem entgleiten. Nach der Aufregung und den ungehemmten Gefühlsergüssen in der Kirche waren wir plötzlich allein. Wir schwiegen befangen.

Miss Helen saß, noch immer mit Hut, aufrecht auf dem Holzstuhl, den sie aus der Küche geholt hatte, die Hände im Schoß ihres gepunkteten Sonntagskleides gefaltet. Sie war eine große Frau, aber schlank und kräftig, und ihre Wadenmuskeln zeichneten sich durch die dicken Nylonstrümpfe deutlich ab. Sie konnte sich absolut ruhig halten, den Kopf gesenkt, fast, als sei sie nicht da. Auf dem Sofa neben ihr saß Mr. Purcell in einem glänzenden grünen Anzug mit breitem Revers. Die Federn des Sofas waren gebrochen, so daß er sehr tief saß und seine Knie in die Höhe ragten, und dadurch hatten sich die Hosenbeine hochgeschoben und entblößten seine knochigen, vernarbten Knöchel. Seine abgestoßenen Schuhe waren blitzblank geputzt. Er war nervös und lächelte uns zu, wobei er einen Mund voll riesiger, schiefer Goldzähne zeigte.

Ueno und ich saßen nebeneinander auf den beiden Sesseln, die offensichtlich für Gäste reserviert waren. Es lag an mir, den Anfang zu machen.

«Miss Helen, ich möchte Ihnen ein paar Fragen über die Ernährung Ihrer Familie stellen – über die Sachen, die Sie gerne essen.»

Miss Helen saß ganz still da und starrte auf ihren Schoß. Mr. Purcell lächelte unablässig.

«Vielleicht könnten Sie John etwas von Ihren Kutteln erzählen?»

«Ja, Ma'am», flüsterte Miss Helen.

Das überraschende «Ma'am» brachte mich aus dem Takt. Es klang so förmlich. Wir warteten, daß sie weitersprach.

«Sie wissen schon, Ihre berühmten Kutteln», drängte ich sie sanft.

«Ja, Ma'am.»

Dann schwieg sie wieder.

«Was essen Sie zu den Kutteln?» Ich wußte nicht, was ich tun sollte. Durch das «Ma'am» war ich zu einer Art Lehrerin oder Sozialarbeiterin geworden, die einen Test mit ihr machte und dabei unverständliche, weil völlig unsinnige Fragen stellte. Es war ungefährlicher für sie, nichts zu sagen. «Gibt es etwas zu den Kutteln dazu?»

«Ja, Ma'am.»

«Was... Ein Gemüse oder so?»

«Ja...»

«Grünkohl vielleicht?»

«Ja, Ma'am.»

«Und sonst noch? Maisbrot zum Beispiel?»

«Ja, Ma'am.»

Es war ein Ratespiel, wobei sich mein Wissen über die Südstaatenküche auf die Speisekarte des Restaurants Acme an der Great Jones Street in New York beschränkte, und mir gingen die Ideen aus.

«Äh, und sonst noch? Was essen Sie sonst noch?»

«Schweinsmagen», sagte Mr. Purcell.

Ueno schnaubte. Er lehnte mit verschränkten Armen im Sessel und hatte sich wieder hinter seine Maske des kühlen japanischen Geschäftsmanns zurückgezogen. Er machte mich sehr nervös.

«Und anderes Fleisch?» fragte er. «Mögen Sie auch anderes Fleisch?»

«Hühnchen», meinte Mr. Purcell. «Natürlich, Hühnchen mögen wir schon gern, aber sogar Hühnchen ist heute nicht mehr billig. Früher schon, und da gab's Teile, die haben wirklich gut geschmeckt. Und ganz billig waren die, unten bei der Fleischfabrik...»

Plötzlich machte Miss Helen ein schluckendes Geräusch, das in Gelächter überging.

«Ja, wir haben *gedacht*, sie würden wirklich gut schmecken... bis Mr. Purcells Barriton wie 'n Sopranino war!»

Ueno warf mir einen fragenden Blick zu, aber ich verstand die Bemerkung ebensowenig wie er. Purcell erklärte.

«Die haben den Hühnern so 'n Medikament gegeben, die waren

in ihren Hälsen, die wir gegessen haben... Und die Medikamente, also, die haben mich doch wirklich wie 'ne Frau klingen lassen...!»

«Und wie eine ausgesehen hast du auch, mit kleinen Brüstchen und so...», ergänzte Miss Helen.

Ich verstand immer noch nichts. Ueno unterbrach die beiden mit einem weiteren Schnauben und beugte sich vor.

«Und was ist mit Rindfleisch? Mögen Sie Rindfleisch?»

Miss Helen sah überrascht auf.

«Aber nicht doch, Sir.»

«Nicht? Aber warum nicht? Steak schmeckt köstlich.»

Purcell zuckte die Schultern. «Haben Sie Kinder?» fragte er. Ueno fuhr leicht zusammen und schüttelte den Kopf. «Rotes Fleisch ist zu teuer, wenn man so viele Mäuler stopfen muß», erklärte Purcell entschuldigend.

«Manchmal gibt's Hamburger», fügte Miss Helen hinzu.

«Stimmt, die gibt's manchmal. Miss Helen macht sie immer mal wieder für die Kinder. Aber ich finde, rotes Fleisch schmeckt nicht halb so gut wie weißes...» Mr. Purcells Stimme erstarb.

Ueno lehnte sich zurück, und ich beendete das Gespräch so schnell wie möglich. Ich erwartete, daß Ueno etwas sagen würde, aber er schwieg. Wir aßen mit der Familie zu Mittag, während sich die Nachbarn zum Softballspielen einfanden. Ueno aß wenig und war schweigsam. Nach dem Essen spielte er ein paar Innings und schlug sogar einen Treffer, den Miss Helen geworfen hatte, obwohl ich den Verdacht hatte, daß sie das absichtlich machte. Aber ich war die ganze Zeit über besorgt. Ich traute ihm kein Stück.

«Wir sehen uns wieder», sagte ich beim Abschied laut, was eigens für Uenos Ohren bestimmt war. «Wir kommen bald wieder.» Miss Helen ging mit uns zum Auto und nahm zuerst Ueno, dann mich in den Arm.

«Ich sag's ehrlich, zuerst war ich 'n bißchen nervös», meinte sie leise und drückte mir die Hände. «Wir haben vorher nie keine Japaner nicht gesehen, und wir haben nicht gewußt, wie ihr seid. Aber wir freuen uns wirklich, daß ihr hier wart. Und wir freuen uns drauf, wenn ihr mit eurer Kamera wiederkommt.»

Mr. Purcell schüttelte Ueno die Hand, als betätige er eine Wasserpumpe.

Wir stiegen ins Auto und fuhren rückwärts die Einfahrt hinunter. Als wir Harmony hinter uns ließen, wischte Ueno sich die Hände an seinem Taschentuch ab. Die Spannung im Wagen stieg. An der Grenze zu Tennessee ließ er die Bombe platzen.

«Ich habe beschlossen, daß Sie die Sendung über die Thayers machen.»

Natürlich hatte ich damit gerechnet.

«Aber warum?!» fuhr ich auf. «Das ist Unsinn. Die Dawes sind großartig. Sie sind ideal. Sie brauchten eine Weile, um warm zu werden, aber die Sendung wird unheimlich interessant werden. Die Thayers haben *nichts*; sie sind kein Vergleich. Denken Sie doch nur an die Kirche! Wie können Sie überhaupt in Erwägung ziehen, nicht dort zu drehen, nach dem, was Sie heute dort erlebt haben?»

«Es geht nicht um mich. Es geht ums Fleisch.»

«Was ist mit dem Fleisch?»

«Mrs. Becky Thayer hat das bessere Fleisch. Sie hat wunderbares Rindfleisch.»

«Aber ich dachte, ‹Schwein kann sein›!»

«Ja, aber ‹Rind bringt's›! Und Sie wissen, Takagi, Kutteln sind kein Schweinefleisch. Sind Innereien von Schwein. *My American Wife!* wird für Japaner gemacht, nicht für Koreaner oder Schwarze.»

«Rassistenschwein.»

Er starrte mich aus zusammengekniffenen Augen an. «Ich bin nicht für die Vorgaben verantwortlich. Das ist Sendung der US-Sponsoren, und Anweisungen kommen von US-Sponsor.» Er sah wieder zum Fenster hinaus, auf den leuchtend grünen Kudzu-Vorhang, der von den Bäumen herabhing und die Böschung überwucherte. Er verschränkte die Arme vor der Brust.

«‹Fleisch ist Trumpf›, Takagi», sagte er und beäugte die Landschaft mit grimmiger Selbstzufriedenheit. «Wenn Sie das nicht lernen, können Sie nicht Regisseur sein von meine Sendung. Mehr habe ich nicht zu sagen.»

6. Der Monat des Wassers

SHONAGON

Wie Zimmermeister essen

Die Art und Weise, in der Zimmermeister zu essen pflegen, ist geradezu erschreckend. Es war zu der Zeit, als man nach der Fertigstellung des neuen Palastes an den Bau eines besonderen Seitenflügels ging. Von der Ostseite des Hauptgebäudes her konnte ich die Zimmerleute beim Essen beobachten, wie sie einer neben dem anderen hockten. Kaum hatte man ihnen die unglasierten Tonschalen mit der Suppe gebracht, griffen sie so hastig zu, als hätte man sie mit dem Essen lange warten lassen, und ohne auch nur einmal abzusetzen, gossen sie sich die Suppe in ihren Rachen. Die leeren Schalen flogen in die Ecke, und im Nu verschlangen sie jetzt das Gemüse bis zum letzten Rest. Ich dachte im stillen, daß sie nun den Reis wohl kaum mehr vertragen würden, doch hatte ich mich getäuscht; denn im Handumdrehen hatten sie auch das letzte Reiskorn ihrem Magen einverleibt. Da sich alle in gleicher Weise benahmen, müssen solche Sitten bei den Zimmermeistern üblich sein. Scheußlich!

JANE

Jeder, der durch das weite Land im Herzen Amerikas fährt, fragt sich irgendwann, warum die Amerikaner allesamt so fett sind. Sind wir alle Ignoranten, was Ernährung und Gesundheit betrifft? Oder sind wir so gierig? Oder haben wir so große Angst vor einer Hungersnot, daß wir unablässig und beinahe unbewußt Vorräte an Körperfett anlegen? Oder gibt es einen anderen Grund? Diese Fragen stellten mir Suzuki und Oh jedesmal, wenn ihnen wieder einmal ein blutiges Steak von der Größe einer Gullyabdeckung vorgesetzt wurde, das über den Tellerrand hinausragte. Und warum werden gebackene Kartoffeln mit Butter *und* saurer Sahne gefüllt? Warum beides? fragten sie entsetzt.

Ich bin nicht dick, aber mein hoher Wuchs ist ein ähnlich grober Verstoß gegen die Natur, zumindest in den Augen meiner japanischen Mutter, die mir bis zum Brustkorb geht. Für sie ist meine Größe eine persönliche Beleidigung, die hätte vermieden werden können. In ihrem Kopf hängt das mit ihren Bemühungen zusammen, dem «Little» meines Namens entgegenzuwirken – ihrer Ansicht nach bin ich nur ihr zum Hohn gewachsen. An Tagen, an denen sie etwas klarer sieht, blickt sie in die Höhe, zu meinem Gesicht empor, und schiebt die Schuld auf das rote Fleisch, das sie mir als Kind zu essen gab. Aber wir lebten in Minnesota, Ma. Dort gab es viele Kühe und wenig Sushi.

Als Miss Helen mit der Bemerkung über die Hühnerhälse herausplatzte, die Mr. Purcells Stimme veränderten und ihm Brüste bescherten, war ich entsetzt. Ich wußte von den Antibiotika durch den charmanten Arzt in Oklahoma, und wahrscheinlich wußte ich auch, daß Hormone verfüttert wurden. Ich hatte nur nie darüber nachgedacht. Aber jetzt ging mir das Bild von Mr. Purcell nicht aus dem Kopf. «Fleisch ist Trumpf», das hatte ich zumindest geschrieben. Plötzlich wollte ich mehr wissen. Kaum hatte ich mit meinen Nachforschungen begonnen, stieß ich auf DES. Diese Entdeckung veränderte letztlich mein Verhältnis zu Fleisch und zum Fernsehen. Sie veränderte mein ganzes Leben. Bitte sehen Sie mir diese Abschweifung nach.

DES, oder Diäthylstilboestrol, ist ein synthetisches Östrogen, das 1938 erstmals künstlich hergestellt wurde. Bald darauf entdeckte ein Professor für Geflügelzucht an der University of California, daß Hähne durch DES-Injektionen chemisch kastriert werden können. Mit einer Spritze zum Kapaun. Die Hähne entwickeln weibliche Merkmale – füllige Brust und saftiges Fleisch –, wie man es sich zum Abendessen wünscht. Daraufhin wurden subkutane DES-Implantate in der Geflügelzucht zum Nonplusultra, zumindest bis 1959, als die FDA, die Food and Drug Administration innerhalb des amerikanischen Gesundheitsministeriums, die sich vorwiegend mit Lebensmitteln befaßt, sie mit einem Verbot belegte. Offenbar hatte jemand festgestellt, daß Hunde sowie Männer aus Familien mit niedrigem Einkommen in den Südstaaten Anzeichen von Verweiblichung entwickelten, nachdem sie billige Hühnchenteile und Abfälle von Fleischfabriken verzehrt hatten; genau das war bei Mr. Purcell der Fall. Das amerikanische Landwirtschaftsministerium mußte Hühnchen im Wert von rund zehn Millionen Dollar aufkaufen, um das belastete Fleisch vom Markt zu nehmen.

Zu der Zeit wurde DES auch vielfach in der Rinderzucht eingesetzt, aber dagegen unternahm die FDA erstaunlicherweise nichts. Nachfolgend eine kurze Zusammenfassung.

1954 stellte ein Ernährungswissenschaftler am Iowa State College fest, daß Rinder schneller Gewicht ansetzen, wenn man ihnen DES verabreicht. DES-behandelte Rinder kamen über einen Monat früher in die Endmast (erreichten also auch mehr als vier Wochen früher ihr Schlachtgewicht), wobei die Tiere rund zweihundertfünfzig Kilogramm weniger Futter verbrauchten. Das war natürlich ein gefundenes Fressen für die Fleischerzeuger. DES wurde als «Wunder» gepriesen, als «Revolution in der Rinderindustrie», und ohne große Umschweife billigte die FDA noch im gleichen Jahr DES für Nutzvieh. Ein Jahr darauf wurde es als erstes künstliches Wachstumsstimulans für Tiere patentiert. Anfang der sechziger Jahre, *nach* dem Verbot der Implantate für Hühner, wurde DES von über 95 Prozent aller Rinderzüchter verfüttert, um das Wachstum zu beschleunigen. Natürlich wurden Fälle bekannt, bei denen Farmer aus Versehen staubförmiges DES eingeatmet oder gegessen hatten und daraufhin Symptome wie Impotenz, Unfruchtbarkeit, Gynäkomastie (vergrößerte, empfindliche Brüste) und Veränderungen in der Stimme entwickelten. Aber angesichts des verheißungsvollen Profits ... Schließlich war die Landwirtschaft immer schon ein riskantes Unternehmen gewesen. Das wußte jeder.

DES veränderte die gesamte amerikanische Fleischindustrie. Mit Hilfe von DES und anderen Medikamenten wie Antibiotika konnten die Farmer Tiere praktisch am Fließband produzieren, wie Autos oder Computerchips. Vieh auf Weiden zu halten erwies sich als überflüssig und ineffizient und wurde bald zugunsten von Großmästereien aufgegeben, von Agrarfabriken, wo Zigtausende zusammengepferchter Rinder am Futtertrog gemästet werden konnten. Das bedeutete Einsparungen in großem Stil, und es passierte überall. Das war der Weg in die goldene Zukunft, die geglückte Verbindung von Wissenschaft und Big Business. Klinge ich bitter? Wenn ja, dann weil meine Großeltern ihre Milchwirtschaft wegen der hormonell aufgepeppten Kühe aufgeben mußten, was ihnen das Herz brach und sie schließlich das Leben kostete. Aber das war mir zuvor nie klar gewesen.

Andererseits wurde DES seit seiner Herstellung auch zu einem völlig anderen Zweck eingesetzt. Ärzte verschrieben es schwangeren Frauen im Glauben, das synthetische Östrogen würde Fehl- und Frühgeburten verhindern. Pharmafirmen warben in Ärztezeitschriften wie dem *Journal of Obstetrics and Gynecology* und empfahlen das Medikament allen Frauen, um «größere, kräftigere Kinder» zu bekommen. Viele Ärzte verschrieben es ebenso beiläufig wie Vitamine, und zwar an schätzungsweise fünf Millionen Frauen in aller Welt. *Fünf Millionen*! Trotz des Verdachts, daß Hormonbehandlungen während der Schwangerschaft gefährlich waren – ein Verdacht, der schon sehr früh geäußert worden war. In den dreißiger Jahren verabreichten Forscher der Northwestern University Medical School trächtigen Ratten Östrogen und stellten fest, daß die Jungen mit mißgebildeten Geschlechtsorganen zur Welt kamen. Aber das waren Ratten.

1971 stellte eine Gruppe von Ärzten in Boston fest, daß DES eine seltene Krebsart namens Klarzell-Adenokarzinom in der Vagina junger Frauen hervorruft, deren Mütter dieses Medikament während der Schwangerschaft eingenommen hatten. Und als wäre das nicht schlimm genug, wurde DES schließlich als reiner Schwindel entlarvt. Das war die wirkliche Tragödie: Es war der reinste Betrug. Bereits 1952 hatten Forscher herausgefunden, daß DES Fehlgeburten in keinster Weise verhindert. Im Gegenteil, eine Untersuchung an der University of Chicago zeigte eine beträchtliche Zunahme nicht nur an Fehlgeburten, sondern auch an Frühgeburten und Kindstod. Ironischerweise war DES sogar in der «Pille danach» enthalten, die einen Schwangerschaftsabbruch herbeiführt. Doch auch diese Erkenntnisse wurden ignoriert.

Nachdem man die Verbindung zwischen DES und Krebs beim Menschen festgestellt hatte, wurden auch andere Nebenwirkungen entdeckt. So erkrankten Frauen, deren Mütter DES eingenommen hatten, nicht nur an Krebs, sondern litten auch an vielen anderen Symptomen: unregelmäßige Zyklen, schwieriger Schwangerschaftsverlauf, Veränderungen am Gewebe von Vagina, Gebärmutter und Gebärmutterhals. Söhne solcher Frauen hatten angeborene Mißbildungen wie Hodenhochstand, abnormal kleine Penisse, fehlerhafte Spermienproduktion und geringe Spermienzahl, die alle ein erhöhtes Risiko für Hodenkrebs und Unfruchtbarkeit bedeuten.

Natürlich wurden sofort Rufe nach einem Verbot von DES im Tierfutter laut. Aber in den USA gilt billiges Fleisch als unveräußerliches Grundrecht, als integraler Bestandteil des amerikanischen Traums, und die Rindfleischproduzenten glaubten, den Bedarf nur mit Hilfe des billigen DES stillen zu können. Deswegen wogte der erbitterte politische Kampf um das Verbot des Medikaments fast ein Jahrzehnt lang, gegen den heftigen Widerstand der Pharmahersteller und der Fleischindustrie, die behaupteten, die an Rinder verfütterten DES-Dosen seien winzig klein und für den Menschen harmlos, und die Rückstände im Fleisch lägen weit unterhalb der Gefahrenzone. 1979 schließlich erließ die Regierung ein Verbot von DES im Tierfutter.

Doch 1980 wurden bei einer halben Million Rinder aus 156 Großmästereien in 18 Bundesstaaten illegale DES-Implantate entdeckt. 318 Viehzüchter waren der Meinung gewesen, daß sie dem Verbot nicht zustimmten und es deswegen kurzerhand ignorierten. Wie im Wilden Westen. Man nahm das Gesetz in die eigene Hand. Die Farmer wurden verwarnt; nicht eine einzige Anklage wurde erhoben.

Auch heute noch, obwohl DES illegal ist, erhalten 95 Prozent aller Rinder in den US-amerikanischen Großmästereien durch Futterzusätze wachstumsfördernde Hormone oder Medikamente der einen oder anderen Art. Die Rückstände sind in den Fleischstücken enthalten, die im Supermarkt zum Verkauf ausliegen und auf Ihrem Teller landen.

1989 wurde in Europa aufgrund der Verwendung von Hormonen bei der Rinderzucht ein Importverbot von amerikanischem Fleisch verhängt. BEEF-EX sah sich nach einem neuen Markt um.

1990 wurde auf Druck der US-Regierung ein neues Rindfleischabkommen mit Japan unterzeichnet, in dem die Importbeschränkungen gelockert und der Anteil Amerikas am japanischen Markt für rotes Fleisch vergrößert wurde.

1991 begannen wir mit der Produktion von *My American Wife!*

Das waren die Zusammenhänge, die mir allmählich klar wurden. Natürlich fand ich das nicht alles auf einmal heraus. Ich fing an, mich über die Fleischindustrie zu informieren, und im Laufe der folgenden Monate kristallisierte sich diese Chronologie heraus. Bitte vergessen Sie das nicht.

HELEN

Miss Helen stand mit ihren Freunden und den Gemeindemitgliedern vor der Kirche, schüttelte den Kopf und wiederholte immer wieder dasselbe.

«Ja, heute hätte es sein sollen, aber jetzt sagt sie, daß sie doch nicht kommt...»

Und Mr. Purcell fügte hinzu: «Dabei hat Miss Helen eigens alles hergerichtet und eingekauft.»

Die Freunde und Gemeindemitglieder sagten: «Das ist wirklich eine Schande», und «Schade, weil sich die Kinder doch so gefreut haben», und «Hat sie dir gar nicht gesagt warum?».

Und Miss Helen schüttelte immer nur weiter den Kopf und meinte: «Wahrscheinlich waren wir einfach nicht die richtigen Leute.» Und: «Wieso sollten sich die Leute da drüben in Japan überhaupt für uns interessieren?»

Dann versuchte Mr. Purcell, die Situation mit Humor zu retten, und sagte: «Na, Miss Helen, vielleicht hättest du nicht so heftig werfen und den Produzenten ein paar mehr Punkte machen lassen sollen.»

Und der Prediger stimmte zu: «Ihr Wurf kann wirklich jeden verschrecken!»

Und alle lachten, außer Miss Helen, die immer nur «es ist schade, wirklich jammerschade» sagte und den Kopf schüttelte, als hätte sie von Anfang an gewußt, daß es schiefgehen würde.

AKIKO

«Authentizität – 2! Du hast nur eine 2 für Authentizität gegeben?» John legte Akikos Fragebogen zur Sendung mit Becky Thayer beiseite und starrte sie mißbilligend an. «Was hast du dir dabei gedacht? Was hat denn nicht gestimmt?»

Akiko schüttelte den Kopf. «Das war es nicht...»

«Warum hast du dann nur eine 2 gegeben?»

«Ich... Ich weiß nicht. Aber ich habe eine 8 für Bekömmlichkeit gegeben, siehst du? Und eine 9 für Köstlichkeit des Gerichts.»

«Also, welchen Sinn hat Bekömmlichkeit, wenn sie nicht authentisch ist? Eine 2 für Authentizität untergräbt eine gute Bewertung für Bekömmlichkeit. Warum hast du nur eine 2 gegeben? Du mußt doch einen Grund gehabt haben.»

«Weil... es war nicht glaubwürdig.»

John schlug mit der Faust auf den *kotatsu*, und Akiko fuhr zusammen.

«Was heißt nicht glaubwürdig?» schrie er. «Die Sendung zeigt die Wahrheit! Es ist ein Dokumentarfilm! Was ist daran nicht glaubwürdig?»

«Ich weiß es nicht», flüsterte Akiko. Sie griff nach dem Blatt. «Du hast recht. Ich weiß nicht, was ich mir dabei gedacht habe. Ich schreibe etwas anderes...»

John riß ihr das Papier aus der Hand. «Mach dich nicht lächerlich. Das ist ein Fragebogen. Du kannst nicht einfach deine Antworten ändern, nur weil ich etwas sage und du plötzlich anderer Meinung bist. Du sollst hier deinen ehrlichen Eindruck von der Sendung wiedergeben.»

Finster schaute er wieder auf das Blatt. «Also. Was findest du denn so wenig glaubwürdig? Bitte *versuch* wenigstens, genauer zu sein.»

Akiko haßte diese Sitzungen. Gleichgültig, welche Antworten sie gab, John regte sich immer auf und sagte, sie habe unrecht. Und dann mußte sie Erklärungen abgeben.

«Ich... Ich weiß nicht. Es kam mir vor, als hätten sie das alles gestellt, nur für die Sendung.»

«Wer?»

«Die Thayers. Sie waren... perfekt, weißt du? Wahrscheinlich wirkten sie auf mich einfach nicht wie eine richtige Familie. Für mich...»

«Hmmm. Was weißt du denn schon von einer richtigen Familie?»

«Ja, natürlich. Du hast recht. Ich verstehe nicht viel von Familien...»

«Du verstehst einfach nicht, worum es geht», seufzte John gereizt. «Du begreifst einfach nichts. Es geht doch genau darum, eine perfekte Familie zu zeigen. Wir *wollen* keine Familie, die Makel hat. Und überhaupt, dann hättest du erst die andere Familie sehen sollen...»

Akiko nickte. Wenn John ihr alles erklärte, klang alles überzeugend, und sie konnte nicht verstehen, weshalb sie die falschen Antworten gegeben hatte. Und es war nett von ihm, ihr erklären zu wollen, wie das Fernsehen funktioniert, und mit ihr über seine Arbeit zu reden, also gab sie sich alle Mühe, ihm zuzuhören. Viele Männer erzählten ihren Ehefrauen überhaupt nichts von ihren Sorgen bei der Arbeit.

«... und die verrückteste ihrer Ideen war, diese Schwarze als Hausfrau der Woche zu nehmen!»

«Wer?»

«Takagi, diese amerikanische Regisseurin, von der ich dir erzählt habe. Die, wegen der ich nach Memphis fliegen mußte, um ihr mit der Sendung zu helfen.»

«Was hat dir an der Schwarzen denn nicht gefallen?»

John verdrehte die Augen und schnaubte. «Du hättest die Familie bloß sehen sollen! Zum einen waren sie sehr arm. Sie sprachen mit einem schrecklich ungebildeten Dialekt, den nicht einmal ich mit meinem guten Englisch verstehen konnte. Aber das war noch nicht das Schlimmste. Der Ehemann hatte entsetzliche Zähne, lauter Gold, und die Frau war einfach – na ja, sehr schlecht gekleidet. Ihr Haus war überhaupt nicht schön, und das Essen, das sie gekocht hat! Innereien vom Schwein! Völlig unangemessen.»

«Es klingt... anders...»

«Das war es auch. Wir sind sogar zu ihrem Gottesdienst gegangen. Ich habe dir doch davon erzählt. Der Tag, an dem ich so schlimm Grippe hatte, daß ich mich ständig übergeben mußte? Das war vielleicht ein Erlebnis. Die sind alle in Trance gefallen und lagen auf dem Boden herum.»

«Haben sie richtige, authentische Gospelmusik gesungen? Ich mag authentische Gospelmusik sehr gern...»

«So nennt man das wahrscheinlich.» Angesichts ihrer Begeisterung verzog er das Gesicht. «Aber der Punkt ist, die Familie war einfach verkehrt. Was soll eine japanische Hausfrau mit einer armen Schwarzenfamilie mit neun Kindern anfangen? Diese Takagi sucht ständig die falschen Familien aus. Manchmal glaube ich, daß sie es absichtlich tut...»

«Ja, jetzt weiß ich, was du meinst. Ich glaube... meinst du zum Beispiel die Beaudroux...? Hat sie die auch ausgesucht? Die Familie war überhaupt nicht perfekt; die meisten Kinder waren adoptiert, aus Korea, und die richtige Tochter hat ein uneheliches Kind bekommen, und das andere Mädchen hatte eine gepiercte Augenbraue ... «

John nickte zustimmend. «Die Familie Beaudroux war eine sehr schlechte Wahl.»

«Ich habe ihnen eine ganz schlechte Note in Bekömmlichkeit gegeben ...»

«Ja, aber eine 9 in Authentizität.»

Akiko ließ den Kopf sinken.

«Warum?»

«Ich weiß nicht ... ich meine, als Familie ...»

«Sag's mir!» Er beugte sich über den Tisch und umfaßte ihr Handgelenk.

«Sie haben mir gefallen», flüsterte sie.

Er ließ sie los, lehnte sich zurück und verschränkte die Arme. «Endlich. Die Wahrheit. Und die Thayers? Was hast du über sie gedacht?»

«Sie haben mir gar nicht gefallen.» Akikos Stimme war kaum mehr zu verstehen. «Ich fand sie unecht.»

«Du sagst also, daß deine Beurteilung gar nichts mit wirklicher Authentizität zu tun hat. Daß die Note nur eine zufällige Zahl ist, beruhend auf deinem eigenen fragwürdigen, subjektiven Geschmack. Stimmt das?»

«Ja. Aber ich dachte ...»

«Gut.» John zerknüllte den Fragebogen und schleuderte ihn durch das Zimmer zum Papierkorb. «Ich bin froh, daß du mir das gesagt hast. Jetzt brauchen wir wenigstens keine Zeit mehr damit zu verschwenden. Wenn das alles ist, wenn ich mich nicht darauf verlassen kann, daß du mir einen korrekten, zuverlässigen Eindruck der Sendung vermittelst, ist es reine Zeitverschwendung.»

Akiko atmete langsam aus.

«Heißt das ...?»

«Ja, ich traue dir nicht mehr zu, diese Fragebogen auszufüllen. Versuch nur, die Rezepte so genau wie möglich nachzukochen. Das ist das Mindeste, was ich von dir erwarten kann.»

«Ja. Natürlich.» Akiko griff nach dem Tablett. Vorsichtig stellte sie die Kaffeetassen darauf und trug alles in die Küche. Sie gab das Geschirr in die Seifenlauge, die vom Abwaschen der Teller noch in der Spüle war, und ging durch den Flur ins Bad. Sie stützte sich am Waschbecken ab und schloß die Augen, die Stirn gegen den Spiegel des Medizinschränkchens gelehnt. Keine Fragebogen mehr jede Woche. Sie drehte den Kopf hin und her und freute sich über das kühle Glas an ihrer heißen Stirn. Plötzlich hörte sie Fußschritte. Die Tür wurde aufgerissen. Mit einem leisen Aufschrei fuhr Akiko zusammen.

«Ich hab dir gesagt, daß du diese Tür NIE zumachen darfst!» schrie John. «Verstehst du mich? Nach dem Essen darfst du NIE ins Bad gehen und die Tür schließen!»

«Es tut mir leid», wisperte Akiko. «Ich wollte gar nicht... ich hab's vergessen.»

JANE

Fax

Lieber Kato-san,
Ich habe Ihr Fax erhalten. Es tut mir leid, daß der Film über die Thayers dem Sender nicht gefallen hat, aber wie ich schon Ueno sagte, wirkt bei den Thayers alles aufgesetzt. Es ist schade, daß wir nicht die Dawes gemacht haben, aber jetzt ist es zu spät. Miss Helen hat das Vertrauen zu uns verloren.

Für die nächste Sendung würde ich gerne die Bukowskys machen. Sie sind perfekte Kandidaten für *My American Wife!*, wie sogar Ueno zugeben muß. Mittelschicht, polnischer Herkunft (weiß), leben in Indiana, und die körperliche Behinderung der Tochter ist die Folge eines Autounfalls und nicht schlechter Ernährung. Die Art, wie die Familie und der ganze Ort in der schlimmen Zeit zusammenhielt, ist eine wirklich amerikanische Geschichte. Die Tochter ist sehr schön, und wir werden ihre Beine nicht filmen.
Mit besten Grüßen,
Takagi

Hier ist die dazugehörige Geschichte. Das Mädchen, Christina Bukowsky, fuhr auf dem Rad den kleinen Weg entlang, der parallel zur Interstate verlief, und wurde von einem Lastwagen erfaßt, der rechts in den Parkplatz des Wal-Mart abbog. Ihre Beine und die Wirbelsäule wurden von den riesigen Reifen zerquetscht, so daß sie von der Taille abwärts gelähmt war. Die Ärzte sagten, sie würde nie wieder ohne Hilfe gehen oder sich auch nur aufsetzen können. Aber schlimmer noch, beim Sturz vom Fahrrad war sie mit dem Kopf auf einem Betonsockel gelandet und hatte sich den hinteren Schädel zerschmettert. Durch das dem linken Schläfenlappen zugefügte Trauma lag sie wie im Koma, sprach kein Wort und schien nichts wahrzunehmen.

Mrs. Eleanor Bukowsky und ihr Mann Dale weigerten sich, diese Diagnose zu akzeptieren. Als sich Christinas Zustand stabilisiert hatte, holten sie ihre Tochter aus dem Krankenhaus zu sich nach Hause. Christina war bei Bewußtsein und konnte ein Auge öffnen, aber sie bewegte sich nicht und reagierte auch nicht auf äußere Reize.

Eleanor Bukowsky bat um unbezahlten Urlaub, damit sie bei ihrer Tochter bleiben konnte. Sie arbeitete beim Wal-Mart und brauchte den Verdienst, weil Dale seine Stelle im Steinbruch verloren hatte. Er hatte einige Hilfsjobs als Bauarbeiter angenommen, aber es gab immer weniger zu tun. In Quarry, Indiana, wurde nur wenig gebaut.

Doch als Mrs. Bukowsky um Urlaub bat, lehnte ihr Chef dieses Ansinnen ab. Er war ein netter Mann, der selbst in Quarry lebte, aber er stand unter Druck von der Geschäftsleitung; da die Bukowskys den Wal-Mart verklagten, glaubten sie, es könnte als Schuldeingeständnis betrachtet werden, wenn sie ihrer Bitte stattgaben. Entmutigt bat Mrs. Bukowsky ihren Chef, ihr zu kündigen, damit sie Arbeitslosengeld beziehen konnte, aber auch das lehnte er ab, weil es dem Image schaden würde: zuerst die Tochter zum Krüppel machen, dann die Mutter feuern. Also gab sie die Arbeit ohne jede Abfindung auf und begann, zusammen mit Dale rund um die Uhr bei ihrer Tochter Wache zu halten.

Sie legten ihre wie leblos wirkende Tochter ins Wohnzimmer, das sie mit einem Krankenhausbett ausgestattet hatten. Sie lasen Bücher, sprachen mit Fachleuten und entwickelten eine Therapie, an der sie die gesamte unterbeschäftigte Bevölkerung von Quarry beteiligten. Eleanor hängte Zettel mit den Besuchszeiten an die Schwarzen Bretter in Schulen, im Kosmetiksalon und sogar im Wal-Mart, und bald kamen regelmäßig Besucher ins Wohnzimmer, um bei Christina am Bett zu sitzen.

«Vielen Dank, daß Sie gekommen sind, Albert», empfing Eleonor den Besucher. «Hier geht's lang. Sie liegt hier, im Wohnzimmer. Sie wissen schon, da, wo man wohnt und lebt.»

«Das ist eine schöne Idee, Mrs. Bukowsky. Sie haben wirklich recht.»

Sie stellte sich vor, daß jeder Besucher dem Mädchen etwas anderes geben würde. Wenn in ihrem abgestumpften Hirn auch nur ein Funken Bewußtsein noch glimmte, und wenn genügend Leute kamen, würde irgend jemand ihn entfachen können. Es konnte der ausgefallenste Mensch sein, dachte Eleanor, und je mehr Leute kamen, desto größer war die Chance. Außerdem wurde jeder Besucher gebeten, etwas zu essen mitzubringen. Das grenzte beinahe an Bettelei, aber die Bukowskys waren völlig blank. Der Wal-Mart leugnete seine Verantwortung, und da Mr. Bukowsky seine Stelle verloren hatte, war die Familie nicht krankenversichert.

Nach dem Unfall lag Christina Bukowsky sieben Monate lang schweigend und reglos in dem umgebauten Wohnzimmer; aus den Mundwinkeln rannen silbrige Speichelfäden. Sie waren eines der ganz wenigen kostbaren Lebenszeichen, und Eleanor wischte den Speichel immer mit einer zärtlichen und respektvollen Geste weg. Zuerst öffnete sich Christinas eines blaues Auge und schloß sich wieder ohne ersichtlichen Grund, reagierte weder auf Geräusche noch auf andere Veränderungen in der Umgebung. Es ging von einem Moment zum anderen auf und wieder zu. Das einzige, was sich außerdem noch bewegte, waren unregelmäßig ihre Gedärme und regelmäßig ihr ausgemergelter Brustkorb, der sich widerstrebend hob und senkte.

Sieben Monate lang kam ein kleiner Strom von Einheimischen (immerhin zählte die Bevölkerung von Quarry, Indiana, insgesamt nur 973 Menschen) durch die stets offene Tür ins Haus der Bukowskys. Und jede Besucherin, jeder Besucher brachte etwas mit, das ihr oder ihm besonders am Herzen lag. Das gehörte auch dazu. Neben dem Essensbeitrag mußte man «die Sache, die man am meisten liebt» mitbringen und mit Christina teilen. Auch eine Hoffnung war gut. Und wenn man, wie Alfred Cotter mit seinem nagelneuen John-Deere-Traktor oder die alte Lettie Crumb mit ihrer neuen Grabstelle unter der Trauerweide, die sie gegen ihre alte neben der sterbenden Eiche eingetauscht hatte, «die Sache, die man am meisten liebt», nicht realiter mitbringen konnte, genügte auch ein Foto. Mrs. Bukowskys Ansicht nach war es rein eine Sache des Mitgefühls.

Was immer es war, es funktionierte. Allmählich reagierte Christinas gutes Auge auf Reize. Es öffnete sich, wenn sie Besuch bekam, es schloß sich, wenn die Gäste fortgingen, und zwischendurch folgte es ihren Bewegungen durch das Wohnzimmer. Dann rührten sich Christinas kleine Finger, ein unmotiviertes Krümmen im Zeitlupentempo, wie Anemonen auf dem Meeresgrund. In der Bevölkerung von Quarry regte sich Hoffnung. Als das zweite Auge aufging und um sich blickte, kam bei den Bukowskys verhaltene Euphorie auf.

Dann, nach sieben langen Monaten, geschah schließlich das Wunder, auf das sie alle gewartet hatten. Es war an dem Tag, an dem der junge Daryll Spilkoff endlich genug Geld gespart hatte, um sich die neue CD von den Crash Test Dummies zu kaufen. Er kam zu früh zu seinem Besuchstermin, sprang die Treppe zur Haustür hinauf mitsamt seinem Skateboard und ließ es mitten im Wohnzimmer fallen. Er steckte die Kopfhörer seines tragbaren CD-Spielers in Christinas leblose Ohren und spielte ihr den Song «At My Funeral» vor. Als das Lied zu Ende war, öffnete sie beide Augen, fuhr sich mit der Zunge über die ausgedörrten Lippen und sprach.

«ammkot», sagte sie.

«Was?» fragte Daryll.

«ammkot», wiederholte sie.

Daryll stand auf, ging auf die hintere Veranda und rief Mrs. Bukowsky, die gerade im Garten die Tomaten goß.

«Äh ... Mrs. B?» sagte er. «Äh ... ich glaube ... Christina will ein Lammkotelett.»

Vor dem Unfall war das ihr Lieblingsessen gewesen.

Das war der Anfang. Zu dem Zeitpunkt war Christinas Rehabilitation zur Herzensangelegenheit der gesamten Bevölkerung von Quarry geworden. Alle freuten sich auf ihre Besuche im Wohnzimmer und wollten nicht mehr darauf verzichten, weil sie dort über die Dinge sprechen konnten, die ihnen am meisten am Herzen lagen – Gesprächsthemen, die ihre Anverwandten in einen Zustand entnervter Katatonie versetzten. Wundersamerweise schienen diese Themen eine therapeutische Wirkung zu haben, vorausgesetzt, der Zuhörer war bereits buchstäblich katatonisch.

Aus welchem Grund auch immer – die weitere Entwicklung verlief schnell und linear. Die Medien bekamen Wind von der Geschichte und schlachteten sie unter allen denkbaren Aspekten aus; unter anderem prangerten sie die Ausbeutung der kleinen Leute durch große Konzerne an. Der Wal-Mart hatte ein Einsehen und zahlte eine stattliche Geldsumme, mit der die Familie das Wohnzimmer in ein Fünf-Sterne-Physiotherapiecenter umbaute. Mr. Bukowsky stattete das Haus mit einem gespenstisch anmutenden Netz von Rampen, Hebewerken, Flaschenzügen und Lifts für den Rollstuhl seiner Tochter aus. Es war das Werk eines Besessenen. Mrs. B. heuerte einen Physiotherapeuten aus Chicago und ließ die Bevölkerung weiterhin zu den vereinbarten Besuchsterminen kommen, bei denen der Therapeut sie in die fortschrittlichsten Rehabilitationstechniken einwies, die sie dann bei Christina anwandten. Dem Mädchen blieb nichts anderes übrig, als stetig zu genesen.

Und dann, wie auf ein Stichwort hin – das Haus war gerade fertig, die Bevölkerung zu Krankengymnasten ausgebildet, und Christina konnte sich selbst im Rollstuhl durch das Haus bewegen und war nicht mehr auf permanente Hilfe angewiesen –, fanden sich die Bittsteller ein, die Betenden, die Hoffnungsvollen. Eltern wie Mr. und Mrs. Bukowsky mit geschädigten Kindern. Bald, bevor jemand wußte, wie es eigentlich geschah, waren zusätzliche Betten für Kinder mit den verschiedensten Behinderungen aufgestellt worden, und die Bevölkerung legte doppelte und dreifache Schichten ein. Quarry, Louisiana, hatte eine neue natürliche Ressource entdeckt – Mitgefühl –, und die Einheimischen bauten sie ab und verkauften sie an ganz Amerika. Bei einer Stadtversammlung im März 1989 wurde der Ortsname per Abstimmung offiziell von Quarry zu Hope geändert und Mr. Bukowsky zum Bürgermeister gewählt. Innerhalb eines Jahres war das Hope Renewal Center unter der Leitung von Mrs. Bukowsky in ein neues Rehabilitionszentrum mit zweihundert Betten umgezogen. Die Bevölkerung fand Arbeit im Zentrum selbst oder gründete angegliederte Dienstleistungsunternehmen und Zulieferbetriebe. Motels und Restaurants für die Verwandten der Patienten wurden benötigt. Auf der zu neuem Leben erweckten Main Street öffneten mehrere Geschäfte, darunter ein Metzger und ein CD-Laden. Der Bürgermeister und Mrs. Bukowsky waren die Stars des PR-Videos «Willkommen in unserem Wohnzimmer: *Mitgefühl und neues Leben nach der Bukowsky-Methode*» und hatten einen gleichnamigen Bestseller verfaßt.

Nur eines ihrer Gebete wurde nicht erhört. «Wir hatten gehofft...», vertraute Mrs. B. mir sehnsüchtig an. Der Bürgermeister ergriff ihre Hand. Er sah besorgt aus, aber sie lächelte ihm beruhigend zu.

«Ist schon gut. Sie darf es ruhig wissen. Und mir hilft es, darüber zu reden.» Sie wandte sich wieder an mich. «Wissen Sie, Christina wird in ein paar Tagen sechzehn, und, na ja, wir hatten gehofft, daß sie... daß trotz ihrer Beine innerlich alles in Ordnung wäre, Sie wissen schon.»

Ich wußte nicht. «Stimmt innerlich etwas bei ihr nicht?»

«Es ist nur, daß ihre Periode... Wir hatten gehofft... Sie ist unser einziges Kind, wissen Sie... Aber es sieht so aus, als würde sie nie...»

«Sie ist unsere einzige Tochter», erklärte der Bürgermeister. «Sie ist wunderschön. Wir hatten gehofft, daß sie eines Tages einen Mann finden und eine eigene Familie gründen würde, trotz ihrer Beine...»

Aber Christinas Körper und ihr Kopf spielten nicht mit. Sie zeigte nicht das geringste Interesse an Jungen, nicht einmal an Daryll Spilkoff, und von den Verletzungen beim Unfall einmal abgesehen, war kein einziger Tropfen Blut zwischen ihren zerquetschten, leblosen Beinen geflossen. Es war, als hätte ihr Unterleib genug Blut gelassen.

Das war die Geschichte der Bukowskys, und meiner Ansicht nach war sie nahezu perfekt. Mein einziges Problem war das Lammkotelett.

Schwein kann sein. Rind bringt's. Das hatte ich mittlerweile begriffen. Aber Ueno hatte sich nie über den Status von Lammfleisch geäußert. Ich wußte, daß BEEF-EX amerikanisches Lamm- und Hammelfleisch in Japan vertrat, und obwohl ich den vagen Verdacht hatte, daß Lamm als zweitklassiges Fleisch gelten würde, sollten meine Koteletts technisch gesehen kein Problem sein. Natürlich stammten die meisten Lammfleischprodukte, die in Japan über die Ladentheke gingen, aus Australien und nicht aus den USA, und natürlich war Australien der Hauptkonkurrent Amerikas auf dem japanischen Fleischmarkt – eine Sendung mit Lammfleisch konnte also als Verrat ausgelegt werden. Aber ehrlich gesagt war meine Solidarität mit BEEF-EX ziemlich strapaziert worden. Und ich konnte keine Sendung ohne Fleisch der Woche machen.

Wir hatten drei Tage Dreharbeiten eingeplant, wobei am dritten Tag die Party zu Christinas sechzehntem Geburtstag stattfinden sollte, bei der Mrs. Bukowsky die Lammkoteletts Halleluja servieren würde. Das sagte ich Ueno nicht. Ich dachte mir, daß er das bald genug von selbst herausfinden würde. Außerdem würde ich nie wieder ein Fleischgericht bekommen, das so eng mit der Geschichte der Familie verbunden war. Dokumentarfilmer können sich für gute Geschichten begeistern, weil wir geduldig darauf warten müssen, daß sie sich ereignen; wir können sie nicht einfach aus unserer Phantasie heraus entstehen lassen. Es war die seltene Gelegenheit, eine wirklich runde, in sich schlüssige Geschichte zu erzählen, und diese Chance wollte ich mir nicht entgehen lassen, nur weil die Fleischart eventuell nicht ganz den Vorstellungen entsprach.

Sehen Sie, Christina Bukowsky war wunderschön. Nicht wunderschön im herkömmlichen, erdmutterhaften Sinn des Mittleren Westens, sondern viel mehr als das. In den sieben Monaten, in denen sie sich von der Welt zurückgezogen hatte, war ihre Haut so klar geworden, daß man das Leben unter ihren Wangen pulsieren sah. Ihr Haar glänzte wie eine changierende goldene Krone, die glitzernde Lichtfragmente in die bleierne Luft von Hope sandte. Ihre Augen waren blau, aber es war nicht mehr das Blau, mit dem sie geboren worden war, nicht das Stahlblau Osteuropas, das matt geworden war durch das tägliche Betrachten der zerstörten postkapitalistischen Landschaft, die Quarry, Indiana, am Ende des zwanzigsten Jahrhunderts ausmachte. Solche Augen hatte sie einmal besessen, aber sie hatte sie vor Grauen geschlossen, als die gigantischen Reifen sie erfaßten. Diese blauen Augen waren für immer verschwunden, und als sie sie wieder öffnete, war das Blau transparent geworden – es waren die Augen eines Engels, die eine Weile auf dem Antlitz eines Anderen geruht hatten.

Und das Tollste war, daß es im Film rüberkam. Abends im Compassion Inn sah ich mir mit dem Team die Bildmuster an. Tagsüber hatten wir mit Christina und ihren Eltern ein Interview gemacht, und die Ergebnisse waren atemberaubend. Christina war schlicht und herzergreifend strahlend. Sie saß im Rollstuhl auf der Veranda, eine Brise spielte in ihren goldenen Locken, sie sprach von ihrem Unfall, ihren Eltern und der Gemeinde in Hope, aber selbst wenn sie Hühnchen gezählt hätte, hätte sie einen noch zu Tränen gerührt. Suzuki war erstklassig. Es war eine der zärtlichsten Kamerafahrten, die ich je gesehen habe, wie er fast unmerklich ihr strahlendes Gesicht abtastete, langsam auf die Quelle ihres Strahlens zufuhr und das Blau ihrer Augen genau in dem Moment durchdrang, als sie kristallklare Tränen der Freude und des Glücks verströmten.

Es war ein völlig irrealer Augenblick. Ich saß auf der pastellfarbenen Polyesterdecke am Rand des großen Bettes im Compassion Inn und war überwältigt; ein immenses Schaudern überfiel mich, das sich wie Gnade anfühlte. Suzuki und Oh empfanden dasselbe.

«Schade, das mit den Beinen, was?» sagte der Ex-Flugbegleiter. «Aber von der Taille aufwärts ist sie super. Ich würd ja gerne wissen, ob sie noch ... ihr wißt schon ...» Mit Faust und Unterarm mimte er gewisse unzweideutige Bewegungen und warf den Jungs einen fragenden Blick zu.

Oh wandte sich wortlos ab, was typisch für ihn war, aber Suzuki überraschte mich. Er stand auf und ging durch das Zimmer. Sein Gesicht glühte wie eine rote Papierlaterne, und als er direkt vor dem Flugbegleiter angelangt war, ließ er einen Schwall japanischer Kraftausdrücke los, die ich noch nie im Leben gehört, ja, mir nicht einmal im Traum vorgestellt hatte. Es war, als würde ich eine Zeitreise in die Vergangenheit machen und mitten in einem Samuraidrama landen. Dieser Eindruck verstärkte sich noch, als Suzuki, nachdem er den Flugbegleiter hinlänglich verflucht hatte, einen Schritt zurücktrat und ihm ins Gesicht schlug. Zweimal. Einmal auf jede Wange. Wie ein Lehnsherr, der seinen Vasallen bestraft. Aber da wir in Amerika waren, fielen diese Details feudaler zwischenmenschlicher Interaktion nicht weiter auf.

Der Flugbegleiter kündigte auf der Stelle. Später wollte er uns verklagen, aber da war das New Yorker Büro schon aufgelöst, und es gab niemanden mehr, der sich darüber hätte aufregen können.

Offenbar hatte Suzuki sich Hals über Kopf in Christina verliebt, ebenso wie Oh. Am nächsten Tag verwandelten wir einen Rollstuhl in einen Kamerawagen, und mit der Betacam auf der Schulter jagte Suzuki Christina über die Rampen, Hebewerke und Aufzüge durchs ganze Haus. Oh schob. Ich wußte, das Material würde grandios sein. Wenn ein Kameramann sich derart auf sein Subjekt einläßt, kommen reinste Zen-Bilder heraus. Ich überließ die drei sich selbst. Die Eltern Bukowsky und ich standen am Fuß der Treppe, während sie über unseren Köpfen hinwegdonnerten; Christinas Lachen hallte durch das Haus und brachte die Fußböden vor Freude zum Schwingen.

«So hat sie noch nie gelacht», sagte Mrs. Bukowsky leise. «Es hat auch noch niemand so mit ihr gespielt.»

«Seit dem Unfall ist es, als wäre sie irgendwo anders», fügte der Bürgermeister hinzu. «Irgendwo über uns, aber nicht hier. Ich meine, körperlich ist sie natürlich hier, und sie ist auch glücklich, aber gleichzeitig nimmt sie nicht wirklich an allem teil. Wahrscheinlich ist das unsere eigene Schuld, weil wir sie verzärtelt haben...»

In diesem Augenblick rasten die beiden Rollstühle eine Rampe neben der Treppe herab und kamen abrupt vor uns zum Stehen. Christinas Wangen waren gerötet vom Blut, das unter der Haut in Wallung geraten war. Sie sah zu ihren Eltern hoch und lächelte sie mit strahlenden Augen an, dann warf sie einen kurzen Blick über die Schulter auf ihre Verfolger, die sich gerade aus dem Gewirr der Kamerakabel befreiten. Dann rollte sie wie der Blitz davon. Suzuki hob sich die Kamera auf die Schulter, Oh zückte die Tonangel wie eine

Lanze und versetzte dem Rollstuhl einen kräftigen Stoß, und die beiden nahmen die Jagd wieder auf.

«Ich sag's ja immer», wandte sich Mrs. Bukowsky an den Bürgermeister. «Man weiß nie, wer oder was es ist, aber was immer es ist, es ist genau das Richtige zur richtigen Zeit.»

Suzuki? Der Gedanke bereitete mir Sorgen. Ich verbrachte eine schlaflose Nacht, in der ich mich fragte, ob ich ihn bei Christina zurücklassen sollte, damit er sie erfolgreich in die Pubertät hofierte, aber am nächsten Tag, nach der Geburtstagsparty, fuhren wir alle wie geplant ab. Christina war traurig, aber noch zu jung, um sich das Herz wirklich brechen zu lassen, zumindest von jemandem wie Suzuki. Aber bei der Party fiel mir ein neues Verhalten an ihr auf: Sie wandte ihren Rollstuhl ein wenig ab von der Person, mit der sie sprach, und warf ihr über die Schulter einen verhüllten Blick und ein himmlisches Lächeln zu. Es war regelrecht kokett. Daran bestand kein Zweifel.

Mehrere Wochen lang war Suzuki auf den Autofahrten und im Flugzeug sehr still. Mir fiel auf, daß er und Oh in ihrem Motelzimmer nicht mehr auf den Schritt blonder Mädchen schossen. Unser Besuch in Hope hatte sie verändert.

Jede Reise ins Herz Amerikas hatte ihre eigene Gefühlswelt – ein völliges Eintauchen in ein neues, fremdes Element –, und für die Dauer der Dreharbeiten wurden die Parameter meiner eigenen Welt aufgehoben, aufgesogen wie von einer Vakuumverpackung, die die jeweilige Familie und ihren Alltag einschloß. Aber als wir im Flugzeug saßen und Indiana verließen, spürte ich, wie ich langsam in meine abgestreifte Haut zurückkehrte, wie die Welt wieder dreidimensional wurde, und ich spürte meinen kurzzeitig verdrängten Sorgen wieder in allen Ecken und Winkeln nach.

Ich hatte nur zwei Wochen zum Schneiden.

Ueno würde vom Lammfleisch erfahren.

Mir war leicht übel. Die Nerven. Oder meine Periode. Ich hätte sie schon längst bekommen sollen. Vielleicht hatte ich aus Mitgefühl mit Christina aufgehört zu bluten.

Ich hatte Sloan noch immer nicht gesehen. Seit Fly nicht mehr.

Ueno würde wütend sein wegen des Lamms.

Er würde versuchen, mich feuern zu lassen.

Aber das würde ihm nicht gelingen. Scheiß auf Rindfleisch. Lamm war lieblich, und ich hatte gerade die appetitanregendste Sendung des Jahres gedreht.

Und bei dem Gedanken öffnete ich meinen Gurt und ging zur Toilette hinten im Flugzeug, schloß die dünne Falttür hinter mir und übergab mich in die Metallschüssel.

AKIKO

Das Mädchen im Rollstuhl mühte sich über eine holperige, ungeteerte Straße auf die Kamera zu. Eine karierte Decke lag über ihren verkrüppelten Beinen und bedeckte etwas Großes, Unförmiges, das sie vorsichtig auf ihrem Schoß hielt, damit es nicht herunterfiel. Ein starker Wind wehte und blies ihr das Haar ins Gesicht. Akiko wollte ihr helfen. Warum half ihr niemand? Ein Rad ihres Rollstuhls blieb in einer Furche stecken, und das Mädchen schaukelte hin und her, immer das Bündel festhaltend, bis sie sich befreit hatte, und dann schob sie sich tapfer weiter voran. Als sie eine unsichtbare Schranke erreicht hatte, blieb sie stehen, sah auf und lächelte triumphierend. Sie hob die Decke an, und zum Vorschein kam ein abgedeckter Servierteller. Sie nahm den Deckel ab und hielt den Teller in die Kamera. Es war ein wunderschöner Ring von Lammkoteletts Halleluja, und jede Rippe war einzeln mit einem weißen Engelsröckchen aus gerüschtem Papier verziert, die wie Flügel aussahen. In der Mitte des Rings war ein Herz aus Kartoffelpüree, auf das in Preiselbeeren «Süße 16» geschrieben stand. Das Mädchen sah unentwegt in die Kamera, und ihre blauen Augen brachten das Objektiv zum Schmelzen, durchdrangen die Linse und eroberten das Herz von Hausfrauen in ganz Japan. Mühsam drehte sie ihren Rollstuhl um, aber bevor sie davonfuhr, warf sie ein letztes himmlisches Lächeln über die Schulter zurück.

Der Fleischer am Markt hatte nur noch sechs Koteletts. Es war australisches Lamm, aber John würde es nicht merken, dachte Akiko.

Mit der Schere schnitt sie die rüschigen Engelsröckchen zurecht und folgte dabei sorgsam den im Fernsehen erläuterten Anweisungen. Warum das Mädchen ein Lammkotelett wollte, als es aus dem Koma erwachte, war ein Rätsel. Na ja, es war kein richtiges Koma gewesen, aber beinahe. Das Mädchen konnte sich nicht bewegen, konnte nicht sprechen und nicht essen. Akiko fragte sich, wie es wohl sein würde, wenn man derart behindert wäre. Nachdem sie gegen den Geschirrschrank gefallen war, hatte ihr Bauch so weh getan, daß sie nicht aus dem Bett aufstehen konnte, und sie wollte nur in ein Koma versinken und sich nicht bewegen, nicht sprechen, nicht essen. Es gab keine Nachbarn. Niemand kam sie besuchen. In den *danchi*-Hochhäusern in ihrem Wohnviertel lebten fünfmal mehr Menschen als in der Ortschaft Hope, aber niemand wußte, daß sie krank war. Wenn ihre Nachbarinnen davon gewußt hätten, wären einige von ihnen vielleicht gekommen, wenn auch nur, um Akiko neugierig anzustarren, aber sie hätten ihr nie «die Sache, die man am meisten liebt» mitgebracht. Akiko überlegte sich, welche Sachen ihr am meisten am Herzen lagen, aber ihr fiel nichts ein, gar nichts, außer vielleicht ihr heimliches Reinigen. Aber das war kein Geheimnis mehr. Und es hatte nichts mit Leben zu tun. Eher mit Sterben. Vielleicht lag sie im Koma und wußte es nur nicht.

Irgendwo hatte sie gelesen, daß spitze Zehen ein Symptom von Koma waren. Seitdem sie gegen den Geschirrschrank gefallen war, hatte sie immer wieder einen Traum, bei dem sie um sich schlug und die Zehen so heftig durchstreckte, daß sie Wadenkrämpfe bekam. Sie konnte den Traum nicht verstehen. Er handelte von Moses. In einem Seminar an der Universität über die Kunstgeschichte des Westens hatte sie eine Plastik Michelangelos von Moses aus der Kirche San Pietro in Rom gesehen. Die Skulptur hatte Stierhörner am Kopf, und daran hatte sie ihn im Traum erkannt. Moses stand am Roten Meer, nur war es eigentlich kein Meer, sondern eher ein schnell fließender Fluß, und Moses ging in die Mitte des Wassers hinaus, und es teilte sich für ihn, wie man es erwarten würde. Dann blieb er stehen und wartete, daß sie ihm folgte, aber sobald sie sich anschickte, schloß sich das rote Wasser über ihrem Fuß. Moses stand sicher auf dem Trockenen, warf den gehörnten Kopf wie ein Bulle ungeduldig hin und her und streckte ihr die Hand entgegen, um sie in Sicherheit zu bringen. Sie hatte keine andere Wahl, sie mußte ihm folgen. Mit den Armen rudernd, um nicht das Gleichgewicht zu verlieren, lief sie auf durchgestreckten Zehenspitzen schnurstracks zu Moses, während sich hinter ihr das Wasser des Roten Meeres schloß.

Mit ihrem Herumschlagen hatte sie John geweckt und ihm schließlich von dem Traum erzählt. Er hatte eine christliche Universität besucht und war beleidigt, daß sie sich im Traum als fliehende Israelitin sah, weil er dann in der Position des ägyptischen Unterdrückers war. Akiko wollte ihm erklären, daß das nicht stimmen konnte, weil sie gar nicht mehr wußte, warum Moses das Rote Meer überhaupt hatte durchqueren wollen. Aber John wiederholte nur, sie müsse es gewußt haben. Das wisse jeder, auch ohne eine christliche Universität besucht zu haben.

Das Lamm war im Ofen, als John heimkam, genau rechtzeitig. Er hatte sich ein bißchen verspätet, was nur gut war, weil sie länger als geplant gebraucht hatte, um die kleinen Röckchen zuzuschneiden. Als sie ihm an der Wohnungstür die Jacke abnahm, bemerkte sie, daß sein Atem nach Bier roch. Das machte sie etwas nervös. In der Küche blieb sie zögernd vor dem Kühlschrank stehen, aber er verlangte laut nach einem Bier, also blieb ihr nichts anderes übrig, als ihm noch eins zu bringen. Irgend etwas stimmte nicht. Er saß am *kotatsu* mit der Fernbedienung in der Hand und zappte die Nachrichtensendungen durch. Akiko zog sich wieder in die Küche zurück; sie war froh, daß das Essen fast fertig war und aus einem besonders guten Gericht bestand. Stolz kam sie ins Wohnzimmer zurück, die hübschen Lammkoteletts wie eine Trophäe vor sich hertragend. Sie kniete vor ihm nieder. Er warf einen Blick auf das Fleisch und schauderte zurück.

«Wie kannst du es wagen, mir in meinem Haus australisches Lamm zu servieren!» zischte er, fuhr auf und stieß ihr den Teller aus der Hand. Schützend hob sie die Arme vors Gesicht, um seinen Schlag abzuwehren. Er kam ihr zuvor und boxte sie mit der Faust aufs Ohr, so daß sie gegen den Fernseher fiel.

«In Australien leben nur Verbrecher und Betrüger», erklärte er, als er aufstand und zur Tür ging. «Genau da gehörst du hin. Wieso hast du das gemacht? Ich kann deinen Anblick nicht ertragen! Ich wünschte, du wärst in Australien!»

Nachdem er gegangen war, blieb Akiko eine Weile gegen den Fernseher gelehnt liegen. Die Neun-Uhr-Nachrichten liefen, aber sie konnte vor lauter Rauschen in den Ohren nichts hören. Nach einer Weile hob sie das Fleisch vom Boden auf und legte es wieder auf den Teller. Sie riß ein Stückchen ab und probierte es. Es war köstlich. Sie ging zum Whiskeyschrank und schenkte sich ein Glas ein. Die nächsten Stunden verbrachte sie damit, vom Whiskey zu nippen und sich Bissen des wunderbar gebräunten Lammfetts in den Mund zu stecken. Es war das beste Fleisch, das sie je gegessen hatte. Sie aß alle sechs Koteletts, dann nagte sie die Knochen ab. Anschließend ging sie ins Bad und wartete, aber das Tier in ihr regte sich nicht. Statt dessen spürte sie ein leichtes Ziehen im Unterleib. Sie zog die Unterhose herunter und setzte sich auf die Toilette, weil sie dachte, vielleicht habe sie vom ungewohnten Fleisch Durchfall bekommen. Sie wartete, aber nichts passierte. Erst als sie aufstand und die Unterhose wieder hochziehen wollte, bemerkte sie den kleinen rosabraunen Fleck.

7. *Der Monat, Gedichte zu schreiben*

SHONAGON

Jämmerliche Augenblicke

Man ist damit beschäftigt, einen Zierkamm zu reinigen, und plötzlich hakt man fest, und er zerbricht.

Man unternimmt eine Ausfahrt im Wagen, und ehe man es sich versieht, kippt der Wagen um. Vergeblich versucht man sich zu erklären, wieso bei einem soliden Fahrzeug mit schweren Rädern so etwas passieren kann. Man glaubt zu träumen; doch schließlich rufen einen die schmerzenden Knochen wieder in die Welt der Wirklichkeit zurück.

Wenn Erwachsene und Kinder über eine Angelegenheit schwatzen, die für jemanden eine Schande bedeuten würde.

Die ganze Nacht hat man auf jemanden gewartet, der bestimmt kommen sollte. Kurz vor dem Morgengrauen vergißt man einen Augenblick, darüber nachzudenken, und wird vom Schlaf übermannt. Ganz in der Nähe krächzt eine Krähe, man erwacht ganz plötzlich, und es ist hellichter Tag. Man kann es vor Staunen gar nicht fassen.

Ein Wettbewerb im Bogenschießen wird ausgetragen. Man zittert und zittert, zögert lange Zeit, und schließlich saust der falsch angesetzte Pfeil in der verkehrten Richtung davon.

JANE

Nach dem Schneiden der Bukowsky-Sendung war mir immer noch übel, und ich fühlte mich erstaunlich schlapp. Ich schickte den Film nach Japan und stieg ins Flugzeug nach Minnesota, um meine Mutter in Quam zu besuchen. Ich wartete nicht einmal auf Erlaubnis aus Tokio. Kenji wußte, wie man mich erreichen konnte, wenn es ein Problem gab.

Quam, Minnesota. Es berührt mich immer wieder seltsam, dahin zu fahren. In meiner Kindheit hatte ich keinen einzigen Asiaten dort gesehen, außer Ma, und vielleicht ist das der Grund, warum mir meine Andersartigkeit nie auffiel. Schließlich war ich eine Little. Wenn ich mir jetzt die Familienfotos der Littles ansehe, die auf dem Milchhof meiner Großeltern gemacht wurden, frage ich mich, wie ich nur so blind hatte sein können. Da steht ein solider Menschenschlag wettergegerbter angelsächsischer Bauern, Opa in seinen Overalls, Oma in ihrem verblichenen Blümchenkleid – sie hat eine Mistgabel in der Hand, ich schwör's –, neben ihnen die helläugigen, blonden Söhne und Töchter, alle gleichermaßen von der Sonne verbrannt – und dann ich. Wie Grant Woods Bild «American Gothic» mit einem Kunstfehler. Auf der frühesten Aufnahme hält mein Opa mich auf der Handfläche, wie ein kleines Kaninchen oder etwas, das er zum Essen häuten will. Ich blicke direkt in die Kamera, Augen wie kleine Mandeln und darin ein Kern, der kohlschwarz und hart ist. Opa schaut mit seinen wässrigen blauen Augen auf meinen Scheitel, und mein pechschwarzes Haar steht waagerecht vom Kopf ab, lang, schnittlauchgerade, fast erstaunt. Opa hat mir erzählt, daß

Oma und Ma immer abwechselnd darauf spuckten, damit es am Kopf anlag – eines der wenigen Dinge, die sie ohne Möglichkeit, miteinander zu reden, gemeinsam tun konnten und das ihnen ein Gefühl von Nähe und Vertrautheit gab. Aber die Haare richteten sich immer bald wieder auf.

Ich hätte wissen können, daß ich anders aussah, schließlich übernahm ich immer die Rolle der Indianerprinzessin, wenn ich mit den Nachbarskindern Cowboy und Indianer spielte. Schon als Kind war ich groß für mein Alter und gewann die meisten Schlachten, und dann stritt ich mich immer mit einem der Jungen, er hieß Farley, weil er sagte, ich würde schummeln, wenn ich gewann – die Indianer müßten verlieren. Das wollte mir nicht in den Kopf. Ich wußte, daß ich nicht geschummelt hatte; außerdem wollte ich nicht verlieren, und ganz bestimmt nicht nur, um Farleys Sinn für historischen Anstand zu genügen.

Und jetzt fällt mir auch wieder das Spiel ein, das meine beste Freundin Polly und ich jedes Jahr spielten, wenn der erste Schnee den Boden wie mit einer Puderzuckerschicht bedeckte. Dann malten wir mit langen Stecken Gesichter auf die Teerstraße vor unserem Haus. Ich machte japanische Gesichter mit großen, runden Kreisen als Kopf, dann Augen, Nase und Mund. Polly malte amerikanische Gesichter, die genauso aussahen – bis auf die Augen. Meine waren zwei schräge Striche, die ich ganz schnell in den Schnee ziehen konnte, aber Polly mußte richtige kleine Kreise malen. Dafür brauchte sie viel länger als ich, und da wir immer um die Wette spielten – wer mehr Gesichter malen konnte –, verlor sie jedesmal. Die Gesichter stellten die Soldaten unserer beiden Länder dar, und wir nannten das Spiel Zweiter Weltkrieg. Wir spielten es endlos, stellten atemlos unsere Truppen auf, bis die ganze Straße voll war mit Gesichtern und es dunkel wurde und meine Japaner gewonnen hatten. Also muß ich doch etwas über Anderssein gewußt haben. Aber das hatte nichts mit ethnischer Herkunft zu tun, eher mit den unterschiedlichen Farben zweier Mannschaften beim Sport. Später, in der Schule, erfuhr ich dann, daß die Japaner den Krieg verloren hatten; also hatte ich auch bei dem Spiel Geschichtsklitterung betrieben. Dabei wollte ich es gar nicht. Doch anscheinend konnte ich nicht anders. Vielleicht bin ich deswegen zum Fernsehen gegangen.

Begriffen habe ich es schließlich eines Tages bei einem Softball-Spiel der Pee Wee Liga. Es war ein Auswärtsspiel, und ein schwarzes Mädchen vom anderen Team nannte mich «Japse». Sie war dritte Basewächterin, und ich war gerade so schnell wie möglich gelaufen, hatte einen Triple zum dritten Base geschafft und stand keuchend neben ihr. Das Mädchen berührte mich mit dem Handschuh am Gesäß. «Gut gemacht, Japse», sagte sie lächelnd. Ich wußte nicht, was das bedeutete, aber sie sagte es so freundlich, und es klang wie etwas Besonderes, wie ein ganz großes Lob. Ich weiß noch, wie ich dastand, Atem holte, sie voller Stolz anlächelte, und als die nächste Schlagfrau zum ersten Base schlug, sauste ich davon, aber davor hörte ich sie noch zischen: «Lauf, Japse!» Ich schaffte es zum Homebase und machte den Punkt, und hinterher nannte ich meine Freunde ein paar Wochen lang «Japse» und versetzte ihnen dabei einen freundschaftlichen Klaps auf den Hintern. Schließlich fragte mich die Lehrerin, ob ich wüßte, was das Wort bedeute. Als ich verneinte, rief sie meinen Vater an.

In meiner Teenagerzeit, als Polly und die anderen Mädchen ihren Traummann aus den Körperteilen von Filmidolen und Gitarristen zusammensetzten, erträumte ich mir einen völlig anderen Partner. Meiner Ansicht nach hatte ich die Chance, ein Kind zu bekommen, das eines Tages König der Welt sein würde. Eine Verkörperung der Vereinten Nationen. Ich ging in die Bücherei von Quam und las in einem alten Geographiebuch von Frye über «Die Rassen der Menschheit» nach.

> Wenn wir durch alle Länder reisen würden, bekämen wir viele unterschiedliche Menschenklassen zu Gesicht. Wir können sie in fünf große Gruppen unterteilen, die wir Rassen nennen ...

Das klang vielversprechend. Ich hatte schon damals eine Vorliebe für Listen und Kategorien.

> In ganz Afrika südlich der Sahara ist die *schwarze Rasse der Neger* beheimatet.
>
> Diese Menschen haben primitive Waffen wie Pfeil

> und Bogen, Wurfspieße, Holzkeulen und Blasrohre aus hohlen Binsen.
>
> Diese Eingeborenen sind sehr unwissend. Sie kennen keine Bücher; sie kennen überhaupt wenig und wissen nur, wie man Nahrung findet und zubereitet, wie man Lehmhütten baut, zu Fuß Wälder durchquert und in Kanus oder auf Flößen Flüsse befährt, und wie man aus Tierhäuten, Gräsern oder Baumrinde spärliche Bekleidung macht. Einige von ihnen kennen eine Art primitiven Getreideanbau. Solche Menschen nennt man Wilde.

Ich bin Dokumentaristin. Ich habe das nicht erfunden. Das Buch heißt *Grammar School Geography* und wurde 1902 von Ginn & Company in Boston verlegt. Ich weiß das, weil ich jetzt wieder in die Bibliothek ging und das Buch suchte. Es war immer noch da, also habe ich die Stellen noch einmal nachgelesen. Die Bibliothek von Quam ist noch nicht computerisiert, deshalb muß man zum Ausleihen seinen Namen auf ein Kärtchen schreiben, das hinten im Buch steckt, unter den Namen desjenigen, der das Buch zuvor ausgeliehen hat, und diese Karte bei der Bibliothekarin abgeben. Als ich die Karte aus der Stecktasche hinten im Buch nahm, entdeckte ich auf halber Höhe meinen Namen, geschrieben in Bleistift mit meiner zwölfjährigen Mädchenschrift. Fünf Kinder hatten es seitdem ausgeliehen. Ich schrieb meinen Namen wieder hinein und gab die Karte bei der Bibliothekarin ab. Ich wollte dem ein Ende bereiten.

> In der heißen Zone der Neuen Welt, in Südamerika, leben ebenfalls Millionen von Wilden, doch sie gehören der roten Indianerrasse an …
>
> In ihrer Lebensführung ähneln diese «roten Menschen» den schwarzen Wilden Zentralafrikas. Sie sind nur spärlich bekleidet und verwenden ähnliche Waffen. Sie jagen und fischen und führen ein faules, untätiges Leben …
>
> Die Menschen der *braunen* oder *malaiischen Rasse* leben ebenfalls vorwiegend in der heißen Zone …

> Die Menschen der *gelben* Rasse haben Schlitzaugen, borstiges schwarzes Haar, flache Gesichter und kurze Schädel...

Und etwas spezifischer:

> Die Menschen der gelben Rasse, die auf den japanischen Inseln leben, sind fortschrittlicher als jede andere Unterart dieser Rasse. Sie bemühen sich bei allen Verrichtungen den weißen Menschen nachzueifern, und sie waren klug genug, viele Sitten der weißen Rasse zu übernehmen...

Selbst als Kind wußte ich, daß diese Darstellung der Welt verkehrt sein mußte – schließlich war ich mit meinen zwölf Jahren in die Bibliothek gegangen, um nach ethnischer Verbindung zu suchen, nicht nach Trennendem. Trotzdem, ich erfuhr, was ich brauchte: einen Partner, der als Ergänzung zu meinem Weiß und Gelb schwarz, braun oder rot war. Ich wollte mindestens drei der fünf Hautfarben für mein Kind. Ich gab das Buch wieder zurück und vergaß mein Brutprojekt für die nächsten zehn Jahre oder so. Aber als ich mit einundzwanzig nach Japan kam, um Shonagon zu studieren, überfielen mich mit plötzlicher Dringlichkeit mütterliche Gelüste.

Der Auslöser dafür war Emil. Er war, wie ich, Austauschstudent an der Universität von Kyoto und stammte aus Zaire, war aber vorher in Paris gewesen. Ich verliebte mich in ihn. Zum ersten Mal sah ich ihn beim Joggen am Ufer des Kamogawa, direkt unterhalb der Uni. Er war von einem Schwarm Schülerinnen vom Land umringt, die ihren jährlichen Klassenausflug ins historische Kyoto machten. Sein wohlwollendes, spöttisches Lächeln zog sie an wie Motten das Licht, oder vielleicht war es auch seine Hautfarbe. Die Mädchen trugen alle Schuluniform – Matrosenblusen und lange Faltenröcke –, sie umringten ihn, probierten ihr Englisch an ihm aus und drängten sich in seine Nähe, um mit ihm fotografiert zu werden. «*Dis is a pen, dis is a pen*», riefen die Mädchen und kicherten haltlos; «*hello, hello!*» Er ragte hoch über sie hinaus, rabenschwarz, gänzlich anders. Unsere Augen begegneten sich über den Köpfen der Schulmädchen hinweg, und er erstarrte wie ein Panther, der nach einem langen Schlaf hungrig erwacht und eine vorbeilaufende Antilope erspäht. Ich war verblüfft und konnte nicht umhin, einen Blick über die Schulter zurückzuwerfen und sah, wie er die Mädchen abschüttelte und lossprintete. Ich drehte den Kopf wieder nach vorn, aber zuvor begegnete sich unser Blick noch einmal, und er fixierte mich. Ich zog das Tempo an. Er trug Anzug, Schlips und Lederschuhe, und ich lief, so schnell ich konnte, aber trotzdem hatte er mich in weniger als einer Minute eingeholt.

«Lauf nicht weg!» sagte er leise hinter mir, und seine Stimme war wie Schokolade. Er überholte mich, und ohne das Tempo zu verringern, drehte er sich mit dem Gesicht zu mir um und lief rückwärts weiter. Ich gab auf und wurde langsamer.

«Jagst du den Frauen immer so hinterher?» fragte ich streitsüchtig und atemlos.

«Nein», sagte er ruhig. «Die Frauen verfolgen mich. Schau dich doch an! Wer verfolgt hier wen im Augenblick?»

Seine Augen weiteten sich in gespielter Unschuld, und als ich eine finstere Grimasse schnitt, warf er den Kopf in den Nacken und lachte. Da war ich verloren.

«Bist du von Beruf Athlet oder was?» fragte ich. Im Sommer ist es in Kyoto drückend heiß, und in dem Jahr hielt sich die feuchte Hitze bis in den Herbst hinein. Mir rann der Schweiß über die Stirn und brannte in den Augen, aber sein dunkles Gesicht war völlig trocken.

«Nein», sagt er. «Ich bin Ingenieur.»

Und das erklärt vielleicht, warum er, als ich ihm Monate später von meinen Plänen erzählte, sich zu meinem Experiment in Biotechnik bereit erklärte.

«Das ist also der Grund, warum du mich am Ufer des Kamagawa gejagt hast», sagte er und drehte sich auf den Rücken. Wir lagen im Bett, unter der Decke, die immer zu kurz war, so daß unsere Füße unten herausragten, und mittlerweile war es Winter, und kalt. «Du hast einen gutaussehenden schwarzen Mann erblickt und mein genetisches Potential erkannt.»

«Emil, ich habe dich nicht...»

«Weißt du, manche Leute nennen das Rassismus.»

«Hör mal, *du* hast *mich* verfolgt.»

«Also gut, ich willige ein. Ich übernehme gerne die Rolle des genetischen Ingenieurs unserer Liebe, aber vielleicht sollten wir vorher heiraten?»

Im ethnisch homogenen Japan waren wir ein revolutionäres Paar. Wir warteten bis zum folgenden Jahr, bis Emil seinen Magister gemacht hatte, und heirateten im Frühling. Dann machten wir uns daran, unsere Familie zu gründen, anfangs mit Leidenschaft, dann mit Methode und schließlich mit Verzweiflung, aber immer ohne Erfolg. Ich konnte nicht schwanger werden. An Emil lag es nicht, da waren wir uns ziemlich sicher. Er hatte in Paris eine Freundin geschwängert, also mußte es an mir liegen. Ich habe mich immer als Mulattin beschrieben (halb Pferd, halb Esel, also ein «junges Maultier»), aber meine Maultier-Art bedeutete mehr als nur Störrischkeit und eine ethnische Metapher. Wie viele Hybride war ich offenbar zur Unfruchtbarkeit verdammt.

Ich ließ eine ganze Batterie von Fruchtbarkeitstest vornehmen und stellte fest, daß ich eine Vorform von Krebs namens Neoplasie hatte, ein Karzinom *in situ*, das aus bösartigen Krebszellen im Gebärmutterhalsgewebe bestand. *In situ* bedeutet, daß der Krebs bleibt, wo er ist, und mein japanischer Arzt fand, es sei kein Grund zur Besorgnis. Er sagte auch, daß meine Unfruchtbarkeit nichts damit zu tun habe. Trotzdem ließ ich mich sobald wie möglich operieren, eine Konisation, um das Bösartige zu entfernen, und hinterher erklärte mir der Chirurg, er habe noch etwas anderes entdeckt. Er zeigte mir die Röntgenaufnahme.

Ich hatte mir die dreieckige Gebärmutterhöhle immer als Stierkopf vorgestellt, aus dem die Eileiter wie edle, gewundene Hörner herausragen, und das erwartete ich jetzt zu sehen. Aber als der Arzt das Negativ gegen das Licht hielt, sah ich etwas weniger Symmetrisches. Die linke Seite des breiten Stierkopfes war eingefallen, so daß er nicht ganz dreieckig war; als habe mein Gebärmutterstier einen Schlag erhalten.

Aber wir gaben die Hoffnung nicht auf. Der Arzt sagte, daß ich trotz verminderter Fruchtbarkeit schwanger werden könnte. Aber er irrte sich. Wir versuchten es immer und immer wieder ... Nein, das stimmt nicht ganz. Ich versuchte es. Und ich zwang Emil mitzumachen. Jeden Tag maß ich meine Temperatur, rechnete, prüfte die

Schleimhaut, bis das magische Intervall potentiellen Lebens seine Tore öffnete. Emil war nett. Ich brauchte ihn nie zu bitten; er verdrehte nie die Augen, stöhnte nicht entnervt, machte keine Ausflüchte und blieb nie länger bei der Arbeit. Er kam nach Hause, wurde höflich erregt, und wir versuchten es wieder. Und scheiterten. Meines Wissens ist es uns nicht gelungen, auch nur ein Ei zu befruchten.

Die Infertilität zehrte an mir, wirkte sich auf mein Studium aus, und als Emil eine Stelle in Tokio angeboten wurde, überließ ich Shonagon und ihre Listen bereitwillig dem Papierkorb. Tokio war wie eine frische Brise. Ich freundete mich mit Kato an, der mir eine Stelle in seiner Produktionsfirma gab, wo ich englische Interviews übersetzte und für die japanische Untertitelung vorbereitete. Ich ließ mir die Haare schneiden und entdeckte Androgynität als Waffe im Geschlechterkampf am Arbeitsplatz. Emil und ich versuchten es immer noch, aber allmählich, unvermeidlich...

Nach fast fünf unglücklichen Jahren wurde uns klar, daß wir einander einfach nicht genug liebten. Es war nicht die fehlgeschlagene Erfüllung unserer biologischen Funktion; ich glaube, wir hätten damit leben und die Kinderlosigkeit mit Anstand akzeptieren können. Aber keiner von uns konnte sich mit dem überwältigenden Gefühl des Scheiterns abfinden. Es vergiftete alles, was wir als Paar gemeinsam unternahmen. Zum Schluß konnten wir nicht einmal mehr miteinander essen gehen und uns vorstellen, daß der Abend ein Erfolg würde. Also trennten wir uns. Er blieb in Japan, heiratete eine Japanerin und bekam mehrere Kinder. Ich zog wieder in die Staaten, in meine Wohnung an der Lower East Side in New York, und freundete mich mit meiner störrischen Einsamkeit und meiner maultierhaften Unfruchtbarkeit an.

Als ich Sloan in Fly sagte, daß keine Gefahr bestehe, meinte ich genau das.

Man kann es Zensur nennen, aber bei meinem Besuch bei Ma nach der Bukowsky-Sendung klaute ich Fryes Geographiebuch aus der Bibliothek. Das war das Mindeste, was ich für die Kinder von Quam tun konnte. Aber um ehrlich zu sein, wollte ich das Buch haben, und man kann es nicht einfach in der nächstbesten Buchhandlung kaufen. Mit dem muffigen alten Text, den altmodischen Radierungen und giftigen Gedanken kam es mir wie antike Pornographie vor. Auch jetzt noch blättere ich manchmal durch die fleckigen, chamoisweichen Seiten und befriedige mein krankhaftes dokumentarisches Interesse an den Primärquellen der Vergangenheit. Heute entdeckte ich mit freudiger Überraschung das Vorwort, mitsamt typografischen Eigenheiten:

> In diesem Buch gilt der zentrale Gedanke dem **Menschen**. Jede Zeile, jedes Bild, jede Landkarte wurde zu einem einzigen Zweck gemacht, nämlich, die *Erde als Zuhause des Menschen* darzustellen – die natürlichen Gegebenheiten, die klimatischen Bedingungen und die Erzeugnisse, die sein Tun und sein Handeln ebenso bestimmen wie seine zivilen und anderen Beziehungen, zu beschreiben und örtlich zu definieren – und damit VERNUNFT zur Grundlage des Werkes zu machen.

Mich interessiert dabei nicht, daß Mr. Frye sich dem grammatischen Geschlecht des Menschen beugt. Andere Frauen könnten sich an seiner Wortwahl stoßen, aber für mich ist das ein intra-spezifischer Streit. Mich interessiert nicht der Konflikt von Mann versus Frau, sondern vielmehr der Konflikt von Mensch versus Leben. Die VERNUNFT des **Menschen**, sein Tun und sein kommerzielles Handeln versus die gesamte Welt. Das ist für mich das unschöne Geheimnis, das der verschlissene Einband birgt.

Als ich von der Klinik heimkomme, wartet Ma schon auf mich. Ich bin seit drei Tagen zu Hause, und ich kann es ihr nicht verheimlichen. Sie hat gesehen, wie ich morgens zur Toilette laufe, sie hat hinter der geschlossenen Badezimmertür gestanden und zugehört, wie ich mich übergebe. Ich habe einen Test machen lassen, er ist positiv – ich bin in der siebten Woche schwanger. Als ich zur Tür hereinkomme, steht Ma zögernd in der Küche, stützt sich auf die Lehne eines gepolsterten Küchenstuhls. Sie ist winzig, eine Miniatur-Mutter, gebeugt, grau und anklagend.

«Ist Baby», erklärt sie. Sie hat nie richtig Englisch gelernt, und vor allem der Gebrauch von Artikeln bereitet ihr Schwierigkeiten.

«Ja», sage ich. «Es ist ein Baby.»

Sie geht um den Stuhl herum und läßt sich auf der Kante nieder. «Warum du wirst jetzt schwanger? Du bist nicht einmal mehr verheiratet.»

«Ich dachte, du wärst erleichtert, Ma.» Sie hat Emil nie kennengelernt. Sie hat sich geweigert. Vor der Hochzeit schickte ich ihr ein Bild von ihm und mir vor dem Großen Buddha in Kamakura. Es war eine phantastische Aufnahme unserer drei Gestalten: pechschwarz, hellgelb und ein verwaschenes Grünblau. Sie antwortete, sie würde nicht zur Hochzeit kommen.

«Wer ist Vater? Wieder schwarze Afrikamann?» So hat sie ihn immer genannt, nicht Emil, nur «Afrikamann».

«Nein, dieser ist grün.» Sie macht mich wahnsinnig. Die einzige Asiatin in einem Ort wie Quam – wie kann sie da solche Vorurteile haben?

«Gut. Ist besser, du hast grün Baby. Paßt zu dumme Farbe von dein Haar.»

Sie lächelt finster. Sie ist unmöglich.

«Mindestens du bist große Mädchen. Große Knochen. Nicht schlimm für dich, wenn du...» Sie spreizt die Beine und macht eine scheuchende Bewegung, als würde sie Fliegen vertreiben. «Ich, für mich sehr schlimm. Sehr schlimm. Du warst zu große Baby für mich.» Sie sieht mich vorwurfsvoll an.

«Ma – als du schwanger warst, hat der Arzt dir da irgendwelche Medikamente gegeben? Irgendwelche Tabletten?»

Sie zuckt die Achseln. «Vielleicht. Weiß nicht. Weiß nicht mehr.»

«Jetzt komm, Ma, du mußt es doch wissen. Bitte. Versuch, dich zu erinnern. Kleine Tabletten, die du jeden Tag nehmen mußtest, damit du mich nicht verlierst...?»

Sie schüttelt den Kopf. «Ich weiß nicht. Damals alles war wild, und ich gar nicht spreche Englisch gut. Vielleicht sicher ich hab genommen Pillen, Vitamine, ich weiß nicht. Es war schlimme Zeit. Arzt sagt, ich bin sehr zart.»

Sie sieht sehr zart aus, wie sie auf der Stuhlkante sitzt, die verhornten Füße in den alten Slippern mit dem Zehenriemen aus Gummi, die nicht auf den Linoleumboden reichen. Die Hände liegen vor ihr auf dem Küchentisch, die Finger wie ein gehorsames

Schulkind verschränkt, schaut sie mich erwartungsvoll an. Mit einem Mal wird mir alles klar. Ich weiß, was passiert ist. Den Schlag, der meine Gebärmutter verformte, erhielt sie, als ich noch eine kleine Garnele war, die in Mas warmem Fruchtwasser trieb. Ich kann mir alles genau vorstellen. Ma, ängstlich, schwanger, sprach kein Wort Englisch und saß in der Arztpraxis, vielleicht mit Dad, vielleicht auch mit Oma Little. Ich habe heute in einer Arztpraxis gesessen. Ich weiß, wie furchteinflößend das ist. Natürlich kam der alte Doktor Ingvortsen, der Hausarzt von Quam, zu dem Ergebnis, daß sie zart gebaut war. Eine vernünftige Vorsichtsmaßnahme. Schließlich waren seine sonstigen Patientinnen großgewachsene Schwedinnen und stämmige Däninnen mit einem gebärfreudigen Becken – vermutlich ging seine Vorstellung vom Osten nicht über Polen oder die Ukraine hinaus. Aber Ma war Japanerin. Auf meiner Geburtsurkunde, die dieser Arzt unterschrieb, steht unter der Rubrik «Ethnie»: gelb. Und sie war schmal. Der Doktor hatte sicher das *Journal of Obstetrics and Gynecology* abonniert und die Anzeigen gelesen. Also gab er ihr ein Medikament, vermutlich rund 125 Milligramm Diäthylstilboestrol, auch als DES bekannt, das sie im ersten Drittel meines Entstehens täglich einnehmen mußte. Damit ich blieb, wo ich war, und zwischen ihren schmalen Hüften weiterwuchs.

«Ma, wo ist Doktor Ingvortsen jetzt?»

«Ach, lange tot.»

«Wer hat seine Praxis übernommen? Gibt es jetzt einen neuen Arzt?»

«Nein.» Sie winkt abschätzig mit der Hand. «Praxis an alte Main Street ist lang abgebrannt. Kein Arzt zu Quam mehr. Nur nagelneue, schicke Klinik. Zu weit weg. Aber alle Ärzte dort zusammen. Ich sage, warum so viele Ärzte in schicke Klinik? Besser, sie verteilen sich, ein Arzt hier, ein Arzt da. Besser wie früher.»

Die nächsten Tage kommen mir vor wie ein Traum – erstaunlich und sinnlos. Ich versuchte, Doktor Ingvortsens Unterlagen aufzuspüren, aber sie waren verlorengegangen oder verbrannt. Immerhin waren seitdem dreißig Jahren vergangen. Ich durchsuchte Mas Papiere und ihr Arzneischränkchen, rechnete aber eigentlich nicht damit, etwas zu finden. Ich erzählte ihr nichts vom DES. Vielleicht hätte ich es tun sollen, aber ich wußte nicht, wozu. Sie würde sich nur schuldig fühlen. Richtig trösten konnte sie mich nicht. So war unser Verhältnis nicht. Einige Tage später redeten wir wieder darüber.

«Ma, ich muß dir etwas sagen. Ich weiß nicht, ob ich das Baby behalten werde...»

Sie schüttelte den Kopf. «Du behältst, du schmeißt weg. Immer du tust nur, was du willst. Denkst nicht an andere. Was sagt sein Vater?»

«Ich weiß es nicht.»

«Du nicht kennst Vater?» Sie wandte sich von mir ab. «Schlimme Mädchen.»

«Nein, Ma. Ich weiß, wer der Vater ist. Aber ich habe es ihm nicht gesagt.»

«Nette Mann?» Hoffnungsvoll drehte sie sich wieder zu mir.

«Ich weiß nicht... Ich meine, doch, ich glaube schon, daß er ein netter Mann ist.»

«Du sagst ihm, er dir heiratet? Vielleicht?»

«Nein, Ma, das glaube ich nicht.»

«Dann nicht nette Mann, und du besser schmeißt Baby weg.» Sie verengte ihre schmalen Augen. «Aber du nicht bist sicher, stimmt's?» drängte sie.

«Das stimmt, Ma. Ich bin mir nicht sicher. Ich bin mir überhaupt nicht sicher.»

Es gehört zu meinem Job, mir immer und bei allem sicher zu sein, selbstbewußt. Jeden Tag muß ich mein Team beschwichtigen, meine Hausfrauen, den örtlichen Sheriff, der uns wegen unbefugten Betretens, wegen Verrat oder öffentlichen Alkoholgenusses verhaften will... Sir, Ma'am, doch, kein Problem, alles im Griff, der Scheck ist unterwegs, ist eingezahlt, was immer. Ich habe ein ehrliches, ernstes Gesicht. Das hängt damit zusammen, daß ich asiatisch-amerikanisch und eine Frau bin – wir sind zuverlässig, loyal, klug, aber nicht bedrohlich. Deswegen dürfen in den Staaten auch so viele von uns in der Berichterstattung arbeiten. Aus welchem Grund auch immer, es ist ein hilfreiches Vorurteil. Der durchschnittliche Amerikaner ist daran gewöhnt, zu glauben, was ich ihm sage.

Es kann auch ein Berufsrisiko sein. Ich kann Leute so gut davon überzeugen, daß ich genau weiß, was ich tue, daß ich mich selbst hinters Licht führe.

Aber hier ist die Wahrheit. Was Sloan betrifft.

Zuerst war es eine Laune, vor allem vergnüglich. Ich war siebenundzwanzig gewesen, als Emil und ich uns scheiden ließen. Danach hatte ich zwei Jahre lang nichts mit Männern zu tun. Mein Verhältnis zu meinem Körper hatte sich durch mein Versagen, schwanger zu werden, unwiderruflich verändert. Mit einer verkümmerten Gebärmutter und einer Prädisposition für Krebs war mir nicht nach Liebe. Ich war mißgebildet, unfruchtbar und verängstigt. Ich dachte, ich könnte jung sterben, und glaubte, ich würde Sex nie wieder als etwas Vergnügliches betrachten können. Sex hatte etwas mit Zeitplänen und Verzweiflung zu tun, das Gegenteil von Vergnügen. Sex war eine Produktion, die ich als Regisseurin rücksichtslos vorangetrieben hatte. Vielleicht war das das Problem. Vielleicht schreckte mein kleines Ei während seiner gemächlichen Wanderung den Eileiter hinab entsetzt zurück, als es diese überfrachteten genetischen Gesandten sah, die sich freudlos und erschöpft einen Weg in meinem gewundenen Reproduktionstrakt hinaufschlängelten. So daß das Ei, als sie es schließlich erreichten und anklopften, die Tür zuknallte und sie dort umkamen, verkümmert an der dunklen, lauwarmen Schwelle des Werdens.

Auf jeden Fall, zwei Jahre nach der Scheidung erzählte mir eine Freundin von Sloan. Sie war gut mit ihm befreundet. Die beiden sprachen oft über ihre sexuellen Vorlieben, wie auch sie und ich, und in einer großartigen, wohlmeinenden Geste der Freundschaft schlug sie uns beiden vor, daß wir vielleicht gern miteinander vögeln würden. Sie meinte, wir hätten uns viel zu sagen.

Sie hatte recht. Wir hatten das lange Vorspiel am Telefon, und als wir uns schließlich in Nebraska kennenlernten, hatten wir so viel geredet, und meine Schutzmauer war so bröckelig geworden, daß der plötzlich greifbare, körperliche Sex mich erschütterte.

Was mich faszinierte, war der Verdacht, daß er nicht ebenso erschüttert war wie ich. Es fällt mir nicht leicht, das zu gestehen. Aber ich ahnte es. Vielleicht deuteten seine sexuelle Meisterschaft und meine Hingabe auf nichts anderes hin als auf die Diskrepanz zwischen unserem Verlangen. Oder besser, auf das Ziel dieses Verlangens – ich bin mir ziemlich sicher, daß wir gleichermaßen Vergnügen empfanden, oder zumindest hatte er mir das gesagt, und ich hatte keinen Grund, das anzuzweifeln. Aber mir wurde bald klar, daß wir nicht das gleiche daraus entstehen lassen wollten.

Allmählich ging mir auf, daß die Welt, in der Sloan sich herumtrieb, viel größer und vielfältiger war als meine. Meistens trafen wir uns auf meinem Terrain, in kleinen Kaffs, die man nur mit dem Pick-up oder dem Greyhound Bus erreichen konnte, aber zweimal trafen wir uns auch in L.A., wo ich einen Zwischenstop einlegte, und das war eine seiner Städte. Er wußte, daß ich eine Schwäche für gutes Essen habe. Er ging mit mir in Edelrestaurants, wo wir Seeigelrogen aßen, der wie Butter auf der Zunge zerging, und hauchdünne *fugu*-Scheiben mit Chili-*ponzu*-Sauce und einem Fingerhutvoll Schwarzmarkt-Kaviar, eingehüllt in eine durchscheinende Haut und mit einem Schnittlauchhalm zusammengebunden, dann mit feinem Blattgold verziert. Das Ganze hieß «Bettler-Börse» und kostete fünfzig Dollar. Nach wochenlangem Junkfood war es wunderbar.

Wohin wir auch gingen, überall kannte er Menschen. Menschen, deren Namen ich gehört hatte, denen ich aber persönlich nie begegnet war. Musiker. Filmleute. Ich hatte das Gefühl, als führe er mich vor, und fragte mich, ob ich vielleicht nicht vor allem eine ländliche Kuriosität war, eine Geschichte, die er seinen Freunden oder seinem Therapeuten erzählte. Ich setzte meinen Stolz darein, möglichst schlammverkrustet und milbenbefallen, mit zerrissenen Jeans und einem verdreckten T-Shirt in seiner Welt aufzutauchen und Kuhfladen auf dem Florteppich des Chateau Marmont zu verteilen. Das gefiel ihm. Ich hatte nie die richtige Garderobe, also ging er mit mir los und kaufte mir Kleider, damit wir zum Essen ausgehen konnten, und hinterher zog er sie mir wieder aus. Es gab einige Läden, die er gut kannte, wirklich kannte – die Kollektionen, die Designer, die Mädchen. Ich hab's kapiert. Ich bin nicht auf den Kopf gefallen. Nur schlecht angezogen.

Diese Art von Beziehung entsprach mir eigentlich gar nicht, aber dann wiederum war in meinem Jahr mit Fleisch nichts, wie es sonst gewesen war.

Die Sache in Fly brachte mich durcheinander. Das beinahe zufällige Gespräch über Vertrauen weckte in mir so viele unerwartete Sehnsüchte. Ich hatte gedacht, daß sie alle abgestorben wären. So ist es mit ungewollter Kinderlosigkeit – sie tötet das Gefühl für die Zukunft, und man versteckt sich im Hier und Jetzt. Natürlich, viele Frauen entscheiden sich bewußt für ein Leben ohne Kinder. Aber wenn man die Entscheidung nicht selbst treffen kann, wenn sie einem aufgezwungen wird, betrachtet man den Verlust von Nachkommenschaft als Verlust von Hoffnung.

Ja, und damals in Fly überfiel mich plötzlich diese stille, verrückte Hoffnung, und dann kam dieser Wahnsinnssex, der mich einfach umwarf, und als ich wieder zu mir kam, flogen auf einmal all diese «Wenns» um mich herum und hingen wie eine Giftwolke in der Luft. Nachdem sie sich wieder verzogen hatten, war ich mit einem völlig neuen Verlangen konfrontiert. Ich hatte Sloan entschlossen auf Distanz gehalten, aber jetzt war er plötzlich wichtig. Er bedeutete mir etwas. Ich weiß nicht warum, aber ich wollte, daß er im Mittelpunkt meines Lebens stand und es nicht nur wie ein Ersatz-Mond an der Peripherie umkreiste.

Das feuchte, schimmelige Zimmer an der Interstate war wie ein Wendepunkt. Nach dem Vögeln lagen wir auf der watteweichen Matratze, und mein Herz klopfte und weitete sich mit all diesen nebulösen, drängenden Hoffnungen. Sein Kopf lag auf meiner Brust, und er hob ihn, als habe er diesen neuen Herzschlag auch vernommen.

«Takagi?»

«Ja...?»

«Danke.»

«Äh... schon gut.»

Er drehte sich auf die Seite, stützte den Kopf in die Hand und sah mich an.

«Jane, als du sagtest, du würdest nicht schwanger werden, es wäre nicht gefährlich...?»

«Ja?»

«Bist du sicher? Ich meine, was genau meintest du damit?»

Zuerst wollte ich es ihm nicht sagen. Ich weiß nicht weshalb. Vielleicht befürchtete ich, daß er mich dann nicht ernst nehmen würde.

Und ich wollte, daß er mich ernst nahm. So ernst, wie ich ihn nahm. Und da wurde mir klar, daß ich es ihm sagen mußte.

«Sloan, ich kann keine Kinder bekommen.»

«Wirklich nicht?»

«Ja. Ich war verheiratet, du weißt doch. Wir haben's versucht, ich hab mich untersuchen lassen, nichts. Gar nichts. Deswegen haben wir uns schließlich auch getrennt.»

«Das tut mir leid.»

«Ja, na ja...»

«Danke. Daß du es mir gesagt hast.»

«Na ja, ich dachte, daß du es wissen solltest.»

Er drehte sich wieder auf den Rücken.

«Weißt du, ich habe noch nie ohne Kondom gevögelt. Ich wollte immer wissen, wie es sich anfühlt, aber mit Aids und Vaterschaftsklagen und so... Ich hatte noch nie eine Geliebte, bei der es wirklich sicher war...»

Und das war's. Darauf lief es letztlich hinaus. Eine Diskrepanz im Verlangen. Er wollte eine einfache Antwort auf eine bohrende Frage, wie wenn man eine juckende Stelle kratzen muß. Ich wollte etwas anderes. Mit Sloan wollte ich zum ersten Mal seit langer Zeit mehr. Aber nein. Nicht sicher sein. Nicht *wirklich sicher*. Das wollte ich überhaupt nicht.

Es war sehr seltsam. Während ich zur fleckigen schallisolierten Decke hinaufstarrte, rannen mir einfach die Tränen aus den Augen. Das war mir erst einmal passiert, im Krankenhaus nach der Operation, als der Arzt mir die Röntgenaufnahme mit der implodierten Gebärmutter und den nutzlosen gewundenen Hörnern zeigte. Die Tränen um meine verhinderte Nachkommenschaft liefen mir einfach übers Gesicht, in die Ohren und aufs Kissen. Ich habe nicht richtig geweint. Vielmehr wichen das Leben und all meine dummen Hoffnungen für die Zukunft aus mir. Und in Fly passierte genau dasselbe. Ich konnte nichts tun, damit die Tränen aufhörten. Nach einer Weile stand Sloan auf, um ins Bad zu gehen, und da merkte er es.

«Ist alles in Ordnung?»

«Es ist alles in Ordnung, Sloan, ehrlich», versicherte ich ihm in einer ganz normalen, festen Stimme. «Alles ist in Ordnung.»

«Ehrlich, Ma, es ist alles in Ordnung.» Sie steht auf der Treppe und sieht mir zu, wie ich mit dem Mietwagen rückwärts die Auffahrt hinunterfahre. Ich weiß, sie macht sich Sorgen. Aber was soll ich ihr sagen? Ich habe ihr von der Neoplasie erzählt, damit sie sich an den Gedanken gewöhnt, daß ich vielleicht nicht so widerstandsfähig bin, wie sie glaubt. Aber nach allem, was ich über DES gelesen und von meiner implodierten Gebärmutter gesehen habe, kann ich nicht versprechen, daß ich das Baby wirklich bekommen werde, selbst wenn ich es will, worüber ich mir überhaupt nicht sicher bin. Und ich kann ihr ganz bestimmt nicht versprechen, daß ich Sloan heiraten werde. Aber ich werde es ihm sagen, das verspreche ich ihr. Bevor ich abtreiben lasse, erzähle ich es dem netten grünen Mann, nur um seine Reaktion zu erfahren. «Ma», sage ich zu ihr und beuge mich tief über sie, um ihr zum Abschied einen Kuß auf den grauen Scheitel zu geben. «Mach dir keine Sorgen. Es wird alles gut werden.»

Wenn man aus dem Mittleren Westen nach New York zurückkommt, ist es, als würde man mit Karacho gegen eine Mauer fahren. Die Stadt erschlägt einen. Im Mittleren Westen läßt man sich treiben, wartet ab. Das ist der Effekt der Einkaufszonen-Kultur – das ganze Leben wird zu einem einzigen ziellosen Umhertreiben auf Wogen synthetischer Klänge durch Klimaanlagenluft. Wenn man in New York so herumginge, wäre man geliefert.

Ich schlüpfte wieder in die Stadt und verbrachte eine Woche in meiner Wohnung, ohne jemanden von meiner Rückkehr zu informieren. Ich vereinbarte einen Termin mit einem Gynäkologen, um einen Ultraschall machen zu lassen, und mit einem Onkologen, der meine Gebärmutter auf weitere bösartige Lebensformen untersuchte, dann stöpselte ich das Telefon aus, ging auf die Knie und putzte jede Ecke meiner winzigen Wohnung. Dieses Ritual vollführe ich jedes Jahr. Ich gehe all meine Besitztümer durch, nehme einen Gegenstand nach dem anderen in die Hand, prüfe ihn und entscheide mich entweder neu dafür oder werfe ihn weg. Es mindert die Kauflust, und die Sachen werden dadurch wertvoller.

Meine Wohnung ist klein, paßt aber genau zu mir – ein langes, schmales Zimmer mit hoher Decke, unverputzten Wänden und breiten Eichendielen. An den Wänden hängen *hanga*-Holzblockdrucke und einige alte, handkolorierte Fotografien meiner japanischen Verwandten, die meine Tante in Tokio mir gegeben hat. Ein Teil der Möbel stammt auch von ihnen: eine Lackkommode mit Perlmutt-Intarsien, ein niedriger Tisch aus einem Stück knorrigem Eisenholz, glänzend poliert mitsamt Astlöchern. Dazu kamen Erbstücke von der Little-Seite. Ein altes Küchenbuffet aus Holz und Email vom Bauernhof. Omas rosafarbenes Kugellampen-Paar mit den handgemalten Blumen und die Spitzendecken, die ihre Mutter gehäkelt hat. Ein kleines altes Sofa und zwei alte Melkschemel vom Hof, die mein Opa einfach nicht wegwerfen konnte, obwohl er sie seit Jahrzehnten nicht mehr zum Melken benutzt hatte.

Am Ende der Woche, als ich alles neu gesichtet hatte, tauchte ich wieder auf und ging ins Büro, um meine Rückkehr bekanntzumachen. In japanischen Büros ist der Austausch von Souvenirs ein rituelles Bindemittel. Für die amerikanischen Rechercheure hatte ich Schnapsgläser gekauft, für die japanischen Mitarbeiter Magneten für den Kühlschrank. Wir arbeiteten auf einen vollständigen Satz beider Gegenstände aus allen fünfzig Staaten hin. Auf den Schnapsgläsern stand «Indiana – The Hoosier State», und auf den Magneten prangte der Slogan «Crossroads of America» und der Cartoon eines verblüfft aussehenden japanischen Touristen vor einem Wegweiser mit Holzpfeilen, die in alle vier Himmelsrichtungen zeigen und auf denen die einfallsreicheren Ortsnamen von Indiana stehen – Brazil, Holland, Mexico, Peru, Alexandria, Delphi, Carthage, Gnaw Bone, Pinhook, Popcorn und Santa Claus.

Auf meinem Schreibtisch türmte sich ein Stapel von Briefen, Faxen und Telefonnotizen auf Post-its. Dazu Broschüren von PR-Firmen, die die Interessen der Fremdenverkehrsämter von Kleinstädten vertraten, Faxe von Filmkommissionen und zwei Nachrichten von Suzie Flowers, die ich in den Papierkorb warf. Seit den Dreharbeiten rief sie regelmäßig im Büro an. Kenji hatte ihr gesagt, daß der Film nicht gesendet worden war, aber sie ließ nicht locker und sagte, sie wolle den Film haben, selbst wenn er nicht gezeigt worden war. Ich hatte ein schlechtes Gewissen, aber es war Kenjis Job, sich mit ihr auseinanderzusetzen.

Die zwei Faxe, die mich interessierten, hingen an meiner

Pinnwand. Das eine war von meinem Informanten beim japanischen Sender, das andere von John Ueno. Zuerst las ich das Fax des Spions.

7. Juli

Liebe Miss Takagi,
herzlichen Glückwunsch für Ihre Sendung über die Familie Bukowsky von Indiana, die die höchste Einschaltquote für diese Sendeplatz in dieser Spielzeit bekam und von über 10 000 000 Haushalte gesehen wurde, vielleicht! Der Produzent unseres Senders ist sehr zufrieden und sagt, bitte Sie fahren fort mit gute Arbeit an authentische amerikanische Familien, die nur Sie wählen können. Aber ich warne Sie, bitte Sie achten auf den Agenturrepräsentanten Mr. J. Ueno, der äußerst ärger ist, wie ich höre.
Mit freundlichen Grüßen,
Tashiro
P.S. Wenn Sie möchten wissen, warum J. Ueno äußerst ärger ist, ist weil Ihre Sendung dazu führte, daß die Fleischläden in Tokio am Samstagnachmittag alle Lämmer ausverkauft hatten, und das wurde so berühmt, daß die Geschichte bei Abendnachrichten kam. Das ist für Sie vielleicht sehr komisch, aber nicht gut für amerikanischen Sponsor und vor allem nicht für Mr. J. Ueno!

Das zweite Fax lautete:

23. Juni

Liebe Ms. Jane Takagi,
hiermit teile ich Ihnen gravierenden Fehler in Ihre letzte Sendung von *My American Wife!* mit, das ist die Sendung mit Mrs. Bukowsky, und der Fehler ist LAMM. Nie dürfen Sie LAMM in Sendung von *My American Wife!* bringen, weil LAMM vorwiegend aus Australien kommt, und das ist nicht gut für den Sponsor BEEF-EX, weil es ist unamerikanisch. Verstehen Sie? Ich muß das mit Nachdruck sagen, obwohl es überflüssig zu sagen

ist. Die Sendung ist auf Sponsor angewiesen. Es ist Business. Bitte tun Sie es nicht wieder. Ich hoffe, Sie verstehen mich.
Hochachtungsvoll,
Joichi Ueno

«Es ist praktisch dein Kind. Du kannst machen, was du willst. Aber an deiner Stelle würde ich ein bißchen aufpassen...»

Kenji hatte eine Art, sich auf seinen leisen italienischen Sohlen an einen heranzuschleichen. Ich wußte, daß er die Faxe gelesen und sie an die Pinnwand gehängt hatte. Er beobachtete meine Reaktion und fügte dann hinzu: «Kato hat angerufen.»

Kato war ein weitsichtiger Mann. Er sah über die beschränkten Marketingziele der Sponsoren hinaus und konnte sich Sendungen vorstellen, die ungewöhnlich waren und doch den Anforderungen des Marktes genügten.

«Was hat er gesagt?»

«‹Herzlichen Glückwunsch, und tun Sie's nie wieder.› Er hat mir gesagt, ich soll dich im Auge behalten.»

Kenjis Position war heikel, ich weiß, der verachtete und geringgeschätzte Höfling im Exil von Manhattan Island, USA. Einerseits glaube ich, daß er mich wirklich mochte und mir helfen wollte. Andererseits wünschte er sich auch, daß ich auf die Schnauze fiel, damit er die Regie übernehmen und in die amerikanische Exotik reisen konnte, wo er mit seiner antiken Leica Aufnahmen machen würde; dann würde man schließlich wieder auf ihn aufmerksam werden und ihn in die Hauptstadt zurückberufen. Und vielleicht würde er dort auch eine Frau finden. Ich verstand seine Ambivalenz und war entsprechend zurückhaltend.

«Toll, jetzt spionierst du also für den Feind...»

«*Baka na koto*... Sei nicht blöd. Dieser Anruf ist gerade gekommen.» Er reichte mir eine rosafarbene Telefonnotiz.

Sie war vom Filmbüro in Indiana. Die Nummer war Sloans.

Ich drehte Kenji den Rücken zu und wählte.

«BEEF-EX zahlt deine Miete», fuhr Kenji fort. «Und die meine. Also spiel dich nicht so auf, Takagi. Das ist öde...»

«Verzieh dich, Kenji», sagte ich, als er zur Tür hinausging. Ich freute mich über die Einschaltquoten. Sie waren kein Emmy, und acht Uhr an einem Samstagmorgen war nicht gerade der beste Sendeplatz der Welt, aber ich wollte trotzdem ein bißchen feiern oder zumindest jemanden haben, dem ich mein Leid klagen konnte. Ich ärgerte mich, daß sich alle wegen der blöden Lammkoteletts aufregten, wo es doch eindeutig auf die *Geschichte* ankam. Dann war Sloan am Telefon, und sobald ich seine Stimme hörte, klopfte mir das Herz bis zum Hals, und plötzlich fiel mir wieder ein, daß nichts mehr einfach war. Aber er klang, als freue er sich ehrlich, von mir zu hören, und das Blut pochte mir in den Schläfen, und da war es zu spät, es mir anders zu überlegen. Also lud ich ihn nach New York ein und sagte, ich würde ihn in LaGuardia abholen.

Sloan schlenderte mit einer braunen Papiertüte unter dem Arm von Bord; sie enthielt zwei Flaschen Champagner, die er von der Stewardeß in der Bordküche der ersten Klasse hatte kaltstellen lassen. Er sah großartig aus, ein schlaksiger, lässiger Musiker. Ich hatte geplant, mit ihm nach Hause zu fahren, aber in letzter Minute überlegte ich es mir anders. Es lag nicht an meiner Wohnung. Eigentlich war ich stolz auf sie, wie sie so frisch geputzt war und glänzte. Aber im letzten Augenblick ließ mich meine Phantasie im Stich – ich konnte mir einfach nicht vorstellen, wie er vor all den Fotos meiner Vorfahren und den Stücken meiner Familiengeschichte saß, während ich ihm sagte, daß ich mit seinem Kind schwanger war. Es war viel zu gemütlich, zu persönlich. Ich hatte Angst.

Dann fiel mir ein, daß ich ihn vielleicht genau deswegen liebte, weil er *nicht* zu meinem Leben gehörte, und daß mich genau diese Anonymität unserer Beziehung so faszinierte. Bis Fly jedenfalls war die Sache mit ihm so neutral, hygienisch und tröstlich gewesen wie ein Plastik-Eiskübel und eine gut sortierte Minibar. Und wenn es schon nicht möglich war, mehr zu haben – mit weniger wollte ich mich auf keinen Fall abfinden. Vor dem Flughafen hielt ich ein unlizenziertes Taxi an, und wir fuhren über die George Washington Bridge zur Palisades Motor Lodge kurz hinter der Grenze von New Jersey. Ich glaube, Sloan war erleichtert. Er mochte diese halböffentlichen Räume, Zimmer, die gerade verlassen worden waren und in denen noch das Leid, die Freude und die gähnende Langeweile anderer Menschen hingen. Wir verbrachten ein vergnügliches Wochenende zwischen den Polyesterdecken, feierten die Vielfalt des Fleisches, und dann fuhr er mit dem Taxi wieder zum Flughafen. Ich erzählte ihm nichts von der Schwangerschaft. Das konnte warten, bis ich bei den Ärzten gewesen, der Ultraschall gemacht war und ich mehr Informationen hatte.

Als ich in meine Wohnung zurückkam, las ich noch einmal Uenos Fax. Die Einschaltquoten hatte er natürlich überhaupt nicht erwähnt. Das störte mich nicht. Aber der Tadel ärgerte mich, ebenso wie sein Versuch, meine Freiheit als Dokumentaristin zu beschneiden. Natürlich war mir klar, daß er seinen Vorgesetzten in der Agentur Rede und Antwort stehen mußte, und damit letztlich seinen amerikanischen Kunden, und daß meine Sendung seine Glaubwürdigkeit bei BEEF-EX untergrub. Aber ich beschloß, dieses Wissen zu ignorieren, ebenso wie die neuerliche Zensur, die er mir auferlegte. Ich konnte nicht anders. «Rind bringt's.» Ha. Er war banal. Sein hemmungsloser kapitalistischer Auftrag hatte nichts mit meiner Berufung zu tun.

Wenn ich jetzt zurückdenke, wundere ich mich, daß ich meine Wut an der völlig falschen Person ausließ. Die Personen, die es eigentlich hätte treffen sollen, standen mir viel näher: Ma und ihre gutgläubige Art, ein Medikament einzunehmen, das mich schädigte; Sloan, der mich so beiläufig geschwängert hatte und so wenig von mir wollte; und ich selbst, weil ich so viel mehr wollte und ihm trotzdem nicht einmal sagen konnte, daß ich schwanger war. Ueno diente mir als Sündenbock. Ich stürzte mich wieder in die Arbeit und trieb die Rechercheure wegen meiner nächsten amerikanischen Hausfrau an – mit der kommenden Sendung wollte ich wirklich eine Aussage machen und Ueno eine Lektion erteilen. Ich wollte nicht über Sloan nachdenken. Ich wollte nicht über das Baby nachdenken, das mittlerweile wie eine kleine Bohne aussah und mit einer feinen Haarwurzel in sehr unsicherem Boden ankerte. Wenn ich aufmerksamer gewesen wäre, wäre vieles vielleicht anders gekommen. Aber ich war wie Shonagons Bogenschütze, stand mit zitterndem Bogen da, konnte den Pfeil nicht abschießen und wußte irgendwie doch, wenn ich es tat, würde er in die völlig verkehrte Richtung davonsausen.

8. Der Monat der Blätter

SHONAGON

Was einen jämmerlichen Eindruck macht

Die Stimme eines Menschen, der beim Naseputzen spricht.

AKIKO

stich. stich.
mein blut
lippen lecken
tautropfen
tautropfen
hübsch rubinrot.

Die Luft in der Toilette war schwer und feucht. Akiko roch ihre Fruchtbarkeit, wann immer sie pinkelte oder auch nur die Beine spreizte. Deshalb hatte sie aufgehört, Röcke zu tragen, denn sie befürchtete, John würde es bemerken. Nach dem Zwischenfall mit den Lammkoteletts, als Akiko gegen den Fernseher gekracht war, war John eine Zeitlang fortgeblieben und hatte die Nacht in einem Kabinenhotel in der Stadt verbracht. Als er wiederkam, schien er alles vergessen zu haben. Jetzt schlief er auf dem Futon neben dem ihren, aber er berührte sie nicht.

«Immer noch nichts?» fragte er.

«Nein.»

«Sag mir, wenn's soweit ist», erklärte er und kehrte ihr den Rükken zu. «Sag mir, wenn du sie bekommst. Sonst hat's keinen Sinn.»

Sie log ihn an, natürlich. Seit den Lammkoteletts hatte sie zweimal ihre Periode gehabt; aber sie packte die blutigen Binden immer sorgfältig ein, steckte sie in den Hosenbund unter der Bluse, schmuggelte sie aus dem Bad und verbarg sie in der tiefen Tasche ihres Wintermantels, der im Schrank hing. Dort sammelte sie sie, und sobald John morgens das Haus verließ, steckte sie alles in eine Plastiktüte und brachte es nach unten zum großen Müllcontainer in der Nähe des Spielplatzes. Sie hatte nie gelernt, interne Methoden des Hygieneschutzes zu verwenden, die man einfach die Toilette hinunterspülen konnte. Es war ihr immer unangenehm gewesen, etwas dort hinaufzuschieben.

ritz, ratz,
mein schöner
schnitt.
lauf,
fluß, lauf,
rubin,
rubinrot.

Vor ein paar Tagen, als sie grüne Zwiebeln zum Garnieren der Misosuppe gehackt hatte, hatte sie sich in die fleischige Fingerkuppe geschnitten. Es war ein tiefer Schnitt gewesen, und sie hatte lange Zeit dagestanden, die Hüfte gegen die Arbeitsfläche in der Küche gestützt, und zugesehen, wie das Blut die helle Haut verfärbte, sich in der Kerbe ansammelte und dann, wenn sie die Wunde zudrückte, über den Rand quoll. Mittlerweile schrieb sie keine Artikel mehr über «Komplikationen – und wie man ihnen begegnet», «Brustpumpen: Kein Problem, wenn sie passen» und «Ja, Sie sind jetzt Mutter, aber vergessen Sie darüber nicht das Frausein». Sie schrieb nur noch Listen und Gedichte. Es waren vielleicht keine guten Gedichte, aber es war aufregend; Wörter, die sie noch nie hinzuschreiben gewagt hatte. Und seit den Lammkoteletts reinigte sie sich nicht mehr. Das Tier blieb unten. Sie fühlte es, wie es in der Dunkelheit in ihr rumorte und brütete, von Zeit zu Zeit seine Fruchtbarkeit verströmte und ihre Phantasie anregte. Diese Aufregung ging einher mit der schrecklichen Befürchtung, daß John ihr neues Geheimnis entdecken könnte. Diese beiden Gefühle folgten einander mit so großer Regelmäßigkeit, daß sie zu einem Kontinuum verschmolzen, zu den zwei Hälften ihres klopfenden Herzens.

ZWEI SZENEN

I.

Lara und Dyann standen nebeneinander auf dem kleinen Rasen vor ihrem zweistöckigen Ranchhaus in Northampton, Massachusetts. Sie lachten nervös und stießen sich ermutigend gegenseitig in die Rippen. Ab und zu streiften sich ihre Handrücken, und ihre Finger verschränkten sich kurz, bevor sie den Griff wieder lösten; solcherart Vorsicht war ihnen zur zweiten Natur geworden. Oh stand vor ihnen und hielt ein Blatt weißes Papier hoch, während Suzuki den Weißabgleich an der Betacam machte. Als alles bereit war, stellte ich mich neben Suzuki, sagte ihm, er solle abfahren, gab den beiden Frauen ein Zeichen und machte den Countdown für ihren Einsatz.

«Hi, ich bin Lara», sagte Lara mit nüchterner Miene und einem steifen Lächeln, «... und das ist meine Ehefrau Dyann.»

«Ich bin Dyann», sagte Dyann und unterdrückte ein Kichern, «... und das ist meine Ehefrau Lara.»

«Heute werden wir *My American Wife!* eine neue Bedeutung geben!» Sie hielten sich den Bauch vor Lachen, und wir brachen ab. Die Worte klangen dumm, aber in der japanischen Übersetzung würden sie wunderbar wirken. Suzuki strahlte. Er konnte die beiden Lesben gut leiden.

Vielleicht hatte Amerika ihn radikalisiert, aber erst Suzuki überzeugte mich davon, daß es kein Problem sein würde, eine Sendung über Lesben zu machen. Ihre Lebensweise habe überhaupt nichts Anstößiges, erklärte er. Die Frauen waren Stützen der Gemeinde – eine war Staatsanwältin, die andere eine bekannte Schriftstellerin –; ihre kleinen Kinder waren ungewöhnlich hübsch und klug; und sie beide waren beispielhafte Mütter. Wenn mir ernst damit sei, *My American Wife!* als Vehikel zur Förderung der internationalen Verständigung zu benutzen, drängte er, warum dann keine Sendung über eine alternative Lebensweise, über etwas, das in Japan gemeinhin kaum toleriert wurde? Er hatte recht, aber ich war trotzdem nervös. Anfangs hatte mir die Idee gut gefallen, und sie hatte den zusätzlichen Vorteil, daß ich Ueno damit Ärger einhandelte, aber dann war noch ein kleines Problem aufgetaucht – die beiden Frauen waren Vegetarierinnen. Lara und Dyann schlugen Pasta Primavera als

Rezept des Tages vor, und selbst mit einer Szene, in der die süßen kleinen Mädchen im Garten pralles, glänzendes Gemüse ernteten, glaubte ich nicht, daß die Japaner es mir durchgehen lassen würden. Lamm war eine Sache, und Lesben eine andere, aber lesbische Vegetarierinnen waren etwas völlig anderes.

2.

Die beiden Frauen saßen auf der Couch. Auf dem Sofatisch stand eine vergoldete Bratenspritze, die wie ein Obelisk auf einem kleinen, quadratischen Marmorsockel aufragte. Suzuki hatte gerade eine Familienszene abgedreht – Lara, Dyann und ihre beiden kleinen Mädchen, die die Bratenspritze wie ein Schoßtier oder eine Trophäe stolz hochhielten. Jetzt spielten die Mädchen mit Oh. Sie hatte Tieraugen und -ohren gebastelt und sie auf den plüschigen Windschutz seines Angelmikros geklebt, und Oh fuhr ihnen damit übers Gesicht. Suzuki nickte zum Zeichen, daß wir anfangen konnten, und die Mädchen setzten sich auf meinen Schoß, um zuzusehen.

Dyann: Wir haben uns gemeinsam nach Sperma umgesehen, Sie wissen schon. Wir haben nach Spendern gesucht, die der anderen entsprachen ...

Lara: Dyann wollte sich als erste befruchten lassen. Es war nicht schwer, jemanden zu finden, der mir entsprach ... mehr oder minder weiß, osteuropäischer Bauernschlag, Sie wissen schon.

Dyann: ... wunderschöner Blondschopf mit blauen Augen ...

Lara: ... und grauem Star ...

Dyann: ... Interesse am Programmieren ...

Lara: ... das war einfach. Die meisten Spender waren Programmierer ...

Dyann: *Das* hat uns wirklich in Angst und Schrecken versetzt ...

Lara: Aber bei Dyann war's schwierig, weil sie schwarz ist, und wir wußten nicht, daß die Nachfrage nach schwarzem Sperma sehr gering ist ...

Dyann: ... na ja, offenbar haben schwarze Männer weniger Probleme mit der Potenz ...

Lara: …oder vielleicht sind nur die Weißen besessen von der Idee, Nachkommen zu hinterlassen…

Dyann: …oder haben das nötige Kleingeld, um sich welche zu kaufen, wenn sie keine bekommen…

Lara: …und deswegen dauerte es eine Weile, bis wir eine Bank fanden, die mehr als einen schwarzen Spender hatte, aber schließlich entdeckten wir eine in Kalifornien, die jemanden hatten, der Dyann entsprach…

Dyann: Und der gute Mr. 0579 ist kein Programmierer. Er ist Schriftsteller, wie ich, wichst sich einen ab, nur kann er dazu den Schwanz in eine Flasche stecken und wird dafür bezahlt. Ich mach's mit einem Stift und Papier und bekomme einen feuchten Dreck dafür… Da frag ich dich doch, wer der schlauere Erzeuger ist?

Lara: Dyann, sei nicht dumm…

Dyann verdrehte die Augen und schürzte die Lippen, um Laras Ernsthaftigkeit liebevoll zu verspotten, aber Lara bemerkte ihre Miene und boxte sie sanft in den Arm. Die beiden Mädchen, die sich die Rauferei nicht entgehen lassen wollten, wanden sich auf meinem Schoß, und ich stellte sie auf den Boden und schob sie zu ihren Müttern. Mehr Ermutigung brauchten sie nicht. Sie stürmten durchs Zimmer und warfen sich ins Getümmel. Suzuki schnappte die Kamera vom Stativ und folgte ihnen. Oh fuhrwerkte mit dem Mikro-Plüschtier herum, so daß die Mädchen vor Freude kreischten.

Wieder empfand ich die warme Selbstzufriedenheit, die mich jedesmal überfällt, wenn ich eine herzergreifende Szene miterlebe und weiß, daß sie phantastisch dokumentiert wird.

IM SCHNEIDERAUM

Die Wahrheit liegt in Schichten übereinander, die jeweils sehr dünn sind, aber kaum transparent, wie Haut, und wehrt sich dagegen, ans Licht gebracht zu werden. Als Dokumentaristin muß ich sehr oft über dieses Thema nachdenken. Beim Schneiden ist Timing das allerwichtigste. Und manchmal muß man die Schichten abblättern.

Ich verhielt mich meinen Hausfrauen gegenüber nicht immer so unbekümmert, wie es manchmal klingt. In gewisser Hinsicht war diese vorgetäuschte Unbekümmertheit notwendig, damit wir die Produktion termingerecht abschließen und die Sendungen fertigstellen konnten. Aber in Wahrheit gingen die Frauen mir nahe; andererseits konnte ich mir genau das nicht leisten, und diese beiden widersprüchlichen Zustände existierten nebeneinander, verborgen in einem betäubenden Kokon, der es mir ermöglichte, meine Arbeit zu machen. Psychiater nennen das «Doubling».

Ein weiteres Beispiel: Ich wollte Sendungen machen, die dokumentarisch integer waren, und anfangs glaubte ich, daß es eine Wahrheit gibt – eine einzige, empirische, absolute Wahrheit. Aber mit der Zeit, als sich meine Fähigkeiten weiterentwickelten, als ich die Bedeutung des Schneidens und der Kamerawinkel lernte und mir die Wirkung von Musik auf die Bilder bewußt wurde, stellte ich fest, daß Wahrheit wie Ethnie nur in immer kleiner werdenden Näherungswerten gemessen werden kann. Und dennoch, als Dokumentaristin muß man nach der Wahrheit streben und von ganzem Herzen an sie glauben.

Durch meine Zweiteilung kam ich gedoubelt zur Welt. Zu der Zeit, als ich das Exposé für *My American Wife!* schrieb, hatte sich mein Talent, zwei Positionen einzunehmen, schon sehr verfeinert. Einerseits glaubte ich wirklich, daß man mit Hilfe von Hausfrauen Fleisch im Dienst einer umfassenderen Wahrheit verkaufen kann. Andererseits hatte ich nach der Scheidung keinen Pfennig Geld und brauchte dringend einen Job.

Suzie Flowers. Miss Helen Dawes. Manche Frauen blieben an mir haften, geisterten am Rand meines Denkens herum. In den dunklen, konfusen Morgenstunden, wenn ich aufwachte, weil ich pinkeln mußte, bohrten sie sich wie wurmartige Geister in mein schlaftrunkenes Hirn. Dort hatten sie die Wirkung von Ammonium, versetzten mir einen Schlag klarsichtigen Grauens. Meine Haut begann zu prickeln, Schweiß strömte mir aus den Poren. In Japan haben Geister keine Beine. Oft sind es Frauen, denen übel mitgespielt wurde und die noch nicht einmal gestorben sind, aber bei denen sich der Körper durch das immense Leid vom Geist trennt und jetzt auszieht, um seine Tyrannen zu peinigen. Lebende Geister. Weder hier noch dort. Sie kommen in Shonagons Werk immer wieder vor, aber Shonagon hatte Exorzisten, die sich des Problems annahmen.

Ich kann Gründe zu meiner Verteidigung anführen, das ist nicht das Problem. Miss Helen war nicht meine Schuld. Eigentlich kann man sie gar nicht richtig als Opfer bezeichnen. Und dennoch: Ich hatte mich ihr aufgezwungen, hatte ihren Widerstand überwunden, und ich werde nie ihre wehmütige Resignation vergessen, als ich sie anrief und sagte, daß wir nicht bei ihr drehen würden. Es war auch nicht meine Schuld, daß Suzie Flowers' Rohrleger-Ehemann die Cocktail-Bedienung vögelte. Es war ihr Leben, und ich war nicht dafür verantwortlich. Trotzdem, ihr mühsam aufrechterhaltenes Lebensmuster zerriß wie Pergament unter dem harschen Blick meiner Kamera. Ich sah zu, wie es passierte, zielte, exponierte sie und schoß ihr ins Herz.

Ein kleiner Sprung im Bewußtsein kann sehr gefährlich sein. Das leiseste Erzittern kann ihn in einen klaffenden Abgrund verwandeln. Es lauerte noch etwas anderes in den schattigen Ecken, etwas, das ans Licht kommen wollte, und es kam hervor, als ich im Schneideraum saß und die Sendung über das lesbische Paar fertigstellte und Dyanns Ton bearbeitete. Die Reportage war ermutigend, eine nachdrückliche Bejahung von Andersartigkeit bei der ethnischen Herkunft und der sexuellen Neigung, eine Bejahung der vielen Gesichter des Mutterseins, und ich war erfüllt von einer moralischen Gewißheit, die mir helfen würde, den Kampf durchzustehen, der unweigerlich kommen würde, sobald Ueno sah, daß ich zwei lesbische Vegetarierinnen unterschiedlicher Hautfarbe gedreht hatte. Dann fiel mir plötzlich ein, daß ich nie dazu gekommen war, Lara und Dyann vom Sponsoren der Sendung zu erzählen. Ich hatte ihnen nie etwas von BEEF-EX gesagt.

Lara und Dyann waren Vegetarierinnen aus politischen Gründen. Das hatte ich anfangs zwar nicht gewußt, aber doch vermutet, und beim Kochen bestätigten sie es mir.

«Gibt es in Japan viele Vegetarier?» fragte Lara, während sie die Petersilie wusch.

Suzuki drehte gerade Dyann, die auf der anderen Seite der Küche Knoblauch hackte, also antwortete ich flüsternd: «Nein, eigentlich nicht. Aber traditionell wird in der japanischen Küche viel mehr

Fisch als Fleisch verwendet.» Dyann hörte mich trotzdem und schaltete sich ein.

«Das ist gut», kommentierte sie. «Wissen Sie, wir essen nur in Ermangelung anderer Möglichkeiten vegetarisch. Ich meine, wir mögen Fleisch, es schmeckt uns, aber so, wie es hier in den Staaten produziert wird, würden wir es nie essen. Es ist ungesund. Ganz zu schweigen von korrupt, unmenschlich und unkontrollierbar.»

«Äh, Dyann, Suzuki dreht Sie gerade beim Knoblauchschneiden, und eigentlich sollten Sie dabei nicht reden...»

«Oh, tut mir leid...»

Aber Lara ließ nicht locker. «Als wir schwanger werden wollten, haben wir ziemlich viele überraschende Entdeckungen gemacht. Wußten Sie, daß die Spermienzahl in den letzten fünfzig Jahren um rund fünfzig Prozent gesunken ist? Zu dem Ergebnis ist zwar nur eine einzige Studie gekommen, aber viele Wissenschaftler sind derselben Meinung. Sie denken, daß das mit den vielen Hormonen in der Umwelt zusammenhängt, vor allem in der Fleischproduktion. Also dachten wir uns, mit den Kindern, warum sollten wir ein Risiko eingehen? Ich meine, man ist, was man ißt, oder?»

Dyann konnte der Versuchung nicht widerstehen. Sie blickte direkt in die Kamera, hielt sich eine Rübe als Mikrophon vor den Mund und lächelte wie eine Nachrichtensprecherin. «Neuere Untersuchungen haben ergeben, daß der heutige Mann im Durchschnitt weniger morphologisch normale Spermien erzeugt als ein durchschnittlicher Hamster.»

«Äh, Suzuki, abbrechen, bitte.»

Es war ein beiläufiger Wortwechsel, der im Chaos des Augenblicks unterging und sich leicht herausschneiden ließ. Aber als ich die Szene im Schneideraum wieder sah, wußte ich, daß die beiden nie einwilligen würden, in einer Sendung zu erscheinen, die für Fleisch Werbung machte.

Mir waren die Hände gebunden. Es war unmöglich, rechtzeitig zum Sendetermin einen neuen Film fertigzustellen. Ich hatte den Schnitt bis zum spätest möglichen Zeitpunkt hinausgeschoben, weil ich Ueno nicht die Möglichkeit geben wollte, den Film nicht zu senden. Ich wollte ihn unter Druck setzen.

Aber wenn ich Dyann und Lara von BEEF-EX erzählte, würden sie wahrscheinlich die Sendegenehmigung verweigern; dann hätten wir keinen Film, den wir dem Sender schicken konnten, und ich würde meinen Job verlieren. Wahrscheinlich würde ich meinen Job sowieso verlieren, weil ich lesbische Vegetarierinnen gefilmt hatte. Ich konnte mir nicht vorstellen, daß Ueno mir das ungestraft durchgehen lassen würde.

Warum war mir das nicht klar geworden? Wenn ich mir das früher überlegt hätte, hätte ich Dyann und Lara überreden können mitzumachen, als subversive politische Aussage oder etwas in der Art. Aber jetzt war es zu spät.

Zu spät...

Mir sank das Herz.

Meine Geister.

Mein Kind.

Ich hatte mich um nichts gekümmert.

Aber warum sollte ich Sloan davon erzählen? Warum alles aufbauschen, wenn sich das Problem sowieso von selbst erledigen würde? Der Ultraschall war in Ordnung gewesen, und die Gewebeproben auch – ja und? Meine Gebärmutter und mein Leben waren eindeutig zu instabil für ein Kind. Der Fötus würde erkennen, daß sein Anker defekt war, und sich unbemerkt davonmachen. Eine kleine Nuß, in der Form eines Cashewkerns, mit durchsichtigen, fadenartigen Gliedern. Kleiner als mein Daumen. Noch keine Hautfarbe. Ich hätte nie gedacht, daß es so lange überleben würde. Neun Wochen? Zehn? Es war nur eine Frage der Zeit.

Dyann und Lara hatten die Einwilligungserklärung unterschrieben. Ich konnte ihnen eine Masterkopie des Films ohne die Werbeblöcke schicken, und sie würden nie etwas von BEEF-EX erfahren.

Die Sendung hatte Hand und Fuß; sie war gut, anrührend, die beste, die ich bis dahin gemacht hatte. Möglicherweise würde sie sogar gesellschaftlich etwas bewirken.

Und so machte ich weiter, schnitt Versprecher und Gestotter aus den Stimmen der Frauen heraus und erzeugte einen nahtlosen Fluß in einer Realität, die nicht mehr Dyanns und Laras war und auch nicht mehr ganz so real.

BRIEFE

Liebe Miss Takagi,
es tut mir leid, Ihnen mitteilen zu müssen, daß Ihre Sendung mit vegetarische Lesbierinnen für Mr. J. Ueno inakzeptabel ist. Er besteht darauf, daß Sie als Regisseur von *My American Wife!* für immer zurücktreten müssen. Ihre Sendung wird nicht gesendet werden, und unsere Firma muß eine schwere Demütigung hinnehmen, daß wir dem Sender keinen neuen Film geben und statt dessen einen alten zeigen müssen.
Hochachtungsvoll,
Mariko Nakano
(i. A. Mr. J. Ueno)
Kopie an: Mr. S. Kato

Takagi,
dumme Idee von Sie, Lesbierinnen zu zeigen in eine Samstagvormittag-Fernsehsendung! Das ist kein Nachtprogramm! Sie haben wie egoistische Amerikaner verhalten und nicht gedacht an Ihre Firma, die gedemütigt ist, wenn diese Sendung nicht gezeigt wird. Mr. Ueno versucht, Sendung zu stoppen, aber ich habe sie dem Sender geschickt und hoffe, daß er einwilligt, sie auszustrahlen.

Wenn Sendung nicht wird angenommen, müssen Sie leider gekündigt werden. Ich nicht kann Sie retten. Ich werde Ihnen finale Entscheidung mitteilen, aber ich schlage vor, Sie schreiben trotzdem Entschuldigungsbrief zu Mr. J. Ueno. Ich habe Ihnen vertraut. Jetzt ich bin sehr enttäuscht.
S. Kato.

AKIKO

Die schwarze Frau sitzt auf dem Sofa und betrachtet die weiße Frau neben ihr. Die weiße Frau küßt und beruhigt zwei kaffeebraune kleine Mädchen, bindet bunte Schleifen in ihre weichen, braunen

Locken, steckt ihnen die gestreiften Pullover in die Latzhosen. Die kleinen Mädchen zappeln herum und tanzen. Die schwarze Frau fängt nachdenklich an zu sprechen.

«Schon als ich ganz klein war, wußte ich, daß ich nie mit einem Mann zusammensein wollte, wissen Sie?»

Während sie spricht, fährt die Kamera langsam auf ihr Gesicht zu. Ihre Stimme klingt belegt und zögernd.

«Ich wollte nie einen Mann, wollte nie einen Mann heiraten oder seine Kinder bekommen. Das wußte ich schon, als ich noch ganz klein war, so klein wie diese beiden hier.»

Die Mädchen blicken auf, ihre Augen glänzen vom Raufen, ihr Atem geht rasch, sie hoffen auf mehr Herumtollen. Die weiße Frau lächelt ihnen zu und schüttelt den Kopf.

«Und noch etwas wußte ich ganz genau.»

Die Kamera bleibt auf dem Gesicht der Frau. Sie stockt, ihre Stimme wird brüchig, und sie runzelt konzentriert die Stirn, um nicht von ihren Gefühlen überwältigt zu werden.

«Was ich wollte, das einzige, was ich je wollte, war eine Frau, die ich lieben und mit der ich eine Familie haben konnte. Sogar ich hielt das damals für verrückt, das kann ich Ihnen sagen. Es schien unmöglich, absolut unmöglich ... aber schauen Sie ...» Tränen treten ihr in die Augen.

«Ich habe alles bekommen. Hier sind sie ...»

Ihr Erstaunen unterstreicht ihre Worte, straft ihre Heftigkeit Lügen. Aus feuchten Augen blickt sie unmutig zu der weißen Frau, die ihr sanft über die Wange fährt. Die beiden kleinen Mädchen schlingen die Arme um sie, küssen sie, und sie gibt nach und lacht. Die Titelmelodie von *My American Wife!* schwillt an, eine Klangwelle, die über die beiden hinwegspült, ihre Freude mit einem Schnitt bestätigt und mit der Werbung besiegelt.

Akiko starrte auf den Bildschirm, während ein dickes rotes Steak spritzend in eine heiße Pfanne gelegt wird, gefolgt von einem ohrenbetäubenden Zischen.

Sie hockte mit den Knien auf einem Kissen, die Arme um sich geschlungen und schaukelte langsam vor und zurück. Als sie sah, daß ihre Hände zitterten, legte sie sie auf den Rand des *kotatsu*, damit sie still waren. Dann merkte sie, daß sie weinte. Den Grund dafür wußte sie nicht genau. Vielleicht aus Angst vor John und seiner Stimmung, wenn er nach Hause kam. Sie fürchtete, daß er schlecht gelaunt sein würde. So wie sie seinen Programmgeschmack einschätzte, war es vielleicht klüger, das Rezept für Pasta Primavera wegzuwerfen und ihm statt dessen einen Bandito-Burger vorzusetzen.

Aber es war nicht nur die Angst vor seinem Zorn und nicht einmal vor Schlägen. Während auf dem Bildschirm vor ihr die Sonne über der weiten amerikanischen Landschaft unterging – «Land der Rinder!» verkündete der Werbeslogen –, wurde ihr klar, daß ihre Tränen gar nichts mit John zu tun hatten. Es waren Tränen der Bewunderung für diese starken Frauen, die sich entschlossen hatten, gegen alle Widerstände eine Familie zu gründen. Und Tränen des Selbstmitleids, weil sie Ängstlichkeit an Stelle von Verlangen spürte, und weil sie ein fades, flaues Gefühl für Liebe gehalten hatte.

Im *genkan*, dem kleinen Vorflur, knöpfte sie sich den Mantel zu und ging hinaus. Die hohle Metalltür schlug hallend hinter ihr ins Schloß. Ja, und dann war da noch etwas. Die schwarze Frau hatte etwas gesagt, das in ihr nachklang. Etwas über Unmöglichkeit und Wünsche, oder den Mangel daran. Es war ein neuer Gedanke, der ihr nur sehr langsam kam, aber als sie die zwölf Stockwerke zum Spielplatz hinuntergegangen war, vorbei an den Müttern, schwebte er vor ihr, zaghaft, aber voll ausgeformt: Sie wollte ein Kind; sie hatte John nie gewollt; sobald sie schwanger war, würde sie ihn nie wieder brauchen.

Beim Fleischer schlug sie über die Stränge und kaufte zwei dicke Lendensteaks, einige Kartoffeln, die sie anstelle von Reis mit Butter im Ofen backen würde, und zarte Spargelspitzen. Für den Nachtisch wählte sie eine Honigmelone, schön reif mit süßem Saft und Samen. Oder das hoffte sie zumindest. Das war das Problem mit Melonen, dachte sie. Man wußte nie, wie sie innen waren.

NOCH MEHR BRIEFE

Liebe Takagi,
also, Du hast noch mal großes Glück gehabt. Ich habe gerade einen Anruf von Deinem Spitzel Tashiro beim

Sender bekommen, und der Film wurde genehmigt und ausgestrahlt. Der Produzent des Senders war sich nicht einmal bewußt, daß sich ein Sturm zusammenbraute, und sagte, er habe die Sendung «menschlich anrührend» gefunden; allerdings weiß die Gerüchteküche zu berichten, daß ihm im Grunde nur die Aufregung gefiel, die die Lesben im Samstagvormittagprogramm hervorriefen. Trotzdem ist Kato nach wie vor wütend auf Dich und sagt, Du mußt dich brieflich bei Ueno entschuldigen, wenn Du Deinen Job behalten willst, und Dich künftig an alle Auflagen halten, die er Dir für den Inhalt der Sendungen vorgibt. Das heißt im Klartext: Bedingungslos befolgen. Verstanden?
Viele Grüße,
Kenji

Lieber Mr. Ueno,
in aller Demut bitte ich Sie, mir zu verzeihen, daß ich eine weitere Sendung gemacht habe, die nicht dem Auftrag von BEEF-EX entsprach, allerdings wiederum sehr hohe Einschaltquoten erzielte.

Bitte gestatten Sie mir, weiterhin die Regie von *My American Wife!* zu führen. Meine Sendungen waren voller Fehler, aber ich glaube, daß ich allmählich verstehe, worauf es ankommt. Ich bin zuversichtlich, daß ich mit Ihrer Geduld und unter Ihrer klugen Anleitung Sendungen machen kann, die jede Hausfrau in Japan überzeugen werden, für das nächste Familienessen BEEF-EX zu kaufen.
Hochachtungsvoll,
Jane Takagi-Little

Liebe Miss Takagi,
hiermit teile ich mit, daß Mr. J. Ueno Ihre demütige Entschuldigung annimmt und widerstrebend Ihnen noch eine Chance gibt, vorausgesetzt, Sie machen nächste Sendungen nur mit normale Leute und zu entsprechend Fleisch.

Bitte Sie sagen uns Ihre nächste Sendung sobald wie

möglich, weil Sie von jetzt an jedes Detail vor dem Drehen mitteilen müssen. Sie dürfen Sendung erst machen, wenn Sie Genehmigung von ihm haben.

Außerdem, Sie müssen sich schämen, jungen japanischen Menschen ungesunde Lebensweise zu zeigen.
Hochachtungsvoll,
M. Nakano (i. A. Mr. J. Ueno)
Kopie an: Mr. S. Kato

Lieber Mr. Ueno,
vielen Dank, daß Sie mir die Möglichkeit geben, meine Fehler gutzumachen. Von nun an werde ich nur noch korrekte Sendungen über Rindfleisch und normale Leute machen. Dementsprechend möchte ich eine gewisse Mrs. Payne aus Peerless, Montana, vorschlagen, die ein Kochbuch mit dem Titel *Rind von seiner besten Seite* geschrieben hat. Darin ist folgendes Rezept enthalten:

RINDFLEISCH-KUCHEN
2 Tassen weißer Haushaltszucker
1 Tasse Rohrzucker
½ Tasse Maissirup
½ Tasse Milch
½ Tasse Roastbeef, durch den Fleischwolf gedreht
3 Eßlöffel Butter
50 g ungesüßte Schokolade
½ Tasse Walnußkerne, gehackt
1 Teelöffel Vanillezucker

Alle Zutaten ohne Rühren in einem schweren Topf auf 115°C erhitzen. Vom Herd nehmen und auf Zimmertemperatur abkühlen lassen. Vanillezucker und Walnüsse dazugeben und schlagen, bis die Masse dickflüssig wird. Auf ein gefettetes Backblech verstreichen, kühl stellen und wie Kuchen aufschneiden.

Klingt das nicht köstlich?
Hochachtungsvoll,
J. Takagi-Little

Fleischgerichte allein genügten nicht mehr, dachte Akiko, so einfallsreich und köstlich sie auch zubereitet waren. Die letzten Abende hatte sie sich selbst übertroffen und sogar einige der japanischen Kochbücher mit Fleischrezepten hervorgeholt, die John ihr vor einem Jahr geschenkt hatte; sie hatte gedacht, eine raffiniertere Zubereitung des Fleisches könnte ihm mehr zusagen. Schmorbraten auf neuenglische Art mit zartem Frühlingsgemüse. Köstliches Filet mignon mit einer sahnigen Sesam-Pfeffer-Sauce. Steak in Sake mariniert und kurz gebraten, außen braun und innen rosa, mit einer köstlichen Sauce aus *yuzu*-Zitrus und Ingwer. Aber es war alles umsonst gewesen. John hatte einfach nicht bemerkt, wie sehr sie seinem Appetit entgegenzukommen versuchte. Es war an der Zeit, dachte sie, etwas Neues zu versuchen.

Seit der Sendung mit den lesbischen Frauen war er entweder in sich gekehrt und wortkarg oder betrunken und redselig, aber immer glimmte knapp unter der Oberfläche eine nervöse Wut. Seine Haut war fahl geworden, und er hatte abgenommen. Akiko hingegen hatte rosige Wangen, und ihre Hüftknochen stakten nicht mehr aus dem Körper hervor. Im Spiegel konnte sie sehen, daß sie wieder so etwas wie eine Figur hatte, und keine dunklen Ringe mehr unter den Augen. Über die feine weiße Narbe oberhalb der Braue sah sie hinweg. Insgesamt gesehen bekam sie keinen so großen Schreck mehr, wenn sie ihren Körper betrachtete, jetzt, wo ihre Knochen besser verhüllt waren. Trotzdem, dachte sie kritisch, als sie den Hals verdrehte und ihr Gesäß im Spiegel musterte, es war noch ein weiter Weg. Die Hüften waren nicht mehr konkav, aber auch nicht rund und füllig. Nicht verlockend.

Auf dem Heimweg vom Markt kam sie an den Automaten bei den Gleisen vorbei, wo sie zum ersten Mal Kondome gekauft hatte. Sie hatte seit zwei Jahren keine mehr gekauft, seitdem John beschlossen hatte, es sei an der Zeit für ein Kind. Die Automaten sahen noch genauso aus wie damals, aber jetzt gab es neben den Kondomen, den Magazinen und den Batterien noch einen vierten Automaten mit Getränken. Poccari Sweat. Sie blieb vor dem Zeitschriftenautomaten stehen, trat näher und spähte unter die Folie. Auch die Frauen sahen noch genauso aus wie damals, Schulmädchen in Matrosenblusen, Stewardessen, Geschäftsfrauen in adretten Polyesterblusen und mit unechten Perlen. Und die Nonnen. Akiko betrachtete die zur Verfügung stehenden Frauen und versuchte zu erkennen, was sich unter der Folie verbarg. Sie hörte Tony Joe im Kopfhörer und fühlte sich verwegen. Er sang gerade «Backwoods Preacher Man», und es war ihr egal, welche Nachbarinnen sie hier stehen sahen, auch wenn es hellichter Tag war. Sie überlegte sich ihre Wahl gründlich. Sie wollte sich Zeit lassen.

Die Nonnen kamen nicht in Frage, obwohl sie ihr und ihrer Veranlagung möglicherweise am nächsten kamen. Die Schulmädchen waren zu jung und dumm, und die Stewardessen trugen Uniform. Es gab auch SM-Frauen, geknebelt und gefesselt, aber ihr stummer Schmerz machte Akiko angst, und an sie verschwendete sie keinen Gedanken, sie nahm sie kaum wahr. Dann blieben nur die Geschäftsfrauen. Sie war selbst einmal eine Art Geschäftsfrau gewesen und hatte noch die Kleider von damals, obwohl die meisten jetzt wohl wie ein Sack an ihr herunterhängen würden. Sie steckte sechs Einhundert-Yen-Münzen in den Schlitz und drückte den Knopf für *Sekretärinnen-Akte – Spezial!* Die Zeitschrift kam zum Vorschein, und Akiko wickelte sie in ihrem Einkaufsbeutel diskret um die Schalotten.

Zu Hause ging sie mit dem Magazin ins Bad. Sie ließ das Badewasser der letzten Woche ablaufen, putzte die Wanne gründlich und ließ sie wieder einlaufen. Es war noch sehr früh, um zu baden, aber das gehörte zum Programm in einer Frauenzeitschrift, das sie gelesen hatte: «Zwölf Schritte, damit Sie sich sexy fühlen». Der erste Schritt bestand in einem heißen Entspannungsbad, aber man sollte ganz frisches Wasser und duftendes Badesalz verwenden. Akiko hatte ein paar Tage zuvor im Warenhaus eine ganze Reihe davon erstanden. Als die Wanne voll war, ließ sie sich ins heiße Wasser gleiten. Sie schloß die Augen und versuchte, die alltäglichen Sorgen zu verdrängen und sich auf die Wärme des Wassers auf ihrer Haut zu konzentrieren, das wie die Liebkosung eines Geliebten war, auf das Gefühl, sexy zu sein. Es war schwierig. Sie öffnete die Augen und beschloß, sich eine Pause davon zu gönnen. Sie schlug sich Wasser ins Gesicht, saß in der tiefen Wanne, die Arme um die Knie geschlungen, und wiegte sich sanft, so daß das duftende warme Wasser ihre Schultern umspülte. Es war schön im Bad, und der Fußabtritt aus Zedernholz vor der Wanne verstömte einen guten Geruch, wenn er naß war. Die Sonne schien durch die Spitzenvorhänge, und das Fenster stand offen, so daß die Gardinen in der Brise wehten. Die Brise fühlte sich auch schön auf ihrem Gesicht an, frisch, und sie vertrieb den warmen Dampf. Es war angenehm, in der Nachmittagssonne zu baden, dachte Akiko. Vielleicht nicht unbedingt sexy, aber angenehm und nett.

Dann erinnerte sie sich wieder an das Magazin. Sie stützte es auf den Rand der Wanne und blätterte es durch, um die Bilder zu betrachten. Die Sekretärinnen waren recht jung, kamen wohl gerade von der Handelsschule. Zehn Mädchen wurden vorgestellt, und zu jeder gab es eine kurze Geschichte und mehrere Bilder mit unterschiedlichen Posen. Die Geschichten klangen absolut authentisch und berichteten, bei welcher Firma das Mädchen arbeitete, wann sie zu arbeiten begonnen hatte und worin ihre Hauptaufgaben bestanden. Dann wurden ihre Hobbys aufgezählt, welche Art von Männern sie am liebsten mochte und was sie am Wochenende mit ihrem Freund machte. Auf dem ersten Bild sah sie wie ein Mädchen bei der Arbeit auf einem Schnappschuß aus, wie sie am Schreibtisch saß, ein Diktat von ihrem Chef entgegennahm oder telefonierte. Doch je weiter man blätterte, desto gewagter wurden die Posen. Manchmal saß das Mädchen nicht hinter ihrem Schreibtisch, sondern obenauf. Dann knöpfte sie sich die Bluse auf und zog den Büstenhalter aus. Der Rock war ihr hochgerutscht. Sie sah einen direkt an, als wäre man der Mann, für den sie sich auszog. Es war beunruhigend, aber gleichzeitig auch faszinierend, fand Akiko.

Das Mädchen war schüchtern, wollte anfangs ihre Brüste gar nicht zeigen und verdeckte sie mit der Hand, wodurch sie nach oben geschoben wurden und fülliger wirkten. Akiko lehnte das Magazin gegen die Armaturen und versuchte, das nachzumachen. Es funktionierte, obwohl ihre Brüste immer noch ein bißchen kleiner waren als bei dem Mädchen. Aber trotzdem, eine nette kleine Rundung.

Auf dem nächsten Bild hatte das Mädchen die Hände weggenommen. Ihre Brustwarzen waren weich und rosa und vollkommen rund. Sie sahen süß aus, wie winzige Lippen, die sich zum Küssen spitzten. Das Mädchen hielt die Augen gesenkt, weil sie zu scheu war, einen direkt anzusehen, und ihr langes schwarzes Haar verbarg ihre geröteten Wangen wie ein Vorhang. Aber im nächsten Bild hatte sie ihre Verlegenheit überwunden – sie lag rücklings auf dem Schreibtisch, die Beine gespreizt; die Arbeitsunterlagen waren auf den Boden gefallen. Sie trug nur Strumpfhalter und Höschen, und mit einer Hand kniff sie ihre Brustwarze, so daß sie sich aufrichtete, und mit der anderen zerrte sie am Höschen und schob den Stoff zusammen, so daß er sozusagen dazwischen paßte. Sie hatte dort unten überhaupt keine Haare. Ihr Kopf war zurückgeworfen, die Augen geschlossen, aber der Mund war leicht geöffnet, und sie biß sich auf die Unterlippe. Auf dem nächsten Bild kniete sie auf dem Schreibtisch, das Gesäß der Kamera entgegengestreckt. Die Brüste hingen vorne hinab, und sie verrenkte den Kopf, um einen Blick über die Schulter zu werfen. Eine Hand hatte sie sich zwischen die Beine gelegt. Ihre Fingernägel waren lang und manikürt und sahen gefährlich aus; wenn das Mädchen nicht aufpaßte, würde sie sich weh tun. Als Akiko die Fingernägel sah, kam ihr der Verdacht, daß es gar keine richtige Sekretärin war. Wie sollte sie damit tippen?

Nach dem Baden stellte sich Akiko mit dem Rücken zum Spiegel, in einem Spitzen-Strumpfhalter und perlweißen Nylonstrümpfen, die sie in der Wäscheboutique im Ginza gekauft hatte. Sie schob ihr Gesäß hoch, damit es fülliger wirkte. Dann faßte sie sich mit einem Finger zwischen die Beine, sah aber noch einmal auf das Mädchen in der Zeitschrift, um es auch wirklich richtig zu machen. Das Mädchen starrte sie unentwegt an. Akiko starrte zurück und bewegte dabei ein wenig ihren Finger. Es machte ihr Spaß, die Bilder anzusehen. Auch wenn sie nicht wirklich authentisch waren, fand sie sie sexy – aber sie wußte nicht genau, ob sie mit dem Mädchen im Bett liegen oder bloß das Mädchen sein wollte.

Ich rief Sloan mit einem R-Gespräch vom Stadtgefängnis an.

«Also, ich habe eine gute und eine schlechte Nachricht... Tja, ich bin in Montana... Das macht nichts, du bist nicht eingeladen... Ich glaube nicht, daß es dir hier gefallen würde... Eine lange Geschichte. Ich bin im Knast. Ich erzähl dir ein andermal davon... Nein danke. Kenji weist die Kaution telegrafisch an.

Auf jeden Fall, das ist die gute Nachricht. Die schlechte ist... also... weiß du noch, damals in Fly, Oregon? Also, ich hab's für unmöglich gehalten, aber ich bin schwanger... Ich weiß. Ich habe auch gedacht, daß ich unfruchtbar bin, das kannst du mir glauben... Ich weiß... Ich weiß... Ich weiß... Ja, mir tut's auch leid, obwohl das nichts nützt. Viel mehr als dir...

Ja, das ist wohl das einzig Sinnvolle, oder? Ich meine, ich kann mir nicht vorstellen, wie wir im Motel ein Kind großziehen... Ja, ich hab mir gedacht, daß du das auch so siehst... Also, ich finde, wir sollten mal eine Pause einlegen, uns eine Weile nicht sehen... Gut. Und noch was, die Kosten... Ich schicke dir eine Rechnung für deine Hälfte...

Gut. Also, bye...»

Ich hatte ein Münztelefon und Zeit – der Knast war eine wunderbare Gelegenheit, mich mit einigen der dringenden Sachen zu beschäftigen, die ich hinausgeschoben hatte, um die ich mich nicht hatte kümmern, an die ich nicht einmal hatte denken wollen.

Es hatte ein kleines Mißverständnis mit einem Güterzug gegeben, aber letztlich schob ich die mißliche Lage, in der wir uns befanden, auf das Golfkriegsfieber, das das Land immer noch in seinem Klammergriff hielt und jeden Gespenster sehen ließ. Wir hatten in einem abgelegenen Landstrich von Montana neben den Gleisen Landschaftsaufnahmen gemacht, als der Zug vorbeifuhr. Der Zugführer sah uns, gab unsere Koordinaten per Funk dem Fahrdienstleiter durch und beschrieb uns etwas hysterisch als eine Bande mexikanischer Terroristen mit einer Raktenabschußrampe – ein verständlicher Irrtum, da er noch nie eine Betacam auf einem Stativ gesehen hatte. Der Fahrdienstleiter rief den Sheriff an, der mit einem ganzen Polizeiaufgebot anrückte und uns verhaftete.

«Mexikaner?» fragte ich, als er die Betacam beschlagnahmte. «Mexikanische *Terroristen*?»

«Na ja», sagte der Sheriff, «... wahrscheinlich hat der Zugführer die Acht-Uhr-Nachrichten mit einem alten Western verwechselt.»

Auf dem Revier überzeugte ich ihn, daß die Betacam lediglich mit einer Mrs. Payne aus Peerless und ihrem «Flammenden Steak auf einem Holzbrett» geladen war – eine ganz normale amerikanische Fleischesserin. Na ja, vielleicht doch nicht ganz normal, schließlich gab es bei ihr zum Nachtisch Rindfleischkuchen.

Als ich Kenji endlich erreichte, hatte der Sheriff die Anklage wegen Verschwörung fallenlassen. Wir warteten darauf, daß die Kaution eintraf. Wegen des unbefugten Betretens mußten wir noch verhandeln.

Das Gefängnis war klein und sauber und bestand aus ganzen zwei Zellen hinter dem restaurierten Polizeirevier. Zwei Nächte lang hatte ich eine dieser Zellen für mich allein, und wie bei einem ungeplanten Zwischenstop auf einem Flughafen, den man nicht kennt, hatte ich Zeit zum Nachdenken – was ich bislang sorgsam vermieden hatte.

Als ich erfahren hatte, daß ich schwanger war, war ich davon ausgegangen, daß ich abtreiben würde. Dann, nach dem Ultraschall, kamen die zeitlosen Wochen, in denen ich an der Sendung mit Lara und Dyann arbeitete und gar nicht dazu kam, über die Schwangerschaft nachzudenken. Der Fötus war da, er wuchs, aber es war mir unmöglich gewesen zu handeln, einen Termin zu vereinbaren, den Eingriff vornehmen zu lassen. Jetzt war ich in der zwölften Woche, und für eine unkomplizierte Abtreibung wurde die Zeit allmählich knapp.

Die Konzeption hatte vielleicht meinen Willen gelähmt, aber zweifellos mein Gefühlsleben intensiviert. Ich war besessen vom Gedanken, in Sloans indifferentem Herzen eine ähnliche Reaktion auszulösen. Nach Fly hatte ich auf seinen Anruf gewartet. Ich hatte ihn einmal, vielleicht auch zweimal angerufen, aber er hatte immer zu tun, sprach gerade am Handy, war endlos unterwegs. Und schließlich kam die Botschaft bei mir an. Sloan wollte mir klipp und klar zu verstehen geben, daß er kein Interesse daran hatte, mehr als ein diffuser Ersatz-Mond zu sein. Und deswegen hatte ich den

Mund gehalten, als ich ihm dann hätte sagen müssen, daß ich schwanger war.

Warum fiel es mir so schwer, es ihm zu sagen? Wovor hatte ich Angst? Vordergründig gesehen, wollte ich nicht, daß er mich für eine jener Frauen hielt, die einen Mann mit einem Kind an sich binden wollen. Aber viel wichtiger war, ich wußte, daß er sich für eine Abtreibung aussprechen würde, und ich wollte ihn einfach nicht sagen hören: «Du wirst natürlich abtreiben lassen...», als sei das beschlossene Sache. Als er es dann am Telefon im Knast tatsächlich sagte, bestätigte mir das nur, wie herzlich wenig unsere Beziehung ihm bedeutete. Aber seltsamerweise wurde mir im selben Augenblick mit erschreckender Klarheit bewußt, daß meine Schwangerschaft nichts mehr mit ihm zu tun hatte.

Es hatte eine Zeit in meinem Leben geben, als ich mir sehnlichst ein Kind gewünscht hatte, und ein derart dringender Wunsch war schwer zu vergessen. Vielleicht hatte es etwas mit Dyann und Lara und ihrer großen Liebe und ihrer autarken Mutterschaft zu tun. Oder mit Gracie Beaudroux und ihrer ständig wachsenden Kinderschar. Oder mit Miss Helen Dawes und ihrem Softballteam großer, kräftiger Mädchen. Vieleicht sogar mit Mrs. Bukowsky, die ein einziges verkrüppeltes Kind hatte und genug Liebe, um Hunderten von Menschen, die bei ihr auftauchten, Trost zuzusprechen. All meine amerikanischen Hausfrauen und ihr erfülltes, kinderreiches Leben hatten meinen alten Wunsch wieder aufleben lassen. Und als der Sheriff mich und die Jungs aus dem Knast entließ, hatte ich mich mit dem Gedanken an Mutterschaft soweit angefreundet, daß ich nach nur zwei Jack Daniel's die Segel strich.

Wir saßen an der Hotelbar, stießen auf unsere Freiheit an und darauf, daß alle Anklagepunkte gegen uns fallengelassen worden waren. Der Sheriff erwies sich jetzt doch als netter Mensch und spendierte uns die erste Runde. In Japanisch trank er auf unser Wohl; den entsprechenden Trinkspruch hatte er, neben den Zahlen von eins bis zehn und den Bezeichnungen der interessanteren menschlichen Körperteile, im Gefängnis von Suzuki gelernt. Oh hielt ein winziges Kätzchen im Arm; die Gefängniskatze hatte ihre Nachkommenschaft auf seinem Sweatshirt geworfen und das verkümmerte Kleinste zurückgelassen. Oh hatte es adoptiert, auf den

Namen Butch getauft und mit einer Pipette gefüttert, die der stellvertretende Sheriff ihm von zu Hause mitbrachte. Der Sheriff sagte, er könne das Kätzchen als Andenken an Montana behalten, und Oh strahlte und redete wie eine stolze Mutter auf sein Kleines ein. Der Barkeeper hatte in der Küche etwas Milch warm machen lassen, und jetzt steckte Oh den Zeigefinger in die Milch und ließ das Kätzchen daran schlecken.

Nachdem der Sheriff zugesehen hatte, wie Suzuki das vierte Glas leerte, ging er zum Abendessen nach Hause mit der Warnung, wir sollten nicht zu ausgiebig feiern. Aber Suzuki war entschlossen, die zwei Abende auf dem trockenen wettzumachen.

«Jane-chan, *nomé*!» befahl er mir, voll wie eine Haubitze. «Trink! Trink!» Der Tennessee-Whiskey hatte sein Blut in Wallung gebracht, und sein Gesicht glühte wie eine glänzende Beule. Er hob das Glas und leerte es auf einen Zug, dann winkte er dem Barkeeper und bestellte eine weitere Runde.

«*Kampai!*» rief er und nahm eines der randvollen Gläser, die unangerührt auf dem Tresen vor mir aufgereiht standen. «Du hältst gar nicht mit!»

«Suzuki-chan», begann ich, «*chotto, damé*... Ich kann nicht trinken...»

«Du kannst nicht trinken!» Er brach in grölendes Gelächter aus. «Daß ich nicht lache! Natürlich kannst du trinken. Du bist ein standfester Trinker! Zumal für ein Mädchen! Bei den meisten Mädchen fehlt da ein Chromosom, aber bei dir doch nicht! Du bist die beste...»

«Suzuki-san... *ninshin da yo*. Ich bin schwanger.»

Die Nachricht schlug ein wie eine Bombe. Er starrte vor sich hin, dann sank er zusammen, so daß sein Kopf laut auf dem Tresen aufschlug.

«Suzuki-san?» Ich legte meine Hand auf seinen verschwitzten Nacken. «*Daijobu desu ka?* Ist alles in Ordnung?»

Da tat er etwas völlig Überraschendes. Er richtete sich auf, wirbelte auf dem Barhocker zu mir herum, schlang seine Arme betrunken um meinen Hals und preßte seine glänzende Stirn gegen die meine.

«Takagi-san», lallte er auf japanisch. «Solange ich lebe, brauchst du dir um das Kind keine Sorgen zu machen. Wenn du willst, heirate ich dich noch heute abend. Was immer du willst, du brauchst es nur zu sagen, und ich tue es für dich. Wenn dein Kind aufs College gehen muß, werde ich hart arbeiten, um es zu finanzieren. Du bist meine liebe Freundin, und ich werde dir immer helfen.»

Und damit rutschte er vom Hocker und fiel zu Boden.

Es gibt ein Märchen über den ersten japanischen Möchtegern-Astronauten, einen betrunkenen Affen, der den Mond in einem tiefen, stillen Teich schimmern sah und seinem Freund, dem Dachs, gegenüber prahlte, er könne dorthin fliegen und den Mond in einem Eimer zurückbringen. Beim Versuch, sein Versprechen einzulösen, ertrank er. Wahrscheinlich war es der Wahnsinn, der mir ins Gesicht geschrieben stand, weswegen Suzuki sein Angebot aussprach. Ihm war ernst damit, und ich war gerührt. Ich half ihm wieder auf den Barhocker, dankte ihm herzlich und ließ ihn dort sitzen, während er versonnen in sein leeres Glas starrte.

Am nächsten Morgen fuhren wir zum Cemetery Hill, um Panoramabilder von der Stadt zu machen. Es war einer dieser wunderschönen Morgen in Montana, an denen man aufwacht, nach draußen geht und mit einem Schlag versteht, warum diese Gegend hier «das Land mit dem weiten Himmel» genannt wird. Der Himmel ist so endlos und so blau, daß man gar keinen anderen Gedanken fassen kann.

Im Grunde ist Cemetery Hill kein richtiger Berg, aber doch hoch genug, um als Aussichtspunkt zu gelten. An einem Ende des Friedhofs jätete eine Gruppe von Sträflingen die Gräber, obwohl die meisten Männer nur auf den Grabsteinen in der Sonne saßen und rauchten. Sie kamen aus der Strafanstalt, in die der Sheriff uns anfangs hatte schicken wollen. Ich erkannte einen der Aufseher, der zu uns herüberwinkte. Nach einem kurzen Gespräch über die Bilder, die ich brauchte, überließ ich Suzuki sich selbst, um die Stadt zu filmen. Er leistete meist bessere Arbeit, wenn er allein war, vor allem, wenn er einen Kater hatte, also praktisch immer.

Zwei weiße Motten jagten einander, erhaschten sich und taumelten durch die Luft, bis sie auf dem dichten grünen Gras eines Grabs landeten, wo sie sich flatternd paarten und dann zur Ruhe kamen. Auf dem kleinen verwitterten Stein stand:

Unsere
Geliebte Tochter
Ann Wren
geboren am 10. März 1848
gestorben am 24. März 1848

Ann Wren. Ein schöner, schlichter Name. Ihre Eltern hatten ihn ihr gegeben, hatten sie zwei Wochen lang gekannt, vierzehn kurze Tage, bevor sie ihnen entglitten war – hier begraben, geliebt in alle Ewigkeit. Ich schlenderte weiter, von einem Grabstein zum anderen, las die Namen der kleinen Siedler und das Datum ihrer Geburt und ihres Todes: Nathan Field, acht Jahre alt; Jasper Creely, drei Monate; Elsa May Foster, zwei Jahre.

So viele Kinder.

Auch Erwachsene lagen hier begraben.

Aber ich fühlte mich zu den kleinen, windschiefen Grabsteinen hingezogen.

Dann ging mir plötzlich auf, was ich hier tat, und warum – ich suchte nach einem Namen.

Wenn ich die schönen Namen der toten Pionierkinder flüsterte, achtete ich auf den Klang, versuchte die Persönlichkeit herauszuhören, die sie in sich bargen, probierte sie für den entstehenden Sohn oder die entstehende Tochter aus – das Kind, das sich in mir eingenistet hatte. Es war irreal. «*Name ist allererstes. Name ist Gesicht, das man zeigt der Welt.*»

Aber du suchst Name auf ***Friedhof****?*

Ich hörte Mas Entsetzen und mußte lächeln. Eine Sache stand endgültig fest – ich wollte mein Kind.

AKIKO

Die lose gebundene weiße Schleife am Kragen von Akikos Bluse sah aus wie Mottenflügel, die im flackernden Kerzenlicht schimmerten. Sie saß adrett am *kotatsu* neben John, wie eine Sekretärin oder eine Hosteß an der Bar, und gab Eiswürfel in sein Glas. Als sie sich mit der Whiskeyflasche vorbeugte, um John einzuschenken, schlossen sich die Flügel träge, und als sie sich zurücklehnte, öffneten sie sich wieder.

John gab sich großartig und bombastisch, sein Gesicht war dunkelrot. Abrupt nahm er ihr die Flasche Suntory Old aus der Hand und goß ihr Glas halb voll.

«Trink», lallte er. «Trink aus. Es ist gut, zu sehen, wie du dich amüsierst. Ich mag eine Ehefrau, mit der ich trinken kann.»

Sie trug eine seidige weiße Polyesterbluse und eine Perlenkette. Eine dazu passende, mit Perlen besetzte Spange hielt ihr Haar über einem Ohr zurück. Um ihre Knie schmiegte sich ein roséfarbener enger Rock. Darunter trug sie den Strumpfhalter. Vor dem Essen schaltete sie das Neonlicht an der Decke aus, zündete die beiden Kerzen an und stellte sie auf den *kotatsu*.

Sie hatte vorgehabt, John gleich nach dem Essen von ihrer Periode zu erzählen, aber solche Themen anzusprechen, fiel ihr sehr schwer. Da dachte sie, daß es ihr mit etwas Whiskey vielleicht leichter fallen würde, doch nach einigen Gläsern hatte sie immer noch nichts gesagt. Die Kerzen waren heruntergebrannt, und das Wachs auf der Tischplatte wurde hart. Trotzdem gab sie die Hoffnung nicht auf und wollte die Stimmung nicht zerstören, indem sie den Tisch sauber machte.

John erzählte von den Erfolgen der BEEF-EX-Kampagne, die nur auf sein Geschick mit den amerikanischen Sponsoren zurückzuführen seien. Das war ein gutes Zeichen, dachte Akiko. Offenbar hatte er ihre mangelnde Begeisterung für einige der Filme vergessen.

«Die Sendung mit den Thayers hat ihnen sehr gut gefallen», sagte er. «Also hat es sich gelohnt, daß ich nach Memphis geflogen bin, um einzugreifen, findest du nicht? Die schwarze Familie hätten sie nie genommen. Und bis jetzt ist es mir gelungen, ihnen die Lesbierinnensendung vorzuenthalten. Die aus Wyoming war ein Erfolg...» Er seufzte und trank noch einen Schluck Whiskey. «Du siehst ja nur den fertigen Film», fuhr er fort, plötzlich übellaunig. «Du kannst dir gar nicht vorstellen, was ich alles über mich ergehen lassen muß, um die Sponsoren bei Laune zu halten...»

Erwartungsvoll beugte Akiko sich vor, aber er schwieg, die Ellbogen auf den Tisch gestützt, den Kopf in den Händen vergraben. Vielleicht sollte sie ihn etwas fragen, dachte sie.

«Was ist denn mit ihnen?» sagte sie. «Die Sponsoren sind doch Amerikaner. Mögen denn die Amerikaner ihre eigenen Sendungen nicht?»

John brummte. «BEEF-EX – das ist doch nur eine Bande Cowboys, die sich als internationale Geschäftsleute ausgeben. Sie wissen überhaupt nichts vom Fernsehen. Und die Mitarbeiter in New York auch nicht, das kann ich dir sagen.»

«Sind die Mitarbeiter nicht gut? Tun sie nicht, was du ihnen sagst?»

John lachte lauthals auf. «Tun, was ich ihnen sage? Ha. Die dumme Frau bestimmt nicht. Sie tut genau das Gegenteil davon, und zwar absichtlich.» Seine Stimme wurde immer lauter, und sein Gesicht glühte. «Loyalität und Gehorsam sind Fremdwörter für sie. Sie denkt nur an sich. Lesbierinnen am Samstagvormittag! Widerwärtig. Da schauen *Familien* zu! Kein anständiger Japaner würde sich freiwillig eine solche Sendung ansehen!»

John schlug mit der Hand auf den Tisch, um seine Unzufriedenheit zu unterstreichen. Akiko wußte, daß sie das Thema wechseln sollte, aber sie konnte es nicht lassen. Sie war zu neugierig. «Ist das Takagi-san?»

«Ja. Takagi ... Das letzte, was ich von ihr weiß, ist, daß sie und das ganze Team ins Gefängnis geworfen wurden! Ich wünschte, sie hätten sie dort behalten. Den Schlüssel weggeworfen.» Er lachte und wirkte ganz glücklich bei diesem Gedanken, also lachte Akiko auch.

«Das muß ja eine großartige Frau sein! Ich hätte angenommen, daß dir eine Frau mit so viel Mumm gefällt.»

«Mumm, ha! Die ist bestimmt auch eine Lesbierin.» Dann verengten sich seine Augen. «Wieso hast du das gesagt? Bist du eifersüchtig?»

«Nein, nein.» Akiko schüttelte den Kopf. «Das habe ich nicht gemeint. Ich dachte nur ...»

«Aber du solltest eifersüchtig sein. Eine richtige Ehefrau wäre sehr eifersüchtig, weil ich so viel unterwegs bin und nach Austin, Texas, fahre.» Er betrachtete sie. «Weißt du, was es in Austin, Texas, gibt?»

Akiko sah auf ihre Hände, die gefaltet in ihrem Schoß lagen. Sie hatte sie am Nachmittag manikürt, aber einer der Nägel war schon eingerissen. Sie schüttelte den Kopf.

«Da gibt's einen großen Club, wo man Schoßtanzen kann. Weißt du, was Schoßtanzen ist?» Er starrte Akiko lüstern an und leerte sein Glas, dann betrachtete er mürrisch die schmelzenden Eiswürfel am Boden des Glases. «Vergiß es.»

«Nein, bitte sag's mir...»

«Vergiß es», antwortete er. «Das interessiert dich nicht. Du magst keinen Sex, du bist kalt wie ein toter Fisch.»

«Das bin ich nicht!» rief Akiko. «Schau mich an! Ich bin nicht mehr so!» Sie stand auf, damit er ihren Rock und die Bluse sehen konnte. John beobachtete sie mit ausdruckslosem Gesicht. Etwas verspätet spreizte sie die Finger, damit er ihre manikürten Nägel sah. Da grinste er.

«*Kimi wa utsukushii, ne*», grunzte er und klopfte mit einem amüsierten, versöhnlichen Lächeln auf ihr Kissen am Boden. «Du bist hübsch. Du siehst nett aus.»

Langsam kniete Akiko sich wieder hin. Er schien überhaupt nicht interessiert. Sie fragte sich, ob sie etwas Erotisches tun sollte. Vielleicht sollte sie den Rock hochziehen und ihm den Strumpfhalter zeigen. Er schenkte ihr Whiskey nach und schob das Glas über den Tisch.

«Hier, sei nicht beleidigt. Trink. Es tut mir leid, daß ich das gesagt habe.»

Sie nahm seine Hand und führte sie an ihre Lippen. Was jetzt? Sie küßte die Fingerspitzen nacheinander und sah zu ihm auf, mit einem scheuen und, wie sie hoffte, gleichzeitig provokanten Blick. Er zog die Hand zurück, aber sie hielt sie fest und biß mit aller Kraft in seinen kleinen Finger.

«Au!» Er keuchte vor Schmerz, entriß ihr die Hand und schlug ihr ins Gesicht, so daß sie der Länge nach hinfiel.

«Du Miststück», fuhr er auf. «Du wagst es...»

Akiko lag auf der Seite und hielt sich den Kopf; der Rock war hochgerutscht, so daß der Ansatz des Strumpfgürtels zu sehen war. John starrte auf ihre Beine, dann zerrte er den Rock weiter hoch und runzelte die Stirn. Akiko beobachtete ihn durch ihre zerzausten Haare hindurch. Von der Ohrfeige lief ihr die Nase. Sie schniefte und fuhr sich mit dem Handrücken so unauffällig wie möglich über die Nase; hoffentlich war es kein Blut. Er kroch zu ihr und hockte sich rittlings auf sie, drehte sie auf den Bauch und zog ihr Höschen herunter. Sie hörte, wie er den Reißverschluß seiner Hose öffnete, und hielt die Luft an. Das Gesäß in die Luft gereckt, wartete sie lange Zeit, aber nichts passierte. Schließlich drehte sie den Kopf um und schaute nach, was vor sich ging. Er kniete über ihr und rieb heftig an seinem schlaffen Penis. Seine Augen waren geschlossen, und sein Gesicht war dunkelrot und schweißverklebt. Er sah wie ein rotgesichtiger *oni* aus, dachte sie. Dann öffnete er die Augen. Rasch wandte sie sich ab, aber es war zu spät. Er hielt abrupt in seinen Bewegungen inne und steckte seinen Penis weg. Dann stand er langsam auf, machte den Reißverschluß zu und ging zum *genkan*, wo er sich schwer auf die kleine Stufe fallen ließ und sich die Schuhe anzog.

Akiko setzte sich auf. Ihr Kopf hämmerte. Sie zog den Rock herunter, ging zu John, kniete sich hinter ihn und legte die Hand auf seinen breiten Rücken. Sein weißes Hemd war schweißnaß, sein Rücken gebeugt und sehr heiß.

«*Anata*...», sagte sie. «Liebling...?»

Sein Rücken fing an zu zittern. Sie ließ ihre Hand liegen, bis er sich umdrehte, die Arme um ihre Taille legte und sein Gesicht in ihrer Bluse vergrub.

«*Daijobu*...» Sie streichelte ihn zärtlich. «Es ist gut... Es ist alles meine Schuld. Es tut mir leid.»

Sie hielt ihn fest, wischte sich heimlich die Nase an seinen Haaren ab und ließ ihn weinen. Als er sich beruhigt hatte, zog sie ihm die Schuhe aus und half ihm beim Aufstehen. Dann führte sie ihn in die Wohnung zurück, entkleidete ihn und brachte ihn ins Bett.

«Nächstes Mal», sagte John beim Einschlafen. «Ich verspreche dir, nächstes Mal steht er. Dann klappt es.»

Es war das Beißen, dachte sie, verschränkte die Arme und sah ihm zu, wie er schnarchend dalag. Sie hätte nicht so fest zubeißen sollen. Eigentlich hatte sie das gar nicht gewollt. Irgendwie waren ihre Zähne einfach zugeschnappt.

9. Der lange Monat

SHONAGON

Briefe sind alltäglich

Ein Brief ist eine ganz alltägliche und doch wunderbare Sache. Man ist um eine Person besorgt, die in weiter Ferne lebt. Und ist es dann nicht wunderbar, wenn man von ihr einen Brief bekommt und beim Lesen das Gefühl hat, als spräche man innig mit dieser Person?

Wenn man einen Brief geschrieben und aufgegeben hat, so ist es einem leicht ums Herz, obwohl man gut weiß, daß die Person ihn noch nicht erhalten hat. Wie verschlossen und sorgenvoll wäre die Welt, wenn es keine Briefe gäbe! Wenn man sich über etwas Sorgen gemacht hat und einer bestimmten Person davon erzählen möchte, welche Erleichterung ist es dann doch, in einem Brief davon zu berichten! Noch größer ist die Freude, wenn eine Antwort kommt. In dem Augenblick ist ein Brief wirklich ein Lebenselixir.

JANE

Fax

AN: Jane Takagi-Little
VON: J. Ueno
DATUM: 1. September
BETR.: Wyoming

Liebe Takagi-Little,
es ist gut, daß Sie haben gebessert Ihr Verhalten und zeigen richtige Respekt von Rind als Trumpf von Fleisch. Die Montana-Sendung ist sehr originell, und der Rindfleischkuchen ist köstlich. Bitte Sie machen weiterhin so hochwertige Sendungen, damit BEEF-EX, der amerikanische Sponsor, kann empfinden Stolz.
Hochachtungsvoll,
J. Ueno
P.S. Bitte Sie vergessen nicht, daß Sie mir zeigen müssen ALLE Vorschläge für die nächste Sendung, damit ich kann treffen richtige Entscheidung.

1. September – Tagebuch

Ueno will Rindfleisch – das soll er haben. Zur Bibliothek gegangen und mehr Bücher über die Fleischindustrie gefunden. Das DES ist nur die Spitze des Eisbergs. Warum habe ich mich nicht schon früher damit befaßt? Da nenne ich mich Dokumentaristin, habe aber praktisch nichts über die Industrie herausgefunden, die für die Sendungen bezahlt. MICH für die Sendungen bezahlt.

Jetzt aber! Ich werde das stinkende Geschwür aufstechen und Ueno Innereien unter die Nase reiben. Kein Kuchen mehr. Für die nächste Sendung stelle ich mir ein Schlachthaus vor. Eine Mama aus Chicago, deren Mann in einer Fleischfabrik arbeitet? Oder eine Großmast-Familie?

Fax

AN: Lara und Dyann
VON: Jane Takagi-Little
DATUM: 2. September
BETR.: Hausfrauen, Fleisch, etc.

Liebe Lara und Dyann,
ich hoffe, es geht Ihnen gut. Ich schreibe etwas zögerlich... Haben Sie die Kopie von *My American Wife!* bekommen, die ich Ihnen geschickt habe? Ich habe noch nicht von Ihnen gehört und bin etwas besorgt, daß Ihnen der Film nicht gefallen hat. Ich hoffe, das ist nicht der Fall; wenn aber doch, hoffe ich, daß Sie mich das wissen lassen.

Ich schreibe Ihnen, weil ich Rat brauche. Ich recherchiere gerade meine nächste Sendung. Dieses Mal geht es zufällig um eine Frau, deren Familie in der Viehzucht, genauer gesagt, in der Rinderzucht, tätig ist. Ich habe angefangen, mich näher mit dem Thema zu befassen, und einige unerfreuliche Entdeckungen gemacht.

Da fiel mir ein, daß Sie beim Kochen erzählten, Sie seien in Ermangelung anderer Möglichkeiten Vegetarierinnen geworden, wegen der Praktiken in der Fleischindustrie. Ich konnte die Szene für den fertigen Film dann doch nicht verwenden, aber können Sie mir jetzt mehr darüber erzählen? Ich habe einiges darüber gelesen, aber es würde mich interessieren, was Sie dazu zu sagen haben.

Wenn Sie meine Bitte aufdringlich finden und keine Zeit haben, oder wenn Sie den Film entsetzlich fanden

und nichts mehr mit mir zu tun haben wollen, kann ich das verstehen und entschuldige mich. Trotzdem hoffe ich, daß ich von Ihnen höre.
Mit freundlichen Grüßen,
Jane Takagi-Little

Fax

AN: «John» Ueno
VON: Jane Takagi-Little
DATUM: 3.9.91
BETR.: Blatszik und Dunn

Lieber Mr. «John» Ueno,
Ihren Anweisungen entsprechend finden Sie anbei unsere bisherigen Recherchen für die nächste Sendung von *My American Wife!*. Wie Sie sehen, haben wir zwei vielversprechende Kandidatinnen gefunden, Mrs. Anna Blatszik, die Frau eines Fleischfabrikanten in Chicago, und Mrs. «Bunny» Dunn, die Frau mit der Viehranch in Colorado. Ich habe jede der beiden Damen gebeten, uns ihr bestes *Rindfleischrezept* zu schicken und es den japanischen Zuschauern zu erklären.
Hochachtungsvoll,
Jane Takagi-Little

Fax

3. September
Takagi,
Du reagierst nicht auf meine Anrufe, also muß ich Dir ein Fax schicken. Ich weiß nicht, ob du die Abtreibung schon hast machen lassen, aber ich muß dich trotzdem sehen.

Ich habe nicht gut reagiert, als du mich aus dem Gefängnis in Wyoming anriefst. Das tut mir leid. R-Gespräche aus dem Knast überfordern mich leicht. Und Du hast mich ziemlich überrumpelt. Trotzdem, es tut mir leid. Können wir bitte miteinander reden? Ich muß wissen, was los ist.
Bitte ruf mich an.
Sloan

Fax

4. September

Liebe Jane,

vielen Dank für Ihr Fax. Keine Sorge – der Film ist zum Schreien komisch; vor allem den Mädchen gefiel er großartig. Sie finden es supergeil, daß sie im Fernsehen sind und japanisch sprechen. Sie haben ihn ihrer Klasse im Unterricht gezeigt und führen sich jetzt auf, als wären sie große Filmstars. Allerdings können sie sich noch nicht entscheiden, ob sie lieber Stars oder doch eher Regisseurin werden wollen. Was raten Sie?

Als wir schwanger werden wollten, fing ich an, mich für die gesunkene Fruchtbarkeit zu interessieren und schrieb schließlich mehrere Artikel (die ich Ihnen per Post schicke) für ein kleines Umweltmagazin, in denen ich über neuere Untersuchungen zu natürlichen und synthetischen Hormonen in der Umwelt und ihren Auswirkungen auf die menschliche Fortpflanzung berichtete. Wußten Sie, daß einigen Studien zufolge die Spermienzahl weltweit in den letzten fünfzig Jahren um rund fünfzig Prozent gesunken ist? Das fällt zeitlich mit der Industrialisierung der Agrarwirtschaft zusammen, als bei der Fleischproduktion massiv Östrogene und andere Hormone eingesetzt wurden. Sicher, damals wurde die Umwelt auch immer mehr durch andere chemische und pharmazeutische Stoffe belastet, und die Forschungsergebnisse sind nicht eindeutig, aber andererseits muß das alles Konsequenzen haben.

Auf jeden Fall fand ich die Sache mit dem Fleisch sehr interessant, und deswegen beschäftigte ich mich näher damit und fand ziemlich viel Scheußliches über die Industrie heraus; das schicke ich Ihnen. Zu der Zeit beschlossen Lara und ich, Vegetarierinnen zu werden. Zuerst glaubten wir eigentlich nicht, daß es grundlegend falsch ist, Fleisch zu essen. Wir kamen einfach zu dem Schluß, daß wir während der Schwangerschaft keine belasteten Lebensmittel essen und sie auch nicht unseren Töchtern geben wollten. Aber dann entstand bei uns langsam das Gefühl, daß es – na ja, nicht wirklich verkehrt ist, Fleisch zu essen, aber ethisch gesehen

auch nicht unbedingt die beste Entscheidung. Verstehen Sie, was ich meine? Das ist also unsere Sicht der Dinge.
Viel Glück mit Ihrer Sendung.
Mit herzlichen Grüßen,
Dyann
PS. Im Auftrag der Mädchen soll ich Sie fragen, was die schwarzen Stellen auf dem Band bedeuten? Kommt da die Werbung rein?

Süchtig nach Rindfleisch
von Dyann Stone

Woher wissen Sie, daß Ihre Kühe liebesbereit sind?

Diese Frage ist für Viehzüchter tatsächlich von Bedeutung: Immerhin müssen sie wissen, wann ihre Kühe brünstig sind und künstlich befruchtet werden können. In der guten alten Zeit gab es zu diesem Zweck den Suchbullen. Das war ein Stier von minderer Zuchtqualität, der wie jeder andere Stier, der in eine Kuhherde getrieben wird, die brünstigen Tiere sofort bespringt. Allerdings hatte der Suchbulle einen Beutel mit Farbe am Hals, so daß er eine verräterische Farbmarkierung am Rumpf der Kühe hinterließ.

Mehr hinterließ er jedoch nicht; schließlich wollte man ja nicht, daß das weniger hochwertige Sperma des Suchbullen den Genpool der Kühe degradierte. Deshalb wurde ein einfacher chirurgischer Eingriff vorgenommen: Ein Schlitz in der Penishaut des Stiers ließ das Sperma seitlich abfließen. Wenn der Bulle also erregt wurde und die Kuh besprang, stieß seine rechts- oder linkslastige Erektion quirlend ins Leere. Dementsprechend bekamen solche Stiere den Spitznamen «Sidewinder».

Doch mittlerweile gehören Sidewinder der Vergangenheit an. Die Firma Upjohn verkauft jetzt ein neues Medikament, das die Brunst der Herde synchronisiert und den Namen Lutalyse trägt. Es wird allen Kühen einer Herde injiziert, so daß sie gleichzeitig, innerhalb weniger Stunden, brünstig werden. Stellen Sie sich das einmal vor: «Heute nicht, Liebling, ich hab Kopfweh» gibt's nicht mehr! Das ist moderne Liebe – effiziente künstliche Befruchtung und kontrolliertes Kalben wie am Fließband. Und wie heißt der Slogan von Upjohn? «Sie sind am Drücker!»

Lutalyse ist ein Prostaglandin, das eine ähnliche Wirkung wie ein Hormon hat und praktisch alle Körperfunktionen beeinflußt, darunter Atmung, Verdauung, Nervenreaktion und Fortpflanzung. Prostaglandine können bei Kühen und Frauen gleichermaßen eingesetzt werden und werden in der Humanmedizin dazu verwendet, die Menstruation zu stimulieren, aber auch, um im zweiten Drittel der Schwangerschaft einen Abgang herbeizuführen.

Lutalyse ist nur eines der vielen Wachstumsstimulanzien, Hormone und anderen Pharmaprodukte, die bei der Rinderzucht Verwendung finden. Fünfundneunzig Prozent aller Rinder erhalten in Amerika routinemäßig Estradiol, Testosteron, Progesteron und anabolische Steroide, ganz zu schweigen von den Unmengen an Antibiotika, die Krankheiten in Großmästereien verhindern sollen, wo Rinder zusammengepfercht in Gehegen stehen, bis zu den Knien in Urin, Kot und Dreck, ohne sich bewegen zu können.

Rückstände dieser Medikamente finden sich in dem Rindfleisch, das wir essen, ebenso wie konzentrierte Dosen von Herbiziden, die in Rinderfuttermitteln enthalten sind, und die Pestizide und Insektizide, die der Fliegenschwärme in den Großmästereien Herr werden sollen.

Diese Medikamente, Hormone, Chemikalien und Gifte werden für eine Vielzahl moderner menschlicher Gesundheitsprobleme verantwortlich gemacht, darunter sinkende Spermienzahlen und abnehmende Fruchtbarkeit, Krebs sowie die zunehmende Resistenz gegen

Antibiotika. Darüber hinaus töten die «Wohlstandskrankheiten» – Herzinfarkt, Schlaganfall und Magenkrebs, die durch zu großen Fleischkonsum herbeigeführt werden – immer mehr Amerikaner, Europäer und nun auch Japaner...

4. September – Tagebuch

Das Wesen in mir giert nach Fleisch. In diesem Monat ist das Wachstum phantastisch, so wird mir gesagt; das Menschlein verdoppelt seine Größe – von ganzen sieben Zentimetern von Scheitel bis Steiß zu gigantischen vierzehn. Ich hole ein Lineal hervor und kann es nicht glauben. So viel Baby in meinem Bauch!

Inzwischen hat sich eine tiefe Kluft zwischen dem Sitz meines sogenannten Verstandes und meinem denkunfähigen, betäubten Körper aufgetan. Im Kopf beschäftige ich mich mit Fleisch. Ich vertiefe mich in Berichte über Pharmamißbrauch. Ich erinnere mich an Purcell, an DES und den jungen Arzt in Oklahoma, der mich vor Antibiotika warnte. Ich lese erschütternde Beschreibungen von dreckstarrenden Schlachthäusern, von Blut, das in Strömen über die Entblutebahn fließt, von den Todesschreien abgestochener Lämmer (sie klingen wie Schreie von Menschenbabys), die immer weiter hallen, lange nachdem dem Lamm die Kehle durchgeschnitten wurde... und trotzdem.

Und trotzdem giert mein Körper nach Tierischem, will Fleisch schmecken, will Fleisch zwischen die Zähne bekommen. Beim Lesen schaudert mir, und dabei nage ich an einem Sparerib. Wie ist das möglich? Ich habe jahrelange Übung in psychischer Betäubung, aber wenn das das Ergebnis meiner Karriere als Dokumentaristin ist, dann bin ich eine psychotische Ausgeburt von Doubling.

Ich habe einen Naturkostladen entdeckt, in dem es Rindfleisch aus artgerechter Tierhaltung gibt. Ich will nicht, daß dieses Kind mit zwei Penissen oder einem halben Hirn auf die Welt kommt, wenn ich es verhindern kann.

Sloan hat öfter angerufen. Jetzt hat er mir ein Fax geschickt. Er will mich sehen. Was will er von mir?

Fax

AN: J. Ueno
VON: Jane Takagi-Little
DATUM: 4. September
BETR.: Würstchen und Prärie-Austern

Lieber Mr. «John» Ueno,
ich bin entzückt, daß unsere bisherigen Recherchen zu *My American Wife!* Ihnen zusagen. Ich habe mit Mrs. Anna Blatszik gesprochen, die mir sagte, sie mache vielfach Würstchen aus den «Resten» von der Fleischfabrik, und würde sie gerne in unserer Sendung vorstellen. Dann erzählte sie von einem Gericht, das sie gerne ihren Schwiegereltern vorsetzt; es heißt «Würstchen surprise Speedy Gonzalez». Der Name klinge anspruchsvoll, sagte sie, aber das Rezept sei wirklich einfach. Sie gart die Würstchen in einer Sauce, die aus einer Kirschkuchen-Füllung aus der Dose und einer Tasse Rosé-Wein besteht (Zucker und Orangensaft, sagt sie, seien genausogut, wenn man keinen Rosé hat).

Mrs. «Bunny» Dunn hat eine Vorliebe für Innereien und hat ihr Spezialrezept «Prärie-Austern aus der Pfanne» vorgeschlagen. Wissen Sie, was Prärie-Austern sind? Stierhoden, die im Westen Amerikas als Delikatesse gelten und von den dortigen Männern gerne zur Steigerung ihrer Manneskraft gegessen werden. Meines Erachtens würde dieser Brauch bei japanischen Familien gut ankommen. Wenn Sie allerdings der Meinung sind, diese Fleischart sei für den anspruchsvollen japanischen Gaumen zu derb, dann hat sie auch ein sehr ansprechendes Rezept für Rührei mit Hirn oder Geschmortes Herz.

Ich werde nach Chicago und Colorado fahren und beide Frauen abchecken. Dann werde ich Ihnen mei-

nen Vorschlag schicken, aber natürlich liegt die endgültige Entscheidung bei Ihnen. Sie sind am Drücker.
Mit besten Grüßen,
Jane Takagi-Little

Fax

5. September
Sloan,
ich mache am kommenden Montag einen Location Scout in Chicago, dann könnten wir uns treffen, wenn du willst. Allerdings verbringe ich den Großteil des Tages beim Fleischfabrikanten Blatszik. Ich habe noch nicht abgetrieben, Deinen Scheck allerdings eingelöst.
Herzlichst,
Takagi

Fax

AN: J. Ueno
VON: Jane Takagi-Little
DATUM: 5. September
BETR.: Wilder Westen

Lieber Mr. Ueno,
je mehr ich über Bunny Dunn erfahre, desto besser gefällt sie mir. Sie war einmal Rodeo-Königin, und angeblich ist sie zart gebaut und sehr attraktiv. Eine richtige Texanerin. Vielleicht erinnern Sie sich noch, wie reizend texanische Mädchen sein können. Dazu hat sie eine herzliche, offene Persönlichkeit. Sie und ihr Ehemann John haben eine Großmästerei, was etwas anderes ist als eine Ranch und meines Erachtens besser geeignet für unsere Sendung. Auf einer Viehranch gibt es mehrere hundert oder vielleicht auch einige tausend Rinder, aber in der Großmästerei der Dunns sind Rinder von Ranches aus ganz Amerika, insgesamt rund 20000!

Die Dunns mästen ihre Rinder mit einem Spezialfutter und geben ihnen Medikamente, damit sie nicht krank werden. Die Rinder stehen alle an einem Ort zusammen, das heißt, wir können sie besser filmen und alle 20000 aufs Bild bekommen – das wird eine phantastische Aufnahme. Ganz schön viel Rindfleisch, oder? In der Nähe ist auch ein Fleischverarbeitungsunternehmen, das guten Freunden der Dunns gehört und in dem wir die vielen unterschiedlichen und interessanten Schritte bei der Fleischproduktion drehen dürfen.

Abgesehen von Mrs. «Bunny» Dunns anziehendem Äußeren ist auch die restliche Familie sehr zugkräftig. Mr. Dunn ist zwar ein ganzes Stück älter als Bunny, aber immer noch voller Leben. Bei den beiden war es Liebe auf den ersten Blick. John Dunn hat einen erwachsenen Sohn aus erster Ehe, der mit seinem Vater auf der Ranch arbeitet. Dann gibt es noch Johns und Bunnys kleine Tochter. John zeugte das Mädchen im Alter von 72 Jahren, und er führt seine Virilität auf das rote Fleisch zurück, das er jeden Tag ißt, seitdem er Zähne zum Kauen hat. Bunny schwört, es seien ihre Prärie-Austern. Insgesamt sind die Dunns meiner Ansicht nach eine ziemlich typische amerikanische Familie, die als gutes Beispiel für die Bekömmlichkeit von BEEF-EX dienen kann.

Mit besten Grüßen,
J. Takagi-Little

5. September – Tagebuch

Bunny Dunn war tatsächlich einmal Rodeo-Königin, und zwar in der Kleinstadt Fossil, Texas, wo sie zur High-School ging. Dann versuchte sie, «Miss Rodeo» von ganz Texas zu werden und wurde schließlich Stripperin und exotische Tänzerin, mal hier, mal dort, bis sie schließlich in San Antonio landete. John Dunn könnte ihr Großvater sein. Er entdeckte sie in dem Club, in dem sie arbeitete, kaufte beim Pfandleiher nebenan einen Ring, steckte ihn ihr beim Schoßtanzen an den Finger und holte sie auf seine Ranch in Colorado.

Wenn die Großmästerei auch nur annähernd so aussieht wie diejenigen, über die ich gelesen habe, sollte ich reichlich Gelegenheit haben, ziemlich scheußliches Material zu drehen. Und das Schlachthaus – da setze ich viele Hoffnungen rein.

Was will ich? Will ich diese Sendung sabotieren?

Ich brauche den Job. Ich kann es mir nicht leisten, gefeuert zu werden, nicht jetzt. Andererseits kann ich aber auch nicht weiterhin die Sendungen machen, die Ueno haben will. Was soll ich bloß tun?

Fax

AN: «John» Ueno
VON: Jane Takagi-Little
DATUM: 6. September
BETR.: Ethische Fragen bei der Dokumentation

Lieber Mr. Ueno,
bei meinen Recherchen sind mir einige Dinge untergekommen, die ich Ihnen meines Erachtens nicht vorenthalten darf. Zufällig bin ich auf einen unerquicklichen Aspekt der Fleischindustrie gestoßen. Ich meine damit die Verwendung von Medikamenten und Hormonen bei der Fleischproduktion, die als Grund für das gehäufte Auftreten von Krebs, Unfruchtbarkeit, Impotenz, Fertilitätsstörungen sowie eine Reihe anderer Krankheiten und schädlicher Nebenwirkungen genannt wird. Diese Medikamente werden den Rindern, die als Steak auf dem Teller des japanischen Fernsehpublikums landen, regelmäßig verabreicht. Da ich nun von den Gesundheitsrisiken bei der Fleischproduktion weiß, erscheint es mir moralisch zweifelhaft, die Blatsziks oder die Dunns als Beispiele für «bekömmlichen Fleischgenuß» darzustellen.

Ich schicke Ihnen ein Resümee meiner Untersuchungen. Wegen der vielen Fachbegriffe habe ich Kenji gebeten, den Text ins Japanische zu übersetzen. Bitte lassen Sie mich wissen, wie ich fortfahren soll.
Mit besten Grüßen,
J. Takagi-Little
P.S. Eine etwas persönlichere Anmerkung: Der Zusammenhang mit Fleischgenuß ist zwar noch nicht erwie-

sen, aber wußten Sie, daß ein Mann heute durchschnittlich weniger morphologisch gesunde Spermien erzeugt als ein durchschnittlicher Hamster?

Fax

6. September
Liebe Dyann und Lara,
vielen Dank für Ihre Artikel. Sie waren mir bei den Vorarbeiten zur nächsten Sendung eine große Hilfe. Um Ihre Frage zu beantworten: Ja, die schwarzen Stellen auf dem Band sind für die Werbespots des Sponsoren. Ich hatte Ihnen eine Masterkopie ohne Werbeblöcke geschickt. Jetzt bekommen Sie die tatsächlich gesendete Version einschließlich der Werbung. Bevor Sie sie ansehen, sollten Sie etwas wissen – und ich fürchte, Sie werden wütend sein. Der Sponsor der Sendung *My American Wife!* ist eine Organisation, die Beef Export and Trade Syndicate heißt, kurz BEEF-EX. Vor dem Drehen habe ich vergessen, Ihnen das zu sagen, vermutlich aus der Ahnung heraus, daß Sie dann nicht einwilligen würden, und als die Dreharbeiten fertig waren, war es zu spät. Ich hatte keine Zeit mehr, eine neue Sendung zu machen, und der Film mit Ihnen war einfach so gut. Ich finde, daß er den japanischen Frauen eine wirklich positive Darstellung von sexueller Neigung, ethnischer Herkunft und den vielen Gesichtern der Mutterschaft vermittelt. Natürlich ist das alles keine Entschuldigung, und es ist auch nicht die ganze Geschichte, aber nichts, was ich sagen könnte, würde mich freisprechen. Ich kann Sie nur um Verzeihung bitten und hoffen, daß Sie mir vergeben; ich verspreche, daß ich es irgendwie wieder gutmachen werde.
Herzlichst,
Jane

Fax

AN: J. Takagi-Little
VON: J. Ueno
DATUM: 7. September
BETR.: Sicherheit von Rindfleisch

Liebe Takagi-Little,
bitte Sie machen sich nicht Sorgen für Dinge, die Sie nichts angehen und zu denen Sie nichts wissen, und das ist die Bekömmlichkeit von BEEF-EX. Sie haben ein gutes Komitee, das «Task Force gutes Fleisch» heißt und mir die hohe Qualität aller Fleischsorten versichert. Verschwenden Sie nicht Ihre Zeit. Das ist kein Hobby. Wenn Sie nicht sein können professioneller Fernsehregisseur und ansprechende Sendungen für *My American Wife!* machen, ich muß Mr. Kato bitten, einen anderen Regisseur zu finden.
Mit freundlichen Grüßen,
J. Ueno

7. September – Tagebuch

Also gut. Morgen fahre ich zum Location Scout. Ich will Sloan nicht sehen.

Das ist gelogen. Natürlich will ich ihn sehen. Er holt mich am Flughafen ab.

AKIKO

Liebe Miss Takagi-Little,
Sie kennen mich nicht, weil ich bin nur die Ehefrau von Ueno bei BEEF-EX. *Es tut mir leid, Sie zu belästigen. Aber ich fühle mich gedrängt, Ihnen zu schreiben, weil Ihre Sendung über das lesbische Paar mit zwei Kindern hat mich sehr berührt. Vielen Dank, daß Sie mein Leben verändert haben. Wegen dieser Sendung ich habe das Gefühl, daß ich Ihnen vertrauen und diesen kühnen Schritt machen kann.*

Wissen Sie, Ueno und ich wollten zuerst ein Baby haben,

aber wegen meine schlechte Eßgewohnheiten und mein Erbrechen hatte ich viele Jahre keine Monatsblutungen. Aber jetzt habe ich sie wieder, weil ich habe gegessen köstliches Lamm-Halleluja aus ihrer Sendung My American Wife!, *also auch dafür ich danke Ihnen.*

Aber am meisten will ich sagen, daß ich die schwarze Dame sagen höre, daß sie nie im Leben einen Mann wollte, und plötzlich ich stimme ihr zu! Ich bin so überrascht, daß ich weine! (Ich weiß nicht, ob ich Lesbierin bin, weil ich kann mir diesen Zustand nicht vorstellen, aber ich weiß, ich wollte nie heiraten, und im tiefen Herzen bin ich nicht «Johns» Ehefrau.)

Ich fühle große Trauer für mein gelügtes Leben. Deswegen ich möchte Sie jetzt fragen, wo kann ich ein glückliches Leben wie schwarze Dame führen? Bitte sagen Sie mir.

Hochachtungsvoll,
Akiko Ueno

Sorgsam schrieb Akiko die endgültige Version ihres Faxes ab. Sie hatte es mehrmals umgeschrieben und dabei immer wieder im Wörterbuch nachgeschlagen. Jetzt hatte sie das Gefühl, daß sie sich recht gut ausgedrückt hatte. Sie legte den Stift beiseite und las das Fax noch einmal auf Fehler durch. Das Problem bestand jetzt nur noch darin, ihren Mut zusammenzunehmen und sich zu überlegen, wie sie es abschicken sollte. Sie traute sich nicht, das Faxgerät zu Hause zu verwenden, weil die New Yorker Faxnummer gespeichert werden und John sie sehen und erkennen würde.

Akiko hatte die Faxnummer durch reinen Zufall gefunden. Die Woche zuvor hatte sie Johns Anzug zur Hashimoto-Reinigung gebracht. Als sie ihn wieder abholte, zog die alte Frau Hashimoto unter der Ladentheke einen sorgsam mit Akikos Namen beschrifteten Plastikbeutel hervor. Darin befand sich ein mehrseitiges, zusammengefaltetes Fax. Akiko sank das Herz. Normalerweise leerte sie die Taschen immer sorgfältig, bevor sie etwas reinigen ließ. Die Frauen in der Schlange hinter ihr horchten erwartungsvoll auf.

«Sie würden sich wundern, welche Dinge ich in den Taschen der

Ehemänner finde!» erzählte die alte Frau klatschsüchtig. «Sie haben Glück. Nur ein Brief. Manchmal finde ich noch ganz andere Sachen…» Sie sah unheilverkündend auf die wartenden Frauen, die den Kopf senkten oder beiseite blickten.

Akiko fummelte mit ihrem Geldbeutel herum. Sie bezahlte rasch, legte den Anzug über den Arm und streckte die Hand nach dem Plastikbeutel aus. Frau Hashimoto ignorierte die Geste, öffnete statt dessen mit verkrüppelten Fingern den Reißverschluß des Beutels und spähte hinein.

«Er ist auf englisch, der Brief Ihres Mannes! Ich wünschte, ich könnte Englisch lesen. Vielleicht ist er von einer amerikanischen Geliebten? Sie müssen Ihren Mann ernstlich tadeln!»

Frau Hashimoto hatte keine Zähne und keinen Respekt. Sie hielt den Brief hinter dem Tresen hoch, so daß Akiko ihn ihr nicht abnehmen konnte, ohne unhöflich zu sein. Die Alte betrachtete sie neugierig unter ihren runzeligen Augenlidern hervor.

«Vielleicht ist das der Grund… vielleicht verbraucht er seine Kraft anderswo. Vielleicht haben Sie ein paar hübsche Stiefkinder in Amerika…»

Akiko riß ihr den Brief über den Tresen hinweg aus der Hand.

«…UND DESHALB KEINE EIGENEN KINDER!» schrie die alte Frau, als sie den Beutel Akiko überließ, die ihn unbesehen in die Tasche stopfte.

«Halten Sie den Mund, Sie altes Waschweib», sagte Akiko laut. Die wartenden Frauen schnappten nach Luft, die Hände vors Gesicht geschlagen.

«Das ist mir völlig egal!» schrie Akiko sie an.

Sie ging rückwärts zur Tür hinaus, wo eine blecherne digitale Stimme ihr für ihren Besuch dankte.

Erst zu Hause sah sie auf das Fax. Sie erkannte den Namen Takagi-Little. Es mußte dieselbe Takagi sein, die John widersprach, die ins Gefängnis ging, die Filmberichte machte, die echt und authentisch waren und die Akiko verstehen konnte. Und damit war ihr Entschluß gefaßt. Sie goß sich einen Scotch ein und begann den Brief, der alles sagen würde, was ihr auf dem Herzen lag.

P.S. Bitten sagen Sie meinem Mann nicht, daß ich Ihnen das schreibe, weil er wütend wird und mich vielleicht schlägt, was er manchmal macht.

Das nächste öffentliche Faxgerät stand beim Schreibwarenhändler. Akiko faltete das Fax von Takagi-san zusammen und steckte es sich in die Manteltasche für den Fall, daß sie die Faxnummer vergaß. Dann legte sie ihr eigenes Fax in eine Plastikhülle.

Im Schreibwarengeschäft standen zwei Angestellte hinter dem Tresen, ein gelehrt aussehendes Mädchen mit Brille und ein sehr junger Mann mit Pickeln, der einen Kittel mit der Aufschrift «Hello Kitty» trug. Akiko entschied sich für den Jungen. Bei ihm war es weniger wahrscheinlich, dachte sie, daß er Englisch lesen konnte. Er nahm ihr die Blätter ab und betrachtete sie neugierig. Fast hätte Akiko sie ihm wieder aus der Hand gerissen, aber dann reichte er sie ihr zusammen mit einem Deckblatt zum Ausfüllen zurück. Sorgsam schrieb sie Takagi-sans Namen und Nummer hin und verglich die Nummer noch einmal mit der auf dem Fax in ihrer Tasche. Als sie fertig war, ging der Junge mit den Seiten nach hinten zum Gerät.

Akiko sah wieder auf Takagis Fax. Die erste Seite war ein maschinengeschriebener Brief auf englisch. Es kamen mehrere lange Wörter darin vor wie «unerquicklich», «Impotenz» und «Fertilitätsstörungen», die Akiko nicht verstand, aber trotzdem mußte jedem klar sein, daß es sich um keinen Liebesbrief handelte. Die nächsten drei Seiten waren eine lange Aufstellung von Forschungsergebnissen in kleinen japanischen Schriftzeichen. Sie hatte früher schon einen Blick darauf geworfen, sich aber nicht die Zeit genommen, es zu lesen. Jetzt, während sie auf ihr Fax wartete, las Akiko alles gebannt von Anfang bis Ende durch. Dann bat sie das Mädchen um ein weiteres Deckblatt. Sie nahm einen rosa-weißen Stift aus dem Kitty-Plastikbehälter auf dem Tresen, adressierte das Deckblatt an Takagi und schrieb darunter:

Liebe Miss Takagi,
ich habe Ihre japanische Fax an meinen Mann Ueno über gefährliches Fleisch gelesen. Kann das wahr sein? Ist der Samen fleischessender Männer schwach von schlechte Medizin,

oder vielleicht er kann dann nicht mehr den Sexakt vollziehen? Bitte Sie sagen mir auch die Antwort auf diese wichtige Frage.
Hochachtungsvoll,
Akiko Ueno

«Kundin, studieren Sie die englische Sprache?»

Verwirrt sah Akiko auf. Der Junge mit dem Hello-Kitty-Kittel stand vor ihr und betrachtete den Brief, den er gerade verschickt hatte.

«Einen Teil kann ich verstehen, aber Sie sind viel fortgeschrittener als ich. Darf ich Sie um Rat fragen? Ich studiere auch englische Konversation, und mein Lehrer sagt, ein Brieffreund im Ausland sei ein guter Weg, um idiomatisches Englisch zu lernen. Sind Sie auch dieser Meinung? Oder wissen Sie...»

Akiko riß ihm ihren Brief aus der Hand. Dabei stieß sie den Plastikbehälter um, so daß die rosa-weißen Stifte über den Boden rollten. Die anderen Kunden schwiegen abrupt und sahen auf.

«Er hat meinen Brief gelesen...», erklärte sie und drückte die Blätter an sich. «Er sollte meinen Brief nicht lesen, finden Sie nicht? Das ist eine Privatsache...»

Aber Ehefrauen sollten überhaupt keine privaten Briefe schreiben. Sie ging rückwärts zur automatischen Tür. Der Junge im Kittel wirkte bestürzt. Er hatte sich nur freundlich mit ihr unterhalten wollen. Dann sah er das zweite Fax auf der Theke liegen.

«Kundin, Sie haben noch nicht für Ihr erstes Fax bezahlt. Jetzt liegt hier ein zweites. Erwarten Sie, daß ich das ebenfalls kostenlos verschicke?»

Akiko hielt inne. Ihr wurde klar, daß ihr keine Wahl blieb. Sie trat wieder an den Tresen, nahm zwei Eintausend-Yen-Scheine aus dem Geldbeutel und legte sie hin.

«Hier. Für beide», flüsterte sie. «Es tut mir leid...»

Sie bückte sich, sammelte alle Stifte vom Boden auf und steckte sie unbeholfen in den Plastikbehälter. Der Junge kam mit ihrem zweiten Fax zurück. Sie drückte es an sich und verließ den Laden rückwärts, unter den neugierigen Blicken der Nachbarn. Zum zweiten Mal an diesem Tag.

Sloan wohnt im Penthouse eines der Hochhäuser am Lakeshore Drive, der sich am Südufer des Lake Superior entlangzieht. Von seiner Wohnung aus ist der Horizont kaum auszumachen, verborgen hinter Smog und Jalousien. Deckenhohe Fenster rahmen den grauen See und die stahlgrauen Wellen ein, die an den Betonstrand spülen. Der Teppich ist grau und imitiert das Wasser.

Als er mich am Flughafen abholte, wußte ich sofort, daß etwas anders geworden war. Angezogen sah man mir die Schwangerschaft noch kaum an, aber sein Blick wanderte verstohlen zu meinem Bauch, und er nahm mir sogar die Taschen ab und schnitt eine vorwurfsvolle Grimasse, als er ihr Gewicht spürte. Er gab mir keinen Kuß und tat auch sonst nichts Besitzergreifendes, aber irgend etwas hatte sich verändert. Direkt vor dem Ausgang wartete eine Limousine auf uns; er half mir einsteigen und nannte dem Fahrer seine Adresse am Lakeshore Drive.

«Bist du müde? Möchtest du dich vor dem Essen noch etwas ausruhen?»

«Sloan, ich habe in ein paar Stunden einen Termin mit einem Fleischfabrikanten, bis Normal sind es mindestens zweihundert Kilometer, und ich kann dort nicht in einer weißen Limousine auftauchen.»

«Oh.» Er dachte kurz nach. «Was für ein Auto eignet sich denn für einen Besuch bei einem Fleischfabrikanten?»

«Ich weiß nicht... irgendein unauffälliger Mietwagen.»

Per Handy rief er seine Sekretärin an, und genau zweieinhalb Stunden später standen wir in einem graumetallicfarbenen Ford Taurus vor Blatszik Meat Fabricators. Sloan hatte seinen Leinenanzug gegen ein Paar Jeans, ein T-Shirt und eine Schirmmütze eingetauscht und konnte sich für den Fahrer ausgeben, den ich hätte anheuern müssen.

Über der Außentreppe hing ein altes, verrostetes Schild:

Blatszik Meat Fabricators, Inc.
Fleisch- und Wurstwaren
Schlachtbetrieb

«Du willst ich komm mit dir?» Er spielte den Fahrer.

«Nein, bleib hier.»

Er gab die Verstellung auf. «Bitte. Ich möchte mir das ansehen.»

«O.k. Aber benimm dich. Und sag nichts.»

Anna Blatszik empfing uns in dem kleinen Büro, von dem aus man die ganze Konservierungsfabrik im Auge hatte. Sie war eine stämmige Frau, die sich ständig entschuldigte. Ihr Mann saß hinter einem Metallschreibtisch und schrie auf Polnisch in ein altes, schwarzes Telefon. Auf dem Schreibtisch stapelten sich blutverschmierte Frachtpapiere und Rechnungen. Eine Anlieferung von Lämmern hätte sich verspätet, erklärte Anna, und die Arbeiter säßen jetzt untätig im Schlachthaus herum und warteten. Ihr Mann sei wütend. Jede Stunde koste ihn Geld. Anscheinend waren die Lämmer im Verkehr am Stadtrand von Gary steckengeblieben. Anna entschuldigte sich. Jetzt könne sie uns das Schlachthaus nicht in Betrieb zeigen, aber vielleicht möchten wir die Anlage trotzdem besichtigen? Aus einem Stahlschrank in der Ecke des Büros holte sie zwei weiße, blutbefleckte Kittel und gab sie uns.

Die Luft im Schlachthaus war wie kaltes Metall, wie etwas Festes, an dem man sich verletzen konnte. Und doch war sie flüchtig, drang in Nase und Lunge ein, so daß man sie sofort schmeckte, wenn sie die Kehle hinunterströmte. Es war schwer, beim Atmen nicht an der Luft zu ersticken.

Die Arbeiter von Blatszik Meat Fabricators saßen herum und unterhielten sich leise; einige schärften ihre Messer, so daß das Metall auch an die Ohren drang, ein rhythmisches *schuunk*, *schuunk*, *schuunk* von Stahl auf Stein. Als wir hereinkamen, sahen die Männer auf und verstummten; nur das Wetzen war noch zu hören. Einige tranken Kaffee, andere rauchten. Jeder schützte sich mit seiner eigenen Art von Dunst vor der Kälte.

Die Lämmer würden jeden Augenblick eintreffen, erklärte Anna. Sie hätten die letzten zwei Stunden jeden Augenblick eintreffen sollen. Offensichtlich wurde erwartet, daß die Arbeiter das Schlachthaus nicht verließen. Allerdings sollten sie auch nicht rauchen, entschuldigte sich Anna. Sie betrachtete uns offenbar als eine Art Inspektoren, was wir in gewisser Weise ja auch waren, und behandelte uns mit unangemessener Devotheit.

In einem hatte ich mich nicht getäuscht. Anna Blatszik war einfach nicht richtig. Ich hatte es gewußt, als ich von New York aus mit ihr telefonierte, und jetzt bekam ich es wieder bestätigt. Sie war breit gebaut, wie ich vermutet hatte, aber sie war nicht dick, auch nicht unförmig und nicht einmal unattraktiv. Ihre Haut war cremig, sie hatte dünnes Haar, und ihre Augen waren rotgerändert mit einer blaßblauen Iris. Mit vierzehn mochte sie eine Schönheit gewesen sein. Aber ihr Äußeres war nicht das Problem. Ich weiß nicht, wie ich es beschreiben soll, aber für eine Fernsehdokumentaristin ist es auf den ersten Blick erkennbar. Anna Blatszik war trist. Nicht auf eine interessante Art, womit man wenigstens noch etwas hätte anfangen können. Sondern schlicht und ergreifend grau. Ohne jede Kamerapräsenz. Sie wirkte wie ein alter, schmutziger Putzlappen, der ständig ausgewrungen, aber nie zum Trocknen aufgehängt wird. Diese Tristheit strömte ihr aus allen Poren, umgab sie wie eine tiefhängende Wolke.

Wir folgten Annas breiter Gestalt über den rutschigen Boden. Er war vor kurzem mit einem Schlauch abgespritzt worden, überall war es naß, und rosafarbene Wasserlachen sammelten sich in den Vertiefungen um die Gullys. Anna trug ein geblümtes Kleid unter ihrem weißen Kittel, vielleicht uns zu Ehren, aber an den Füßen hatte sie schwere Galoschen, die ihr zu groß waren, so daß sie schlurfte. Die Wände des Schlachthauses waren mit Blut bespritzt, und jetzt hörte ich unter dem *schuunk*, *schuunk* der Messer, die gewetzt wurden, Tropfgeräusche und auch das dröhnende Summen von Schmeißfliegen, und die ganze Atmosphäre war von einer entsetzlich gespannten Erwartung auf das Eintreffen der Lämmer erfüllt. Wir verabschiedeten uns, bevor sie kamen, und fuhren schweigend die zweieinhalb Stunden nach Chicago zurück.

Als ich am Fenster stand und den tristen Wellen zusah, wie sie an das Ufer des Sees spülten, stellte Sloan sich hinter mich. Er schlang die Arme um mich und hielt mir ein Glas Wein an die Lippen, wobei er meinen Kopf sacht gegen seine Brust drückte, damit ich trinken konnte. Wir hatten uns geduscht und umgezogen, aber der metallische Nachgeschmack des Schlachthofs klebte mir noch immer am Gaumen und verschwand erst jetzt mit dem schweren Rotwein.

Plötzlich hatte ich ein ganz warmes Gefühl, blieb aber wachsam, denn ich mißtraute Sloans liebevoller Geste. Sie war so weich. Sie machte mir angst, also entzog ich mich ihm.

Sloans Wohnung hat nichts Weiches an sich. Polierte Oberflächen, rechte Winkel, hartes Glas, kaltes Chrom, ein wenig Leder. Wie in einem Schlachthof konnte alles ohne große Mühe mit einem Schlauch abgespritzt werden, wenn zufällig etwas Störendes wie Verbindlichkeit oder ein Gefühl an die Wände spritzte. Deswegen schien Sloans plötzliche Umsicht gar nicht zu seiner Umgebung zu passen, ebensowenig wie zu unserer Geschichte. Ich stand gut einen Meter von ihm entfernt und wartete; ich hoffte, er würde etwas aggressiver und damit vertrauter werden, aber er stand einfach nur da und sah mich an.

«Also…», sagte er.

«Also…?»

«Also… da wären wir…»

Ich funkelte ihn an. Das war wie ein schlechter Dialog im Film. Ich hatte ihn noch nie zögerlich erlebt. Das war für mich unvorstellbar. Es machte mich gereizt.

«Und? Jetzt bin ich also hier. Willst du reden? Willst du vögeln?»

«Geht das denn?»

«Was?»

«Ich meine, ist es nicht gefährlich?»

«Sloan, früher war es gefährlich. Jetzt ist es absolut ungefährlich, das kannst du mir glauben.»

«Ich meine, ist es nicht gefährlich für… unser Baby?»

Es war das erste Mal, daß ich ihn die Worte sagen hörte. «Unser Baby.» Ich hatte mich gegen den Gedanken «unser» gestählt. Das war die Abmachung, die ich mit mir selbst getroffen hatte. Ich konnte das Kind bekommen, wenn ich jedes Verlangen nach einem «wir» auslöschte. Das Kind würde meines sein, ohne jeden Hintergedanken. Aber als ich Sloan «unser Baby» sagen hörte, als ich sah, wie er die Worte auf den Lippen bildete und sie in die Welt entließ, war es wie ein Zauberspruch. Ich schnappte nach Luft. Meine Knie gaben nach, und die Sehnsucht erwachte wieder. Ich wußte nicht, wie ich darauf reagieren sollte. Worte waren zu gefährlich, Sex vielleicht nicht. Also ging ich zu ihm, zog seinen Kopf zu mir herab und küßte ihn, und dann gingen wir umschlungen ins Schlafzimmer und zogen uns aus. Wir legten uns nebeneinander, und er untersuchte vorsichtig meinen Unterleib, als könne dort eine Mine oder etwas ähnlich Gefährliches, leicht Explodierbares verborgen sein, und nachdem er mit der Hand über die sanfte Rundung gefahren war und sich vergewissert hatte, daß sie glatt und fest war, legte er sich vorsichtig auf mich und wollte in mich eindringen. Ohne es wirklich zu wollen, hielt ich ihn zurück.

«Willst du kein Kondom benutzen?»

«Warum? Du hast doch gesagt, daß es nicht gefährlich ist. Ich kann dich doch nicht ein zweites Mal schwängern, oder?»

Natürlich hatte er recht, und es dauerte eine Minute, bis ich meinen Einspruch begründen konnte.

«Nein. Es geht gar nicht um Gefahr. Es ist eine Frage von Manieren. Ich will nicht, daß du noch mehr von dir in mir zurückläßt. Das ist zu ... vertraulich. Zu intim. Eine solche Beziehung haben wir nie gehabt.»

Sloan legte sich auf seine Seite des Bettes, sah mich an und schüttelte entnervt den Kopf.

«Takagi, du machst mich verrückt. Was willst du von mir?»

Da explodierte ich. Ich setzte mich auf. Meines Erachtens war die Geschichte sehr einfach. In Fly hatte er mich übertölpelt, damit wir ungeschützt miteinander schliefen, und hatte mich glauben machen, er sei an einer engeren Beziehung interessiert, und als das Vögeln vorbei war, hatte er mir klar und deutlich zu verstehen gegeben, daß es nur ein Experiment gewesen war, weil ich, das unfruchtbare Versuchskaninchen, keine Gefahr bedeutete, oder das hatten wir beide zumindest gedacht. Und dann war er mir, trotz meines offensichtlichen Kummers und meines offensichtlichen Wunsches nach größerer Nähe, ausgewichen, hatte meine wiederholten Versuche zurückgewiesen ...

«Welche wiederholten Versuche?»

«Ich habe dich angerufen ...»

«Einmal, höchstens zweimal.»

«Na ja ...»

«Ich bin viel unterwegs. Ich hab dich immer gleich zurückgerufen, wenn ich deine Nachricht bekam. Außerdem, du warst diejenige, die mich hingehalten hat. Kaum hast du die Regie bei diesen verdammten Sendungen übernommen, war alles vorbei. Du hattest nie Zeit, oder du hast mich ein- und wieder ausgeladen... Die wiederholten Versuche kamen, wenn überhaupt, dann von mir...»

«Ja, und als du wußtest, daß ich schwanger war, hast du dich schuldig gefühlt...»

«Schuldig?! Ich hab nicht... Schuldig hab ich mich wirklich *nie* gefühlt. Als du mir gesagt hast, du bist schwanger, war ich überrascht, befangen... ich weiß nicht. Ich war glücklich. Vielleicht war ich dumm. Ich weiß nicht, was ich dachte, was passieren würde. Aber dann hast du mich vom Knast aus angerufen und gesagt, daß du das Kind abtreiben und mich nie wieder sehen willst.»

«*Du* wolltest, daß ich abtreibe!»

«Nie. Du hast gesagt, du wolltest nicht schwanger sein, es täte dir leid. Natürlich bin ich davon ausgegangen, daß du abtreiben lassen wolltest. Ich war am Boden zerstört.»

«Aber du hast mir den Scheck geschickt.»

«Was hätte ich denn sonst tun sollen? Dein Bauch gehört dir. Aber ich hab immer wieder angerufen, ständig, und Faxe geschickt, und jetzt bist du hier. Mit dem Baby.»

«Und...?»

«Und... weiter nichts. Also, jetzt ist doch alles in Ordnung.»

Wir saßen auf dem Bett und starrten uns wütend an. Ich war mir nicht sicher. Es klang lieb, aber es war viel zu einfach. Und dennoch, als ich sah, wie seine finstere Grimasse in ein amüsiertes, zufriedenes Lächeln überging, überlegte ich, daß ich vielleicht bereit sein könnte, meine Bedenken kurzfristig ad acta zu legen und über seine Version der Dinge nachzudenken. Das dauerte eine Sekunde, oder auch zwei, und dann spürte ich nichts als verrückte Freude.

«Soll ich ein Kondom holen?»

«Vergiß es.»

Er war seltsam, der Sex. Seltsam für uns. Zuerst zurückhaltend und vorsichtig, wurde er mit jeder Bewegung intensiver und einvernehmlicher, bewußt auf ein gemeinsames Ziel hin gerichtet. Im Gegensatz zu unseren egoistischen, unausgewogenen früheren Begegnungen ging es um ein Miteinander, und es war genauso überwältigend. Sex hatte nichts mit Meisterschaft zu tun, sondern mehr mit Einvernehmen, und dieses Mal war ich nicht davon enttäuscht.

Am nächsten Vormittag auf dem Weg zum Flughafen im Taurus erzählte ich Sloan von meinen Recherchen, und er war hinlänglich beeindruckt.

«Kurz gesagt, die Rückstände von Hormonen, Steroiden, Pestiziden, bakteriellen und viralen Keimen im Fleisch führen zu Krebs, Unfruchtbarkeit, Gehirnhautentzündung und zahlreichen anderen Krankheiten, die wir nicht mit Antibiotika heilen können, weil unsere Toleranz reduziert wurde durch die Antibiotikarückstände, die ebenfalls im Fleisch vorkommen? Das heißt, wir werden jung sterben und können uns außerdem nicht mehr fortpflanzen ...?»

«Ja, so ungefähr. Verstehst du mein Dilemma? Ich verhökere das Zeug ...»

«Trübe Aussichten. Andererseits habe ich gerade in den Nachrichten gehört, daß die forensische Medizin sich etwas Neues überlegen muß, weil die Konservierungsstoffe in Lebensmitteln die Zersetzungsrate des Körpers nach dem Tod verändern. Es gibt also einen Lichtblick. Man stirbt vielleicht jung, aber nach dem Tod ist man länger haltbar.»

«Sloan, das ist dumm.»

«Nein, Jane. Das ist pseudo-dumm.»

Stimmt. Genau das sind wir – politisch, ethisch, ästhetisch – im Amerika vor der Jahrtausendwende.

Wir fuhren vor der Abflughalle vor, holten meine Taschen aus dem Wagen, und ich ließ Sloan für mich einchecken, ich ließ mich von ihm küssen, und ich ließ ihn dort stehen, an den Taurus gelehnt, die Augen besorgt zusammengekniffen – meine Interpretation –, und er sah mir zu, wie ich nach Denver entschwand. Das gefiel mir. Es fühlte sich gut an.

AKIKO

Die auf dem Gasgrill aufgereihten gesalzenen Stinte zischten und krachten. Beim Wenden gab Akiko acht, nicht die dünnen Bambusspieße, die ihre aufgesperrten Mäulchen durchbohrten, anzubrennen. Der *mozuku* war fertig, ein Salat aus frischen Algen mit Essig und einer Prise Ingwer, und der Tofu stand im Kühlschrank. Dazu würde sie Flunder servieren, fritiert, so daß die Gräten ganz knusprig waren. Aber zuvor hatte sie für John zum Knabbern frische Sojabohnen gedämpft und mit grobem Salz bestreut, damit sie schwitzten. Sie wußte, daß er sie gern vor dem Essen zum Bier aß, obwohl es nicht mehr Sommer war.

John sah im Wohnzimmer fern. Akiko kam mit dem großen Lacktablett herein. Er sah ihr zu, wie sie sich vor den niedrigen Tisch kniete und das Dutzend kleiner Schälchen auftrug. Seine Augen verengten sich. Sie spürte es. Er überlegte.

«Was geht hier vor», sagte er. Es war keine Frage. Er wußte Bescheid.

«Wie bitte...?»

«Stell dich nicht dumm. Das ist das fünfte Mal hintereinander, daß wir japanisch essen. Und kein Fleisch. Meinst du, ich merke das nicht? Was soll das bedeuten?»

«Nichts... Beim Fischhändler gab's billig junge Flundern...»

«*Baka!* Dummkopf. Du beleidigst mich. Warum machst du mir kein Fleisch? Du weißt, daß ich Fleisch mag. Ich arbeite für Fleisch, und es ist meine Pflicht, Fleisch zu essen. Ich lasse mich von meiner Frau nicht zum Verräter meiner Firma und meiner Kunden machen.»

Akiko sah auf den gekühlten Tofu, auf dem die Bonitofischflocken zitterten und verwelkten.

«Ich dachte, es wäre zur Abwechslung ganz schön», flüsterte sie.

Schweigend wartete er auf ihre wirkliche Antwort. Sie wußte, daß sie etwas sagen mußte.

«Und, na ja, neulich habe ich etwas gehört, von schlechtem Fleisch...»

«Wo hast du das gehört?»

«...äh... in der Reinigung. In der Hashimoto-Reinigung. Eine der Frauen...»

«Was hat sie gesagt?»

Akikos Stimme war kaum hörbar, nicht einmal mehr ein Flüstern. «Daß im Fleisch Sachen sind...»

«Was? Was für Sachen? Sprich lauter. Ich kann dich nicht verstehen.»

«Hormone und andere schlechte Medikamente, die einen Mann...»

«Die einen Mann was?»

«Einen Mann... unfähig machen.»

«Unfähig zu was?»

«Sex zu haben. Ein Kind zu machen.»

John starrte sie an, lehnte sich dann zurück und brach in Gelächter aus. «Du bist wirklich dumm. Glaubst du vielleicht einem Haufen Klatschweiber?»

«Dann stimmt es also nicht?»

«Daß Fleisch zu Impotenz führt? Wirklich nicht. Ganz im Gegenteil. In einer der kommenden Sendungen von *My American Wife!* wirst du einen Mann sehen, der im Alter von zweiundsiebzig Jahren noch ein Kind gezeugt hat, und das nur, weil er jeden Tag rotes Fleisch ißt.»

Akiko lachte erleichtert auf. «Und das andere, das mit den Hamstern, ist auch nicht...»

«*Was?*»

Kaum war es heraus, wußte sie, daß sie einen schrecklichen Fehler gemacht hatte.

«Nichts... Ich meine...»

John schwieg, erwog ihre Worte, dachte nach. «Wo hast du es gefunden?» fragte er.

«Was?»

«Das Fax. Das Fax aus Amerika. Von Takagi...»

Lügen war zwecklos. «In der Jackentasche deines Anzugs. Die alte Frau Hashimoto hat es gefunden. Sie hat mich vor allen Frauen aus der Nachbarschaft damit aufgezogen. Sie sagte, es wäre ein Liebesbrief von deiner Geliebten in Amerika...»

«Du hast es also gelesen?»

«Natürlich habe ich es gelesen. Das ist mein Recht. Als deine Ehefrau, meine ich.»

John beobachtete sie. Sie wußte, Abwarten war ihre einzige Hoffnung. Aus Zufall war sie auf das einzig richtige Argument zu ihrer Verteidigung verfallen – ihr Anspruch als Ehefrau auf den Inhalt seiner Taschen. Es war das einzige Manöver, das ihm schmeicheln würde, und wenn er es ihr abnahm, würde er sie vielleicht nicht schlagen. Schließlich sprach er.

«*Kimiwa baka ne*», sagte er und entspannte sich. «Natürlich bist du eifersüchtig. Aber du brauchst nicht an mir zu zweifeln.» Er griff nach den Stäbchen und spießte einen Stint auf. «Mmmm», sagte er, als er die Hälfte abbiß. «Köstlich. Voller Eier.»

Schweigend stellte Akiko das Tablett beiseite. Sie hatte es die ganze Zeit in der Hand gehalten, um notfalls ihr Gesicht damit schützen zu können. Sie schwor sich, den Rest des Abends nichts mehr zu sagen. Jetzt schien alles in Ordnung, aber sie wußte nicht, ob sie nicht vielleicht noch einen dummen Fehler machen würde. Sie stocherte in den kleinen Fischen herum, durchbohrte einen der dicken, fettigen Bäuche mit den Stäbchen und zermalmte die Gräten zwischen den Zähnen.

JANE

Colorado war ein großer Erfolg. Bunny Dunn entsprach genau meinen Vorstellungen. Ich schickte Ueno vom Hotel aus ein Fax, aber ich wußte sowieso, daß er sich für sie entscheiden würde. Er hatte eine Schwäche für Texanerinnen. Bunny und ihr uralter Mann fuhren mit mir zu einer Rindfleischmesse, wo ich mich mit Souvenirs eindeckte. Für die Jungs im Büro kaufte ich Küchenmagneten von der Pharmafirma Lambert, füllige, menschenähnliche Kühe in Cocktailkleidern, über deren Kopf eine Sprechblase mit «*Allzeit bereit – Prachtkerl!*» stand. Für die Frauen von der Recherche erstand ich riesige pinkfarbene Sonnenvisiere mit der Aufschrift «Schmusekälbchen sind die besten», und außerdem kleine, viereckige grüne Dosen mit einer Lanolinsalbe, die «Bag Balm» hieß und für wunde Kuheuter verwendet wurde. Sie sieht aus wie Vaseline, und die Rancher und ihre Frauen schwören darauf. Das Bild auf der Dose hätte glatt aus einer Farmer-Zeitschrift der zwanziger Jahre stammen können, eine Zeichnung von eleganten geschwollen Zitzen, umgeben von einem verzierten ovalen Rahmen. Die Mädchen waren begeistert.

Für Kenji entdeckte ich ein T-Shirt mit Cartoon-Bullen, die vor dem Arbeitsamt Schlange stehen, und darunter stand «Sidewinders». Er bewunderte es und dankte mir höflich, dann folgte er mir in mein Büro und schloß die Tür.

«Das ist in deiner Abwesenheit für dich gekommen.»

Er reichte mir ein dreiseitiges Fax. Das war ungewöhnlich. Normalerweise hängte er sie immer an meine Pinnwand.

«Als ich sah, von wem es stammte, dachte ich, es wäre besser, es zu... verwahren.»

Auf dem Deckblatt stand: «Von: Akiko Ueno». Der Name sagte mir nichts. Dann warf ich einen Blick auf die erste Seite.

«Scheiße.»

«Ja, das in etwa habe ich auch gedacht. Ich hab's natürlich gelesen.»

Das tat ich auch. Ich überflog den Brief.

«O mein Gott, er *schlägt* sie.»

«Das sagt sie zumindest.»

«Ich hab's ja gewußt, daß er ein Schwein ist.»

«Das hast du zumindest gesagt.»

«Ja, aber ich hätte nie gedacht...»

«Takagi, ich weiß nicht, ob man das wirklich wortwörtlich nehmen kann. Ich finde, die Frau klingt etwas verwirrt...»

Ich muß wohl nach Luft geschnappt haben; auf jeden Fall wurde er etwas vorsichtiger.

«Ich meine ja nur, daß keine normale Japanerin je einen solchen Brief schreiben würde...»

«Kenji, du bist ein rassistisches Schwein.»

Er überhörte mich. «Takagi, du bist auf Bewährung, vergiß das nicht. Und ich soll dich im Auge behalten. Das ist genau die Art von... Ich meine, du darfst nicht... Verdammt noch mal, das ist die Frau des Chefs!»

«Du kapierst gar nicht, was los ist, stimmt's? Die Frau steckt in Schwierigkeiten.»

Kenji lehnte sich gegen die Tür und verschränkte die Arme. «Und was willst du tun?»

«Ich weiß es nicht. Ihr sagen, daß sie ihren widerwärtigen Mann verlassen soll. Stell dir vor, in Texas hab ich ihn am Busen einer Bartänzerin heulen sehen. Mein Gott, er ist ein Jammerlappen.»

«Ich warne dich, Takagi. Halt dich da raus. Du bist keine Japanerin. Du machst alles für alle nur noch schlimmer.»

Das kannte ich von Ma. Diese Haltung hatte sie mir und Dad gegenüber ständig eingenommen: «Du bist ein roher, unzivilisierter Ausländer und kannst unsere einzigartige, empfindsame japanische Seele unmöglich verstehen», und es war sinnlos, darüber zu streiten. Die Japaner haben mehr als ein Jahrtausend Übung darin. Also sagte ich:

«Kenji, in Memphis hat er versucht, mich zu vergewaltigen.»

Zumindest einen Augenblick lang geriet er ins Wanken. «Jane, du hast keine Ahnung, wie man Geschäfte macht», erwiderte er dann.

«Verpiß dich, Kenji.»

Kenji zuckte die Schultern. Er sah auf das T-Shirt. «Was sind ‹Sidewinders›?»

«Das ist eine Baseball-Mannschaft.»

«Ach. Nie gehört.»

«Doch, wirklich. Eine sehr beliebte Regionalmannschaft, bis sie aufgekauft wurde. Im Westen sind sie ganz groß. Wenn du das T-Shirt drüben im Westen trägst, gehörst du sofort dazu.»

« Danke, klingt gut. Es wäre nett, mal aus dem Büro rauszukommen...» Er warf sich das T-Shirt über die Schulter und musterte mich eingehend.

«Du hast zugenommen», sagte er.

Das ist noch eine ihrer Eigenarten: Sie machen extrem persönliche Bemerkungen wie «Du hast einen Pickel auf der Nase» oder «Du bist wirklich fett, stimmt's?». Ich dachte immer, das sei nur Ma, aber in Japan merkte ich, daß das zum Nationalcharakter gehört.

«Bye, Kenji», sagte ich mit Nachdruck.

Er zuckte wieder mit den Schultern und öffnete die Tür, blieb dann aber stehen.

«Ach, übrigens, diese Flowers ruft fast jeden Tag an und will eine Kassette haben. Sie treibt uns alle auf die Palme. Kannst du dich bitte darum kümmern?»

«Klar, Kenji, mach ich. Bye.»

An dem Tag hatte ich keine Zeit für Suzie Flowers. Ich setzte mich an den Schreibtisch und verfaßte für Ueno einen abschließenden Bericht über den Location Scout in Colorado. Dann las ich noch einmal Akikos Fax und schrieb ihr eine Antwort. Ich hatte gerade die Blätter ins Faxgerät gelegt, als mir einfiel, daß ich gar nicht wußte, wie ich ihr meinen Brief zukommen lassen sollte. Es war offensichtlich, daß ich ihr den Brief nicht an die Privatnummer schicken konnte, unter der ich ihren Mann immer anfaxte. Das war zu riskant. Also griff ich nach dem Telefonhörer und rief sie an. Eine Frauenstimme antwortete.

«Hai, Ueno degozaimasu...»

Ich verwendete das höfliche Japanisch, das ich nie besonders gut beherrscht habe.

«Guten Tag, es tut mir leid, Sie zu dieser Stunde zu stören, aber kann ich mit der Ehefrau von Mr. Joichi Ueno sprechen?»

«Ja...» Ich hörte, wie sie zögerte. «Am Apparat.»

«Hier ist Takagi aus New York...»

«Ach ja, natürlich. Danke...» Ihrer Stimme war zu entnehmen, daß mein Anruf zu einem ungünstigen Zeitpunkt kam, aber ich gab mich nicht geschlagen.

«Ich habe Ihnen eine Antwort auf Ihre Fragen geschrieben und möchte sie Ihnen gerne schicken, aber angesichts der Umstände ist es vielleicht unklug, sie zu faxen...»

«Ja, natürlich...»

Es folgte eine lange Pause.

«Gibt es eine Zeit, zu der ich es schicken kann? Vielleicht, wenn Sie allein sind? Etwa tagsüber, wenn Ihr Mann bei der Arbeit ist...?»

«Natürlich.» Ihre Stimme klang zuversichtlicher. «Ja, das wäre gut. Morgen mittag paßt sehr gut.»

AKIKO

«Wer war das?» fragte John, als Akiko auflegte.

«Niemand. Nur jemand von der Volkszählung. Sie waren heute da, als ich auf dem Markt war. Sie kommen morgen wieder.»

«Wie unhöflich, so spät noch anzurufen.»

Wieder klingelte das Telefon. John runzelte die Stirn und stand auf. «Ich gehe ran», sagte er. «Ich werde ihnen sagen, sie sollen nicht...»

Akiko stieß ihn beiseite und nahm ihm den Hörer aus der Hand. *«Moshi, moshi...»*, sagte sie atemlos. *«Moshi, moshi...»* Langsam ließ sie den Hörer sinken. «Es ist ein Fax», flüsterte sie und starrte entgeistert auf das summende Gerät.

John warf ihr einen fragenden Blick zu, dann sah er auf das Blatt Papier, das langsam zum Vorschein kam. «Es ist vom New Yorker Büro, von Takagi.»

Akiko schlich rückwärts zum Bad.

«Darauf habe ich schon gewartet», sagte John, während Akiko leise die Tür zwischen ihnen schloß und von innen zusperrte. Sie setzte sich auf den Toilettendeckel und horchte. Aus dem Wohnzimmer war nichts zu hören. Sie sperrte die Tür auf und lauschte weiter, dann ging sie den Flur entlang. John saß am Tisch und las das Fax. Er sah zu ihr auf.

«Alles in Ordnung?» fragte er.

Sie nickte stumm. Er lächelte kurz und nickte, dann vertiefte er sich wieder in das Fax.

18. September
Lieber Mr. Ueno,
ich bin gerade aus Colorado zurückgekommen, wo ich alles für die Sendung mit Bunny Dunn vorbereitet habe. Ich bin mir sicher, daß sie die beste amerikanische Hausfrau sein wird, die wir bislang hatten! Und was das Rindfleisch betrifft – so viel auf einmal haben Sie noch nie gesehen! Unmengen!

Außer dieser attraktiven Familie mit den vielen Rindern hat Colorado auch die wunderschöne Landschaft zu bieten, die Japaner allgemein mit der Weite Amerikas verbinden. Endlose Prärien, schneebedeckte Berggipfel... Davon abgesehen ist der Staat historisch und menschlich sehr interessant. Es gibt viele faszinierende Geschichten aus dem «Wilden Westen»; eine davon hat Dunns Sohn Gale mir erzählt. Sie handelt von einem Kannibalen namens Alfred Packer, der im be-

sonders kalten Winter 1874 fünf Reisegefährten tötete und aß. Gale hat eingewilligt, diese Geschichte vor laufender Kamera zu erzählen. Damit könnte man das harte Leben der ersten amerikanischen Pioniere gut dokumentieren, aber wenn Sie meinen, das könnte zum Interessenskonflikt mit den Produkten von BEEF-EX führen, brauchen wir sie natürlich nicht zu verwenden.
Mit besten Grüßen,
Takagi

«*Baka*», sagte John und warf das Fax auf den Tisch. «Dumme Ziege.»

JANE

Akikos Fax brachte mich aus dem Gleis. Vielleicht lag es daran, daß meine Sendungen in Japan, auf der anderen Seite des Erdballs, ausgestrahlt wurden – aber bis jetzt hatte ich mir eigentlich nie ein Bild von meinen Zuschauerinnen gemacht. Sie waren ein abstraktes Konzept, bestenfalls stereotype Hausfrauen mit beschränktem Erfahrungshorizont, wenn auch lernwillig, die sich von meinen Sendungen und meinen amerikanischen Hausfrauen inspirieren ließen; schlimmstenfalls eine demographische Statistik, ein Prozentpunkt, nach dem ich gierte, um ihn einem infamen Manager unter die Nase zu reiben – Akikos Mann, um genau zu sein. Jetzt merkte ich plötzlich, wie arrogant und chauvinistisch diese Einstellung war. Die ganze Zeit über hatte ich mir Sorgen um das Wohlergehen der Amerikanerinnen gemacht, die mir als Subjekte dienten, und hier, in der Gestalt Akikos, war ich plötzlich mit meinem Publikum konfrontiert, das einen Namen und eine verletzliche Persönlichkeit hatte.

Solche Erkenntnisse überfallen einen wie Schockwellen. Sie schlagen über einem zusammen, und hinterher ist nichts mehr wie zuvor.

Wie auf dem Friedhof in Wyoming, als ich mich dabei ertappte, wie ich Namen auswählte und sofort wußte, daß ich das Kind haben wollte, wenn es denn mich wollte. Einen Fötus ohne Identität hätte ich abtreiben lassen können, aber sobald der Fötus sich aus seiner Anonymität hervorgekämpft und sein kleines Selbst behauptet hatte, kam eine Abtreibung nicht mehr in Frage.

Und wie in Chicago mit Sloan, als er «unser Baby» sagte. Danach schwelgte in einer Ecke meines Gehirns eine schöne kleine Phantasie, in der Sloan und ich mit «unserem Baby» lebten, fast wie eine normale Familie. Es mußte ja nicht gleich ein weitläufiger Rasen und eine Doppelgarage sein, nicht einmal ein freistehendes Haus – ich lebe in New York, und für mich existieren solche Dinge nur in dem Amerika, das ich für das japanische Fernsehen erschaffe, nicht aber in dem Amerika, in dem ich mich selbst sehe. Aber ich wollte, daß unser Kind sicher und geborgen aufwuchs, und das konnte Sloan mir bieten.

Wissen Sie, der Arzt sagte mir, wegen des DES bestünde ein größeres Risiko von Fehl- oder Frühgeburt, und selbst wenn das Kind meine Gebärmutter überlebte, mußte es noch immer mein Leben durchstehen. Ich machte mir Sorgen. Sloan konnte mir Sicherheit geben, aber er hatte mir nicht angeboten, das zu tun, und ich war mir nicht sicher, ob er es tun würde. Und selbst wenn, hatte ich Angst davor, emotional auf ihn angewiesen zu sein, und entsetzliche Angst, finanziell von ihm abhängig zu sein. Nein, es war *meine* Aufgabe, für das Kind zu sorgen, und deswegen mußte ich meinen Job behalten.

Und darin bestand das Problem. Ich wußte nicht, wie ich das anstellen sollte. Vielleicht waren meine Sendungen als Dokumentarfilme nicht besonders gut, aber ich hatte an das, was ich tat, geglaubt. Und Akikos Fax führte mir mein Publikum und meine Verantwortung vor Augen. Mir war klar, daß ich Rindfleisch in Zukunft nicht mehr als gesunde Quelle der Lebenskraft darstellen konnte. Ich mußte ein paar Wahrheiten über Fleisch loswerden, selbst wenn ich daraufhin gefeuert werden sollte.

Immer wieder mußte ich an Akiko denken, und ich fragte mich, wie sie wohl war. Uenos Frau. So sehr ich mich auch bemühte, ich konnte den Mann nicht vergessen, seine faulige, feuchte Aura, seine Finger, die in mich eindringen wollten. Wie hielt sie das aus? Ich wartete bis ein Uhr morgens, rief sie noch einmal an, um sicherzustellen, daß sie auch wirklich allein war, dann faxte ich ihr meinen Brief. Alles schien in Ordnung. Trotzdem konnte ich dieses Gefühl von drückender Verantwortung nicht abschütteln. Nein. Das war es auch nicht. Nicht Verantwortung. Eher Schuld. Als ob ich bereits etwas Verkehrtes getan hatte.

AKIKO

Liebe Akiko Ueno,
vielen Dank für Ihr Fax. Es freut mich, daß meine Sendungen Ihnen gefallen und Sie das Gefühl haben, sie hätten Ihnen geholfen. Ich werde versuchen, Ihre Fragen so gut wie möglich zu beantworten.

Zuerst einmal: Ich glaube nicht, daß der Genuß von Lammfleisch dafür verantworlich ist, daß Ihre Menstruation wieder eingesetzt hat. Und zum zweiten fragen Sie, ob der Genuß von Fleisch zu Unfruchtbarkeit oder Impotenz führen kann. Die Antwort lautet vermutlich nein.

Allerdings deutet einiges darauf hin, daß Hormone in der Umwelt, einschließlich der, die bei der Fleischproduktion verwendet werden, für die abnehmende Fruchtbarkeit mitverantwortlich sind. Ich bin zu dem Ergebnis gekommen, daß amerikanisches Fleisch ungesund ist und man es wohl besser nicht essen sollte.

Dann fragen Sie, wohin Sie gehen können, um ein glückliches Leben wie Dyann und Lara zu führen. Ich wünschte, ich könnte Ihnen darauf eine Antwort geben. Aber von einem bin ich überzeugt: Wenn Ihr Mann Sie schlägt, müssen Sie ihn sofort verlassen. Das ist der erste Schritt zu einem glücklichen Leben. Können Sie das? Wissen Sie, wohin Sie gehen könnten?

Ich möchte Sie vorwarnen: Die nächste Sendung wird von schlechtem Fleisch handeln. Bitte sehen Sie sich den Film an, aber seien Sie auch vorsichtig, denn Ihr Mann wird darüber bestimmt wütend sein.
Herzlichst,
Takagi

P.S. Wenn ich Ihnen in irgendeiner Weise helfen kann, rufen Sie mich bitte an.

John legte den Brief beiseite. Aus seinem steifen weißen Kragen schoß ihm die Farbe ins Gesicht, und er lief puterrot an.

«Wo ist das Fax, das du ihr geschickt hast?»

Akiko kniete auf dem Boden vor ihm, mit geradem Rücken, den Kopf gesenkt. Sie schüttelte ihn hin und her, stumm vor Schreck, aber mit einem Mal war sie auch taub von dem Schlag, den John ihrer Schläfe mit dem schweren englischen Wörterbuch versetzte. Sie fiel hintüber. In ihrem Kopf dröhnte es laut.

Er stand auf, versetzte ihr einen Tritt und ging ins Schlafzimmer. Als er mit ihrer Handtasche wiederkehrte, kippte er den Inhalt auf den Boden: Schlüssel, Lippenstifte, ein Taschentuch, zwei Binden, Texte ihrer CD von Tony Joe White, Einkaufszettel, ihr kleines Kopfkissen-Tagebuch, Rezeptkarten und die beiden zweifach gefalteten Faxe. Akiko sah die Blätter, die auf den *tatami* fielen, und wollte sie an sich nehmen, aber er stieß ihre Hand fort, griff nach ihnen und las sie. Ganz langsam streckte Akiko die Hand nach dem Kopfkissenbuch aus. Sie hatte es gerade umfaßt, als sein Fuß auf ihrem Handgelenk landete. Er steckte das Buch zusammen mit den Faxen ein und ging zur Tür.

«Bring meinen Anzug zur Reinigung», sagte er, bevor er sie zuknallte. «Und pack meinen Koffer. Ich verreise für zwei Wochen. Nein, drei. Bis dahin bleibe ich in der Stadt. Ich komme später, um ihn abzuholen.»

JANE

Sloan räkelte sich auf Omas kleinem Sofa. Das warme Licht der rosa Kugellampen warf in der Dämmerung einen rötlichen Schein auf sein Gesicht. Ich lag auf dem Läufer zu seinen Füßen und fühlte mich ganz behaglich. Der handgeknüpfte Läufer, auf dem wir gerade gevögelt hatten, stammte von meiner Urgroßmutter Little, und ich hatte ihn nie sonderlich gemocht. Das Bild meines Großvaters Takagi hing an der Wand hinter Sloan; die beiden Köpfe waren einander zugewandt und bildeten einen faszinierenden Gegensatz. Im großen und ganzen genoß ich die erstaunliche Buntheit meiner persönlichen Geschichte und war ganz zuversichtlich, was die Nachwelt betraf. Ich hatte gerade die Ergebnisse der Fruchtwasseruntersuchung bekommen, und alles war in Ordnung.

Sloan betrachtete mich aufmerksam.

«Was ist?»

«Nichts. Du siehst schön aus, wie du da auf dem Teppich deiner Uroma liegst. Was würde sie sagen?»

«Bevor oder nachdem sie dich gesehen hätte?»

«Vielleicht, wenn sie dich sehen würde?»

«Ich weiß genau, was sie sagte, als sie mich sah. Nackt auf eben diesem Läufer, um genau zu sein. Ich war ein paar Wochen alt. Sie sagte: ‹Wie kann das kleine Schlitzauge ein Little sein?›»

«Wirklich?»

«Wirklich. Das hat meine Mutter mir erzählt. Ma hatte es in Minnesota ziemlich schwer. Vor allem wegen Uroma Little, die ewig lebte und erst starb, als ich acht war. Ich glaube, der Grund dafür war, daß Ma keine Kinder mehr bekam. Aber meine Großeltern waren wunderbar zu ihr und zu mir. Sie waren Milchbauern. Sie sind pleite gegangen. Haben ihren Bilderbuch-Hof an die Agrarindustrie und Turbokühe verloren. Ich war damals noch ganz klein. Ich kann mich kaum daran erinnern.»

«Wo haben sich deine Eltern kennengelernt?»

«Die alte Geschichte, du weißt schon. Ma war ein Straßenmädchen in Tokio, Dad war GI...»

«Im Ernst?»

«Nein. Dad war als Botaniker bei der Armee. Sie haben ihn mit einer Gruppe von Forschern nach Japan geschickt, um Untersuchungen in Hiroshima zu machen. Als eine Art Check-up nach ihrer Operation – sie haben sich Menschen und monströse Mutationen bei Pflanzen angeschaut –, um zu entscheiden, ob wir auf Korea auch eine Atombombe abwerfen sollten. Dad ist an Krebs gestorben, und ich habe mich immer gefragt, ob da ein Zusammenhang bestand.»

«Wann ist er gestorben?»

«Als ich auf dem College war.»

«Du hast mir noch nicht erzählt, wie sie sich kennengelernt haben...»

«Bei einer Ikebana-Ausstellung. Blumenstecken. In Japan ist das ein vornehmes Hobby, war's vor allem damals, und Ma war eine anerkannte Lehrerin, aber das wußte Dad nicht. Ihm haben einfach die Blumen gefallen.»

«Und sie haben sich verliebt und geheiratet...»

«Genau. Und Mas Eltern haben sie verstoßen und nie mehr mit ihr gesprochen. Ob es ihnen nicht gepaßt hat, daß Dad ein Weißer war oder daß er ein Bauer war, das weiß ich nicht.»

«Ich dachte, er war Botaniker.»

«War er auch. Er hatte nur nie den politischen oder materiellen Ehrgeiz, den man braucht, um Wissenschaftler zu werden. Nach seiner Entlassung arbeitete er wieder auf der Farm, und nach dem Bankrott fand er einen Job als Lehrer an der High-School. Das war wohl ein ziemlicher Schlag für Ma. Sie sprach fast kein Englich. Gar keins, um genau zu sein. Und es gab kaum Menschen, die ihre Blumengestecke zu würdigen wußten. Die Leute interessierten sich mehr für winterharte Rosen.»

«Takagi...»

«Ja, Sloan...»

«Würdest du mir einen Gefallen tun?»

«Vielleicht...»

«Könntest du beim Drehen in Colorado ganz vorsichtig sein?»

«Natürlich, Sloan. Ich bin immer ganz vorsichtig.»

«Ich meine ganz besonders vorsichtig. Wenn ich mir vorstelle, wieviel du arbeitest... Das ist Unsinn. Du solltest dir ein schönes Leben machen. Hier. Zu Hause. Und nicht durch Großmästereien laufen. Da liegt zuviel giftiges Zeug herum.»

«Sloan, es ist sehr nett von dir, daß du dir Sorgen machst, aber mir passiert nichts. Wirklich nicht. Die Medikamente sind nur gefährlich, wenn man ihnen über lange Zeit immer wieder ausgesetzt ist, und heute verwendet man das todgiftige Zeug sowieso nicht mehr. Und der Arzt hat gesagt, ich könnte meinen Alltag wie gewohnt weiterleben...»

«Takagi, der Arzt hat nicht die mindeste Ahnung von deinem Alltag. Sei nicht blöd. Woher soll ein Arzt wissen, wie's bei einer Fernsehproduktion zugeht? Ich hab's auch nicht gewußt, bis ich dich kennenlernte. Ihr Fernsehfritzen seid verrückt.»

Seine Fürsorge rührte mich, aber sie ärgerte mich auch ein bißchen. Ich war bester Laune gewesen, und jetzt ruinierte er die Stimmung. Ich setzte mich auf. Er hob die Hand.

«Jane, du brauchst dich gar nicht aufzuregen. Es lohnt sich nicht.» Er glitt von der Couch und setzte sich auf den Boden neben mich. Dann legte er seine Hand zwischen meine Brüste und drückte mich auf den Boden. Als ich auf dem Rücken lag, streichelte er mir den Bauch.

«Du weißt, daß ich recht habe, wenn ich mir Sorgen mache. Es ist dein Leben und deine Gebärmutter, aber ich weiß wahrscheinlich besser als jeder andere, daß deine Gebärmutter nicht unbedingt der sicherste Ort ist, also sieh's mir nach. Ich bitte dich ja nur, uns allen einen Gefallen zu tun ... dir, mir, unserem Kind ... und vorsichtig zu sein. Bitte. Ich bitte dich. Nimm es ernst.»

«Das tue ich immer.»

Was konnte ich schon sagen? Als er seine kleine Rede beendet hatte, drückte er mich wieder auf den alten Läufer. Er wollte keine Ruhe geben.

«Das tust du nicht.»

«Dann tue ich's ab jetzt.»

«Das möchte ich auch hoffen.»

Ich liebte ihn. Daran dachte ich in dem Augenblick. An nichts anderes. Er wanderte ganz langsam meinen Körper hinab, küßte meine Brüste, die größer geworden und jetzt sehr sexy waren, wie ich fand, fuhr mit der Zunge über meine Rippen bis zu meinem gerundeten Bauch, wo er kurz innehielt und seine Wange dagegen drückte, und dann weiter nach unten.

«O mein Gott», keuchte ich.

«Was?» Erschreckt sah er auf und packte mich am Arm.

«Es hat sich bewegt. Ich hab's gespürt!» Ich drückte seinen Kopf wieder auf meinen Bauch. «Spürst du's?»

Und da war es wieder, die erste Regung, wie das Flattern einer Motte, das Zucken eines Fischschwanzes. Ich hätte es fast für Verlangen gehalten. «Spürst du's?» fragte ich wieder.

Aber Sloan antwortete nicht. Er lag da, das Gesicht auf meinen

Bauch gedrückt, die Arme fest um meine fülliger werdende Taille gelegt, und wartete mit aller Macht.

AKIKO

Torkelnd lehnte sich «John» an die Metalltür, während er mit der Hand in die Hosentasche fuhr, um den Aluminiumschlüssel zu suchen. In seiner Faust kamen mehrere Münzen hervor und fielen zwischen seinen Fingern zu Boden, dazu seine U-Bahn-Karte, das Taschentuch einer Frau und die Mitgliedskarte der Bar, in der er gerade gewesen war. Und der Schlüssel. Die Tür flog mit einem hohlen Scheppern auf. Er taumelte über die Schwelle, versetzte den im *genkan* aufgereihten Schuhen einen Tritt, stolperte über den Schirmständer und fiel durch den Perlenvorhang auf den Küchenboden. Dort blieb er horchend liegen. Nichts. Es war dunkel in der Wohnung. Er schlief ein.

Im Schlafzimmer lag Akiko unter einem Haufen Decken vergraben und horchte ebenfalls. Nichts. Vielleicht würde er die ganze Nacht dort schlafen und am Morgen reumütig und zerknirscht aufwachen. Je länger die Stille andauerte, desto mehr Hoffnung schöpfte sie. Sie lag völlig reglos da, aber das Blut pochte ihr laut in den Ohren, während sie angestrengt lauschte und die Gewaltbereitschaft ihres betrunkenen Ehemannes abschätzte. Er regte sich. Sie zwang sich, still, gefühllos, reglos zu sein.

«Unfruchtbare alte Hexe», brummte er, «giftiges Weib...» Oder etwas ähnliches. Auf allen vieren kroch er ins dunkle Schlafzimmer und fand einen Haufen, der sich als seine Frau entpuppte. Taumelnd stand er auf, riß die Decken zurück und sah auf sie hinab. Sie lag zusammengerollt auf einer Seite, die Augen waren geschlossen, ihr Atem ging leicht und regelmäßig. Ihre Hände waren wie zum Gebet gefaltet. Der mit kleinen Lavendelblüten übersäte Flanellpyjama verhüllte sie von Kopf bis Fuß. Der Pyjama ärgerte ihn. Er stieß sie mit dem Zeh an. Keine Reaktion. Er holte mit dem bestrumpften Fuß aus und stieß sie mit aller Macht in den Bauch. Sie keuchte, blieb aber weiterhin schlaff wie eine tote Katze liegen. Durch die Wucht des Tritts rutschte John auf dem *tatami* aus und fiel krachend auf das Gesäß. Ihm blieb die Luft weg. Mit gespreizten Beinen saß er da und betrachtete seine reglose Frau.

«Ich weiß, daß du lebst. Du stellst dich tot, aber ich weiß, daß du lebst.» Er kroch zu ihr, setzte sich rittlings auf sie und drehte sie auf den Rücken. Dann hielt er ihr den Mund zu, drückte die Nasenlöcher so fest wie möglich zusammen und wartete lange, lange Zeit. Als sie immer noch keine Reaktion zeigte, weder blinzelte noch nach Luft schnappte, riß er sie am Pyjamaoberteil hoch.

«Mach die Augen auf!» schrie er ihr ins Gesicht. «Hol Luft! Schau mich an!» Als sie ihm nicht gehorchte, versetzte er ihr einen Kinnhaken. Ihr Kopf flog nach hinten. Sein Knöchel riß ihr die Lippen auf, so daß ihr Blut übers Kinn tropfte. Schnell drehte er sie auf den Bauch, damit er das Blut nicht zu sehen brauchte, und drückte sie nach unten. «Lügnerin, du Lügnerin...» Als würde sie sich widersetzen oder gegen ihn ankämpfen, als wolle er sie beherrschen, rammte er ihr ein Knie in den Rücken und zog die Pyjamahose herunter, so daß ihre schmalen, blassen Gesäßbacken zu sehen waren. Sie bewegte sich noch immer nicht.

«Es ist ja egal, wo ich ihn hintue, stimmt's?» murmelte er, während er sich die Hose öffnete. «Vorne oder hinten, alles egal. Völlig egal, weil du sowieso unfruchtbar bist, absolut nutzlos.» Er hob ihre Hüften an und schob seinen Penis gewaltsam in ihren After. «Also mache ich's wie bei kleinen Jungen. Gefällt dir das?» Er hielt sie am Nacken fest und preßte ihre Hüften wieder gegen den Boden.

«Du verdienst noch viel Schlimmeres dafür, daß du deinen Mann angelogen hast», zischte er ihr ins Ohr. «Hältst du mich für blöd?» Er riß sie an den Schultern nach oben und warf sie mit einem Ruck auf den Boden zurück, immer und immer wieder. «Glaubst du, ich weiß nicht, daß du wieder angefangen hast zu bluten? Daß ich das Blut nicht gerochen habe?» Dann, kurz bevor er ejakulierte, zog er seinen Penis heraus. «Du hast gedacht, ich wüßte nicht, wann du brünstig bist...?» flüsterte er und drängte sich in ihre Vagina. «Du willst eine Lesbierin sein...? Du willst ein Kind, aber keinen Mann...? Na dann...» Immer wieder stieß er mit aller Macht in sie. «...DAS ist für das SCHEISSWEIß Takagi.» Mit einem letzten wütenden Stoß ejakulierte er, dann brach er auf ihrem Rücken zusammen.

Akiko blieb reglos liegen, die Augen fest zusammengekniffen, von seinem erdrückenden Gewicht in den *tatami* gequetscht. Ihr Herzschlag dröhnte ihr in den Ohren. Langsam drang der Schmerz zu ihr vor, wie ein erratischer Pulsschlag, der sich an verschiedenen Körperstellen bemerkbar macht – ein dumpfes Ziehen hier, ein scharfer Stich dort. Sein Atem war heiß auf ihrem Nacken, und je tiefer sein Schlaf wurde, desto schwerer drückten seine Rippen auf ihre Wirbelsäule. Sie verspürte den Wunsch, sich anzufassen, zu weinen, zu schreien, aber sie wagte es nicht. Halt still, sagte sie sich, noch ein bißchen – denn nichts wäre schlimmer, als wenn er jetzt aufwachen würde und sie miteinander reden müßten.

Er begann zu schnarchen. Vorsichtig, zentimeterweise schob sie sich unter ihm hervor. Ihre Beine waren verklebt. Sie fuhr mit der Hand hinab und sah etwas Dunkles. Es roch nach Blut. Aber das war unmöglich. Sie hatte ihre Periode gerade vor zwei Wochen gehabt. Sie stand auf, griff nach der Pyjamahose und schleppte sich ins Bad.

Das Neonlicht traf sie wie ein Schlag ins Gesicht. Das Blut war leuchtend rot und über die ganze Innenseite ihrer Schenkel verschmiert. Sie setzte sich auf die Toilette und pinkelte, aber dann keuchte sie auf, weil ein plötzlicher, grauenhafter Schmerz im After sie durchfuhr, und ihr wurde bewußt, woher das Blut stammte. Sie holte tief Luft und wusch sich vorsichtig, zuckte aber immer wieder gequält zusammen. Dann steckte sie eine Binde ins Höschen, schaltete das Licht im Bad aus und tastete sich zur Küche. Auf dem Weg dorthin stieß sie mit dem Fuß gegen die am Boden liegende Jacke ihres Mannes. Sie hob sie auf, schüttelte sie aus und holte seine Brieftasche aus der Brusttasche. Sie untersuchte den Inhalt. Dann ging sie zum Telefon.

JANE

«Spreche ich mit Miss Takagi, bitte?»

Der Anruf war zu mir ins Büro durchgestellt worden. Ich hob ab und hoffte verzweifelt, daß es nicht Suzie Flowers war.

«Ja, am Apparat...?»

«Takagi-san...?»

«*Hai... sumimasen ga, donata-sama?*» Ich war automatisch ins Japanische übergewechselt, hatte aber keine Ahnung, mit wem ich sprach. Die erstickte Stimme am anderen Ende klang, als komme sie aus einem Sarg tief unter der Erde.

«*Akiko desu. Ueno Akiko desu.*»

«*Ueno-san? Doshitano desuka?* Ist alles in Ordnung? Wie spät ist es bei Ihnen?»

«Drei Uhr morgens. Es ist alles in Ordnung.»

«Haben Sie mein Fax bekommen?»

«... ja. Ich hab's bekommen.»

«Ich kann Sie kaum verstehen. Ist wirklich alles in Ordnung? Ist etwas passiert? Ist Ihr Mann bei Ihnen? Kann er Sie hören?»

«Er schläft. Es ist o.k. Er ist betrunken und schläft. Er wird nicht aufwachen.» Sie brach ab und schluckte. «Er hat es gefunden.»

«Was gefunden? Was? O nein, mein Fax?»

«Ja. Ich hatte es in das Englisch-Wörterbuch gelegt. Er bildet sich doch so viel auf sein Englisch ein, Sie wissen ja. Nie schlägt er ein Wort nach. Ich dachte, es wäre dort gut aufgehoben. Aber dieses Mal stand in dem Fax, das Sie ihm wegen des schlechten Fleisches geschickt haben, ein Wort, das er nicht verstand. Ich glaube, es war ‹unerquicklich.›»

«Akiko, das tut mir leid. Was ist passiert?»

«Er ist wütend geworden.»

«Hat er Sie geschlagen?»

«Ja. Ein bißchen. Es ist in Ordnung.»

«Sie müssen ...»

«Nein. Deswegen rufe ich nicht an. Ich rufe an, weil er mir aufgetragen hat, seinen Koffer für eine Reise zu packen. Er hat mir nicht gesagt, wohin er fährt, aber ich habe in seine Brieftasche geschaut und das Ticket gefunden. Er fliegt am Freitag. Nach Colorado.»

10. Der Monat der abwesenden Götter

SHONAGON

Am Tag nach einem heftigen Herbststurm

Am Tag nach einem heftigen Herbststurm bietet sich einem ein sehr bewegender Anblick. Der Garten ist in einem erbärmlichen Zustand; der Bambus und der Holzzaun sind umgestürzt und liegen im Durcheinander am Boden. Es ist schlimm genug, wenn der Wind die Äste von einem der hohen Bäume abgebrochen hat; wie schmerzlich ist es erst, wenn der ganze Baum umgefallen ist und jetzt zwischen dem Klee und Baldrian auf der Erde liegt.

JANE

Colorado ist einer der schönsten amerikanischen Bundesstaaten. Ich liebe es, von Osten nach Westen über die Great Plains zu fahren, durch Denver direkt in die Berge hinauf, die noch so jung und selbstbewußt wirken mit ihren zerklüfteten, hoch aufragenden Klippen, dann über die Wasserscheide, wo man zum Colorado River gelangt und an ihm entlang am Glenwood Dam vorbei auf das Plateau fährt. Die westlichste Stadt, die diese Bezeichnung verdient, ist Grand Junction, nach dem Zweiten Weltkrieg ein blühendes Zentrum der Urangewinnung. Nach der Stillegung der Minen gestattete die Atomenergiekommission, daß die radioaktiv verseuchten Materialien der Anlage beim Bau von über sechstausend Wohn- und Schulgebäuden verwendet wurden. Heute ist Grand Junction ein Zentrum des Obstanbaus; in der fruchtbaren Uferzone des alten Flußbettes hängen die Bäume voll mit leuchtenden Pfirsichen, süßen Birnen, dicken Kirschen und rotglänzenden Äpfeln. Zu beiden Seiten ist der Landstrich von wild erodierten Sandsteinfelsen umrahmt, die ihn wie müde Hände mit leicht gefalteten Fingern umfassen. Ganz allmählich werden diese Vorsprünge und Kuppen niedriger und gehen in die graue Tonwüste von Ost-Utah über, wo in vorzeitlichen Meeren Dinosaurierknochen und prähistorische Fossile vergraben liegen.

Jedesmal, bevor ich in eine mir unbekannte Region fuhr, las ich über sie nach und notierte mir landschaftlich schöne Stellen, Sehenswürdigkeiten sowie alle Militäreinrichtungen und Atomanlagen.

In Colorado Springs errichtete das Kommando der nordamerikanischen Luftverteidigung 1957 die Ent Air Force Base. 1966 eröffnete sie im Cheyenne Mountain eine neue Kampfeinsatzzentrale.

Kurz vor Denver befand sich die Plutoniumfabrik Rocky Flats. Sie wurde 1989 geschlossen, nachdem in der Folge von zwei großen Bränden und zahlreichen Unfällen und Lecks der Verdacht aufgekommen war, daß die Fabrik das Umland verseuchte und einen erheblichen Anstieg in der Zahl der Krebserkrankungen bei den Einheimischen sowie eine regelrechte Seuche von Mutationen, Deformationen, Fertilitätsstörungen und Todesfällen bei Nutztieren verursachte.

Auf derartige Informationen hatte ich schon vor unserer Verhaftung in Wyoming geachtet. Unterwegs nach Fly, Oregon, durch den Südwesten des Bundesstaates Washington, hatten wir uns unwissentlich dem Gelände des amerikanischen Energieministeriums in Hanford genähert. Ich weiß nicht, wonach wir suchten, vielleicht nach dem perfekten Sonnenuntergang oder der Blüte eines seltenen Wüstenkaktus', aber als wir zu einem Stacheldrahtzaun und einem Schild gelangten, auf dem «Energieministerium – Betreten verboten» stand – woher sollte ich da wissen, daß wir die Grenze der 1500 Quadratkilometer umfassenden Atomstadt erreicht hatten, in der das Plutonium für «Fat Man», die Bombe, die Nagasaki verwüstete, hergestellt worden war? Als wir später durch die benachbarte Stadt Sunnyside kamen, fragte ich die Kellnerin in einem Lokal nach dem Gelände, und sie hob die Augenbrauen und stieß einen Pfiff aus.

«Dort sind Sie rein?» sagte sie. «Uuuuh, das ist absolut verboten.»

Wie sich herausstellte, war Hanford eine der drei 1943 eilig errichteten Atomstädte, in denen Plutonium für das Manhattan Project produziert wurde. In den darauffolgenden fünfundzwanzig Jahren entwichen von dort regelmäßig Wolken von radioaktivem Jod, Ruthenium, Caesium und anderen Chemikalien und kontaminierten Menschen, Tiere, Nahrungsmittel und Wasser im Umkreis von Hunderten von Kilometern. In den fünfziger Jahren stellte man fest, daß das radioaktive Jod die Milchkühe verseucht hatte und damit die Milch und alle Kinder, die sie tranken. Als Schilddrüsenkrebs immer gehäufter auftrat, gewöhnten die Farmer in der Region sich an, Rollkragenpullis zu tragen, um die Operationsnarben zu verbergen. Es sei eine richtige Mode gewesen, berichtete die Kellnerin.

Später in der Bar erzählte ich den Jungs davon, und Suzukis Augenschlitze weiteten sich. Er hatte Verwandte in Nagasaki gehabt, die alle gestorben waren.

Wir hatten Glück, nicht verhaftet worden zu sein. Diese Atomgelände sind gefährlich, und ich meine damit nicht die Radioaktivität. Sie werden aufs strengste bewacht, und zwar von Männern, zu denen sich ein Rodney Pearis – der Fleischer aus Louisiana, der den japanischen Austauschstudenten erschoß – vergleichsweise vernünftig und wohlwollend ausnimmt. Paradoxerweise wurden diese abgelegenen Landstriche durch die Anlagen zu wahren Biotopen. Häufig liegen unter der Erde Bunker, aber obenauf gedeiht eine üppige Flora und Fauna, die nicht von erholungssuchenden Familien mit schweren Wohnmobilen, grasendem Rindvieh und anderen Wiederkäuern zerstört wird.

Wir reisten in unserem fünfzehnsitzigen Ford-Kleinbus durch Colorado und passierten dabei Orte mit Namen wie Cope, Hygiene und Last Chance. Auf dieser Fahrt wollte ich den Osten von Colorado erkunden, den die ersten Siedler die «große amerikanische Wüste» nannten – Meile um Meile sanft hügeliges Land von atemberaubender Schönheit. Natürlich bot sich uns ein völlig anderer Anblick als den ersten Siedlern. Damals war es ein weites, mit hohen Gräsern bewachsenes Land, das heute in rechteckige Felder unterteilt ist, deren Begrenzungen den Wünschen der Landvermesser und Grundbesitzer entsprechen, nicht aber den sanften Konturen der Landschaft. Die Zäune ziehen sich meilenweit hin.

«Sehen Sie das?» unterbrach Dave, mein Fahrer, den ich vor Ort angeheuert hatte, meine Träumerei von weiten Prärien. Er deutete auf ein riesiges Feld, an dem wir schon seit einigen Minuten oder auch Stunden entlangfuhren. Es sah wie alle anderen aus, kurze Weizenstoppeln in ordentlichen Reihen so weit das Auge reichte. Mir wurde schwindelig beim Hinsehen; es wirkte wie ein Moirémuster auf einer Videokassette, und die Augen taten mir weh. Ich blinzelte und versuchte herauszufinden, worauf er genau deutete.

«Was?»

«Da. Wie der Weizen den Hügel hinauf gepflanzt wurde, in senkrechten Reihen?»

«Ja...?»

«Schlecht. Ganz schlecht.»

«Warum?»

«Erosion.» Erbittert schüttelte er den Kopf.

Dave studierte Landwirtschaft an der University of Northern Colorado. Mit Nachnamen hieß er Schultz, und er erinnerte mich verblüffend an Sergeant Schultz in *Stacheldraht und Fersengeld*, mit einer unheimlich breiten Brust und ruhigen Händen, die wie sonnenwarme Felsen wirkten und dafür gemacht schienen, panische Tiere zu beruhigen. Ich hatte mich für ihn entschieden, um das ethnische Ungleichgewicht im Mikrokosmos unseres Fords auszugleichen. Suzuki und Oh mochten ihn, weil er langsam sprach und wortkarg war.

Eine der ersten Fragen, die ich einem potentiellen Fahrer stelle, ist, ob er gern redet. Dann frage ich ihn, womit er sich auskennt. Dave sagte «nein» und «Landwirtschaft». Damit bekam er den Zuschlag.

Dave gab mir eine Einführung in die Landwirtschaft:

In den Vereinigten Staaten ist seit der Pionierzeit ein Drittel der Ackerkrume verlorengegangen – ein immenser Schaden in sehr kurzer Zeit. Sechs bis sieben Milliarden Tonnen des erodierten Bodens, rund 85 Prozent, sind direkt auf Weidevieh und nicht nachhaltige Methoden beim Anbau von Viehfutter zurückzuführen. 1988, in der schlimmsten Dürre- und Hitzeperiode seit den fünfziger Jahren, wurden durch Winderosion allein in Colorado über sechshunderttausend Hektar beeinträchtigt.

«Ich erinnere mich noch daran. Da war ich auf der Farm meines Vaters», sagte Dave. «Ich war damals noch ein Kind.»

«1988? Das ist doch noch gar nicht so lange her.»

«Stimmt.»

Dürre- und Hitzeperioden seien naturgegeben, erklärte Dave. Erosion nicht. Nicht in diesem Ausmaß.

«Wissen Sie, was uns bevorsteht?» fragte Dave etwa eine Stunde später.

«Nein. Was?»

«Eine Krise. Eine nationale Krise.»

«Eine nationale Krise?»

«Ja. Das sieht zwar niemand, aber trotzdem ist es eine. Im Ernst.»

«Dave, wovon reden Sie?»

Er drehte den Kopf zu mir und starrte mich so lange ungläubig an, daß ich schließlich nervös wurde. Der Ford schoß die Landstraße entlang, und Dave saß am Steuer, ohne auf die Straße zu achten. Dann schüttelte er den Kopf und blickte wieder nach vorn.

«Desertifikation», erklärte er bedrückt. Verwüstung. Die tiefsinnige Melancholie seiner deutschen Vorfahren fand sich in ihm potenziert wieder und schien im Widerspruch zu seinem sonnigen, hellen, rosafarbenen Gesicht zu stehen. Er hatte eine Hausarbeit über die Auswirkungen von Viehhaltung auf die Bodenerosion geschrieben. Sie trug den Titel «Der Planet der Ungulaten» und war vom Blickpunkt eines Botanikers vom Mars aus geschrieben, der in seinem Raumschiff den Planeten Erde umkreist und einen Bericht über die dort existierenden Lebewesen verfaßt. Allerdings erliegt er einem großen Irrtum, denn er glaubt, die Erde werde von diesen großen, behuften Mathematikern beherrscht, die sich kleine, bunte zweibeinige Sklaven halten. Diese schuften von morgens bis abends, um sie zu ernähren und das Land mit den großen, kunstvollen geometrischen Mustern zu versehen, die ihre Herren und Meister sich ausdenken. Natürlich sah der Marsbewohner nie das Innere eines Schlachthauses. Aber wer tut das schon?

Daves Professor weigerte sich, die Ausführungen über den Planeten der Huftiere als Seminararbeit anzuerkennen, und meinte, Dave sei vielleicht besser bei den Geisteswissenschaftlern aufgehoben als in der Landwirtschaft. Aus dem Grund hatte er ein Freisemester eingelegt – nur deshalb hatte er Zeit, im September für uns zu arbeiten. Er überlegte sich, das Studium ganz hinzuschmeißen. Dave war wegen seiner «Sichtweise» an der Uni nicht allzu beliebt. Das bedrückte ihn. Genauso wie die Landschaft.

Das Vieh zerstört den Westen, erklärte er mir, und sobald wir an einer grasenden Herde vorbeifuhren, stöhnte er auf. Einem Bericht der Vereinten Nationen von 1991 zufolge sind 85 Prozent des Rangelands im amerikanischen Westen – rund 270 Millionen Hektar – degradiert. In elf Bundesstaaten im Westen Amerikas dürfen zwischen zwei bis drei Millionen Rinder auf Millionen von Hektar öffentlichem Land weiden. *Öffentliches* Land, sagte Dave und schüttelte den Kopf.

«Ich hab mal was von einem Typen in so 'ner Zeitschrift gelesen», sagte er.

«Oh, das klingt ja interessant...» Aber Sarkasmus war wohl nicht Daves Stärke.

«Ja», fuhr er unbekümmert fort, dann warf er mir einen finsteren Blick zu. «Es war ein Artikel in der Zeitschrift *Audubon*. Der Typ hieß Philip Fradkin. Und er schrieb folgendes:

«Die zahllosen Hufe und Mäuler haben im Verlauf der Jahre mehr dazu beigetragen, die Vegetation und die Landschaftsgestalt im Westen zu verändern, als alle Wasserprojekte, Tagbaustätten, Kraftwerke, Straßen und Siedlungen zusammen.»

«Wow.» Ich holte mein Notizbuch hervor und schrieb alles mit. Dave war ein komischer Vogel, aber was er sagte, beeindruckte mich. «Sagen Sie mal, Dave, haben Sie das zufällig... ich meine, haben Sie das auswendig gelernt?»

«Ja.»

«Warum?»

«Weiß nicht. Ich fand's einfach interessant.»

Schweigend fuhren wir einige Kilometer weiter.

«Haben Sie gewußt, daß 70 Prozent des in den Staaten geernteten Getreides für die Viehzucht verwendet wird?» fragte Dave dann unvermittelt. Seine klobigen Hände umklammerten das Lenkrad, und er starrte vor sich hin, als könne er nur mit Mühe eine überwältigende Emotion unter Kontrolle halten.

«Und daß man einschließlich der Traktoren und anderen Maschinen das Äquivalent von acht Litern Treibstoff für ein Kilo mit Getreide gefüttertes amerikanisches Rindfleisch braucht?

Und haben Sie gewußt, daß eine durchschnittliche vierköpfige amerikanische Familie mehr als 120 Kilogramm Fleisch pro Jahr ißt? Das sind rund 960 Liter Treibstoff, und das heißt, daß zweieinhalb Tonnen Kohlendioxid in die Atmosphäre gelangen und zur globalen Erwärmung beitragen...

Ganz zu schweigen davon, daß für jeden Viertelpfünder von

McDonald's fünf Quadratmeter südamerikanischer Regenwald für immer vernichtet wird, was natürlich auch Auswirkungen auf den Treibhauseffekt hat...»

«Im Ernst?» Ich schrieb alles mit. Er warf mir ein selbstgefälliges Lächeln zu.

«Echt... Interessieren Sie sich für die Emission von Methan?»

Also gut, er hatte gelogen, als er sagte, er rede nicht viel. Aber das verzieh ich ihm, weil er besessen war. Er redete gern, aber nur über Rinder.

«Wollen Sie's hören?» fuhr er fort. «Also: Forscher gehen davon aus, daß rund 60 Millionen Tonnen Methangas als Gärwinde von den 1,3 Milliarden Rindern und anderen Wiederkäuern weltweit abgegeben werden. Methan ist eines der vier Treibhausgase, aber jedes Molekül Methan absorbiert 25mal mehr Sonnenwärme als ein Molekül Kohlendioxid.» Seine Stimme klang triumphierend, aber dann seufzte er, und seine breiten Schultern sanken in sich zusammen.

«Das ist phantastisch!» sagte ich. Ich schrieb wie wild. Ich war aufgeregt. Das war der Anfang eines gediegenen «Wissenswert»-Intermezzos, das ich in die Sendung mit Bunny Dunn einarbeiten konnte. «Und weiter...?»

«Ich weiß es nicht», antwortete er traurig, als ob meine Begeisterung die seine gedämpft hatte. «So viele Zahlen, aber wer interessiert sich schon dafür? Was soll's? Es nützt doch sowieso nichts. Niemand unternimmt etwas dagegen, und bald wird's zu spät sein.»

«Ich wünschte, das hätten Sie nicht gesagt.» Ich steckte mein Notizbuch weg und starrte zum Fenster hinaus.

Ich hatte mich gut gefühlt. Nach Akikos Anruf hatte ich Suzuki und Oh vorgewarnt, das Reisebüro angerufen, mit Bunny und dann mit Dave gesprochen und ihnen gesagt, daß wir mit dem nächsten Flug in Denver ankämen. Dann hatte ich mit meinem Gynäkologen telefoniert – der zweite Ultraschall war fällig, weil ich bald die zwanzigste Woche erreichen würde, aber er sagte, es sei kein Problem, die Untersuchung um eine Woche zu verschieben, bis nach Ende der Dreharbeiten. Er fragte mich, wie es mir ginge, und ich sagte «wunderbar». Das stimmte auch. Körperlich war es mir nie besser gegangen, und obwohl mein Bauch runder wurde, war er unter den Kleidern kaum zu sehen und störte mich beim Arbeiten noch überhaupt nicht. Und emotional war ich unglaublich ruhig. Und glücklich. Irgendwie schien sich alles bestens zu fügen. Und wir hatten vier Tage Zeit, bis Ueno kam.

AKIKO

Akiko stand im Bad mit dem Gesäß zum Spiegel, hatte sich vorgebeugt und schaute über die Schulter. Langsam zog sie die Unterhose herunter. Zwei Tage waren vergangen, und ihr After blutete immer noch. Sie betrachtete ihn. Kleine, schwarzverkrustete Blutschuppen hafteten an der Innenseite der Gesäßbacken, und sie konnte sehen, wie leuchtendrote Bluttropfen aus der Mitte hervortraten. Wie ein blutendes Auge, dachte sie. Sie betrachtete es eingehend und verrenkte den Hals, um besser sehen zu können. Plötzlich stürzte sie zur Toilette. Das Höschen behinderte sie, sie fiel auf die Knie und übergab sich heftig.

Das Leben ist blutig, dachte sie, während sie sich den Mund abwischte. Es stört mich nicht, weil man nichts dagegen unternehmen kann.

Sie stand auf und humpelte zum Waschbecken. Sie gurgelte mit Wasser, um den sauren Geschmack wegzuspülen, dann setzte sie sich auf die Toilette, steckte eine frische Binde in die Unterhose und wartete. Das Schlimmste war der entsetzlich schmerzliche Stuhlgang. Es tat so weh. Sie hatte praktisch nichts mehr gegessen, um keine Verdauung mehr zu haben, bis alles verheilt war, aber es nützte nichts. Sie mußte noch immer auf die Toilette. So saß sie da, die Schultern bis an die Ohren hochgezogen, die Hände wie zum Gebet gefaltet. Ihre Knie zitterten in Erwartung des reißenden Schmerzes – aber statt dessen fühlte sie plötzlich etwas Fließendes. Sie stand auf. Sterne tanzten vor ihren Augen, und die Welt wurde schwarz. Einen Augenblick stand sie da wie eine Zeichentrickfigur, die einen Kinnhaken abbekommen hat und sich endlos dreht, während rund herum die Vögelchen zwitschern, dann gaben ihre Knie nach, und der Boden verschwamm völlig.

Das Problem mit Bunny Dunn war die Bildeinstellung. Genauer gesagt, es war ihr Haar. Suzuki wirkte perplex. Auf dem Monitor verfolgte ich, wie er zuerst in eine Nahaufnahme ihres Gesichts ging, den Bildaufbau betrachtete, dann das Bild aufzog, um ihre ganze Frisur draufzubekommen. Aber um das zu machen, mußte er die Einstellung so radikal erweitern, daß ihr Gesicht in der Bildmitte winzig wurde, ein kleiner, heller Diamant umgeben von Zuckerwatte. Suzuki seufzte frustriert und zoomte wieder in die Nahaufnahme.

Wie Bunny Dunn auf dem Lattenzaun vor ihrem Ranchhaus saß, war sie die personifizierte Üppigkeit, die Pracht des puren Fleisches, das Ideal unserer amerikanischen Hausfrau. Für das Interview hatte sie eine lilafarbene Stretchjeans, handgearbeitete Cowboystiefel aus Krokoleder und ein lilafarbenes Karohemd angezogen, das mit Fransen und Perlmutt-Druckknöpfen verziert war und über ihrem fülligen Busen spannte. Die Knöpfe unter dem Kragen waren aufgesprungen und zeigten ihr eindrucksvolles Dekolleté. Am Ende der Fransen baumelten Perlen, die wie Regentropfen am Giebel eines Hauses über den Vorsprung ihres Busens hingen. Ihr Parfüm umhüllte sie wie eine Aura. Und dann ihr Haar, goldenen Metallfäden gleich, die ein mythischer Raubvogel zu einem Nest gebaut hat – unmöglich mit der Fernsehkamera einzufangen. Und das war nur der Kopf. Suzuki zog das Bild wieder auf, um mir das Brustbild zu zeigen... Bunny gab dem Wort neue Bedeutung. Ihr Bild verlockte dazu, eine CAD/CAM-Analyse der einzelnen Bestandteile zu machen, und als ich auf den Monitor sah, konnte ich mir genau das langsam rotierende, digitale 3-D-Bild vorstellen. Oh spielte beim Warten mit dem Knopfmikro. Gleich würde er es an Bunnys Ausschnitt stecken müssen. Er war starr vor Schreck.

Vielleicht hörte sie Suzuki kichern oder sah, wie Oh bekümmert den Kopf schüttelte.

«Denkt ihr, ich weiß es nicht?» rief sie und geriet auf dem Zaun leicht ins Wanken. «Glaubt ihr, ich weiß nicht, daß ich wie eine dämliche Comicfigur aussehe, mit diesem aufgeblasenen Vorbau und dem dicken Hintern? Ihr könnt euch gar nicht vorstellen, wie das ist. Was glaubt ihr wohl, warum ich mich so anziehe?»

Sie wartete auf eine Antwort. «Bunny, ich ...»

«Ich sag's euch. Wenn ich was anderes anziehe, sehe ich bloß fett aus. Wie ein Klotz auf Stelzen. Wenn ich was Enges trage, habe ich wenigstens 'ne Art Figur. Wahrscheinlich lacht ihr auch über meine Haare. Keine Sorge. Das tun alle. Aber ihr könnt euch nicht vorstellen, wie farblos ich aussehe und wie winzig mein Kopf ist, wenn ich sie nicht so aufbausche.»

«Es tut mir leid, Bunny. Wir wollten nicht ...»

«Vergeßt es», sagte sie und gewann ihr Gleichgewicht wieder. «Ich bin daran gewöhnt. Zum Teufel noch eins, ich war mal 'ne exotische Nummer, vergeßt das nicht. Die Leute haben immer gelacht und mich angestarrt. Und das sollen sie auch, verdammt. Diese Babys sind Füllhörner der Natur. So nennt John sie. Garantiert kein künstliches Wachstumsstimulans.»

Sie umfaßte ihre riesigen Brüste und hob sie Suzuki entgegen, zog eine kleine Schnute in Richtung Kamera und wandte sich dann an Oh. «Komm her, Junge. Keine Angst, sie beißen dich schon nicht. Reichlich Platz, um das kleine Teil aufzunehmen. Steck's, wohin du willst.»

In dem Augenblick fingen wir an, sie zu mögen. Bunny fuhr einen lilafarben gespritzten Sedan de Ville. John konnte bequem darin sitzen und außerdem leicht ein- und aussteigen. Seit einiger Zeit arbeitete er kaum noch in der Großmästerei, aber er wollte die Arbeit seines Sohnes ein wenig im Auge behalten, und deswegen drehte Bunny jeden Tag eine Runde mit ihm über die Farm. Der Wagen fuhr wie ein elegantes, langgestrecktes lila Schiff durch ein wogendes Meer von Rindern. Wir bauten die Kamera auf einem der Futtertürme auf und drehten eine großartige Totale für die Titelsequenz. Wann immer John stehenbleiben wollte, half Bunny ihm beim Aussteigen und setzte ihn in den Rollstuhl. Er verbrachte den Großteil der Zeit im Rollstuhl, geschoben von Bunny.

«Mir gefällt's hier unten», griente er und blickte liebevoll zu dem ausladenden Balkon über seinem kahlen Kopf hinauf. «Viel Schatten.»

Bunny versetzte ihm einen Klaps auf die Glatze. John kniff sie in den Hintern. Die beiden hatten eine liebevolle, spielerische Beziehung, die Gale, Johns Sohn, in ohnmächtigen Zorn versetzte. Gale war ein blasser, fleischiger Mann, dessen Kinn direkt in seinen dikken Hals überging. Vielleicht hatte er Probleme mit der Schilddrüse. Die Hand, die er mir reichte, erinnerte mich an Uenos – klamm und feucht. Verdächtig.

Und dann gab es noch Rose. Die seltsame Rose. «Sie ist schüchtern», erklärte Bunny, als das kleine Mädchen ihren Oberschenkel umklammerte und das Gesicht zwischen den Beinen ihrer Mutter vergrub. Mit ihren fünf Jahren war sie noch ein Kleinkind, aber ihre Augen wirkten gehetzt, und sie hatte etwas an sich, das über die Schüchternheit und den Ausdruck in ihren Augen hinausging und das ich beängstigend fand. Eigentlich sah sie ganz durchschnittlich aus, ein kräftiges, hübsches Kind mit hellbraunen Locken, das immer weite Hängerkleidchen trug. Ihr Vater vergötterte sie, aber sie betete Gale an, ihren Stiefbruder. Manchmal, wenn Bunny ihre Tochter ansah, schlich sich ein zweifelnder Ausdruck auf ihr Gesicht. Es mußte ein Geheimnis geben. Ich wußte nicht, was es war, aber Gale wußte es, und er warf mir einen heimtückischen Blick zu, als er mich dabei ertappte, wie ich seine Halbschwester anstarrte.

Die Großmästerei Dunn & Son war ein Betrieb mit zwanzigtausend Tieren und lag gut zwanzig Kilometer von Bunnys und Johns Haus entfernt in einer Senke kurz vor den Vorbergen. Im Westen schwangen sich in der Ferne die Rocky Mountains empor, aber im Osten erstreckte sich das Land endlos dem Horizont entgegen, eine tellerebene Fläche von Feldern.

Aus der Ferne nahm sich die Großmästerei wie eine Insel aus, ein immenses Patchwork von säuberlich unterteiltem, konzentriertem künftigem Rindfleisch. Angus, Brangus, Hereford, Charolais, Limousin und Simmental – das waren Rassen, nicht einzelne Tiere –, eingepfercht mit einer nur aufs Schlachten ausgerichteten Präzision, die in völligem Widerspruch zur Planlosigkeit alles Lebenden stand. Der einzige Aspekt ihrer animalischen Natur, die sich vom Gitternetz nicht beherrschen ließ, war der Gestank, eine Ansammlung aller Rülpser und Fürze, aller Ammonium-, Methan- und Wasserstoffsulfidgase, die zusammen mit dem Kot und dem Urin von zwanzigtausend massigen Tieren abgegeben wurden. Der Gestank verbreitete sich im Herbstwind wie Anarchie. Je näher wir kamen, desto stärker wurde er.

Auf dem Holztor an der Einfahrt zur Großmästerei stand:

Dunn & Son, Rindermastbetrieb
Besitzer: John und Gale Dunn
«Dunn macht Perfektion»

Gale erwartete uns in dem kleinen Büro der Mästerei. Er war nervös und hatte große Sorgfalt auf sein Äußeres verwendet. Sein babyblaues Karohemd war bis oben zugeknöpft, so daß sein Hals in roten Fleischlappen über den Kragen hing. Dazu trug er eine Schnürsenkelkrawatte, die von einem klobigen Türkis zusammengehalten wurde. Da sein Hemd aus Polyester war, klebte es ihm in der abgestandenen, feuchten klimatisierten Luft des Büros an der Haut. Immer wieder nahm er den Cowboyhut vom Kopf, um sich durch das strohblonde Haar zu fahren. Er hatte die rosa umrandeten, fahrig blauen Augen einer Sau, die gerade geworfen hat, und helle, borstige Wimpern. Ab und zu schob er den Brustkorb vor, um den Bauch einzuziehen, und dieses Manöver erlaubte ihm, das Hemd in die Hose zu stecken.

Er sollte mit uns einen Rundgang durch die ganze Mästerei machen. Dabei wollten wir die einzelnen Arbeitsgänge filmen, und später würden Bunny, John und Rose zu uns stoßen, damit wir einige Familienszenen drehen konnten. Ich hoffte, den Großteil der Bilder von der Mästerei am ersten Tag machen zu können. Am zweiten wollten wir das Schlachthaus besuchen. Am Vormittag des dritten Tages würden wir Bunnys und Johns Haus filmen, und am Nachmittag, wenn Ueno eingetroffen sein würde, standen die Szenen in der Küche und das Familienessen auf dem Programm. Ich dachte, daß der Anblick einer beschürzten Bunny beim Braten von Stierhoden Ueno gnädig stimmen würde, und diese Szene konnte er nach Belieben beaufsichtigen. Schließlich hatte er die Sendung gebilligt. Ich wollte nur freie Hand bei den Aufnahmen in der Mästerei und im Schlachthof.

Suzuki hatte alles hergerichtet, so daß Oh Gale das drahtlose Mikro anstecken konnte, obwohl ich kaum einen brauchbaren O-Ton von ihm erwartete. Bislang war Gale unfreundlich und wenig kooperativ gewesen und hatte offenbar nur auf Drängen seines Vaters eingewilligt, uns durch den Betrieb zu führen. Aber Rinder kann man nicht ohne Cowboy filmen, und ich brauchte Gale, weil John zu hinfällig war.

«Fertig?» Ich versuchte, ihm aufmunternd zuzulächeln, denn Gale wurde mit jeder Minute nervöser. «Keine Sorge. Sie brauchen gar nichts zu sagen; zeigen Sie uns nur den Betrieb. Oder ignorieren Sie uns. Tun Sie so, als seien wir gar nicht da.»

Aber er überraschte mich. Wir filmten ihn, wie er das Büro verließ und dann über eine der unbefestigten Zufahrtsstraßen die Pferche entlangging. Suzuki lief mit der Handkamera rückwärts vor Gale her und drehte ihn beim Gehen. Ich ging neben Suzuki und hielt ihn am Gürtel fest, um ihn zu stabilisieren und zu verhindern, daß er über die Furchen stolperte. Oh war durch das Kamerakabel mit uns verbunden und tat sein Bestes, um Atmo einzufangen, auszupegeln und mit uns Schritt zu halten. Dave begleitete uns mit geschultertem Stativ, hielt sich aber außerhalb des Kamerabereichs. Wir bildeten eine seltsame Gruppe mit Gale als schweigendem Mittelpunkt. Aber plötzlich, ohne jede Vorwarnung, sah er direkt in die Kamera und begann zu sprechen.

«Hi, Leute», sagte er mit einem nervösen Lächeln. «Äh, wahrscheinlich stelle ich mich am besten erst einmal vor. Ich bin Gale Dunn, und das ist meine Farm. Ich habe hier das Sagen.»

Er hatte seinen Text einstudiert, und den würde er jetzt vortragen. Allmählich fand er sich in seine Rolle ein, schob die Brust vor und senkte die Stimme, um tief und männlich zu klingen.

«Einige Typen leiten ihren Betrieb vom Büro aus, aber ich bin ein Typ, der gerne selbst Hand anlegt, wenn Sie wissen, was ich meine.»

Seine blassen Augen wanderten vom Objektiv zu mir. «Ich habe zweimal ‹Typ› gesagt. Ist das in Ordnung?»

«Äh... ja, kein Problem...» Ich war überrascht. «Sie sind großartig. Bitte machen Sie weiter...»

Mit erneutem Selbstvertrauen sah er wieder in die Kamera und machte mit den Armen eine unbeholfene, ausholende Geste, die die vielen Hektar von Pferchen umfaßte.

«Wie gesagt, ich bin hier verantwortlich, seitdem Dad diese... seitdem er Bunny geheiratet hat. Das ist der Name seiner neuen Frau, aber sie ist nicht meine Mutter. Meine leibliche Mutter ist gestorben. Seitdem Dad wieder geheiratet hat, läßt er sich hier nicht mehr allzuoft blicken, und deswegen beaufsichtige ich alles, was hier vor sich geht, und überwache persönlich das Mischen der Futtermittel und der Medikamente.»

Es schien ein günstiger Zeitpunkt, ihn auf ein bestimmtes Thema zu lenken.

«Was für Medikamente geben Sie den Tieren?»

«Wenn sie zur Mast herkommen, geben wir ihnen prophylaktisch eine Dosis Aureomycin und implantieren ihnen Synovex als Wachstumsstimulans.»

«Verwenden Sie DES?»

«Nein, das ist illegal.»

«Haben Sie es früher verwendet?»

«Klar. Hat doch jeder. Es ist immer noch das beste und billigste Wachstumsstimulans...»

«Immer noch?»

«Nein. Das habe ich nicht so gemeint. Ich meinte, wenn's es noch gäbe. Was es ja nicht tut.» Er blieb stehen und warf mir einen finsteren Blick zu; seine Stimme wurde lauter und schriller. «Augenblick mal. Was geht denn hier vor? Ich hab gedacht, Sie würden für BEEFEX arbeiten. Wieso nehmen Sie mich dann ins Kreuzverhör?»

«Entschuldigung. Ich bin bloß neugierig. Was ist Synovex?»

«Ein Wachstumshormon. Absolut legal. Die Färsen bekommen Synovex-H, die Jungbullen Synovex-S.»

«Woraus besteht es? Wissen Sie das?»

Er sah mich verächtlich an. «Estradiol, Testosteron und Progesteron. Alles natürlich.»

Meine Fragen hatten seine Begeisterung für das Fernsehen offensichtlich gedämpft, denn eine Zeitlang ging er mürrisch weiter, ohne auf die Kamera zu achten. Ich wußte nicht, was in mich gefahren war; normalerweise stellte ich bei Interviews nicht so direkte und barsche Fragen, doch der Mann nervte mich. Aber jetzt hatte ich ihn vergrätzt und mußte ihn wieder freundlich stimmen.

Es war genau Mittag, und die Wüstensonne brannte so heiß herab, daß das gleißende Licht die Sicht trübte und solide Gegenstände zum Flimmern brachte. Für September war eine solche Hitze ungewöhnlich. Die Erde war verdorrt, und der heiße Wind wehte einem den Gestank ins Gesicht, den man förmlich schmecken konnte – den süßlich-ekligen Geruch von Dung, versetzt mit ätzenden Ammoniumschwaden, die vom urinverseuchten Boden rund um die Mastpferche aufstiegen. Schwarze Fliegen umsummten uns wütend, und Suzuki machte sich gar nicht mehr die Mühe, sie vom Objektiv zu verscheuchen, sondern wischte sich nur noch den Schweiß aus den Augen, der in Furchen durch die Staubschicht auf seiner Stirn rann. Überall war Staub. Er geriet einem in die Augen, in die Kehle. Der Wind wirbelte ihn auf und fegte ihn in kleinen, tanzenden Spiralen über die Pferche. Die einzigen Geräusche waren der Wind, das Summen der Fliegen und das gespenstische Keuchen und Rasseln von zwanzigtausend hustenden Rindern. Neben einem Pferch blieben wir stehen. Gale wandte uns das Gesicht zu, stützte die Ellbogen lässig auf den Zaun und hängte den Absatz seines Stiefels über die unterste Sprosse. Er sah zu mir. Seine Körpersprache vermittelte Offenheit, im Stil «lässiger Cowboy, ans Kreuz genagelt», aber seine Augen verrieten Wachsamkeit. Die eingepferchten Rinder im Hintergrund sahen zu. Es war ein wunderschönes Bild. Während Suzuki die Kamera neu einstellte, trat Dave neben mich.

«Fragen Sie ihn nach dem Futter», flüsterte er mir ins Ohr.

Ich sah zu Suzuki, der abfuhr und mir zunickte. «Wir laufen.»

«Gale, was für Futter verwenden Sie?»

Gale grinste. «Tja, ich hab gehofft, daß Sie danach fragen würden. Ihr Ökofreaks von der Ostküste redet immer vom Recyceln; und genau das tun wir hier mit unserem exotischen Futterprogramm, und wir sind auch sehr stolz drauf. Wir verwenden wiederaufbereitete Pappe und Zeitungspapier. Wir verwenden Abfälle von Kartoffelchips, Brauereien, Destillerien, Sägespäne, Holzabfälle. Wir verwenden sogar Abfälle vom Schlachthof – wir recyceln die Rinder wieder an die Rinder. 1a-Protein. Gut, nicht?»

«Das ist ja kannibalisch!»

Er sah mich mit einem Ausdruck abgrundtiefer Verachtung an. «Das sind Viecher, keine Menschen», sagte er.

«Gab's damit vor ein paar Jahren nicht ein Problem in England? Das hat irgendwas hervorgerufen – eine Krankheit, die das Gehirn der Kühe angreift und sie wahnsinnig macht...»

«1986», zischte Dave hinter mir. «Das war 1986.»

«Davon weiß ich nichts», fauchte Gale. «Wir sind in Amerika. Da gab's nie ein Problem mit …»

«Es ist verboten», warf Dave ein. Er konnte sich nicht zurückhalten.

«Ach was, das läuft hier doch alles unter uns.» Ich verstand zwar nicht, wie das mit meinem Einwand zusammenhing, aber Gale fuhr unbekümmert fort.

«Da tut sich vieles – überall in den Staaten wird die Futtermitteltechnologie wissenschaftlich weiterentwickelt, und zwar laufend. Ich hab gelesen, daß ein Typ an der Kansas State Plastikheu erfunden hat. Plastikkugeln, die man den Rindern gibt, anstatt normalem Heu. Heu ist Scheiße, aber diese Plastikdinger – die sind sauber und lassen sich leicht durch das automatische Futtersystem verteilen. Ist als Ballaststoff genausogut, aber man verfüttert nur ein Zehntel Pfund im Vergleich zu vier Pfund Heu. Das ist ein Verhältnis von vierzig zu eins. Angeblich spart man damit rund elf Cent pro Tag pro Rind. Und das beste ist, man kann rund zwanzig Pfund davon zurückgewinnen – direkt aus dem Pansen der Kuh im Schlachthaus. Gibt neue Kugeln. Das nennt man Recyceln!»

«Sie geben den Tieren *Plastik*?»

«… und es kommt noch schöner. Zement. Doch, echt. Zementstaub. Enthält viel Kalzium, und in den Studien haben die Kühe um dreißig Prozent schneller Gewicht angesetzt als mit normalem Futter, und das Fleisch war zarter und saftiger.»

«Wer macht diese Studien?»

«Das amerikanische Landwirtschaftsministerium. Und dann hab ich noch was für Sie auf Lager, aber das wird Ihnen nicht gefallen.»

Hinter ihm, im Mittelpunkt des Pferchs, ragte über dem Meer von Rindern ein aufgeschobener Berg auf. Der Berg wimmelte vor Fliegen. Darauf deutete er jetzt.

«Sehen Sie das?»

«Was?»

«Scheiße.» Er grinste, als Suzuki scharf stellte.

«Das kann nicht …»

«Kein Scheiß … Ich meine, das ist echt wahr. Hinten raus, vorne wieder rein. Schnelle Wiederverwertung, was?»

«Das ist widerwärtig.»

«Gar nicht. Das ist Recycling – Recycling von tierischen Abfallprodukten. Sie müssen verstehen, wie Großmästereien funktionieren – das Kraftfutter ist sehr teuer, und die Rinder scheißen rund zwei Drittel davon wieder aus, bevor sie es überhaupt verdaut haben. Kein Grund, diesen Dung nicht als gutes Futter zu verwerten. In Kansas gibt's einen Schweinezüchter, der seine trächtigen Sauen unter den Spaltböden in den Mastställen durchlaufen ließ. Wissen Sie, wieviel er damit gespart hat? Rund zehntausend Dollar im Jahr. Er brauchte die Säue neunzig Tage lang nicht zu füttern.» In seiner Stimme schwang Ehrfurcht mit, und eine Minute gab er sich seinen Träumen hin; dann schüttelte er den Kopf und fuhr fort.

«Und ihr Ökofreaks an der Ostküste jammert doch ständig über die Umweltverschmutzung durch organische Abfälle. Da solltet ihr euch doch freuen, wenn das Problem elegant gelöst wird, oder? Die Tiere fressen Scheiße, und gleichzeitig wird man die Scheiße los. Das nenn ich zwei Fliegen mit einer Klappe schlagen.»

Die Rinder, die den Hintergrund zu dieser Szene bildeten, sahen gar nicht glücklich aus. Suzuki hatte den Inhalt des Gesprächs in etwa verstanden und zoomte auf eine Kuh, die den Schwanz hob, um zu koten. Ich war stolz auf ihn. Im Verlauf der Dreharbeiten hatte er mit seinem Englisch große Fortschritte gemacht. Er trat ein paar Schritte zur Seite und machte eine Nahaufnahme von einem Jungbullen, der kummervoll aus dem Trog fraß.

In dem Augenblick hörten wir eine Hupe, und aus der Ferne brauste der lilafarbene Cadillac mit einer gigantischen Staubwolke im Schlepptau näher. Der Wagen hielt rund drei Meter von uns entfernt, aber die Staubwolke wirbelte weiter auf uns zu. Suzuki fluchte und hustete und versuchte, die Betacam mit seinem Körper zu schützen, aber ein Schrei von Gale ließ ihn die Kamera neu einstellen und abfahren.

«Rooo-sie!» kreischte Gale.

Der lilafarbene Wagen war vor Staub nicht zu sehen, aber aus der wirbelnden Wolke tauchte Rose auf und lief auf Gale zu. Er bückte sich, um sie zu begrüßen, und sie warf sich in die Arme ihres Halbbruders. Er hob sie hoch und schleuderte sie in die Luft. Als sie auf seiner Hüfte landete, bauschte sich ihr Kleid um ihre kleinen strampelnden Beine.

«Und wie geht's meiner süßen kleinen Helferin heute?» fragte er zärtlich. «Bist du gekommen, um Onkel Gale zu helfen, den Kühen ihr Abendessen zu geben?» Rose nickte glücklich, aber sobald sie uns sah, kehrte ihre Schüchternheit zurück. Sie vergrub ihr Gesicht in Gales fleischigem Hals und spähte nur aus den Augenwinkeln zu uns herüber. Suzuki schwenkte auf sie. In dem Augenblick kam Bunny auf uns zu, John im Rollstuhl über den Feldweg vor sich herschiebend.

«Was hat euch der verlogene Lümmel von einem Sohn erzählt?» rief John. «Komm her, Rosie. Setz dich auf Daddys Schoß, und wir fahren spazieren.»

Rose schüttelte den Kopf und klammerte sich fester an Gale.

«Laß sie in Ruhe, John», sagte Bunny und drückte ihm die Schulter. «Sie möchte ihrem Onkel Gale helfen.»

«Das ist mir schon so 'ne Schlaue. Der braucht gerade Hilfe...», knurrte John.

Mir gefiel die Idee. Das würde eine nette Szene geben – der große Bruder zeigt der kleinen Schwester, wie man die Rinder füttert –, also drehten wir die Familie, wie sie zur Futtermühle ging, und innen bereiteten wir die Szene vor. Gale würde Futter und Medikamente mischen. Rose würde ihm helfen. Bunny und John würden zufrieden zusehen, wie das Wissen und die Tradition des amerikanischen Westens an die nächste Generation weitergegeben wurden. Alle standen dort, wo ich sie haben wollte. Rosie half Gale bei den Vorbereitungen und schleppte einen halbleeren Papiersack, der fast so groß war wie sie, über den Boden. Suzuki machte den Weißabgleich, um das grelle Neonlicht auszugleichen. Unterdessen sah ich mich um.

Beherrschendes Element des Raumes war ein größerer Trichter, durch den das gemischte Futter in die Zubringerschnecke gespeist wurde. In einer Ecke stand ein Kühlschrank, in einer anderen ein tiefes Spülbecken. Ich lehnte an einer langen Arbeitsplatte aus Edelstahl. An der Wand waren Papiersäcke gestapelt, die wie große Mehlsäcke aussahen und unterschiedliche Medikamente in Pulverform enthielten. Das wurde mir erst jetzt bewußt. Alles war mit einer dicken Staubschicht bedeckt. Zuerst dachte ich mir nichts dabei. Der Staub war überall, drinnen und draußen. Aber dann fiel mir auf, daß meine Hände von der Arbeitsfläche staubig waren, und bei näherem Betrachten stellte sich der Staub als eine Mischung von gemahlenem Getreide und Pulver heraus.

Etwas durchfuhr mich, ein kleiner Angstschauder, der mir direkt in den Magen schoß. Ich ging zum Spülbecken, um mir die Hände zu waschen. Neben dem Becken stand ein riesiger Plastikmülleimer voll leerer rot-weiß-schwarzer Flaschen. Ich nahm eine heraus. Lutalyse, das Hormon, mit dem die Brunft einer Herde synchronisiert wurde, so daß die künstliche Befruchtung ohne großen Zeitaufwand durchgeführt werden konnte. Aber wozu? Gale hatte doch gar keine Rinderzucht. Warum brauchte er Lutalyse in seiner Mästerei? Ich drehte die Flasche um und las das Etikett: «Warnung: Frauen in gebärfähigem Alter sowie Asthmatikern und Personen, die an Bronchitis und anderen Atemwegserkrankungen leiden, wird geraten, beim Umgang mit diesem Produkt äußerste Vorsicht walten zu lassen. Im frühen Stadium können Frauen sich einer bestehenden Schwangerschaft möglicherweise noch nicht bewußt sein. Dinoprost tromethamin dringt durch die Haut ein und kann einen Abgang und/oder Bronchospasmen verursachen. Bei versehentlichem Hautkontakt sofort mit Seife und Wasser abwaschen.»

Ich ließ die Flasche in den Mülleimer fallen und drehte den Wasserhahn auf. Meine Hände zitterten so sehr, daß mir die Seife immer wieder entglitt und mit einem dumpfen Schlag im Becken landete. Neben dem Wasserhahn lag eine Bürste, mit der ich mir die Hände so fest wie möglich schrubbte. Ich konnte gar nicht mehr aufhören zu bürsten und zitterte immer noch.

«Ist was nicht in Ordnung?» fragte Dave, der plötzlich neben mir stand.

Ich deutete auf den Mülleimer. «Ich hab's angefaßt.»

Dave nahm eine Flasche zur Hand und sah auf das Etikett. «Lutalyse», sagte er. «Ziemlich üblich. Sollte kein Problem sein...»

«Ich bin schwanger.»

Dave starrte mich an. «Dann sollten Sie überhaupt nicht hier sein.»

In dem Augenblick gab Suzuki mir das Zeichen, daß wir liefen. Ich wandte mich Gale zu und versuchte, das Zittern in meiner Stimme zu unterdrücken.

«Warum verwenden Sie Lutalyse? Züchten Sie Rinder?»

John und Bunny sahen mich verwirrt an. Gale lachte stolz. «Tja, das ist großartig. Genau was ich meine. Noch 'n Beispiel dafür, wie die moderne Wissenschaft zwei Fliegen mit einer Klappe schlägt. Züchten tun wir hier nicht, aber wir verwenden das Lutalyse, damit unsere Färsen verkalben, wenn sie zufällig besprungen wurden. Bevor sie herkamen. Sie bekommen alle eine Dosis verpaßt, wenn sie zum Mästen herkommen, nur für den Fall. Sie verkalben so problemlos, daß sie unbekümmert weiterfressen, nicht mal 'n Maulvoll entgeht ihnen.»

«Aber warum?»

«Also wirklich», sagte er kopfschüttelnd. «Im Mastbetrieb kann man keine trächtigen Kühe brauchen. Die fressen doch nur, ohne anzusetzen. Uns geht's aber rein ums Gewicht.»

John schnaubte. Suzuki schwenkte zu ihm hinüber, korrigierte die Einstellung und filmte weiter.

«Verrückt nenn ich das», knurrte John. «Früher hat man gewartet, bis 'n Tier krank war oder was brauchte, und dann hat man's mit Medizin vollgestopft. Das ist nix als Halsabschneiderei, Gale. Du schmeißt dein Geld diesen Pharmafirmen in den Rachen ... *Mein* Geld, sollte ich sagen. Diese Wissenschaftler, von denen du immer redest, werden doch von den Pharmafirmen bezahlt, und die stekken alle mit der Regierung unter einer Decke.»

«Anders geht's aber nicht, Dad», sagte Gale schrill. «Ich hab's dir doch erklärt. Die Zeiten haben sich geändert.»

Dann wandte er sich an uns. Je mehr er sich aufregte, desto höher wurde seine Stimme.

«Heute ist der Profit so gering, daß man nur noch über die Menge was verdienen kann, und ohne die Medikamente wären wir aufgeschmissen. Es rechnet sich einfach nicht. Ich bringe mehr Tiere zum Schlachthaus, als er's je geschafft hat. Ohne die ganze Modernisierung, die ich hier eingeführt hab ...»

«Jaja, das hast du schon tausendmal gesagt ...», unterbrach John ihn lauthals. «Vielleicht stimmt's ja auch, Gale, aber deswegen wird's nicht richtiger. Jetzt muß man schon 'n Chemiker sein, um 'ne Kuh zu mästen.»

Er wirbelte den Rollstuhl herum und fuhr zur Tür. «Komm, Bunny. Hol deine Tochter. Is' nicht gut für sie, hier zu spielen.»

Bunny sah uns mit einem Achselzucken an.

«Rosie, Schätzchen, komm her», rief sie. «Onkel Gale muß arbeiten...»

«Onkel Gale?» flüsterte Rose und zupfte Gale am Ellbogen, während er zusah, wie Bunny seinem Vater über die Türschwelle half. «Onkel Gale...?»

Er beachtete sie nicht, aber sie gab nicht auf.

«Onkel Gale...?» Schließlich bemerkte er sie, ging in die Hocke und legte den Arm um sie. «Was ist denn, Schätzchen?»

Sie flüsterte ihm etwas ins Ohr. Grinsend stand er auf und ging zum Kühlschrank. Als er ihn öffnete, sah ich, daß sich auf den Regalen reihenweise Fläschchen mit Gummiverschlüssen befanden. Aus einer Förmchenschale im Gefrierfach holte er ein knallblaues Wassereis mit einem kurzen Plastikstiel. Er bemerkte, daß ich ihn beobachtete.

«Wollen Sie auch eins?» fragte er. Ich schüttelte den Kopf. «Die macht man aus Cool Aid. Rosie ist ganz verrückt danach. Ein Besuch bei Onkel Gale ohne Eis is' doch nix, oder?»

Rosie nahm das Eis in ihre staubigen Hände und steckte es sich in den Mund. Durch die Wärme schmolz es sofort, und das klebrige blaue Wasser lief ihr an den Fingern hinab. Glücklich schleckte sie es ab, dann steckte sie das Eis wieder in den Mund.

«Jetzt komm schon», rief Bunny von draußen. Rosie streckte die Arme nach Gale aus. Er bückte sich, sie drückte ihm einen klebrigen Kuß auf die Wange und rannte hinaus. Als er sich aufrichtete, sah ich, daß ihr Kuß in der Staubschicht auf seiner Haut einen feuchten Abdruck hinterlassen hatte, wie eine Brandmarke.

«Alter Trottel», sagte Gale, mehr zu sich als zu uns. «Sieht nicht über seine Nasenspitze hinaus.» Dann merkte er, daß die Kamera noch lief, und hielt die Hand vor das Objektiv. «Verwenden Sie bloß nicht, was ich da grade gesagt habe», knurrte er. «Das hat mir noch gefehlt, daß Sie hier noch mehr Ärger machen.»

Ich sagte Suzuki, er solle die Kamera ausstellen, und dankte Gale, daß er sich die Zeit genommen hatte, uns durch den Betrieb zu führen. Murmelnd machte er sich an einem der großen Säcke mit Medikamenten zu schaffen. Ich wollte nichts wie weg. Ich wusch mir noch einmal die Hände, aber Suzuki hatte eine wunderbare Zwischenschnittaufnahme entdeckt – ein Sonnenstrahl filterte durch ein Fenster hoch oben im Raum und ließ die Staubkörner leuchten, die durch die Luft wirbelten, während Gale den Sack zum Trichter schleppte. Ich floh durch die Tür, bevor er das Papier aufriß, und wartete in der sengenden Hitze, bis das Team endlich kam. Suzuki entschuldigte sich und erklärte, Gale habe das Futter gemischt, und er habe die Szene einfach ohne mich gedreht. Besorgt betrachtete er mich.

«Takagi, alles in Ordnung?»

«Sicher. Es tut mir leid, ich hätte daran denken sollen; natürlich brauchen wir die Szene. Ich hätte drinbleiben sollen...»

«Nein, das meine ich nicht. Geht's dir körperlich...?»

«Alles in Ordnung, Suzuki, danke. Wirklich. Es tut mir leid. Es ist nur...»

«Du solltest nach Hause gehen und dich um dich und das Baby kümmern.»

«Ich weiß. Aber mir geht's schon wieder gut, wirklich. Und jetzt machen wir die Arbeit hier fertig.»

Der Hals tat mir weh, Tränen brannten mir hinter den Augen. Alles entglitt mir – der Überblick, die Kontrolle, das Konzept; jetzt vergaß ich schon, welche Szenen ich für die Sendung brauchte. Die Bilder von Gale, wie er das Futter mischte, waren von entscheidender Bedeutung – ohne sie konnte ich das Gespräch mit ihm über die Futtermittel gar nicht schneiden. Und wir brauchten Bilder vom ganzen Mastbetrieb, um die Größe der Dunn-Farm zu zeigen. Aber vor Hitze bekam ich keine Luft, und zum ersten Mal hatte ich Angst.

Ich wollte nichts wie weg, ins Motel zurückfahren, mich stundenlang duschen und dann ins kühle Bett legen und die nächsten Monate meinen Bauch festhalten, bis er dick und lebensfähig war.

Statt dessen führte ich das Team zu den langgestreckten, niedrigen Gebäuden, die Gale den Verladeplatz genannt hatte, und befahl mir selbst, nicht so weinerlich zu sein.

Zum Betrieb der Dunns kamen die Rinder der Rancher lediglich zur Endmast. Aus der Nähe hörten wir das metallische Getrampel von Klauen, die auf Stahl auftreffen, und das dumpfe Dröhnen eines hydraulischen Zwangsstandes, gefolgt von einem bellenden Schmerzensschrei. Oh fuhr zusammen. Die Rinder drängten sich in einer langen, gewundenen Reihe vor dem Stand, eingepfercht zwischen hohe Schachtmauern, und warteten darauf, in das Gehege getrieben zu werden. Ein junger Cowboy arbeitete am Zwangsstand, zwei andere markierten die Tiere mit dem Brenneisen und gaben ihnen Injektionen. Sobald ein Tier freigelassen wurde, bewegte sich die Herde widerwillig voran, und das vorderste Rind, das sich heftig wehrte, wurde in den Stand gezwungen, wo ihm ein Metallband um den Hals gelegt und die Seiten des Geräts hydraulisch zusammengedrückt wurden, um den Körper festzuhalten.

«Scheißviech», sagte der junge Cowboy und stieß seine Hacke fest in den knochigen Körper eines widerstrebenden Jungbullen.

Das verängstigte Tier kotete heftig, und der Gestank vermischte sich mit dem Geruch von verbranntem Fell und Fleisch vom Brenneisen.

«Was ist das?» fragte ich den älteren Cowboy. Er hielt eine riesige Spritze in der Hand, die er in den Nacken des Jungbullen stieß. Die dicke Haut zuckte. Der Cowboy ignorierte mich und zog die Nadel heraus.

Suzuki schwang sich auf den Schacht, um die gedrängt stehenden Rinder und die Vorgänge im Zwangsstand zu filmen. Neben ihm stand Dave, stützte ihn mit einer Hand und hielt in der anderen die Kamera. Die Cowboys beobachteten die beiden skeptisch, aber Daves Gegenwart schien sie zu beruhigen. Ich wartete, bis Suzuki die Kamera von Dave entgegengenommen und angestellt hatte.

«Lutalyse?» fragte ich wieder. «Ist das Lutalyse in der Spritze?»

Der ältere Cowboy brummte verächtlich.

«Das ist ein Jungbulle, Fräuleinchen. Jungbullen kriegen kein Lutalyse.»

«Was ist es dann?»

«Weiß ich nicht.»

«Sie wissen nicht, was Sie den Tieren spritzen?»

«Nee.»

Der junge Cowboy zwinkerte mir grinsend zu. «Spezialrezept vom Chef.»

Der ältere Cowboy runzelte die Stirn. «Hören Sie, wir spritzen die Viecher nur. Fragen tun wir nicht.» Dann wurde ihm bewußt, daß er allzu barsch geklungen hatte.

«Das sind Medikamente, damit sie nicht krank werden», fügte er hinzu. «Gutes, gesundes Fleisch für euch Städter. Mehr weiß ich nicht.»

«Genau, diese Kühe hier kommen direkt nach Japan», erzählte der junge Cowboy gesprächig. «Ich hab gehört, daß sie dort sogar das Arschloch essen und so. Da kommt ihr doch her, oder?»

Der ältere Cowboy spuckte aus. «Donny, halt den Mund und erzähl keinen Scheiß von was, was du nicht verstehst.»

«Aber das hat Roy vom Schlachthof mir erzählt. Nach Japan, Taiwan und Korea. Ich find's ja 'ne Schande, das gute amerikanische Fleisch 'nem Haufen Schlitzaugen zu geben. 'tschuldigung», fügte er mit einem Blick auf mich hinzu.

«Schon in Ordnung.»

Es war ein großartiger O-Ton. Nachdem er seine Meinung losgeworden war, verfiel Donny wieder in mürrisches Schweigen. Wir sahen zu, wie die Männer noch zwei weitere Tiere behandelten, dann gingen wir über eine lange Zufahrtsstraße zwischen den gigantischen Pferchen zum Wagen zurück. Die gedrängt stehenden Kühe schlugen mit den Schwänzen um sich und ließen die Haut zucken, um die Fliegen zu vertreiben. Man vergißt, wie groß Kühe sind, wie langsam, warm und massig. Manche sahen zu uns auf und betrachteten uns aus traurigen, tränenden Augen. Ohne Vorwarnung blieb Suzuki plötzlich stehen und reichte mir die Betacam. Dann hievte er sich auf den Lattenzaun und streckte die Hand nach der Kamera aus. Ich reichte sie ihm und kletterte neben ihn auf das Gatter. Auf der anderen Seite des Pferchs stand eine kleine Herde Färsen am Trog und fraß. Doch auf sie achtete Suzuki nicht, sondern schwenkte die Kamera auf den Boden direkt vor uns. Im Staub, inmitten einer schleimigen, halb eingetrockenen Pfütze, lag ein mißgestaltetes Bündel glänzender, kalbähnlicher Körperteile. Es war ein Fötus, fast ausgewachsen, mit mattem Fell, einem fast filigranen Schädel und grotesk vortretenden Augen. Suzuki zoomte in eine

Naheinstellung, doch selbst ohne Vergrößerung konnte ich durch den Fliegenschwarm hindurch erkennen, daß in den Augen des Kalbes frischgeschlüpfte Maden wimmelten.

Schweigend fuhren wir zum Motel zurück. Ich dachte, die Jungs würden schlafen, aber als ich mich zu ihnen umdrehte, stellte ich fest, daß sie beide wach waren; nur saß jeder in einer Reihe für sich und starrte apathisch zum Fenster hinaus auf den weiten Horizont. Dave warf immer wieder einen Blick zu mir herüber und spielte nervös am Temperaturregler. Auch er sagte nichts. Es war kühl im Wagen, aber ich war ganz verschwitzt und staubverklebt. Ständig mußte ich daran denken, was der Staub wohl enthielt, die mikroskopisch kleinen Partikel von giftigem Pulver, die sich in meinem Schweiß auflösten und durch die Poren in meinen Körper drangen, und bei diesem Gedanken sträubten sich mir die Nackenhaare, und ich schwitzte noch heftiger.

Am Motel beeilten wir uns, den Wagen auszuladen. Ich sehnte mich nach einer Dusche, nach Schlafen, wenn auch nur für eine Viertelstunde. Um fünf Uhr mußten wir wieder auf der Ranch sein, weil dann Bunny Cocktails servierte, aber ich hatte noch ein bißchen Zeit. Doch als ich mir den Rucksack über die Schulter schlang und zu meinem Zimmer gehen wollte, hielt Suzuki mich zurück.

«Takagi-chan, chotto...»

«Suzuki... was ist denn?!» Ich wollte aufbrausen, aber dann sah ich seinen Gesichtsausdruck. Und Ohs.

«Gomen, ne...», sagte er. «Es tut mir leid. Ich weiß, daß du müde bist. Aber es gibt etwas, das du sehen mußt.»

«Hat das nicht Zeit? Bis heute abend, wenn wir fertig sind?»

Suzuki und Oh wechselten einen kurzen Blick.

«Nein», antwortete Suzuki.

«Ich lege den Ton an», sagte Oh. «Vielleicht magst du in der Zwischenzeit duschen.»

Das heiße Wasser belebte mich und wusch den Staub fort, der in seifigen Strömen über meine Beine lief und zwischen meinen bloßen Füßen in den Abfluß gurgelte. Doch da fiel mir ein, daß das heiße Wasser mir die Poren öffnete und damit die Osmose des Gifts, das mir noch an der Haut klebte, verstärkte. Panisch drehte ich an den Hähnen und schrie auf, als der eiskalte Wasserstrahl mich traf. Zitternd stand ich da. Zum ersten Mal wurde ich mir der Gefahr bewußt, der ich mich ausgesetzt hatte, und der Wirkung, die dieser Tag auf mein Kind haben konnte. Ich mußte mich entscheiden. Ich konnte die Dreharbeiten zu Ende bringen, oder ich konnte mich absetzen und alles Suzuki überlassen oder Kenji in New York anrufen, damit er die Regie übernahm. Ich rieb meinen Bauch, als ob das helfen würde, und weinte ein bißchen, dann stieg ich aus der Dusche und trocknete mich ab. Das Zähneklappern hörte nicht auf.

Wir trafen uns in Ohs Zimmer. Er hatte Ton und Bild zum zweiten Teil des Interviews mit Gale angelegt. Es war eine phantastische Einstellung – Gale lehnte ungelenk und prahlerisch am Zaun des Rinderpferchs und machte ausladende Gesten. Ich fühlte mich etwas besser.

«Wie sind Sie darauf gekommen, ihn nach dem Futter zu fragen?» fragte ich Dave. «Das ist wohl sein Hobby.»

Dave grinste. «Als wir in seinem Büro waren, ist mir aufgefallen, daß bei ihm auf den Regalen säuberlich geordnet Zeitschriften wie *Feed Sense* und *Feed Stuff* und *Food Chemical News* stehen. Also hab ich eine rausgezogen und gesehen, daß er manche Artikel gemarkert hat, als würde er sich ernsthaft damit beschäftigen. Da dachte ich mir, daß er zu dem Thema sicher was Interessantes zu sagen hat.»

Das Interview war zu Ende, und Gale stand mit dem Rücken zum Pferch da; hinter ihm schoben die Kühe sich bedächtig näher, kummervoll und neugierig, als ein plötzlicher Reißschwenk, ausgelöst durch einen Freudenschrei, die kleine Rose einfing, die laufend aus der Staubwolke auftauchte. Sie stürzte sich in Gales Arme, und er schwang sie hoch und warf sie in die Luft; die Kamera folgte ihrem Flug, so daß es einen Moment lang aussah, als würde sie immer weiter in den leuchtend blauen Himmel fliegen. Aber dann fiel sie herab und landete auf Gales breiter Hüfte, und die Kühe hinter ihnen stoben davon.

Suzuki hatte kurz auf den beiden verweilt und war dann langsam auf Rose zugefahren. Sie vergrub ihr Gesicht in Gales weichem Hals, begegnete dann aber dem näherkommenden Blick der Kamera und erwiderte ihn. Suzuki zoomte immer weiter auf sie zu, so daß man das Netz der Falten auf Gales sonnenverbrannter Haut sah. Rose starrte, ohne zu blinzeln. Es war kein besonders intelligenter Blick, und als ich das Mädchen betrachtete, beschlich mich wieder ein unbehagliches Gefühl.

«Sie ist seltsam; sie sieht komisch aus...», sagte ich und merkte, daß ich flüsterte.

Niemand sagte etwas; alle verfolgten gebannt, wie die Kamera langsam über das Gesicht und den Körper des kleinen Mädchens fuhr. Gale hatte seinen stämmigen Arm um sie gelegt; sein Unterarm stützte ihren Rücken, während seine Hand, teilweise in den Falten ihres Kleides verborgen, sie am Bauch festhielt. Die Kamera verweilte auf dieser Hand, studierte das Bild mit einem langen, unverwandten Blick, neigte sich aber plötzlich, als habe eine unerwartete Veränderung in der Schwerkraft die Welt erschüttert.

«O mein Gott», sagte Dave leise. Ich sah zu ihm. Er starrte auf den Monitor, also schaute ich auch dorthin, aber das Bild war dasselbe wie vorher – die schwielige Männerhand, die das kleine Mädchen hielt.

«Was...?» fragte ich. «Was ist denn?»

«Sie ist... frühreif», sagte Dave, und es klang wie ein schmutziges Geheimnis, ein grausamer Scherz, den ich nicht verstand. Man konnte Rose kaum als frühreif bezeichnen. Vielleicht als langsam, sogar dumm...

«Nicht in ihrer Persönlichkeit», sagte Dave und schüttelte ungeduldig den Kopf. «In ihrer Entwicklung. Hier.» Er drückte seine Hand auf die Brust.

«*Oppai ga aruyo*», sagte Suzuki und deutete auf den Monitor. «Schau. Dort. Siehst du das? Ich hab's beim Drehen bemerkt. Das wollte ich dir zeigen. Sie hat Brüste.»

Er fuhr mit dem Finger an die Stelle des Monitors, wo Rosies Brust in Nahaufnahme zu sehen war. Dort, über der schwieligen Hand ihres Halbbruders, ließ sich eine deutliche Schwellung erkennen, die zuerst wie gebauschter Stoff wirkte, aber aus der Nähe betrachtet Gewicht und Form einer Frauenbrust hatte. Unter dem weißen, weiten Kleidchen, das von Gales Hand glattgezogen wurde, konnte man die Umrisse des vergrößerten Brustwarzenhofs und die Kontur ihrer Brustwarzen sehen.

«Frühreife Thelarchie», sagte Dave. «Ich habe von solchen Fällen in Puerto Rico gelesen. Vorzeitige Pubertät. Die kleinen Mädchen hatten eine Östrogenvergiftung. Wahrscheinlich ein Wachstumsstimulans im Fleisch, in der Milch oder im Geflügel. Ich glaube, sie vermuteten DES. Jane, Sie haben Gale danach gefragt, also wissen Sie wohl Bescheid über DES?»

Ich nickte.

«Ja», fuhr er fort. «Da unten bekommt man es ohne Probleme. Manche Mädchen waren noch Babys, gerade ein Jahr alt, und hatten voll entwickelte Brüste. Ein paar waren sogar Jungs.»

«Was ist passiert?»

«Nicht viel. Ein Arzt hat die Food and Drug Administration dazu gebracht, eine Untersuchung durchzuführen, aber die Ergebnisse waren ziemlich witzlos. Allerdings haben die Meldungen in den Medien die Farmer dazu gebracht, die Medikamente nicht mehr zu verwenden, und nach einiger Zeit gingen die Symptome bei den Kindern zurück, weil sie keine belasteten Lebensmittel mehr aßen. Aber da hatten viele von ihnen schon Zysten an den Eierstöcken ... und dann besteht natürlich immer die Gefahr von Krebs.»

«Sie glauben also, das kommt vom Fleisch?» fragte ich, den Blick auf Rose geheftet.

«Da ist irgendwas in dem Raum mit den Futtermitteln, das sie abkriegt ...»

«Das Wassereis ...»

«... oder der Staub an ihren Fingern. Was mich interessieren würde – meinen Sie, daß Bunny davon weiß?»

Ich dachte nach. «Sie muß es wissen. Allein schon, wie sie Rose anzieht, die weiten Kleider ...»

«Der Bruder weiß es auch», warf Suzuki ein. «Schaut mal.»

Wir starrten alle auf den Monitor. Suzuki hatte die Kamera auf Gales Hand gerichtet, und einen Moment später fuhr sein Daumen langsam, klammheimlich auf und ab über die Brust seiner Halbschwester.

«Mein Gott», sagte Dave. «Er befummelt sie.»

Suzuki räusperte sich. Oh beschäftigte sich damit, die Kamerakabel neu aufzuwickeln, was völlig überflüssig war. Seine Kabel waren nie verdreht oder verheddert. Er legte sie immer sorgfältig zusammen und band diese Gummibänder darum, wie kleine Mädchen sie für ihren Pferdeschwanz verwenden, mit pastellfarbenen Plastikkugeln an beiden Enden. Ich sah zum Monitor zurück. Suzuki hatte wieder Gale und Rose im Bild, und da fiel mir etwas ein.

«Ich glaube nicht, daß Gale weiß, woher das kommt. Ich vermute sogar, daß er dasselbe hat. Schaut ihn nur an. Zuerst dachte ich, er hätte einfach einen ausladenden Brustkorb, aber jetzt bin ich mir nicht mehr so sicher. Und seine Stimme klingt, als würde sie sich verändern. Er mußte sich zwingen, sie tief klingen zu lassen, und sobald er sich aufregte, wurde sie eine Oktave höher und brach.»

Das Band war zu Ende. Einen Moment betrachteten wir den Schnee auf dem Bildschirm, dann nahm Oh die Kassette heraus und steckte sie in die Plastikbox. Wir sammelten die Kameraausrüstung mechanisch, wie die beweglichen Teile einer schweren Maschine, ein, und gingen zum stickigheißen Wagen hinaus. Eine Filmproduktion ist wie ein Panzer, dachte ich manchmal; gnadenlos walzt sie alles nieder, was ihr im Weg liegt.

«Was wollen Sie tun?» fragte Dave, als wir vom Motel wegfuhren.

Ich sah zum Fenster hinaus. Neben der Straße war eine riesige Baustelle, wo die Bulldozer einen klaffenden Krater gegraben hatten. Jetzt war die Baustelle leer, für heute war die Arbeit beendet. Neben dem mobilen Büro stand ein rot-weiß-blaues Schild mit den Worten «Hier entsteht ein neuer Wal-Mart». Jenseits der Grube erstreckten sich die Felder in die Ferne.

«Ich werde es ihr sagen», beschloß ich.

Bunny und Rose empfingen uns an der Tür, beide in weißen Baumwollkleidern mit angekräuselter Taille und Rüschen um den Hals. Bei Bunny war der Ausschnitt sehr tief und zeigte ihr Dekolleté, aber Roses Kleid war hochgeschlossen und adrett. Die beiden führten uns auf die Terrasse, wo John an einer niedrigen, der Höhe seines Rollstuhls angepaßten Bar saß und uns mit einer Flasche Jack Daniel's zuwinkte.

«Ihr kommt gerade recht», rief er. «Bei mir gibt's Bourbon und Bourbon. Ihr habt freie Wahl.»

Suzuki atmete hörbar ein. Ich lehnte das Angebot in unser aller Namen ab, dann gab ich nach – wir würden die Cocktailszene schnell abdrehen, versprach ich, dann könnten die Jungs einen Whiskey trinken. Sie hatten es nötig. Mißmutig kamen Suzuki und

Oh in die Gänge, und nach wenigen Minuten waren die Kamera verkabelt, die Pegel eingestellt, und die beiden gingen rückwärts vor Bunny her und drehten sie, wie sie stolz einen großen Silberteller mit ofenheißen Würstchen im Schlafrock aus der Küche herbeibrachte. Sie stellte die Platte auf den Tisch neben John. Rose kletterte auf den Schoß ihres Vaters und fütterte ihn mit einem dicken, in goldgelben Teig eingebackenen Würstchen, das auf einen Zahnstocher aufgespießt war.

«Die wird mal vielen Männern das Herz brechen», kicherte John, als Rose ihn mit einem weiteren Würstchen verlockte. «Wie ihre Mama.»

Er ließ sie an seinem Whiskey nippen, der mittlerweile mit geschmolzenem Eis verdünnt war, und sie verzog das Gesicht und schüttelte die Locken, dann wollte sie mehr. Mit der Hand am Zoom ging Suzuki in die Hocke, um eine Nahaufnahme der beiden zu bekommen – Vater und Tochter, die Würstchen gegen Whiskey tauschen.

Wir drehten eine kurze Szene der drei – eine typisch amerikanische Rancherfamilie verbringt nach einem langen, harten Arbeitstag einen fröhlichen Abend –, dann machten wir Schluß, und John schenkte den Jungs Drinks ein. Als Bunny in die Küche ging, um noch mehr Würstchen aus dem Ofen zu holen, folgte ich ihr.

«Ich muß Ihnen etwas sagen.»

Ich weiß, wie Verleugnung aussieht, und auch, wie sie sich anfühlt. Eine blitzartige Erkenntnis im Auge, die sofort von Vagheit überlagert wird, und diese breitet sich wie dickflüssiges Blut im Körper aus. Es ist ein undurchsichtiges, trübes Gefühl, wie wenn man durch einen schlammigen Traum watet, der einem an den Gliedmaßen zerrt, und so sehr man es auch versucht, man kann sich nicht von der Stelle rühren. Ich kenne dieses Gefühl, denn ich arbeite fürs Fernsehen und versuche jeden Tag, es zu überwinden. Es floriert in Konventionen, verbirgt sich hinter Manieren, und die einzige Waffe dagegen besteht in einem Frontalangriff.

«Bunny, ich glaube, Rose ist krank.»

Ein scharfer, schneller Blick, dann wandte sie mir den Rücken zu. Sie steckte ihre Hand in einen schwarzweißen Handschuh, der die Gestalt einer Kuh hatte, und bückte sich, um den Ofen zu öffnen.

«Ich glaube, sie hat eine Art Hormonvergiftung, wahrscheinlich von den ganzen Medikamenten in der Mästerei, und deswegen hat sie Brüste. Die Krankheit hat einen Namen – es heißt ‹vorzeitige Thelarchie›, verfrühter Beginn des Brustwachstums.»

Bunny holte das Backblech mit den heißen Würstchen im Schlafrock aus dem Ofen, stellte es vorsichtig auf dem Herd ab und wandte sich dann zu mir um.

«Was die Oberweite betrifft, schlägt sie ganz nach mir», sagte sie. Sie sah kläglich auf ihre Brüste hinab und stupste sie mit der Nase der Handschuh-Kuh. Ihre gebräunte Haut sah aus wie ein fleckiger alter Champignon; Schweißperlen standen zwischen ihren Brüsten. Neben dem Ofen war es heiß, und auch ich schwitzte. «John sagt, ich sollte stolz sein...», fügte sie hinzu.

«Weiß er davon?»

«Na ja, in etwa.» Sie zog den Handschuh aus und nahm die Würstchen mit einem metallenen Bratenwender vom Blech. «Von ihren Brüsten schon... Aber er ist schon sehr alt, wissen Sie? Von seiner Warte aus ist der Unterschied zwischen fünf und fünfzehn vielleicht nicht so groß...»

«Was ist es, Bunny? Ist da noch was... außer den Brüsten?»

Sie stapelte die Würstchen auf einen Teller. «Der Arzt ist eng mit John befreundet. Aber er ist auch schon alt. Er sagt, er hätte so etwas noch nie gesehen. Aber selbst er weiß nichts von...» Wieder unterbrach sie sich und sah auf die Terrasse hinaus. Die kleine Rose wirbelte in Pirouetten umher und kreischte vor Vergnügen, während sie von ihrem Daddy zu Suzuki, Oh und Dave tanzte und jedem der Männer ein Würstchen in den Mund steckte. Die Jungs saßen mit hängenden Schultern und einem steifen Lächeln da.

«Das geht Sie nichts an, wissen Sie», klärte Bunny mich auf und reichte mir den Teller.

«Ich weiß», antwortete ich und wandte mich mit dem Teller in der Hand zur Veranda. Dann blieb ich stehen. «Aber andererseits, Bunny, stimmt das nicht ganz. Es geht mich nichts an, aber es geht mich doch was an.»

Sie warf mir einen langen, kühlen Blick zu.

«Ich hatte auch eine Art Östrogenvergiftung. Zwar anders – ich hab's durch meine Mutter bekommen, aber... na ja, das hat meinen

Unterleib ziemlich kaputt gemacht. Ich hatte ein Gewächs, wie Krebs, in der Gebärmutter. So was ist gefährlich, Bunny.»

Ich wartete, aber ihr Blick wanderte an mir vorbei zur Terrasse, und sie starrte geradeaus, als habe sie kein einziges Wort gehört. Also gab ich auf. Gerade als ich die Schiebetür zur Terrasse geöffnet hatte, hörte ich ihre Stimme hinter mir, ganz leise, so daß ich sie kaum verstehen konnte. Ich hielt inne.

«Kommen Sie heute nacht zurück», sagte sie. «Nach elf. Wenn die anderen schlafen.»

Ich drehte mich um, aber sie machte sich mit gesenktem Kopf schon wieder daran, Cocktailwürstchen aus dem Glas in Fertigteig-Dreiecke aus der Packung zu wickeln. Doch dann sah sie auf und blickte mir direkt ins Gesicht.

«Bringen Sie den Kameramann mit.»

Alles war still, als ich den Wagen vor dem Haus parkte. Bunny öffnete uns die Tür; sie hatte sich wieder gefaßt und war so gesprächig wie eh und je.

«Ich habe John eine Schlaftablette gegeben», erzählte sie, als wir den Flur entlanggingen. «Und Rose ein halbe. Wir könnten das Haus demolieren, ohne daß sie aufwachen.» Wir betraten das Kinderzimmer.

Rose schlief in einem Himmelbett unter frischer Blümchenbettwäsche. Sie trug ein überdimensionales T-Shirt von der öffentlichen Rinderzüchtervereinigung mit der Aufschrift «Kinder mögen Rinder!» über der Brust. Bunny setzte sich auf die Bettkante und bedeutete mir, neben ihr Platz zu nehmen.

«Jetzt geht's mir besser», sagte sie. «Jetzt, wo ich beschlossen habe, das zu tun.»

«Bunny, ich will Sie nicht zwingen...»

«Hören Sie auf. Ich muß etwas tun. Sie sind Journalistin. Vielleicht fällt Ihnen etwas ein.»

«Sie werden mir eine Genehmigung geben müssen...»

«Das ist o.k.»

«Und ich muß Ihnen Fragen über Roses Zustand stellen – wann es angefangen hat, was der Arzt sagt...»

«Aber könnten wir zuerst das hier hinter uns bringen?»

Sie strich ihrer Tochter eine Haarsträhne aus dem Gesicht, dann hob sie das T-Shirt an, so daß ihr Bauch und die beiden konzentrischen Bögen ihres Brustkorbs sichtbar wurden.

Rose hatte noch eine Babyhaut, milchigweiß und flaumig, und unter dieser fast transparenten Hülle hob und senkte sich ihr Brustkorb mit leichten, regelmäßigen Atemzügen. Die Knochen schimmerten bläulich und wirkten so zerbrechlich, daß es mir einen Stich versetzte. Ich dachte an den Wurm, das kleine Kind, in mir, und mein Herz machte einen Satz. Ich wollte meinen Kopf auf diesen kleinen Bauch legen, ihn wärmen, den süß-säuerlichen Babygeruch einatmen. Dann zog Bunny das T-Shirt weiter hoch. Wenn man Rose nackt sah, wirkte sie gar nicht pummelig. Dieser Eindruck entstand nur durch die zwei erschreckend vollen, wunderschönen Brüste mit zwei perfekten rosafarbenen Brustwarzen. Suzuki, der hinter mir stand, schauderte. Das Mädchen vor uns war fünf Jahre alt. Sie lag auf dem Rücken, die ausgebreiteten Ärmchen nach oben angewinkelt, die zarten kleinen Finger in den Haaren auf dem Kissen. Die Brüste waren fest, fielen aber auseinander, wie Brüste es beim Liegen tun, und lagen zu beiden Seiten des schmalen Brustkorbs fast in den Achselhöhlen. Vielleicht störte unsere Anwesenheit sie im Schlaf, denn sie drückte den Rücken durch und drehte den Kopf zum Licht, das durch die Tür zum Gang hereinfiel. Ihre Lippen öffneten und schlossen sich wie bei einem kleinen Fisch. Sie strich sich mit dem Handrücken die Haare aus dem Gesicht, dann fand ihr Mund den Daumen und umschloß ihn, und sie fing zu lutschen an.

Sie trug eine kleine weiße Baumwollunterhose, die ihr bis zum Bauch reichte. Bunny hob ihre schmalen Hüften an und schob die Unterhose herab. Immer noch ging die Babyhaut weiter, glatt und weich über den gerundeten Bauch hinab bis zum Schambein, wo sie unvermittelt von einem drahtigen Haargewirr verunstaltet wurde, wie ein groteskes Graffito.

«Sie hat auch schon etwas geblutet», sagte Bunny traurig.

Ich schaltete das Reportagelicht ein und richtete es auf das Kind, während Suzuki die Kamera anmachte und scharf stellte. Meine Hand zitterte unkontrollierbar.

«Aber...» Bunny berührte Suzuki leicht am Arm. «Bitte nicht ihr Gesicht.»

Dann ließ sie die Hand sinken und sah auf ihre Tochter hinab. Ihr Rückgrat, das sie sonst so gerade und aufrecht hielt, und das so stark war, weil es das Gewicht ihres Oberkörpers tragen mußte, fiel in sich zusammen, und in dem Augenblick sah sie nur alt und fett aus.

«Ach, was soll's. Es ist nicht ihre Schuld. Und mit dem Körper, wer achtet da schon auf ihr Gesicht?»

Zärtlich strich sie ihrer Tochter ein paar Locken aus der Stirn. In ihrem Ton, der halb Niederlage, halb Mut der Verzweiflung verriet, schwang die Erinnerung an Striptease-Lokale und Neonlicht mit, an kitschige Pracht, Fummel und das Johlen der Männer. Der Schmerz über ihre eigene ungewöhnliche Karriere füllte die Pausen zwischen ihren Worten und zerlief wie warmes Öl in die darauf einsetzende Stille. Suzuki hörte den Schmerz und schwenkte die Kamera auf ihr Gesicht.

«Bunny?» Meine Stimme klang heiser, obwohl ich flüsterte. «Ich würde jetzt gerne das Interview mit Ihnen machen. Erzählen Sie uns von Rose.»

In der Nacht träumte ich, daß ich das Kind bekommen sollte. Das war merkwürdig, denn mein Bauch war noch flach und straff, und Ma lachte und zeigte auf meine Brüste und sagte, es könne noch gar nicht soweit sein, weil ich noch keine *oppai* habe, um das Kind zu stillen. Sie gab mir ein paar kleine weiße Tabletten, damit sie wuchsen. Aber ich wußte, daß Ma unrecht hatte, weil wir in Amerika waren und sie keine Ahnung hatte, also ging ich hinaus hinter den Melkschuppen, wo ich auf Opas Farm immer gespielt hatte, bevor er bankrott machte und den Hof verkaufte, und hob das Kleid hoch und wartete. Während ich mit gespreizten Beinen dastand, kam es langsam hervor, eine Gliedmaße nach der anderen, die sich entfalteten, bis alle zusammen von der Schwerkraft ergriffen wurden und mit einem dumpfen Schlag zu Boden fielen, schlaksig und totgeboren aus meinem Bauch. Es war ein nasses, mißgestaltetes Bündel, aber ich konnte einen kleinen Huf erkennen, einen verdrehten Schwanz, den überdimensionalen, noch blauen Schädel mit einem toten, milchigen Auge, das mich anstarrte und in dem es von Maden wimmelte.

Ich wachte auf und mußte pinkeln, aber das Motelzimmer war

mir fremd, und ich wußte nicht, wo das Bad war; das passiert mir nachts manchmal, wenn ich auf Reisen bin. Bis ich mich zur Toilette vorgetastet hatte und mit den Ellbogen auf die Knie gestützt dasaß, hatte ich den Traum vergessen und starrte nur in die Dunkelheit. Vielleicht war es der befreiende Schwall aus der Blase, der den Traum zurückbrachte, aber plötzlich fiel er mir wieder ein, und ich mußte weinen. Als ich fertig war, knipste ich das Licht an und untersuchte die Kloschüssel, aber da war nichts als Wasser und Urin.

Frierend ging ich zurück ins Bett; ich zitterte vor Kälte. Am liebsten hätte ich Sloan angerufen, aber dann hätte ich ihm von den Futtermitteln und dem Lutalyse erzählen müssen, und bei dem bloßen Gedanken daran wurde mir schlecht vor Scham. Also beschloß ich, nur morgen noch, nur noch das Schlachthaus, und dann ist Schluß. Der Rest ist problemlos, keine Gefahr mehr, und nach dieser Sendung höre ich auf, und auch wenn wir nie darüber gesprochen hatten, würde ich mich von Sloan finanzieren lassen, während ich zufrieden dick wurde. Vielleicht würden wir irgendwo zusammen eine Wohnung finden, nicht in Chicago, vielleicht in New York, oder auf dem Land, wo ich Bio-Gemüse anbauen und lernen konnte, Lebensmittel einzukochen … und ich schlief wieder ein.

Früher waren die Morgen erfüllt von stiller Freude, aber das war nicht mehr so. Jetzt sind die Morgen kalt und trüb, keine Zeit, in der man verweilen möchte.

Über Nacht war das Wetter umgeschlagen; plötzlich war es grau und herbstlich. Der Wind ergriff die Präriehexe und fegte sie vor Gales Dodge über die Straße. Er hatte uns am Motel abgeholt, um uns zum Schlachthaus zu begleiten. Ich schlug vor, mit ihm im Pick-up zu fahren, während die Jungs uns im Kleinbus folgten. Ich hatte Dave von meinem Plan erzählt und ihn gebeten, dicht hinter uns zu bleiben. Jetzt, als wir die holperige Straße entlangrasten, sah ich im Rückspiegel, wie der Wagen in der Staubwolke beinahe unterging.

Ich saß auf der breiten Vorderbank des Pick-up und sah Gale direkt ins Gesicht.

«Bunny hat mir gestern abend Roses Brüste gezeigt. Sie wissen davon, oder?»

Sein Kopf drehte sich ganz langsam auf seinem fleckigen, schildkrötenartigen Hals. Er starrte mich an, dann drehte er den Kopf wieder nach vorn. Vielleicht dachte er, wenn er nichts sagte, würde ich einfach verschwinden.

«Und vielleicht wissen Sie auch, daß sie schon Schamhaare hat und zu menstruieren beginnt», fuhr ich fort. «Das Problem ist, daß dieser Zustand fast immer mit Zysten an den Eileitern einhergeht und meistens zu Gebärmutter- oder Gebärmutterhalskrebs führt, und daran könnte sie sterben. Das habe ich Bunny auch gesagt. Ich bin mir ziemlich sicher, daß sie durch die Mästerei eine Östrogenvergiftung bekommen hat. Solche Fälle sind in Puerto Rico aufgetreten, wo noch DES verwendet wurde...»

«Das geht Ihnen wohl nicht aus dem Kopf.» Er bemühte sich noch immer, leichthin zu klingen. «Was haben Sie bloß mit diesem DES?»

«Gale, ich glaube, Sie haben dasselbe. Ich habe von Hormonvergiftungen in den Südstaaten gehört, wo erwachsene Männer Symptome entwickelten...»

Er hielt das Lenkrad mit beiden Händen umklammert. Seine Knöchel waren weiß geworden. Ich dachte, jeden Augenblick könnte das Lenkrad entzweibrechen, aber ich redete trotzdem immer weiter.

«...vergrößerte Brüste und Stimmbänder, die...»

Über die breite Sitzbank hinweg packte er mich an den Haaren und zerrte meinen Kopf nah zu sich.

«Halten Sie den Mund!» brüllte er. Er übersprühte mich mit Spucke und Wut. «Wenn Sie hier rumgehen und dreckige Lügen erzählen, dann bring ich Sie um, Sie verdammtes Weibsstück, ich schwör's.»

Seine Augen waren eiskalt und wahnsinnig blau. Der Pick-up schlingerte gefährlich.

«Ich habe Sie gesehen, Gale!» brüllte ich zurück. «Wir haben's auf Film. Sie haben ihre Brüste gestreichelt, Sie perverses Schwein! Ich hab's gesehen!»

«HALTEN SIE DEN MUND!» Er hielt meine Haare noch immer in der Faust und schüttelte jetzt meinen Kopf wie eine erdverdreckte Zwiebel. Endlich ließ er mich los, aber sein Redeschwall hörte nicht auf; seine Stimme war vor Wut gepreßt und wurde immer höher und kreischender, bis sie sich fast überschlug.

«Ich hab sie nie angerührt, das schwör ich! Ich liebe die Kleine. Das würde ich nie tun, nie. Und was das andere betrifft, da halten Sie sich wohl für verdammt schlau. Wenn Sie mir vorwerfen wollen, daß ich was Verbotenes tue, dann versuchen Sie's doch. Sie und die Hure, die meinen Daddy geheiratet hat. Wir sind hier im Rancherland, Mädchen, und wir tun, *was* wir wollen und *wann* wir wollen, und da hat uns die Regierung nichts reinzureden. Kapiert? Eure Ostküsten-Politiker haben hier nichts zu melden. Das machen wir unter uns aus, wir haben unsere eigene Justiz, Pionierjustiz, merken Sie sich das...»

«Wollen Sie mir drohen?»

Er fixierte die Straße mit seinen Schweinsäuglein und sprach durch die Zähne. «Ich sag Ihnen nur, wie die Dinge hier laufen. Also sagen Sie nicht, ich hätte Sie nicht gewarnt.»

«O.k. Angekommen», sagte ich. «Dito.»

Er antwortete nichts, aber seine Knöchel blieben weiß und angespannt, und mir klopfte das Herz bis zum Hals.

Wir legten den restlichen Weg schweigend zurück. Als wir am Schlachthaus ankamen, stieg ich mit zitternden Knien aus. Dave kam zu mir.

«Alles in Ordnung?» Er stützte mich mit seiner kräftigen, ruhigen Hand am Ellbogen.

«Ja. Er hat's nicht gut aufgenommen.»

«Das habe ich mir gedacht.»

«Kommen Sie. Bringen wir die Arbeit hier hinter uns.» Ich griff nach dem schweren Rucksack mit den Batterien und leeren Kassetten. Die Jungs warteten schon.

Um uns herum fuhren scheppernd riesige Laster herein, rangierten, wirbelten Staub auf. Es war schwer, sich über den Lärm der Motoren und das Knallen der Gewehre hinweg verständlich zu machen. Aber es waren keine Gewehre, sondern Peitschen, die auf Fell klatschten, und die bellenden Schmerzensschreie, die auf die Peitschenhiebe folgten, und die Klauen, die Metallrampen hinabdonnerten, und das Stoßen der Rinder gegen den Rand des Korrals.

Das Schlachthaus war ein langgestreckter, niedriger, rechteckiger Bau aus Zement und Hohlziegeln, hier und dort mit spiralig gewikkeltem Natodraht versehen und oben mit hohen Schornsteinen besetzt, die wie Kerzen aussahen und einen stinkenden Rauch in den stahlgrauen Himmel schickten. Aus der Seite ragte ein Rohr wie für Abwasser hervor, das eine zähe, dicke Brühe aus Blut und Eingeweiden in den Tank eines wartenden Lasters spie. Der Überfluß des roten Meeres.

Die Jungs waren heute ganz geschäftsmäßig und machten sich schweigend an die Arbeit. Suzukis Sensoren waren auf Empfang geschaltet, und obwohl er gut drei Meter von mir entfernt und mit dem Rücken zum Rohr stand, wußte er, daß ich dieses Bild wollte, drehte sich um und filmte. Als er die Kamera abschaltete, gingen wir hinein.

Der Leiter des Schlachthauses war ein Mann namens Wilson, ein Freund von Gale. Er empfing uns im Büro, einem holzgetäfelten, rundum verglasten Raum. An der Wand hing das große Poster einer jungen blonden Amazone im Dschungelbikini, die die Zerteilung der Rinder unter ihr beaufsichtigte. Die einzige Pflanze war eine verkümmerte Aspidistra in einem Blumengestell aus grünem Draht. Wilson stand neben der Pflanze und musterte uns kopfschüttelnd.

«Egal, für wen ihr arbeitet, mir ist das gar nicht recht. Hätt's nie erlaubt, wenn Gales Dad mich nicht bearbeitet und mir gesagt hätte, ich soll's für seine Frau tun. Er hat gesagt, ihr wollt 'n paar Bilder nach Japan mitnehmen, aber warum denn, zum Teufel? Die Entblutebahn ist nix, was man gesehen haben muß.»

«Das kann ich Ihnen sagen, Wilson», unterbrach ich ihn. «Die Leute in Japan wollen die neue, moderne Technik sehen, die in Amerika gemacht wird, um Tiere zu ermorden...»

Dave ging mit dem Stativ an mir vorbei und schlug mir den Schwenkgriff ans Schienbein.

«'tschuldigung», sagte er, aber ich verstand den Wink und hielt den Mund.

«Wir sind ganz schnell», versprach er. «Sind gleich wieder weg.»

Wilson wollte immer noch Einspruch erheben, aber dann mischte sich Gale ein, der hinten im Büro telefoniert hatte.

«Wo ist das Problem, Wilson? Gib ihnen die Klamotten, dann sollen sie runtergehen. Wir müssen diesen Städtern doch zeigen, wie wir hier unsere Tiere umbringen, stimmt's, Miz Takagi? Wie wir sie fertigmachen. Das wollt ihr doch sehen, oder? Deswegen seid ihr doch hier...»

Wilsons Augen verengten sich, dann zuckte er mit den Schultern und ging zu den Metallschränken. Er nahm vier gelbe Sicherheitshelme heraus, ein Bündel blutbefleckter weißer Kittel, Sicherheitsbrillen und vier Paar kniehohe Gummistiefel.

«Na, dann müßt ihr euch das hier anziehen... Und Ohrstöpsel hab ich auch, wenn ihr die wollt.»

Er warf einen Blick auf Suzuki. «Und ihr Mädels mit den langen Haaren braucht ein Haarnetz. Bei uns geht's ganz hygienisch zu.»

Suzuki betrachtete das schlaffe Netz, das ihm zugeworfen wurde. Nach einem Blick auf mich stopfte er mürrisch seinen Pferdeschwanz hinein. Dave war schon einmal im Schlachthaus gewesen und hatte Oh geraten, den Regenschutz für die Kamera und Müllsäcke für die anderen Teile, die nicht naß werden durften, mitzubringen. Wir waren bereit. Wilson rief per Telefon einen jungen Angestellten namens Joey zu sich, der noch am Handy redete, als er durch die Tür trat. Wilson erklärte ihm, er solle uns herumführen, und blieb mit Gale im Büro. Als wir die Treppe hinuntergingen, warf ich einen Blick zurück auf das breite Beobachtungsfenster und sah die beiden, wie sie nebeneinander unter den ausladenden Brüsten des Dschungelmädchens standen. Sie beobachteten mich, und als ich mich umdrehte, brachen sie in Lachen aus.

Das Schlachthaus zu betreten war, als ginge man durch eine unsichtbare Mauer in die Hölle. Sehen, hören, riechen – alle Sinne, die ich zu besitzen glaubte, die ich für die meinen gehalten hatte, wurden mir vom Schlachthaus geraubt, wurden einem brutalen Angriff ausgesetzt. Dampf zischte, Metall traf kreischend auf Metall, krachte und donnerte ohrenbetäubend, unablässig. Ketten, Flaschenzüge, Eisenhaken flogen in unglaublicher Geschwindigkeit an uns vorbei, und so weit das Auge reichte, schlängelten sich Fließbänder in die Ferne, beladen mit gehäuteten Schädeln und dampfenden Herzen. An der Decke über unseren Köpfen zog sich ein Fördersystem entlang, an dem gigantische tropfende Rinderhälften hingen, heftig schwingend von der Geschwindigkeit, mit der sie auf uns zuschepperten.

Überall war Blut, leuchtend rot, ziegelrot, braun und schwarz; es floß, es spritzte, bedeckte die Wände, die Arbeiter. Der Boden senkte sich überall zu Abflüssen hin ab, damit er leichter gesäubert werden konnte, aber trotzdem war der ganze riesige Raum mit verrottendem Dreck verkrustet. Und voller Fliegen.

Als wir durch die Verarbeitungshalle gingen, kamen wir an Kühen vorbei, die nach Körperteilen sortiert wurden; Gehirne, Zungen, Lebern, Gedärme, Nieren wurden herausgenommen oder abgetrennt und in verschiedene Stahlbehälter geworfen. In einem Container sah ich Hunderte großer, mit Blut beschmierter Lebern, die eine dicke gelbe Flüssigkeit absonderten. Dave klopfte mir auf die Schulter und deutete auf die Sekrete.

«HORMONE!» schrie er über den Lärm hinweg.

Ich packte Suzuki und hielt das Reportagelicht auf das glänzende, triefende Fleisch.

Es war sehr, sehr kalt. Ein beißender, feuchter Gestank trieb uns vorwärts zum Herz des Schlachthauses, das hinter Stahltüren verborgen lag. Langsam öffneten sie sich und gaben uns Zutritt zur Entblutebahn, einer riesigen Fläche, die als «Heißboden» bekannt ist, wie Joey mir ins Ohr brüllte.

«WEIL BLUT HEISS IST, WENN ES AUS EINEM LEBENDEN KÖRPER SPRITZT!»

Suzuki hatte die ganze Zeit über gedreht, aber als wir durch die Stahltüren traten, wurde sein Kamerablick noch schärfer. Er trug die Betacam auf der Schulter und drückte sie gegen den Kopf, um sie ruhig zu halten, aber der Schutzhelm und die Brille waren ihm im Weg, also riß er beides herunter und warf es Dave zu. Joey wollte Einspruch erheben, aber ich zupfte ihn am Ärmel und lächelte flehentlich. «Biiitte», mimte ich und preßte die Handflächen zusammen. Er zuckte die Achseln und wandte uns grinsend den Rücken zu.

Es gab keinen Platz, um stehenzubleiben, deswegen gingen wir immer weiter. Es war eine Art obszöner Tanz, wie wir die massigen, schwingenden Kadaver umrundeten, die an einem Hinterbein in der Luft hingen, in den diversen Stadien von Leben, Tod und Zerteilung. Wir woben uns zwischen den Leibern hindurch, versuchten, nicht von ihnen getroffen zu werden, und folgten einem rutschigen Plankenweg, unter dem ein dunkelroter Bach aus Blut floß. Die Arbeiter standen auf Plattformen, alle in identischen, blutverschmierten Kitteln, mit gelben Helmen, Brillen, die ihr Gesicht verbargen, und Ohrstöpseln, die den Lärm dämpften. Mit Elektrowerkzeugen nahmen sie unterschiedlichste Operationen an den herabhängenden Körpern vor – schnitten Klauen ab, trennten Köpfe von Leibern, weideten Kadaver aus –, und das Kreischen der Säge durchschnitt die Luft, als das Sägeblatt Knochen durchtrennte, Haut und Fell verbrannte. Für das Ausweiden wird ein schneller Schnitt über die Bauchdecke gemacht, so daß die Gedärme in einer Dampfwolke herausfallen.

Wir entdeckten die Betäubungsfalle. Suzuki und ich stiegen auf die Plattform neben den Arbeiter. Unter uns wurde eine Kuh von einem Arbeiter mit einem elektrischen Stock in die Falle getrieben. Die Kuh scheute, bäumte sich auf und warf sich mit Wucht gegen die Wände der Falle. Sie hatte gerade gesehen, wie die Kuh vor ihr getötet wurde, und die Kuh davor, und sie war panisch vor Furcht. Sie verdrehte die Augen, und weißer Schaum trat ihr aus dem Maul, als die Stahlwände gegen ihre Hinterbeine klatschten und sie vollständig in die Falle preßten. Der Arbeiter neben uns beugte sich vor und schoß ihr mit einem Druckluft-Schußapparat einen zwölf Zentimeter langen, einziehbaren Bolzen ins Gehirn. Dann drückte er auf einen Knopf, und die Metallwände der Falle hoben sich, so daß die teilweise betäubte Kuh zu sehen war, die sich zuckend am Boden wand. Es war keine vollständige Betäubung. Achselzuckend stieg der Arbeiter von der Plattform hinunter und schlang der Kuh eine Kette um das Hinterbein. Die Kette war an einem Rollbügel befestigt, der die Kuh in die Luft hob, und dort hing sie kopfüber mit verrenktem Hals und drehte sich langsam, während die Beine wild ausschlugen, um festen Boden zu finden. Der Arbeiter trat näher und nahm ein Messer aus seinem Gürtel.

Suzuki war von der Plattform gestiegen und kauerte vor der hängenden Kuh, die Kamera auf den Oberschenkel gestützt, um eine Teleeinstellung von unten zu bekommen. Er wartete auf den tödlichen Schnitt. Der Arbeiter bedeutete ihm, zurückzutreten, und Suzuki nickte, wich aber keinen Zentimeter. Der Atem der Kuh ging stoßweise, ein Keuchen durch Schaum und Speichel, und immer wieder brüllte sie erstickt auf. Oh stand hinter Suzuki mit der Tonangel in der Hand; er zitterte und war leichenblaß. Seine Kopfhörer, die wie dümmliche Plastikohren wirkten, verstärkten die Schreie des Tieres und übertrugen sie direkt in sein Gehirn. Sein zusammengekniffenes Gesicht war tränenüberströmt, wie bei einem kleinen Kind, das um keinen Preis laut weinen will. Ich ging zu ihm und klopfte ihm auf den Arm, deutete auf den Ausgang und das Kameramikro, das wir verwenden konnten, wenn er gehen wollte, aber er schüttelte den Kopf. Er wollte bleiben.

Der Arbeiter legte seine Hand auf den verkrampften Hals der Kuh, um sie still zu halten. Ich stand hinter Oh, schaltete das Reportagelicht ein und richtete es direkt auf die pulsierende Kehle. Der Arbeiter redete die ganze Zeit auf das Tier ein: «Schon gut, altes Mädchen, ganz ruhig, bald ist alles vorbei», und dann tat er etwas völlig Unerwartetes: Er bückte sich, blickte der Kuh direkt in das eine vorquellende Auge und streichelte ihr die Stirnlocke. Es schien sie wirklich zu beruhigen. Und als er sich aufrichtete, stieß er ihr mit dem Schwung seines Körpers das Messer tief in die Kehle, machte zwei kreuzweise Schnitte und trieb es ihr dann direkt ins Herz. Das ist der Grund, warum die Kuh betäubt, aber nicht tot sein darf, wenn ihr die Kehle durchgeschnitten wird – das Blut schießt in rhythmischen Schwällen hervor, weil es vom noch pumpenden Muskel ausgestoßen wird.

Suzuki hatte nicht geahnt, mit welcher Gewalt das Blut hervorschießen, und auch nicht, wie weit es spritzen würde. Als ihm der leuchtendrote Schwall entgegenkam, machte er einen Satz rückwärts und taumelte gegen Oh, der gegen mich fiel und mich direkt in die Bahn von fünfhundert Kilo totem Rind stieß, die am Förderband entlangrollten. Das Fleisch mußte mich genau in dem Augenblick erwischt haben, als es um eine Kurve fuhr und dabei im weiten Bogen ausschwang. Es knallte gegen mich, so daß ich den Boden unter den Füßen verlor, und mehr weiß ich nicht, denn beim Sturz schlug ich mit der Schädelbasis auf den Rand der Betäubungsfalle auf, die ihre Funktion erfüllte und mir das Bewußtsein raubte.

11. Der Frost-Monat

SHONAGON

Das nur von einer Frau bewohnte Haus

Ein nur von einer Frau bewohntes Haus soll nicht auffallend sein. Die Gartenmauer um das Haus kann abgebrökkelt sein. Um den Teich herum sollen Wasserpflanzen wachsen. Auch im Garten sollte einiges Unkraut, das nicht gerade sehr häßlich ist, bleiben. Es schickt sich für die Hausherrin, daß man von ihrem Haus einen einsamen Eindruck bekommt.

Es mißfällt mir, wenn man dem Haus einer Frau ansieht, daß sie mit einem wissenden Blick herumgeeilt ist, alles genau an seinen Platz gestellt hat, und wenn das Gartentor fest verschlossen ist.

AKIKO

Als sie aufwachte, lag sie in einem Krankenhausbett mit einer Nadel im Arm und einem Plastikschild um das Handgelenk. Sie blieb lange Zeit still liegen. Rechts und links von ihr standen wohl andere Betten, denn sie hörte leise Bewegungen und Stimmen, aber ihr Bett war rundherum durch einen Vorhang abgetrennt. Sie räusperte sich, dann summte sie, um herauszufinden, ob ihre Stimme funktionierte, aber sie wagte es nicht, laut zu sprechen. Irgend jemand würde kommen, dessen war sie sich sicher. Wenn sie lange genug wartete, würde jemand kommen und ihr sagen, was ihr fehlte. Denn ihr mußte etwas Schlimmes zugestoßen sein, wenn sie so plötzlich im Krankenhaus lag, ohne sich zu erinnern, wie sie hergekommen war.

Innerhalb der Vorhänge war es sehr hell, und das Licht tat ihren Augen weh. Es war Neonlicht, kein richtiges Licht von der Sonne, und es war auch keine frische Luft, die die Vorhänge wehen ließ, sondern vielmehr die Zugluft von Menschen, die jenseits der Vorhänge rasch hin und her gingen. Das Licht und die Bewegungen machten Akiko nervös, ebenso wie die Geräusche, vor allem das Quietschen von Gummisohlen beim Drehen auf den harten Acrylfliesen. Sie schloß die Augen. Es tat gut, alles auszublenden, dunkel und still hinter den Augenlidern zu liegen. Die Dunkelheit, die sie schuf, dämpfte die Geräusche im Raum ein wenig. Vielleicht würde es ihr jetzt möglich sein, einen Gedanken zu fassen. Sie versuchte, sich zu erinnern, wie sie hierhergekommen und was passiert war, aber das einzige, was ihr einfiel (und sie sah es wie eine Projektion, wie einen Lichtfleck vor dem samtdunklen Hintergrund ihrer Lider), war ein weinendes Auge, aus dessen Mitte blutige Tränen flossen.

«Schlafen wir noch?»

Akikos Augen öffneten sich überrascht genau in dem Moment, als die Krankenschwester den Vorhang zurückriß.

«Haben Sie ein schönes Nickerchen gemacht?»

Was sollte sie darauf antworten? Hatte sie wirklich nur ein Nickerchen gemacht? In letzter Zeit war sie oft sehr müde gewesen, aber sie hatte nie gehört, daß jemand nur zum Schlafen ins Krankenhaus eingeliefert wurde.

«Habe ich ein Nickerchen gemacht?»

«Seit achtzehn Stunden, mehr oder minder. Sie schlafen sich gesund, so nennen wir das. Sie sind gestern nachmittag reingekommen, und jetzt ist es Morgen.»

Die Krankenschwester wechselte die Flasche an dem Schlauch, der in Akikos Arm endete.

«Was ist mit mir passiert?»

«Ja... eigentlich sollte ich ja warten, bis der Arzt kommt und es Ihnen sagt, aber...»

Sie hielt inne und sah sich um, dann beugte sie sich vor und senkte die Stimme.

«Sie haben etwas Blut verloren, aber keine Sorge. Das wird wieder.»

«... Blut?»

«Zuerst dachte der Arzt, Sie hätten einen Abgang, aber dann hat er festgestellt, daß es aus Ihrem Po rauskommt.» Die Schwester steckte Akiko ein Thermometer unter die Zunge und befestigte die Manschette eines Blutdruckmeßgeräts um ihren dünnen Oberarm.

«Ihr Mann hat Sie bewußtlos im Badezimmer gefunden. Er war ziemlich besorgt. Er muß wirklich ein netter Ehemann sein, wenn er sich solche Sorgen macht.»

Die Schwester pumpte die Manschette auf und legte die kühle Scheibe des Stethoskops auf Akikos Puls.

«Ist er...?» Akikos Worte waren undeutlich wegen des dünnen Glasröhrchens in ihrem Mund, und ihre Stimme zitterte.

Die Schwester sah von ihrer Armbanduhr auf, runzelte die Stirn und steckte das Thermometer tiefer in Akikos Mund.

«Sie dürfen nicht reden. Er ist gestern nachmittag gegangen. Aber erst, als feststand, daß Sie außer Gefahr sind.» Sie horchte auf Akikos Puls und blickte sie dann direkt an. «Er muß ein sehr netter Ehemann sein... oder?»

Das Thermometer steckte ihr noch im Mund, also brauchte sie eigentlich nicht zu antworten. Die aufgepumpte Manschette drückte ihr den Arm ab und blockierte die Blutzufuhr. Sie schloß die Augen.

«Andererseits vielleicht nicht», sagte die Schwester. «Vielleicht ist er gar nicht nett.» Mit einem Zischen ließ sie die Luft aus dem Gerät ab. Die Manschette fiel in sich zusammen, und das Blut begann wieder zu zirkulieren, so daß Akikos Arm prickelte. Die Schwester öffnete den Klettverschluß und rollte die Manschette auf, nahm Akiko das Thermometer aus dem Mund und betrachtete es. Sie machte einen Eintrag auf dem Krankenblatt, und dann sah sie auf. «Er hat einen Brief für Sie dagelassen. Ich hab ihn hier irgendwo...»

Sie legte das Krankenblatt beiseite und fischte in ihrer Tasche herum, bis sie einen gefalteten Bogen fand. «Wollen Sie ihn nicht?»

In einem Arm steckte die Nadel. Der andere prickelte noch und weigerte sich, sich zu bewegen.

«Na, dann lass' ich ihn einfach hier liegen. Sie können ihn lesen, wenn Ihnen danach ist.»

Nachdem die Schwester den Brief auf den Nachttisch gelegt hatte, drückte sie Akiko leicht in die Seite. «Tut das weh?» fragte sie. Akiko fuhr zusammen. «Hmmm. Der Arzt vermutet einen Bruch. Wahrscheinlich wird er Sie röntgen wollen... Was haben Sie denn überhaupt gemacht? Wie ist das passiert?»

Sie ist neugierig, dachte Akiko. Die Schwester war ungefähr in ihrem Alter, klein und etwas stämmig. Die Hose ihrer Uniform spannte über den Oberschenkeln. Sie hatte ein rundes, freundliches Gesicht, und auf ihrem Namensschild stand «Tomoko», mit dem Schriftzeichen für «Freund». Es wäre so leicht, einfach «mein Mann hat mich getreten» zu sagen, dachte Akiko. Oder «mein Mann hat mich ins Gesicht geschlagen», oder «mein Mann...», aber irgendwie konnte sie die Worte nicht dazu bringen, über ihre Lippen zu kommen. Sie sah zu Schwester Tomoko und schüttelte hilflos den Kopf. Es war überhaupt nicht leicht zu sagen.

Schwester Tomoko zuckte die Achseln und drückte ihr ermunternd den Arm, dann untersuchte sie Akikos geschwollene Lippe, die allerdings schon heilte. Sie fuhr mit dem Finger sanft über die Stelle und schüttelte den Kopf. «Das muß weh getan haben, stimmt's?» fragte sie. Dann trat sie einen Schritt zurück, ließ einen raschen Krankenschwestern-Blick über alles schweifen, das Tischchen neben dem Bett, die Zudecke auf dem Bett, unter der Akiko lag, und vergewisserte sich, daß sie auch nichts vergessen hatte.

«Ich komme später noch mal und sehe nach Ihnen, und der Arzt wird auch bei Ihnen vorbeischauen. Soll ich jemanden ... Ich könnte jemanden für Sie anrufen ...»

«Nein danke», sagte Akiko. «Niemanden.»

Schwester Tomoko zuckte noch einmal kurz mit den Schultern und lächelte. «Also, ich komme wieder. Sie können sich ja überlegen, ob Sie etwas brauchen.» Damit zog sie die Vorhänge hinter sich zu und war fort.

Der Brief lautete:

Geliebte Ehefrau,
ich hoffe, es geht Dir besser, wenn Du diese Zeilen liest. Es war ein Schock, Dich bewußtlos und blutend auf dem Boden im Badezimmer zu finden. Zuerst hatte ich schreckliche Angst, daß Du eine Fehlgeburt gehabt haben könntest. Daß Du irgendwie schwanger geworden warst und mir nichts davon gesagt hattest. Aber dann sagte mir der Arzt, daß es keine Fehlgeburt war, und ich war sehr erleichtert. Aber das klingt herzlos. Natürlich war ich nicht erleichtert. Ich habe Dir so viele Schmerzen zugefügt, und es tut mir leid. Ich bitte Dich demütig um Vergebung und hoffe, daß Du mir verzeihst und wir alles zwischen uns klären können.

Der Arzt sagte, daß es Dir bald wieder gutgehen wird, also fahre ich auf meine Geschäftsreise nach Colorado. Ich habe keine andere Wahl. Ich wünschte, ich könnte bei Dir sitzen, aber ich werde meine Mutter anrufen und sie bitten, Dich zu besuchen und Dir bei allem, was Du brauchst, zu helfen. (Bestimmt ist Dir ebenso klar wie mir, daß die Dinge, die zwischen Eheleuten passieren, privater Natur sind und mit niemandem besprochen werden, nicht einmal mit Verwandten oder Schwiegereltern.)

Ich schreibe dies im Wartezimmer. Mit mir wartet ein anderer junger Ehemann, der nervös auf und ab geht. Seine Frau bekommt ein Kind. Mein Herz ist schwer vor Trauer und Neid. Bitte verzeih mir, liebe Frau. Versprich mir, daß beim nächsten Mal ich dieser nervöse junge Ehemann sein werde. Das ist mein innigster Wunsch. Mehr kann ich nicht sagen.

Dein Ehemann, J. Ueno

Schwester Tomoko fand den Brief zerknüllt unter dem Bett im Papierkorb liegen. Sie warf einen Blick auf die schlafende Frau, und ein Lächeln grimmiger Zufriedenheit erschien auf ihrem Gesicht. Sie wußte, was in dem Brief stand. Schließlich hatte sie ihn in ihrer Tasche aufbewahrt und vor einigen Stunden gelesen. Leise und umsichtig ersetzte sie die IV-Flasche am Tropf; dabei mußte sie ganz leicht Akikos Arm gestreift haben, aber das genügte, um Akiko im Schlaf aufstöhnen, den Kopf zur Seite werfen und seufzen zu lassen, so daß es Schwester Tomoko das Herz im Leib umdrehte. Sie musterte das elende Gesicht der Frau: Die Lippe war geplatzt, heilte aber bereits; der verblassende Kreis von Gelb, Grün und Blau um beide Augen erzählte von früheren Auseinandersetzungen, wie auch die feine weiße Narbe über der Braue. Schwester Tomoko hatte Akiko ausgezogen, als sie eingeliefert worden war. Sie wußte von den anderen blauen Flecken, hatte neben dem Arzt gestanden, als er die ockergrünen Verfärbungen untersuchte, die sich um die Schlagstellen auf Akikos magerem Körper gebildet hatten. Akiko stöhnte wieder, als würde sie unter der Musterung leiden. Tomoko seufzte und legte ihr eine kühle Hand auf die Stirn. Der leichte Druck schien Akiko zu beruhigen; ihre geschundenen Züge entspannten sich, und sie versank wieder in einen tiefen, traumlosen Schlaf.

Als ich das erste Mal zu mir kam, nahm ich nur das Schlingern des Wagens wahr und das Geräusch der Steine, die von den Reifen gegen das Chassis geschleudert wurden. Beim zweiten Mal sah ich Suzukis großes, lächelndes Mondgesicht, es war warm um mich, und ich schlief wieder ein. Beim dritten Mal blieb ich bei Bewußtsein. Die Jungs hatten mich auf die schmale Sitzbank gelegt, Dave raste über die Landstraßen, Suzuki hielt meinen Kopf in seinem Schoß, und Oh hatte sich zwischen die Sitze gezwängt, damit ich so ruhig wie möglich liegen konnte. Mein Gesicht fühlte sich seltsam verklebt an, also kratzte ich, und da bemerkte ich, daß meine Hand mit Blut verkrustet war, und die andere auch, und nicht nur die Hände, sondern der ganze Arm, nein, mein ganzer Körper war über und über mit Blut beschmiert, und ich fing an zu schreien. Suzuki hielt mich fest und erklärte, das Blut sei nicht meins, ich sei im Schlachthof in eine große Blutlache gefallen, aber da weinte ich schon, und wenn ich mir die Augen abwischte, waren die Tränen auch blutig. Meine Kleider waren blutdurchtränkt und klebrig, und meine Jeans war steif geworden, was mich noch mehr erschreckte, weil ich die Beine kaum bewegen konnte.

Und dann waren wir in der Notaufnahme. Dave trug mich in seinen Armen, und als die erste Krankenschwester mich sah, riß sie die Augen auf und sagte «O mein Gott!», aber dann erklärte Dave ihr, woher das Blut stammte. Der Arzt untersuchte meinen Kopf, während die Schwestern mich auszogen, und als sie die blutige Jeans abschälten, hatte ich einen Moment rasender Klarheit. «Mein Baby...», schrie ich, und alle verharrten reglos und starrten mich an, und dann fiel ich wieder in Ohnmacht.

Dann lag ich in einem sauberen Nachthemd in einem Krankenhausbett, das Blut war weg, und niemand war da, aber die Spätnachmittagssonne schien durch das Fenster und ich hörte das geschäftige Treiben auf der Station jenseits der Tür. Und dann merkte ich, daß ich doch nicht allein war, sondern daß Bunny Dunn am Fenster stand. Ihr Haar sah im Gegenlicht wie ein Heiligenschein aus. In dem Augenblick drehte sie sich um, bemerkte, daß ich wach war, und lächelte.

«Guten Morgen», sagte sie.

«Ist es Morgen?»

«Nein. Es ist Nachmittag.» Sie kam zu meinem Bett herüber.

«Wie lange habe ich geschlafen?»

«Zwei Stunden.»

«Fehlt mir etwas?»

«Nein. Nichts Schlimmes. Nur ein kleiner Bruch und eine Gehirnerschütterung, aber der Arzt möchte Sie ein paar Tage zur Beobachtung dabehalten.»

Plötzlich fing es in meinem Kopf an zu pochen, als würde er versuchen, diese Information aufzunehmen. «Woher wußten Sie...?»

«Dave hat mich angerufen. Er dachte... na ja, die Jungs wußten nicht...» Sie brach ab, war unsicher, was sie als nächstes sagen sollte, wieviel sie mir erzählen sollte, an wieviel ich mich erinnerte, und das Pochen dehnte sich aus, so daß es ihr Schweigen ausfüllte, und wurde zu Entsetzen. Es schoß mir eiskalt durch den Bauch in die Magengrube.

«Sie dachten, daß es vielleicht besser für Sie ist, wenn eine Frau bei Ihnen ist», schloß Bunny.

«Das Baby...?» Ich sah zu ihr, sie begegnete meinem Blick und hielt ihm stand.

«Ja.»

«Es ist nicht mehr da?»

«Nein.»

Ich drehte den Kopf weg. Ich konnte sie nicht mehr ansehen, also starrte ich zur Decke hinauf. Hinter meinen Augen sammelten sich Tränen, und plötzlich bekam ich keine Luft mehr, weil der Druck so groß wurde.

«Jane, der Arzt hat etwas ganz Wichtiges gesagt.»

Ich konnte sie kaum hören. Der Druck in meinem Kopf hatte die Ohren verschlossen.

«Hören Sie mich? Jane, Sie müssen mir zuhören.»

Ich schüttelte den Kopf. «Bitte.» Ich preßte das Wort zwischen den Zähnen hervor. «Gehen Sie.»

Aber Bunny ließ nicht locker. «Nein, zuerst müssen Sie mir zuhören. Sie geben sich selbst die Schuld, aber es ist nicht Ihre Schuld.»

«Das ist doch lächerlich», fuhr ich auf. «Natürlich ist es meine Schuld.»

«Nein. Sie hätten nichts tun können. Der Arzt sagte, der Fötus sei... also, er sei nicht mehr gewachsen. Sie hätten die Fehlgeburt früher oder später sowieso gehabt. Verstehen Sie mich? Es war nicht der Unfall. Sie hätten die Schwangerschaft nicht voll ausgetragen.»

«Was meinen Sie damit, es ist nicht mehr gewachsen?»

«Also... es war tot.»

«Tot?»

Da fingen die Tränen einfach an zu laufen, rannen mir über das Gesicht; und aus mir, aus der Tiefe meines leeren Bauches, stiegen laute, keuchende Schluchzer. Bunny beugte sich über das Bett, nahm meinen verletzten Kopf und drückte ihn an ihre Brust, und ich wehrte mich nicht. Ich ließ mich von ihr trösten, wie ich nie zuvor getröstet worden war, ganz bestimmt nicht an der knochigen Brust meiner kühlen, leidenschaftslosen Mutter. Ich weinte und weinte, und die Tränen kamen aus dem Grauen, das Wirklichkeit geworden war. Meine verhinderte Nachkommenschaft. Meine armselige Hoffnung. Durch meine mangelnde Überzeugung hatte ich ihr die Kraft zu leben genommen. Natürlich war es meine Schuld. Alles war meine Schuld.

«Ich wollte das Kind...», ächzte ich.

«Natürlich wollten Sie es», murmelte Bunny mir ins Haar. «Jede Frau will ihr Kind...»

«Nein. Sie verstehen mich nicht.» Verbittert und verzweifelt entzog ich mich ihrer Umarmung; sie mußte mich einfach verstehen. «Es ist meine Schuld, daß das Kind tot ist. Ich hätte diese Reportage nicht machen müssen. Ich hätte aufhören können. Aber ich hab's nicht getan. Ich bin in den Raum mit den Futtermitteln gegangen und hab die Medikamente angefaßt. Ich hätte...»

Bunny war verwirrt, ließ sich aber nicht beirren. «Aber das hat doch gar nichts mit der Fehlgeburt zu tun...»

«Natürlich hat es was damit zu tun, verstehen Sie denn nicht?» schrie ich. «Vielleicht nicht nur damit, aber alles zusammen...»

«Jane, es hat nichts mit den Futtermitteln oder den Medikamenten zu tun. Es war schon tot, Jane. Der Arzt sagt, daß es schon vor mehreren Tagen gestorben ist, vielleicht sogar schon vor einer Woche.»

«Vor einer Woche?» stieß ich hervor. Bei dieser grauenhaften Vorstellung schauderte mich, doch dann brach ich in hysterisches Gelächter aus. Ich hatte eine Woche lang mein totes Kind in mir getragen, ohne es zu merken. Bunny ließ mich los, trat einen Schritt zurück und starrte mich an.

«Sehen Sie? Das sind meine mütterlichen Instinkte! Ich hab' nicht mal gewußt, daß mein Kind tot ist, obwohl es in mir war. Tolle Mutter, was?» Ich fing wieder an zu weinen. «Sehen Sie, es ist doch meine Schuld. Ich hab mich von Anfang an nicht genug darum gekümmert. Ich hab sogar an eine Abtreibung gedacht. Wenn ich bloß aufgehört hätte zu arbeiten, mit allem aufgehört hätte... Ich hätte an nichts anderes als das Kind denken dürfen, aber das habe ich nicht. Ich hab alles weiterlaufen lassen... und jetzt...»

Bunny nahm mich wieder in den Arm. «Es ist nicht Ihre Schuld», flüsterte sie. «Aber ich weiß, was Sie meinen. Es ist schwer, einen Schlußstrich zu ziehen, wenn eine Sache einmal in Gang gekommen ist.» Ihre Stimme klang wie aus weiter Ferne. «Dinge, die man sich nie hätte vorstellen können, kommen einem plötzlich ganz normal vor. Na ja, vielleicht nicht normal, aber man findet sich mit ihnen ab. Wie ich mich mit Rosie... Man gewöhnt sich einfach daran. Aber nur, bis etwas passiert, das einen wachrüttelt und man die Sache plötzlich aus einem anderen Blickwinkel sieht. Genau das ist passiert, als ihr bei uns aufgetaucht seid. Ich habe sie mit euren Augen gesehen, und alles sah anders aus. Verkehrt.»

Sie legte meinen Kopf auf das Kissen. Dann sah sie mich an und strich mir über die Stirn, so wie sie Rosie gestreichelt hatte. «Ich bin nie mutig gewesen», sagte sie mit einem kleinen Lachen. «Und jetzt rede ich von mir, wo ich doch Sie trösten sollte. Aber ich wollte Ihnen das sagen, weil mir das gerade erst klar geworden ist. Als Sie gestern nacht weggefahren sind, habe ich zurückgedacht und mir überlegt, daß ich in meinem ganzen Leben keine einzige Entscheidung getroffen habe. Ich bin einfach von einer Sache zur nächsten gewandert, in die Richtung, in die diese blöden Dinger mich getrieben haben, verstehen Sie?» Sie hob ihre Brüste an und betrachtete sie wehmütig. «Die Shows, die Striptease-Lokale, John... Im großen und ganzen hab ich verdammt viel Glück gehabt. Aber gestern nacht habe ich endlich eine Entscheidung getroffen; da habe ich in die Kamera gesprochen, und das war ein gutes Gefühl. Als ob ich laut und deutlich meine Meinung gesagt hätte.»

Sie nahm meine Hand und hielt sie fest. «Wahrscheinlich will ich nur sagen, daß man an manchen Sachen schuld ist und an anderen nicht, und bei denen, für die man nichts kann, sollte man keine Zeit drauf verschwenden, sich deswegen schuldig zu fühlen. Aber die, bei denen man etwas ändern kann – das ist was anderes. Bei denen muß man was unternehmen... Ich will dieser Sache mit Rosie auf den Grund gehen. Und das verdanke ich Ihnen.»

Sie lächelte bekümmert, und ich versuchte, auch zu lächeln, aber es gelang mir nicht, also drückte ich statt dessen ihre Hand. Ich freute mich für sie. Aber das änderte nichts an dem, was ich von mir selbst dachte.

Auf dem Weg zur Tür blieb sie stehen und drehte sich um.

«Da ist noch was...», sagte sie.

«Ja?»

«Gale meinte... also, es tut ihm leid, was passiert ist.»

«Aber er meint, ich bin trotzdem eine dumme Kuh und hab's verdient, stimmt's?»

Bunny wandte den Blick ab. «Na ja, also...» Sie brach ab, kam wieder zum Bett zurück und beugte sich über mich. «Vor ein paar Stunden ist er eigens zu mir gekommen, um mit mir zu reden. Über Rosie. Ich glaube, das war das erste Mal, daß er ein nettes Wort zu mir gesagt hat. Er hat mir erzählt, was Sie ihm gesagt haben, aber daß er nie, Sie wissen schon, das mit Rosie gemacht hat. Nicht auf so 'ne Art.»

«Ach?»

«Ja. Ich schätze, ich glaube ihm. Die ganze Sache hat ihn wirklich getroffen, und Rose himmelt ihn an.»

«Das ist gut, Bunny.»

«Ja.»

«Er ist ein Arschloch, Bunny.»

«Ja.»

Kurz nachdem sie gegangen war, steckte Suzuki seinen Kopf durch die Tür, gefolgt von Oh und Dave. Sie hatten draußen gewartet. Suzuki und Oh waren seltsam förmlich. Natürlich wußten sie von der Fehlgeburt, aber sie waren zu höflich, um das Thema anzusprechen. Ich war froh darüber. Ich wollte nicht darüber reden. Dave spürte das, und obwohl er mich eingehend musterte, verzichtete er darauf, etwas zu sagen. Die ganze Situation war etwas peinlich. Sie blieben nicht lange, weil sie Ueno vom Flughafen abholen mußten.

Ich war wohl wieder eingeschlafen, denn als ich aufwachte, war es dunkel, bis auf ein rechteckiges Neonlicht, das durch ein kleines Fenster in der Tür hereinfiel. Tagsüber waren die Geräusche und das Treiben vom Flur zu hören gewesen, aber jetzt war die Station absolut still, eingehüllt in eine Art zögerlicher Nacht, als warte sie nur darauf, durch einen plötzlichen Schrei, eine Blutung, einen Tod aus ihrer Ruhe gerissen zu werden. Der Schmerz kehrte zurück, wie ein Puls oder ein Herzschlag. Manchmal kommt es einem vor, als hätte das Gehirn Finger, und in dieser Ruhepause ohne Geräusche, Licht, Bewegung, ließ ich mein Denken langsam, tastend die Quelle des Schmerzes erforschen. Ich versuchte, den genauen Augenblick zu bestimmen: *Wann ist es passiert, wann habe ich es sterben lassen?* Ich zwang mich, die letzten Tage chronologisch durchzugehen, schälte die Ereignisse wie Zwiebelhäute zurück und war mir sicher, daß der Moment sich eindeutig zu erkennen geben würde. Es war unmöglich, daß ich es nicht wußte. Aber so sehr ich mich auch bemühte, ich konnte mich nicht erinnern. Ich konnte das Labyrinth chaotischer Fragmente nicht entwirren: das blutende Kalb und das blutige Fleisch, die Wut des Farmers, die Lethargie der Mutter, die entstellte, unnatürliche Anmut des Kindes. Ich war gefangen von diesen Bildern und ertappte mich dabei, wie ich sie zu schneiden versuchte, sie ordnen wollte, so daß sie Sinn ergaben. Und die ganze Zeit über wartete ich, lauschte auf die Stille vor meinem Zimmer und die Geräusche der Station, bewegte mich auf das Gefühl einer bevorstehenden Katastrophe zu.

Und als sie kam, überraschte mich nur die Gestalt, die sie annahm, nicht die Tatsache an sich.

Ich hatte die Kassetten vergessen.

Ich hatte all unser bisheriges Filmmaterial nach New York schikken wollen, bevor Ueno ankam, damit es ihm nicht in die Hände fiel. Jetzt würde er verlangen, alles zu sehen, und wenn er Rosies entstellten Körper und das tragische Interview mit Bunny sah, würde er die Kassetten konfiszieren oder, schlimmer noch, sie vernichten. Ich tastete nach meiner Armbanduhr auf dem Nachttisch. Es war drei Uhr morgens. Ich rief im Motel an und hinterließ eine dringende Nachricht für Suzuki, aber ich wußte, es war zu spät. Ueno würde keine Minute verloren haben. Er hatte die Kassetten schon gesehen. Ich konnte nichts mehr tun. Ich fing wieder an zu weinen. All das für nichts.

Schließlich schlief ich wieder ein und träumte von der geschlachteten Kuh, wie sie mit dem Kopf nach unten hing und ihr Körper sich langsam im Kreis drehte, während das Leben aus ihr wich. In meinem Traum bewegten sich ihre Beine synchron, als würde sie laufen, und mir war klar, sie träumte von einer endlosen grünen Weide am Rande des Todes, wohin sie traben und für immer grasen konnte.

Am Morgen rief ich wieder Suzuki an, aber das Team hatte das Motel schon verlassen. Ich rief Sloan an. Er war nicht zu Hause, also sprach ich ihm auf Band und sagte, er solle mich im Krankenhaus anrufen. Dann kam der Arzt. Er war jung, sah aber wie vierzig aus. Er blieb in einiger Entfernung von meinem Bett stehen und blickte auf das Krankenblatt, das er auf Armeslänge von sich hielt.

«Wie geht's Ihrem Kopf heute morgen? Schmerzen?»

Ich war verwirrt. Ich konnte nicht antworten. Ich hatte vergessen, daß ich mir den Kopf angeschlagen hatte.

«Nein», sagte ich schließlich. «Meinem Kopf geht's gut. Wo ist mein Kind? Kann ich es sehen?»

Der Arzt trat noch einen Schritt zurück. «Nein. Der Fötus wurde gestern entfernt.»

«Das weiß ich. Ich möchte ihn sehen. Wo haben Sie ihn hingetan?»

«Es tut mir leid, das geht nicht. Das Schwangerschaftsprodukt wurde sofort verbrannt.»

«Oh.»

«Jetzt machen Sie sich deswegen keine Sorgen», sagte er, setzte einen jovialen Gesichtsausdruck auf und bemühte sich um einen leutseligen Ton. «Sie sind eine hübsche junge Frau und haben viel Zeit, es noch mal zu versuchen. Denken Sie nur daran, wieviel Spaß Sie dabei haben werden!» Ich verstand nicht, was er meinte. Aber dann begriff ich.

«Ach. Sie meinen den Sex.»

Er studierte wieder das Krankenblatt. «Ja, also, ich habe heute Vormittag eine Ausschabung für Sie angeordnet, damit innen alles pico bello ist und nichts zurückbleibt...»

«Sie meinen ein Arm oder so?»

Dieses Mal ignorierte er mich völlig. Er schrieb etwas auf das Blatt und trat zum Fußende des Bettes, um es wieder an seinen Platz zu hängen. Ich versuchte es noch einmal.

«Herr Doktor, ich muß es wissen. Warum ist das Kind gestorben? Was hat die Fehlgeburt verursacht?»

Der Arzt seufzte. Es war offensichtlich, daß er sich nicht auf ein solches Gespräch einlassen wollte. Dann betrachtete er mich und kam wohl zu dem Schluß, daß ich nicht die Art Frau war, die so leicht lockerließ. Da konnte er die ganze Sache genausogut gleich hinter sich bringen.

«Im Fall eines verhaltenen Aborts – so nennen wir es, wenn ein nicht lebensfähiger Fötus abgeht – ist es praktisch unmöglich, die Ursache für den Tod des Fötus festzustellen. Möglicherweise war Ihre Gebärmutter zu klein und vergrößerte sich nicht schnell genug. Möglicherweise war die Plazentafunktion ungenügend – vielleicht lag sie zu tief im Uterus oder wurde nicht ausreichend mit Blut versorgt. Die Fehlgeburt wäre auf jeden Fall eingetreten – früher oder später nimmt die Natur ihren Lauf. Der Unfall kann das ein wenig beschleunigt haben.»

«Ach. Danke.»

«Keine Ursache. In etwa einer Stunde werden Sie für die Ausschabung abgeholt.» Er wandte sich zum Gehen.

«Herr Doktor...»

Geduldig blieb er stehen.

«Meine Gebärmutter ist mißgebildet, vermutlich weil ich im Mutterleib DES ausgesetzt wurde. Außerdem wurde mir vom Gebärmutterhals eine Neoplasie entfernt. Könnte das der Grund sein?»

Er hob die Augenbrauen und nickte, wirkte sogar ein bißchen interessiert. «Möglicherweise ja.» Er wandte sich wieder zur Tür. Als er sie erreichte, fiel mir noch etwas ein.

«Herr Doktor...»

Er drehte sich um. «Ja?» seufzte er.

«War es ein Junge oder ein Mädchen?»

Wieder seufzte er. «Es *wäre*», das betonte er, «ein Junge gewesen.»

Als das Telefon klingelte, griff ich schnell zum Hörer, aber es war weder Sloan noch Suzuki. Es war Kenji. Er war gerade auf der Ranch eingetroffen; Ueno hatte ihn gebeten, die Regie zu übernehmen.

«Es tut mir leid, Takagi. Mir blieb nichts anderes übrig.»

«Ich weiß. Hör mal, Kenji, kannst du mir einen Gefallen tun?»

«Was?»

«Such die Kassetten mit dem Material, das wir gedreht haben, und heb sie für mich auf. Du kannst sie sowieso nicht gebrauchen. Du mußt praktisch von vorne anfangen. Aber lösch sie nicht. Wirf sie nicht weg. Ich erzähl dir später davon, aber ich brauche das Material von Rosie. Ich hab's Bunny versprochen.»

«Das geht nicht. Tut mir leid.»

«Was meinst du damit?»

«Weißt du das nicht? Die Kassetten mit den letzten Sachen, die ihr gedreht habt, sind gestern bei dem Unfall kaputtgegangen. Oh hatte vergessen, sie aus deinem Rucksack zu nehmen, und sie wurden zerquetscht. Ueno war wütend und wollte Oh feuern, aber Suzuki sagte, dann würde er auch gehen. Eine Zeitlang war die Stimmung ziemlich geladen, aber jetzt hat sich alles einigermaßen beruhigt, und Ueno glaubt, daß wir den Großteil der restlichen Aufnahmen verwenden können. Du kannst Kopien davon haben, aber von Rose ist nicht viel dabei...»

«Ach.»

«Tut mir leid.»

«Ja, dann...»

«Takagi? Noch was...»

«Ja?»

«Es ist nicht der richtige Augenblick, dir das zu sagen, aber Ueno besteht darauf... er will nicht, daß du die Sendung noch machst.»

«Das habe ich mir schon gedacht. Kein Problem. Viel Glück. Grüß Bunny von mir.»

«Nein, Takagi. Nicht bloß diese Sendung. Die ganze Serie. *My American Wife!* Ich meine, du bist gefeuert.»

«Oh.»

Sobald ich aufgelegt hatte, klingelte es wieder. Es war Sloan.

«Jane, ist alles in Ordnung? Warum bist du im Krankenhaus? Was ist passiert?» Er hatte Angst. Ich auch.

«Mir geht's gut. Wir haben in einer Fleischfabrik gedreht. Und ich, äh, mich hat eine Rinderhälfte k.o. geschlagen. Lustig, was?»

Ich machte eine Pause, aber er lachte nicht. «Nur eine kleine Gehirnerschütterung, Sloan. Wirklich nichts Schlimmes.»

Er schwieg, wartete. Ich machte wieder eine Pause, um Luft zu holen, um allen Mut zusammenzunehmen. «Sloan? Ich habe eine Fehlgeburt gehabt. Das Kind ist tot.»

Beharrliches Schweigen am anderen Ende der Leitung. Dann hörte ich Atmen, vielleicht ein Räuspern, ein Seufzen oder Schluchzen, und dann wieder nichts.

«Sloan? Bist du noch da? Sag was... bitte...»

«Was soll ich sagen, Jane?» Seine Stimme war kalt, eine Million Meilen entfernt.

«Es ist nicht das, was du denkst. Der Arzt sagt, daß der Fötus aufgehört hat zu wachsen. Es war nicht der Unfall...»

«Ich habe dich gebeten, vorsichtig zu sein. Ich habe dich angefleht. Du hast versprochen...»

«Es war schon tot, Sloan. Es ist irgendwann letzte Woche gestorben, wahrscheinlich noch, als ich in New York war. Früher oder später wäre es sowieso abgegangen...»

Und noch während ich das sagte, wurde mir klar, daß das alles völlig verkehrt klang. Darum ging es überhaupt nicht. Die Worte rannen davon und verschwanden in dem schwarzen, leeren Raum zwischen uns.

Sloan brach das Schweigen mit einem bitteren Lachen. «Früher oder später...? Wunderbar. Eine große Erleichterung», sagte er.

Es war, als wäre alle Luft aus dem Raum gesogen. Es gab keine Antwort, es gab nichts zu sagen. Ich fing an zu weinen, aber es kamen keine Tränen. Ich war ausgetrocknet.

«Sloan, ich ... Ich weiß nicht, was ich sagen soll ...» Das war die Wahrheit.

«Ich auch nicht.» Und das war's. Dann legte er auf.

Wegen der Gehirnerschütterung wurde die Ausschabung mit örtlicher Betäubung gemacht. Ich lag dort, die Füße in den Stützen, Tränen liefen mir über die Wangen in die Ohren, und ich dachte nur, daß es ein Kreißbett hätte sein sollen. Als alles vorbei war, sagte der Arzt, mit meinem Kopf und meinem Unterleib sei alles in Ordnung, bestellte mir eine Packung Maxi-Binden und erklärte, ich könne das Krankenhaus am nächsten Tag verlassen. Ich rief beim Flughafen an und buchte einen Flug nach New York. Am nächsten Morgen holte Dave mich vom Krankenhaus ab und brachte mich zum Flughafen. Das Team war bei den Dunns und drehte Szenen einer glücklichen Familie als Ersatz für das Material, das ich gemacht hatte.

«Sie können sich gar nicht vorstellen, was da abläuft», sagte Dave und sah mich an, wie ich steif auf dem Beifahrersitz saß.

«Ueno kommt mit den unmöglichsten Vorschlägen an, und Kenji akzeptiert sie alle. Er hat Bunny dazu gebracht, sich in ihr Outfit als Miss Teen Rodeo zu schmeißen, und dann saß sie mit einem Teller Prärie-Austern auf Johns Schoß. Dann hat er noch eine Szene gedreht, in der Gale und Rose in den Sonnenuntergang reiten. Das war ziemlich gespenstisch.»

Auf meinem Schoß lag eine versiegelte Plastiktüte, die man mir beim Verlassen des Krankenhauses ausgehändigt hatte. Darin waren die blutgetränkten Kleider, die ich im Schlachthaus getragen hatte.

«Suzuki und Oh funktionieren wie Automaten. Sie tun, was Ueno ihnen sagt, aber es ist kein Leben drin. Alle vermissen Sie.»

Die Tüte bedrückte mich. Am liebsten hätte ich sie weggeschmissen, aber dann überlegte ich mir, daß es verdächtig wirken könnte, wenn ich einen großen Beutel mit blutigen Kleidern in den Mülleimer am Flughafen warf, und außerdem wollte ich vorher noch die Taschen durchsuchen. Ich beugte mich zum Rücksitz, öffnete meinen Koffer und warf die Plastiktüte hinein.

«Wenn Ihr Koffer schon offen ist, können Sie das hier auch noch gleich einpacken. Suzuki und Oh haben mich gebeten, es Ihnen zu geben.»

Dave griff unter den Sitz, zog einen Karton hervor und gab ihn mir. Ich öffnete ihn. Innen lagen ordentlich verstaut zwölf Betacam-Kassetten. Ich sah zu Dave. Er grinste.

«Kenji hat Ihnen wahrscheinlich gesagt, daß die Kassetten kaputt sind. Aber das stimmte nicht ganz. Oh hat ein paar leere kaputtgemacht, um sie Ueno zu zeigen, aber die richtigen, die mit den Aufnahmen von Rose und Bunny neulich nachts, lagen bei ihm im Motel. Er und Suzuki sind gestern die ganze Nacht aufgeblieben, um alles für Sie zu kopieren, auch Ihr Interview mit Gale in der Mästerei und alles Material aus dem Schlachthaus. Sie haben alles. Alles, was wir gedreht haben. Ich war währenddessen mit Ueno beim Schoßtanzen in einer Bar.»

In dem Augenblick vergaß ich alles andere und wußte nur, daß ich mein Team liebte. Ich sagte Dave, das solle er ihnen ausrichten.

«Hören Sie mal, Jane», sagte er, nachdem er am Flughafen mein Gepäck aufgegeben hatte. «Es hat mir wirklich Spaß gemacht, mit Ihnen zu arbeiten, und wenn ich irgend etwas für Sie tun kann, selbst wenn es in New York ist... lassen Sie es mich wissen.»

«Danke, Dave. Aber das bezweifle ich. Ich habe selbst keine Arbeit mehr.»

«Tja, aber vergessen Sie's nicht.» Er zögerte, dann schloß er mich in seine gigantischen Arme und drückte mich so fest, daß er einen Jungbullen hätte zu Boden zwingen können. «Wissen Sie noch, was ich gesagt habe?» fragte er. Er sprach die Worte in meine Haare hinein, aber ich konnte sie in seinem massigen Brustkorb dröhnen hören. «Daß alles ohnehin nichts nützt, daß niemand etwas unternimmt und es sowieso zu spät ist?»

Ich nickte, und er drückte mich noch fester.

«Also, das glaube ich jetzt nicht mehr.» Abrupt ließ er mich los; er sah verlegen aus. «Ich freue mich wirklich darauf, zu sehen, was mit den Kassetten passiert.»

Am Flughafen kaufte ich mir die Zeitschrift *People* und las sie im Flugzeug von vorn bis hinten, jedes einzelne Wort. Hinterher konnte ich mich an keine einzige Geschichte erinnern, die ich in den fünf Stunden im Flugzeug gelesen hatte, aber ich konnte mich auch nicht daran erinnern, einen einzigen Gedanken gefaßt zu haben, und darum ging es mir.

An manchen Tagen stinkt die Luft in New York wie fauliger Schlick in einem Moor. Ich fuhr mit dem Taxi vom Flughafen La-Guardia in die Stadt. Wir kamen im Schneckentempo voran, stokkend, krochen durch die verstopften Straßen, bis wir endlich da waren. Als ich die Tür zu meiner Wohung öffnete, schlug mir ein muffiger Geruch entgegen. Ich schleppte mein Gepäck über die Schwelle und schloß die Tür hinter mir. Dann öffnete ich den Koffer und leerte ihn in der Mitte des Küchenbodens aus. Als erstes räumte ich den Karton mit den Kassetten weg, verstaute ihn sorgfältig auf einem Regal hinten im Schrank – es war noch zu früh, um darüber nachzudenken. Dann öffnete ich die Plastiktüte mit den blutverkrusteten Kleidern. Der ätzende Gestank des Schlachthauses traf mich wie ein Schlag ins Gesicht. Ich nahm die Jeans heraus, und als ich die steifen, ledrigen Falten glättete, fragte ich mich, wieviel von diesem Blut von der geschlachteten Kuh und wieviel von meinem Kind stammte. Und da überfiel mich die Trauer wieder. Ich drückte mein Gesicht in den steifen Stoff und weinte, so daß ich wieder über und über mit Blut beschmiert war, und dann wußte ich nicht, was ich mit den Kleidern tun sollte. Schließlich ging ich auf die Straße und warf sie in den Müll; ich war in New York, wo in jedem Mülleimer blutige Kleider liegen.

AKIKO

«Stell dir vor», sagte Frau Ueno. «Er hat mich aus dem Flugzeug angerufen!» Akikos Schwiegermutter verschränkte die Hände vor der Brust. «Aus einem Flugzeug im Himmel! Es ist geflogen. Er sagte, er sei irgendwo über dem Pazifik!»

Akiko lag reglos da und starrte zur Decke. Sie tat, als läge sie im Koma. Als ihre Schwiegermutter gekommen war, hatte sie sie begrüßt und sich Mühe gegeben, höflich zu sein, aber dann war ihr eingefallen, daß das gar nicht nötig war. Daß es eigentlich sogar schlecht war. Viel besser war es, sie auflaufen zu lassen und dazu zu bringen, sobald wie möglich wieder zu gehen.

«... Ich kann mir nicht vorstellen, wie man von einem fliegenden Flugzeug aus anrufen kann. Bei uns im Haus ist der Telefonapparat mit Drähten verbunden, und die Stimmen gehen durch die Drähte. Also fragte ich beim Essen meinen Mann, Joichis Vater, und er sagte, das geht mit Funkwellen. Er ist klug. Er kennt sich in solchen Dingen aus. Joichi schlägt nach ihm. Es ist sehr tröstlich für eine Frau, einen klugen Mann zu haben, findest du nicht?»

Es war seltsam, sie «Joichi» sagen zu hören.

«Ich habe meiner Nachbarin Frau Saito von Joichis Anruf erzählt, und sie meinte: ‹Sie haben großes Glück, einen Sohn zu haben, der es zu etwas gebracht hat!› Natürlich habe ich ihr heftig widersprochen, aber unter uns gesagt, Akiko-chan, finde ich, daß sie recht hat. Ich habe großes Glück. Und du auch ...»

Versuchsweise tätschelte sie Akikos Hand. Akiko bemühte sich, das Gefühl zu verspüren, daß sie Glück hatte. Es mußte einen Trick dafür geben, dachte sie. Einen Trick zum Glück.

«Es ist sehr teuer, aus dem Flugzeug anzurufen, hat Frau Saito mir gesagt. Sehr, sehr teuer. Du mußt ihm wirklich sehr viel bedeuten.»

«Gebrochen», sagte der Arzt. «Eindeutig gebrochen. Ich möchte, daß Sie morgen geröntgt werden, um festzustellen, wie schlimm der Bruch ist. Schwester, können Sie sich darum kümmern?»

Schwester Tomoko nickte und lächelte Akiko ermunternd zu, die ebenfalls nickte und sich innerlich wappnete.

«Können Sie sich erinnern, wie es passiert ist?» fragte der Arzt.

«Ich bin hingefallen», flüsterte Akiko. Sie war nervös, aber dieses Mal war sie vorbereitet. «Als ich ohnmächtig wurde, muß ich auf die Kante der Ablage im Bad gefallen sein. Ich habe mir auch das Gesicht verletzt.» Sie deutete auf die Lippe.

Der Arzt beugte sich vor und betrachtete die Wunde näher. Dann richtete er sich wieder auf und schüttelte den Kopf.

«Frau Ueno, es tut mir leid, das sagen zu müssen, aber die Verletzung an Ihrer Lippe ist mehrere Tage alt. Und die Blutergüsse um die Augen, die blauen Flecke am Unterleib sind auch nicht frisch. Ich zweifle Ihre Worte nur ungern an, aber...»

Schwester Tomoko, die hinter ihm stand, räusperte sich. «Doktor...?» sagte sie. Er schwieg kurz, dann fuhr er fort.

«Ja, also, Sie haben einen anstrengenden Tag hinter sich. Jetzt schlafen Sie noch einmal die Nacht durch, und morgen können Sie ja wieder darüber nachdenken. Vielleicht fällt es Ihnen doch noch ein.» Er lächelte und legte ihr die Hand auf die Stirn. Seine Hand war trocken und kühl und schwer. Die Berührung rief eine Erinnerung wach, tröstete sie und gab ihr das Gefühl, ein Kind zu sein. «Eines steht fest, Sie haben etwas Schlimmes erlebt. Aber machen Sie sich keine Sorgen. Schwester Tomoko wird sich um Sie kümmern. Schwester, kommen Sie jetzt mit...»

«Gute Nacht», flüsterte Schwester Tomoko, bevor sie davonging. «Schlafen Sie gut.»

Als der Vorhang sich hinter ihr schloß und die Schritte ihrer Gummisohlen verhallten, ließ Akiko sich entspannt ins Kissen sinken. Das Krankenhaus war anstrengend, aber jetzt war es wieder Abend, und sie würde ohne Unterbrechung schlafen können. Sie hatte sehr viel geschlafen, sogar tagsüber, war ohne jede Vorwarnung in einen bleiernen Schlaf gefallen, und wenn sie erwacht war, hatte sie wieder schlafen wollen. Jetzt gab sie sich ganz dem Luxus des Alleinseins hin. Sie fuhr mit den Fingern über die gebrochene Rippe und dachte an ihren blutenden After und das Röntgen am nächsten Tag. Schwester Tomoko und der Arzt machten ihr angst mit ihren Fragen und ihren fast hellseherischen Andeutungen. Sie gaben Akiko das Gefühl, ein Kind zu sein, das beim Lügen ertappt wurde, und gleichzeitig erweckten sie in ihr ein absolutes, kindliches Vertrauen in die Fürsorge, die sie ihr gaben. Akiko fühlte sich sicher. Beschützt.

Jetzt war es dämmrig auf der Station und still. Akiko horchte auf das gedämpfte Knarzen und Summen, das Schnarchen und Schlurfen. Plötzlich durchflutete sie ein absolut überwältigendes Gefühl des Wohlbefindens, das von der Magengrube aufstieg und sich bis in die Fingerspitzen und die Zehen ausbreitete. Es ist erstaunlich, dachte sie. Da wacht man eines Morgens geschunden und zerschlagen im Krankenhaus auf, man sollte Angst empfinden. Aber das tue ich nicht, überhaupt nicht. Ich fühle mich wunderbar.

Es war das erste Mal seit langer, langer Zeit, daß sie sich wunderbar fühlte. So, als sei eine Brise, diesmal eine frische Brise, von irgendwoher hereingeweht und spiele mit den Vorhängen um das Bett. Die Luft im Zimmer wirbelte um sie herum, und Akiko beobachtete die Partikel, die im Mondlicht glänzten wie Phosphoreszenz, die eine Welle an den Strand spült. Sie merkte, daß etwas passierte, aber sie wußte nicht genau, was es war. Trotzdem spürte sie es und wußte, daß es eine Art Wunder war, wässrig, lunar, tiefgründig. Sie sah an ihrem Körper hinab, der unter der dünnen Krankenhausdecke wie ein Skelett wirkte, und dann sah sie es. Nicht, wie man etwas mit den Augen wahrnimmt, sondern mit dem Kopf.

Eine Armada mit peitschenden Schwänzen!
Zona pellucida, penetriert, jetzt
ein kleines rundes Ei, es wird zum Leben erweckt, und
durch die Dunkelheit auf Flimmerhärchen flußabwärts gespült.

Und gleichzeitig Veränderungen im Inneren,

Krater und Erhebungen,
Verdickungen,
von Zygote zu Morula zu hohler Blastula, noch schwebend,
treibend, bis sie...
JETZT...
die weiche, schwammige Wand streift. Einem Parasiten gleich
heftet sie sich fest, beginnt, sich hineinzugraben.

Akiko lag gebannt da. Es war ein blutiges Geschäft, voller

Rupturen
Schwellungen
Blutungen
Sekretionen,
bis schließlich das kämpferische Stückchen Leben sich der
warmen Umarmung der Wand hingibt.

Atemlos sah Akiko zu, wie das vor sich ging. Und als ihr werdendes Kind sich eingenistet hatte, atmete sie mit einem langen Seufzer aus und fiel in tiefen Schlaf.

In der Früh kam Schwester Tomoko, um sie zum Röntgen abzuholen.

«Das geht nicht», sagte Akiko entschuldigend.

Schwester Tomoko sah auf. «Aber gestern war es doch...»

Akiko blickte sie an und lächelte zum ersten Mal. «Ich weiß. Gestern habe ich es nicht gewußt. Aber gestern abend...»

Schwester Tomoko wartete.

Akiko war sich unsicher, fuhr aber trotzdem fort. «Ich weiß nicht, ob man das so sagen kann, weil er doch mein Ehemann ist, aber, also, vor etwa einer Woche... hat er mich... hat er mich vergewaltigt. Vorne und hinten...»

Schwester Tomoko nahm Akikos Hand und drückte sie fest. «Das ist schrecklich... Ich dachte mir schon, daß so etwas...»

Aber Akiko unterbrach sie. «Das ist nicht wichtig. Was ich sagen wollte, dabei wurde das Ei befruchtet, sehen Sie, und letzte Nacht habe ich empfangen – also darf ich mich nicht röntgen...»

«Was haben Sie?»

«Ein Kind. Ich bin schwanger.»

«Woher... woher wissen Sie das?»

«Ich hab's gesehen.»

Schwester Tomoko schnitt eine Grimasse. Sie legte die Hand auf Akikos Stirn und prüfte, ob sie Fieber habe. Dann sah sie ihr tief in die Augen. Akiko begegnete ihrem Blick und lachte.

«Sie halten mich für verrückt», erklärte sie und fühlte sich mit einem Mal mutig. «Durchgedreht. Stimmt's?»

Schwester Tomoko nickte. «Ja», stimmte sie zu. «Sie klingen verrückt. Was genau haben Sie gesehen?»

«Es war wunderschön», seufzte Akiko. «Wie ein naturwissenschaftlicher Dokumentarfilm im Fernsehen. Ich konnte alles sehen, von der Befruchtung bis zur Einnistung, wie das kleine Keimbläschen sich tief in das Gebärmuttergewebe eingrub. Na ja, es wird noch eine Zeitlang dauern, bis es sich wirklich eingenistet hat, aber kurz und gut – ich bin schwanger...»

«Woher wissen Sie darüber so genau Bescheid?» fragte Schwester Tomoko erstaunt. «Die Ausdrücke ...?»

Akiko senkte den Blick. «Ich habe Zeitschriftenartikel für werdende Mütter geschrieben», erklärte sie bescheiden. «Das war mein Fachgebiet.»

Schwester Tomoko lehnte sich mit der Hüfte gegen das Bett und verschränkte die Arme. «Ich weiß nicht, was ich dazu sagen soll», meinte sie schließlich. «Ich muß es natürlich dem Arzt sagen, aber wenn Sie glauben, daß Sie schwanger sind, dürfen Sie natürlich nicht geröntgt werden. Wir könnten einen Schwangerschaftstest ...»

Akiko schüttelte den Kopf. «Zu früh. Das HCG wird sich erst in ein paar Tagen nachweisen lassen.»

Dieses Mal lachte Schwester Tomoko. «Gut», sagte sie. «Sie sind die Expertin.»

«Du kannst nicht einfach zurückgehen», sagte Tomoko. Sie saß bedrückt an Akikos Bett.

Eine Woche war vergangen. Der Arzt hatte gesagt, wenn Akiko sich weigere, geröntgt zu werden, müsse sie länger zur Beobachtung im Krankenhaus bleiben, aber Akiko hatte den Verdacht, daß Tomoko ihn dazu überredet hatte. Tomoko machte sich Sorgen um ihre geistige Verfassung. Akiko war ihr dankbar für die Fürsorge, aber sie wußte auch, daß sie noch nie in besserer geistiger Verfassung gewesen war. Sie sehnte ihre Entlassung herbei. Andererseits wollte sie Tomoko nicht verletzen. Die beiden hatten sich angefreundet.

Ich muß aber», sagte Akiko. «Ich kann nicht hierbleiben. Ich bin schon zu lange hier.»

«Hast du keine Verwandten, zu denen du gehen kannst?»

«Nein, eigentlich nicht. Aber das ist schon in Ordnung.»

«Wie lange bleibt er noch weg?»

«Mindestens eine Woche.»

«Hör mal», sagte Tomoko errötend. «Ich könnte mit dir in die Wohnung gehen und dir beim Packen helfen, und dann könntest du bei mir wohnen. Eine Zeitlang. Bis du weißt, was du machen willst ...»

Akiko wußte nicht, was sie tun sollte. Sie hatte noch nie eine Freundin gehabt und wußte nicht, ob es unhöflich war, abzulehnen.

«Vielen Dank, Tomoko, aber ich muß wirklich nach Hause...»

Tomoko verzog das Gesicht. «Aber du wirst doch nicht bei ihm bleiben, wenn er wiederkommt, oder? Du bleibst doch nicht dort, damit er dich wieder zusammenschlagen kann...»

«Ich weiß nicht...»

«Akiko, bitte», sagte Tomoko, packte sie am Arm und schüttelte sie. «Du mußt ihn sofort verlassen. Kannst du das? Weißt du, wohin du gehen kannst?»

«Der erste Schritt zu einem glücklichen Leben...», dachte Akiko, und dann lächelte sie ihre neue Freundin an. «Doch», antwortete sie. «Ich weiß, wohin ich gehen kann.»

JANE

Ma wußte es sofort, auf den ersten Blick. «Du hast Baby weggeworfen», sagte sie voller Abscheu.

Wir standen in der Küche. Ich hatte mir gerade den Mantel ausgezogen, und der Vorwurf traf mich völlig unvorbereitet. Er kam so unvermittelt, war so grausam. Ich hatte eine Woche allein in New York verbracht, unfähig, den Film zu schneiden, unfähig, etwas anderes zu tun als zu weinen, und ich hatte es nicht länger ausgehalten, also war ich nach Hause gelaufen, zu Ma, um getröstet zu werden. Dumme Idee. Ich stand mitten in der Küche, hielt mich an meinem Mantel fest, und die blöden Tränen rannen mir übers Gesicht. Ma sah mich entsetzt an. Wenn ich es mir jetzt überlege, hatte sie mich vermutlich nicht mehr weinen sehen, seit ich sieben oder acht Jahre alt und noch viel kleiner war als sie, eine Größe, die sich noch trösten läßt. Nicht, daß sie das jemals wirklich getan hätte. Aber bei einem kleinen Kind kann man Kummer noch irgendwie bewältigen. Jetzt schlurfte sie mißtrauisch zu mir, sah in mein Gesicht hinauf, packte mich am Handgelenk und führte mich zu einem Stuhl. Ich klammerte mich an meinen Mantel, aber sie nahm ihn mir mit sanfter Gewalt ab und hängte ihn sorgsam an einen Haken neben der Tür. Dann kam sie zurück und stellte sich neben mich.

«Warum du hast Baby weggeworfen, wenn du wirst traurig?»

fragte sie, doch ihr Ton war sanfter geworden, und sie legte mir die Hand auf den Kopf, aber ohne mich zu streicheln oder mich an sich zu drücken. Sie ließ die Hand einfach dort liegen, als wolle sie meinen Kopf daran hindern wegzurollen.

«Ich wollte es nicht...», sagte ich in der normalen Stimme, mit der ich immer sprechen kann, selbst wenn ich weine und mir das Herz bricht. «Ich wollte es nicht wegwerfen. Es war eine Fehlgeburt. Ich habe das Kind verloren. Es war ein Junge. Ich wollte ihn wirklich haben, Ma.»

Und dann tat sie das letzte, was ich erwartet hätte, selbst von ihr. Sie lachte. Sie lachte, fuhr mir kurz über den Kopf und zog die Hand zurück. Vor Schock hörten meine Tränen zu fließen auf; ich starrte sie nur an. Sie ging zum Herd, goß den Tee mit heißem Wasser auf und brachte die Kanne zum Tisch. Dann setzte sie sich und schenkte uns beiden eine Tasse grünen Tee ein.

«Trink. Dann du fühlst besser.»

«Ma, warum hast du *gelacht*?» Ich hörte das kindische Jammern und den vorwurfsvollen Ton in meiner Stimme. «Findest du das lustig?»

«Nein», sagte sie und legte ihre Hände um die Teetasse, um sich die Finger zu wärmen. «Nicht lustig. Ich habe verloren vor dir vier Babys. Du warst das einzige stark genug Baby, das überlebt. Aber ich habe versucht immer wieder, weißt du? Bis Erfolg kam.»

«Ma, das ist ja schrecklich. Das habe ich nicht gewußt.»

«Warum sagen? Geht dich nix an. Jetzt geht dich an, jetzt ich sage.»

«Wann hast du sie verloren? In welchem Monat?»

Ma zuckte die Schultern. «Eins, zwei drei... weiß nicht. Immer anders.»

Ich holte tief Luft. Ich mußte die Frage noch einmal stellen.

«Bist du dir sicher, daß Doktor Ingvortsen dir nicht irgendwelche Tabletten gegeben hat, damit du schwanger bleibst? Mit mir, meine ich?»

«Warum du redest immer von Tabletten? Ich nicht erinnern. Natürlich, ich alles hab versucht. Vitamine, Medizin von Doktor Ingsan. Egal. Nur eins nicht egal.» Plötzlich wurde Mas Miene verschlossen und nahm einen geheimnisvollen Ausdruck an.

«Was?» Ich habe gelernt zu erkennen, wenn jemand ein Geheimnis hat.

Sie sah mich lange Zeit fest an, dann seufzte sie und gab nach. «Als ich hab verloren Baby Nummer vier, ich hab versucht neue Methode...»

«Ja?» fragte ich. «Was war das?»

«Du weißt japanische *go-en*?» fragte sie.

«Du meinst die Fünf-Yen-Münze? Die mit dem Loch?»

«Ja. Du weißt andere Bedeutung von *go-en*?»

«Du meinst, Verbindung? Wenn man eine gute Verbindung oder Beziehung zu jemandem hat?»

Ma nickte grimmig. «Ich denke, ich brauche *go-en* mit Baby Nummer fünf, also stecke ich in Mund, wenn ich Sex habe mit dein Vater. Aber ich habe kein richtiges *go-en* aus Japan, also ich nehme statt dessen amerikanische Nickel. Ich denke, hier ist Amerika, also gut genug.» Sie zuckte mit den Achseln.

«Du meinst, du hattest Sex mit Dad mit einem Nickel im Mund?!» Ich brach in Lachen aus. «Ma, das ist verrrückt.»

Sie sah mich distanziert und arrogant an, aber dann lächelte sie plötzlich. «Dad denkt auch so. Er fragt: ‹Warum du magst mich nicht küssen, Michi?›»

«Ma, wie lange hast du das gemacht?»

«Lange. Jedes Mal. Und jedes Mal es hat nicht geklappt. Aber ich gebe nicht auf, weißt du? Ich sage, das ist meine gute Idee. Und eine Nacht war... besondere Nacht. Und du bist gekommen!»

Als Cutterin wußte ich, daß sie in ihrer Geschichte einen Sprung gemacht und das Ende herbeigezwungen hatte. Die Note, auf der sie endete, klang falsch. Ich nahm es ihr nicht ab. «Ma, was meinst du damit? Was war besonders? Was ist passiert?»

Sie schwieg und trank einen Schluck Tee. Und noch einen. Dann schenkte sie sich eine weitere Tasse ein.

«Geht dich nix an», meinte sie schließlich und sah mich aus den Augenwinkeln an. Aber ich war entschlossen, hinter ihr Geheimnis zu kommen. Ich weiß nicht, was ich erwartete. Vielleicht eine Erklärung für meine eigenen Schwierigkeiten mit der Reproduktion. Oder vielleicht war ich nur neugierig, was meine eigene Empfängnis betraf.

«Jetzt komm, Ma. Das geht mich sehr wohl etwas an. Ich muß das wissen. Du mußt es mir sagen.»

Sie seufzte wieder. «Dad kommt heim mit eine Flasche Frankreich-Wein und sagt, er will mich romantisch machen. Will, daß ich wieder küssen will. Und er mir gibt Frankreich-Wein, viel zuviel. Und dann wir gehen ins Bett und ich suche überall im Haus Nickel, und endlich ich finde eine und gehe in Schlafzimmer und lege mich hin. Dann wir haben Sex, und in dem Augenblick er küßt mich so fest, daß ich verschlucke Nickel! Das war Nacht, wo du wurdest gemacht.»

Ungläubig schüttelte ich den Kopf. «Das glaube ich nicht, Ma.»

«Ist Wahrheit. Ich verschlucke Nickel, und du kommst. Und bleibst ganze Zeit bei mir. Wir haben *go-en*, du verstehst? Nächste Mal du versuchst das mit deinem Mann. Es klappt, weißt du.»

«Ma, du weißt, daß ich nicht verheiratet bin. Und es tut mir leid, aber ich halte nichts von diesem überkommenen orientalischen Aberglauben.»

Ma setzte sich steif auf. «Was überkommen?» fragte sie.

«Du weißt, was das heißt – ‹altmodisch›.»

«Ich weiß *Bedeutung* von überkommen», antwortete sie beleidigt. «Nickel im Mund ist nicht überkommen Brauch.»

«Ich dachte, du ...»

«Nein», widersprach Ma. «Ich bin moderne Frau. Ich hab nur erfunden.»

Ich weiß nicht, warum ich so wütend wurde. Vielleicht, weil sie so starrköpfig war, so unnachgiebig und so davon überzeugt, daß sie recht hatte. Oder vielleicht, weil sie so gutgläubig gewesen war, sonst hätte sie das DES nicht genommen. Oder vielleicht warf ich ihr ihre Unvorsicht vor. Oder meine.

«Ma, ich muß dir etwas sagen. Du sagst, es macht nichts, welche Medizin Doktor Ingvortsen dir gegeben hat, aber das stimmt nicht. Es macht sehr wohl etwas. Sie hat mich krank gemacht, als ich noch in deinem Bauch war. Deswegen hatte ich Schwierigkeiten, schwanger zu werden. Deswegen hatte ich jetzt die Fehlgeburt.»

Ma starrte mich nur an.

«Die Tabletten haben meine Gebärmutter und den Gebärmutterhals geschädigt – alle Teile, die man braucht, um ein Kind zu bekommen, Ma. Die Teile haben sich nie richtig entwickelt. Erinnerst du dich noch, als ich in Japan wegen des Tumors operiert wurde? Das kam auch davon. Ich hatte *Krebs*.»

Ma schüttelte den Kopf. «Warum Doktor Ing-san gibt mir schlechte Medizin?»

«Er hat es nicht gewußt. Damals hat niemand es gewußt.»

Sie schürzte die Lippen und schüttelte den Kopf. «Nein», sagte sie. «Nicht möglich.»

Da riß mir die Geduld. «Wie kannst du dasitzen und das mit solcher Gewißheit sagen?» schrie ich. «Du hältst dich für so schlau und meinst, daß du alles weißt. Aber das tust du nicht. Du hast nur getan, was die anderen dir sagten – Dad, Doktor Ingvortsen, Oma und Opa... Das Medikament war ein Hormon. Es hat mich kaputtgemacht, und deswegen werde ich wahrscheinlich nie ein Kind bekommen. Und ich könnte wieder Krebs kriegen. Wenn ich vierzig bin, steigt das Risiko wieder. Ich kann immer noch daran *sterben*, Ma.»

Ma saß ganz ruhig da. «Ist meine Schuld?» fragte sie leise. Plötzlich sah sie so klein aus, so bekümmert, aber ihr Rücken war immer noch kerzengerade, und ihre Hände lagen fest im Schoß gefaltet. Ich konnte den Anblick nicht ertragen.

«Jane-chan, es mir tut wirklich leid für dich. Aber warum du gibst mir Schuld? Ich nur habe versucht, alles zu machen, um gesunde Baby zu bekommen, vielleicht mit Tablette, vielleicht mit Nickel. Ich versuche alles. Du auch?»

Darauf konnte ich nichts antworten.

«Mir tut leid, daß ich genommen hab schlechte Medizin, die dich krank macht, Jane. Ich hab nicht gewußt. Aber ist nicht richtig, daß du mir gibst Schuld.» Sie umfaßte mein Handgelenk. «Ich gebe dir nie Schuld. Ich gebe dir nicht Schuld, daß du warst eine große, große Baby und mich kaputtgemacht hast innen, als du bist herausgekommen. Doktor sagt, ich wäre beinahe gestorben. Ich habe geblutet und geblutet, also er hat mir die Teile innen herausgenommen. Keine Babys mehr. Alles weg. Aber das ist o.k. Weil ich Glück habe, eine große, kräftige amerikanische Baby wie du zu bekommen.» Sie lächelte mich an und streichelte stolz meine Hand.

Ich legte den Kopf auf die Linoleum-Tischplatte und weinte. Ma sagte nichts, sondern streichelte nur immer weiter meine Hand.

Ich blieb zwei Wochen in Quam. Ma und ich redeten nicht mehr viel über die traurigen Themen, aber wir waren sehr nett zueinander, und sie kochte mir all die japanischen Gerichte, die sie früher für mich gemacht hatte, wenn ich als Kind krank war – Eierstich, Reisbrei, sauer eingelegte Pflaumen. Wir aßen schweigend und redeten sonst über die Vergangenheit, weil mir die Zukunft genommen worden war. Aber ich konnte sie nicht vergessen. Meine Brüste waren schmerzhaft geschwollen und tropften, und ich hatte noch starke Blutungen. Ich fuhr zu der Klinik, wo ich damals die erste Schwangerschaftsuntersuchung hatte machen lassen, und als ich daran dachte, mußte ich wieder weinen. Ich blieb auf dem Parkplatz im Auto sitzen, bis ich mich ausgeheult hatte.

Der Arzt, der mich untersuchte, sagte, die Blutung sei normal, und gab mir ein Rezept, damit die Anschwellung der Brüste zurückging. Ich holte mir das Medikament aus der Apotheke, und auf dem Heimweg ging ich in die öffentliche Bibliothek.

Innen sah es noch genauso aus wie in meiner Kindheit: dieselben schweren Holzmöbel, derselbe Geruch nach sonnenwarmem Staub. Ich hatte viele Stunden hier verbracht, als ich in Fryes *Geography* die Menschheit studiert, meine Nachkommenschaft geplant und Tagträume über die Zukunft angestellt hatte, weit weg von Quam. Und jetzt war ich wieder hier, verbittert und kinderlos. Die Ironie der Situation entging mir nicht. In der Abteilung mit Nachschlagewerken fand ich ein Handbuch für Hausärzte über Arzneimittel und schleppte den schweren Band in eine leere Ecke. Das Medikament, das ich bekommen hatte, hieß Tace, eine harte, in zwei Grüntönen gefärbte 25 mg-Kapsel von der Firma Merrell Dow. Ich fand sie unter «Östrogene». Sie war verwandt mit dem synthetischen Diethylstilboestrol. Unter «Anwendungsgebiete» (die Gründe, das Medikament zu verschreiben) stand «Anschwellen der Brust nach der Geburt». Das traf auf mich zu. Die Liste der Indikationen umfaßte etwa eine Viertel Seite. Auf den restlichen eindreiviertel Seiten standen Warnungen, Vorsichtsmaßnahmen, Nebenwirkungen und Gegenanzeigen (die sehr guten Gründe, das Medikament nicht zu verschreiben). Dazu gehörte «bekannte oder vermutete östrogen-abhängige Neoplasie». Das betraf ebenfalls mich – der Krebs *in situ*, den ich mir in Japan vom Gebärmutterhals hatte entfernen lassen.

Staubflöckchen tanzten in der Nachmittagssonne und gaben den schräg einfallenden Strahlen Gestalt. Ich blieb lange Zeit dort sitzen und sah der Luft zu, wie sie sich bewegte, bis die Sonne unter das Fenster sank und die Bibliothekarin mir sagte, die Bücherei würde jetzt schließen. Dann fuhr ich nach Hause. Ich kippte das Röhrchen mit Tace in die Toilette und begann zu packen. Ein neuer Monat hatte angefangen, es war Zeit, nach New York zurückzufahren.

Ich sagte Ma beim Essen, daß ich fahren würde, und sie nickte zustimmend. «Nicht gut, wenn du bleibst zu Hause bei Mama wie kleines Kind», sagte sie. «Wenn du fällst von Pferd, du steigst wieder auf und reitest wieder.»

«Natürlich, Ma…»

«Hör auf mit ‹natürlich, Ma›! Ist wahr, was ich sage. Du jetzt gehst wieder nach Vater von Baby, hältst dich oben und versuchst wieder. Vielleicht du heiratest dieses Mal.»

«Ma, ich glaube nicht, daß ich das will…»

«Das ist Problem mit dir. Du *glaubst*, du willst, du *glaubst* nicht, du willst – hin und her, her und hin. Ich, wenn ich will, immer mit ganzem Herzen. Ich schaue Ding, was ich will, direkt an. Aber du! Weder hier noch dort. Du schaust immer schief an, aus Augenwinkel. Hat keine Kraft zum Festhalten. Also es gleitet davon, das Ding, das du willst.»

Sie hatte natürlich recht. Ich habe meine Unschlüssigkeit immer auf meine dichotome ethnische Herkunft geschoben. Durch meine Zweiteilung bin ich weder hier noch dort. Mein Wissen von der Relativität der Welt ist genetisch bedingt. Nichts ist absolut, allem voran das Wollen. Aber dieses Wissen allein genügte nicht mehr. Es war an der Zeit, das Wissen beiseite zu schieben und zu entscheiden, was ich wollte. Was wollte ich, absolut, mit ganzem Herzen?

Als ich das Haus verließ, nahmen Ma und ich uns in den Arm, und als wir uns losließen, hielt sie mich am Handgelenk fest und drückte mir etwas in die Hand. Es war ein glänzender Nickel. Ich brach in Lachen aus. Ma machte eine beleidigte Miene, aber dann zuckte sie die Achseln.

«Vielleicht es klappt. Vielleicht nur orientalischer Aberglaube, aber amerikanischer Arzt Ing-san auch nicht so klug. Also, man nie kann wissen.»

Und damit hatte sie natürlich auch wieder recht.

AKIKO

Die Tür schwang auf und schlug dröhnend gegen die Hohlziegelwand. Akiko horchte. Die Wohnung klang hohl und still. Sie trat einen Schritt in den *genkan*. Innen war es feucht und kühl, wie immer bei Betonhäusern, wenn die Heizung eine Zeitlang nicht an war und niemand dort gewohnt hat. Akiko kam sich vor wie ein Mäuschen, das auf der Schwelle stand, um sich spähte und die unvertraute Luft einschnüffelte. Sie zog die Schuhe aus und stieg die Stufe in die eigentliche Wohnung hinauf, horchte wieder, dann schaltete sie das Neonlicht an der Decke an und erweckte das Zimmer mit dem Flackern und Summen zum Leben.

«*Tadaima . . .*», rief sie leise. Es war nur ein Test, und es kam keine Antwort. So sollte es auch sein. Trotzdem mußte sie absolut sichergehen. Fest die Tasche umklammernd, schlich sie auf Zehenspitzen durch alle Räume, sah in den Schränken nach, im Bad, hinter den Türen. Niemand. Keine Spur von ihm. Sie entspannte sich. Sie ging in die Küche, stellte ihre Tasche auf den Tisch und setzte Wasser auf.

Als sie sich den Tee einschenkte, klingelte das Telefon. Sie nahm ihre Tasse, blieb in der Tür zum Wohnzimmer stehen und lauschte. Klickend schaltete sich der Anrufbeantworter ein, und sie hörte ihre eigene Grußbotschaft. Als sie am anderen Ende Johns Stimme erkannte, ging sie quer durchs Zimmer und griff nach dem Hörer.

«*Hai*», sagte sie.

«*Ah, iru kai*. Du bist da», sagte John. «Als der Anrufbeantworter anging, dachte ich, du wärst noch nicht wieder da.»

«Ich bin gerade gekommen.»

«Wie geht es dir? Bist du wieder gesund? Es muß dir besser gehen, wenn sie dich rausgelassen haben.»

«Ja.» Sie trank langsam von ihrem Tee, der ihr die Zunge verbrannte.

«Du bist noch wütend, oder?»

Sie antwortete nichts.

«Na ja, ich kann's verstehen. Du hast alles Recht dazu.»

«Nein, ich bin nicht wütend.»

«Gut. Das freut mich zu hören.» Er machte eine Pause. «Hast du meinen Brief bekommen?»

«Ja.»

«Mir ist ernst mit dem, was ich geschrieben habe. Es tut mir sehr leid, daß ich dir weh getan habe. Ich verspreche dir, daß es nie wieder vorkommen wird. Aber von jetzt an gibt es keine Geheimnisse mehr zwischen uns. Jetzt können wir noch mal von vorne anfangen. Von ganz vorne. Ich bin sicher, daß wir dieses Mal Erfolg haben werden. Wir werden wissenschaftlich vorgehen, eine Tabelle anlegen und den Zeitpunkt genau berechnen... ich bin sehr zuversichtlich.»

«Ich auch.»

«Gut. Das freut mich. Es freut mich, daß du es noch mal versuchen willst. Also, ich bin jetzt in New York und muß noch drei Wochen hierbleiben – wir haben beschlossen, den Film hier zu schneiden. Es tut mir leid, aber es geht nicht anders. Am dritten November bin ich wieder da. Kannst du so lange ohne mich auskommen?»

«Aber ja. Ich werde gut zurechtkommen.»

«Was willst du denn machen? Hast du genug zu tun, damit dir nicht langweilig wird?»

«Ja. Ich werde die Wohnung putzen und für deine Rückkehr herrichten.»

«Gut. Das ist wunderbar.»

Sobald sie aufgelegt hatte, holte sie das Telefonbuch hervor und schlug bei den Reisebüros nach.

«Was kann ich für Sie tun?» fragte die Stimme am anderen Ende der Leitung.

«Ich möchte ein Flugticket, bitte», sagte sie. «Nach New York.»

«Kein Problem. Und wann?»
«Am zweiten November.»
«Und der Rückflug?»
«Ach, ich weiß nicht. Das ist eigentlich egal.»

Zuerst warf sie alle Zeitschriften für werdende Mütter in den Müll. Dann putzte sie die Wohnung von oben bis unten, klopfte den Futon aus, wusch den *tatami* und ordnete die Kochbücher auf den Regalen. Auf Händen und Knien schrubbte sie alle Flächen im Bad, bis auch die letzte Spur ihres Elends weggewaschen war. Sie staubte sogar die Regale und die Deckel von Johns vielen Mundwasserflaschen im Arzneischränkchen ab. Dann fing sie an, ihre Kleider, ihre CDs, ihre Shonagon und ihr Kopfkissenbuch (sie hatte es in Johns Golftasche versteckt gefunden) zu packen, bis alles, was sie besaß, in zwei Koffer paßte. Was nicht hineinging, warf sie fort.

Abends kochte sie sich einfache Gerichte aus kleinen, kalziumhaltigen Fischen, gedämpftem Gemüse und einer sauer eingelegten Pflaume zur Verdauung.

Nachts lag sie im Bett und sah ihrem Kind beim Wachsen zu. Mit sieben Tagen war es eine einschichtige Zellkugel, die sich immer wieder faltete und Zellschichten bildete; am dreizehnten Tag begann die äußerste Schicht, sich zu wölben. Ein Strich war zu sehen, eine Vorgabe für die Hauptachse des Körpers, wo später die Wirbelsäule entstehen würde. Das organisierende Gestaltungsprinzip der menschlichen Symmetrie war damit entstanden.

Mit achtzehn Tagen trat der Embryo in das Neurula-Stadium ein, das Nervensystem begann sich zu entwickeln. Am Ende des Monats war es von einer einzigen, mikroskopisch kleinen Zelle, vollkommen in ihrer Einfachkeit, zu einer ungemein verzweigten Struktur geworden, etwa so groß wie ein Tapiokakorn. Millionen differenzierter Zellen erfüllten unterschiedlichste Funktionen: Nerven, Verdauungstrakt, Muskeln, Skelett... Es gab rudimentäre Augen, angedeutete Ohren, selbst den Ansatz einer Nase.

Mit zweiundzwanzig Tagen erschienen zwei nicht-funktionsfähige Nieren, die wie die eines primitiven Aals aussahen. (Später würden sie durch solche ersetzt werden, wie Fische und Frösche sie haben, bis sich schließlich die menschlichen Nieren entwickelten.)

Der Embryo bildete vier Paar Kiemenbögen und sogar einen temporären Schwanz heraus; wie die Kaulquappe, der er ähnelte, würde er beides verlieren. Die Grundlage für die integrierte menschliche Komplexität war gelegt. Ihr späteres Kind war voll Verheißungen, von der Schwanzspitze bis zu den Ansätzen seines noch primitiven, aber mit Kammern ausgestatteten Herzens.

Den Fernseher stellte Akiko kein einziges Mal an.

Zwei Tage vor ihrer Abreise lud sie Tomoko zum Essen ein. Ihre Freundin hatte den Abend frei. Akiko bereitete ein wunderbares Essen zu: kalte Glasnudeln aus Mungbohnen mit zerkrümeltem Tofu und feinen Gemüsestreifen in einer würzigsauren Sauce; Scheiben von Lotuswurzeln, die sie mit Chilischoten leicht in Erdnußöl anbriet, dann in Sojasauce und *mirin*-Wein einlegte und zum Schluß mit einem Spritzer Szechuanpfeffersauce abschmeckte; eine süße *goma aie* aus Sesam mit gedämpften Chrysanthemenblättern, deren leichte Bitterkeit die Süße wieder ausglich; und ein Stück Kabeljau, drei Tage in Saké und milder weißer Misosuppe mariniert und sanft gegrillt, bis die Haut knusprig, das Fleisch innen aber noch saftig war.

Es war eine Art Party, dachte Akiko. Eine Party zur Feier ihrer neuen Freundschaft. Aber es war auch eine Abschiedsparty. Und eine Geburtstagsparty. Akiko holte eine Schachtel, die sie in der Apotheke gekauft hatte, und zeigte sie Tomoko. Es war ein Schwangerschaftstest.

«Ich möchte es dir beweisen. Damit du mich nicht für verrückt hältst.»

Sie ging ins Bad und pinkelte, dann kam Tomoko herein und half ihr, den Test zu machen. Er war positiv. Akiko lächelte.

«Siehst du? Ich hab's dir gesagt.»

«Ich hab's dir geglaubt.»

«Es wird ein Mädchen.»

«Woher weißt du... vergiß es. Ich glaube dir.»

Akiko räumte den Test zusammen, warf ihn in den Müll und wischte das Waschbecken aus. Dann standen die beiden nebeneinander an die Abstellfläche im Bad gelehnt und unterhielten sich im Spiegel.

«Deswegen gehe ich auch nach Amerika», sagte Akiko. «Für

einen Sohn wäre es nicht so wichtig, aber weil sie ein Mädchen ist, möchte ich, daß sie die amerikanische Staatsbürgerschaft bekommt. Damit sie eine amerikanische Hausfrau werden kann.» Sie hatte Tomoko ausführlich von der Serie erzählt.

Tomoko runzelte die Stirn. «Aber sie braucht doch gar keine Hausfrau zu werden... Sie könnte Krankenschwester werden, oder...»

Akiko nahm die Hand ihrer Freundin und drehte sich zur Seite, um ihr direkt ins Gesicht zu sehen. «Ich weiß. Ich mache ja nur Spaß. Ein bißchen.» Dann nahm sie Tomokos andere Hand.

Tomoko wandte den Blick ab, aber Akiko beugte sich vor und gab ihr einen Kuß auf die Wange. Dann küßte sie sie auf die Lippen, nur einmal, sehr zart. Tomokos Lippen waren unverschämt weich. Man konnte es kaum einen Kuß nennen. Akiko trat zurück und betrachtete sie.

«Bist du lesbisch?» fragte sie.

«Ich weiß es nicht», antwortete Tomoko. «Ich habe nie darüber nachgedacht.»

«Ich schon», meinte Akiko. «Ich habe darüber nachgedacht. Aber ich weiß es auch nicht.» Sie drückte Tomokos Hände und ließ sie dann los. «Ich weiß nicht, ob ich wirklich in Amerika bleiben werde. Vielleicht komme ich zurück, wenn sie geboren ist. Aber auf jeden Fall kannst du ihre Tante sein.»

«Das würde mir gefallen», sagte Tomoko und verließ hinter Akiko das Bad.

Am ersten November ging Akiko zur Bank und hob von ihrem gemeinsamen Konto genau zwei Drittel des Geldes ab. Einen Teil davon tauschte sie in amerikanische Währung um, gut fünftausend Dollar insgesamt; das sollte ihr für den Anfang reichen, dachte sie. Dann ging sie nach Hause und bestellte für den folgenden Morgen ein Taxi.

Am zweiten November fuhr sie mit dem Taxi in die Stadt, bis zum City Terminal Hakone. Das kostete mehrere hundert Dollar, aber sie wollte kein Risiko eingehen und ihre schweren Koffer in Züge und U-Bahnen schleppen. Beim City Terminal half ihr der Fahrer, die Koffer zum Check-in zu tragen. Dann, nur mit einem kleinen

Rucksack und dem CD-Walkman als Handgepäck, bestieg sie den Komfortbus zum Flughafen Narita. Sie nahm ganz hinten Platz. Dann sah sie in der Außentasche ihres Rucksacks nach, ob das Flugticket und ihr Paß auch wirklich dort waren. In dem Paß lag sorgsam gefaltet ein Fax. Jetzt nahm sie es auf und las zur Beruhigung noch einmal den letzten Satz. «P.S. Wenn ich Ihnen in irgendeiner Weise helfen kann ...» Sie faltete das Blatt zusammen und verstaute es wieder. Sie würde Takagi-san vom Flugzeug aus anrufen, wenn es zu spät war umzukehren.

Zu spät. Vor Angst zog sich Akikos Herz zusammen, und ihre Handflächen wurden feucht. Was würde Takagi sagen? Takagi war eine Frau, die im Gefängnis gewesen war. Sie war hart im Nehmen. Sie konnte es mit Männern wie John aufnehmen und ihnen widersprechen. Abgesehen davon wußte Akiko sehr wenig von ihr. Was, wenn Takagi ihr nicht helfen wollte, wenn sie John anrief oder sie wegschickte? Das hatte sie sich nicht überlegt. Aber jetzt war es zu spät. Sie lehnte sich zurück und setzte den Kopfhörer auf. Es gab Zeiten, in denen es eindeutig besser war, nicht nachzudenken.

Tony Joe White sang, als sich der Bus über die Rampe auf das Gewirr von Kleeblattkreuzungen wand, die das Herz Tokios durchzogen. Direkt vor dem Busfenster, am Rand der Böschung, rahmten die Bürohäuser die Schnellstraße wie die hohen Felswände einer engen Schlucht ein. Sie waren so nah, daß Akiko glaubte, die Fassaden mit den Fingern berühren zu können. Während der Bus langsam an ihnen vorbeifuhr, sah sie durch die endlosen Reihen identischer Fenster in die grell neon-beleuchteten Räume, in denen mit Akten überhäufte Schreibtische gedrängt nebeneinanderstanden und Angestellte in dunkler Bürotracht über den Tischen kauerten oder von einem zum nächsten huschten.

Der Anfang einer klagenden Melodie, gespielt von Tony Joes leiser, langsamer Gitarre, ließ Akiko erschaudern. Es war ihr neues Lieblingslied, und sie hatte den Text genau studiert und einzelne Wörter nachgeschlagen. Tony Joe fing zu singen an.

Taking the midnight train,
taking the midnight train ...

Im Mitternachtszug... Als sich der Bus in die enge Kurve der Auffahrt legte, ruckelte er, als würde er mit der Musik mitgehen. Es war kein Zug um Mitternacht, dachte Akiko, aber genauso gut. Sogar besser. Weil der Bus zum Flughafen fuhr.

> I can't stand this pain,
> I just cannot stand this pain...

Daß sie den Schmerz nicht ertragen konnte – früher hatte das gestimmt. Jetzt nicht mehr.

> To have somebody hurt me for no reason
> For no cause
> For no cause...

Das würde sich nie ändern, daß jemand einem grundlos weh tun konnte. Das, was gewesen ist, kann man nicht ändern, dachte Akiko. Aber die Zukunft... Immer höher wand sich der Bus die Rampe hinauf, bis die Brückenauffahrt in die Schnellstraße überging und zur Stadt hinausführte.

> Then one night she packed her bags
> And left without a word,
> And I guess I'll never know the reason why...

Bei dieser Stelle lächelte Akiko. Eines Abends die Koffer zu packen und keine Zeile zu hinterlassen, so daß er nie den Grund erfahren würde... Endlich hatte sie etwas getan – etwas, das den Frauen in Tony Joes Songs würdig war. Ihr gefiel der Gedanke, daß John nie den Grund erfahren würde, daß sie in diesem Augenblick in unterschiedlichen Richtungen unterwegs waren und daß ihre Wege sich in ein paar Stunden in der Luft kreuzen würden, irgendwo, so überlegte sie, mehrere tausend Meter über der gefrorenen Tundra Alaskas.

12. *Jahresende*

SHONAGON

Was nah, doch fern ist

Das Paradies.
Der Weg eines Bootes.
Der Abstand zwischen einem Mann und einer Frau.

CHRIS MARKER

Ich erinnere mich an den Monat Januar in Tokio, oder vielmehr erinnere ich mich an die Bilder, die ich im Monat Januar in Tokio drehte. Sie haben meine Erinnerung ersetzt. Sie sind meine Erinnerung. Ich frage mich, wie Menschen, die keine Filme, Fotos, Tonaufnahmen machen, sich erinnern. Wie ist es der Menschheit gelungen, sich zu erinnern?

Chris Marker, *Sans Soleil*

JANE

Zuerst zitiere ich Chris Marker, den angesehenen Filmemacher, der auch Shonagon sehr bewundert. Beim Schneiden muß ich viel an ihn denken. Dann berichte ich Ihnen, daß die an einem Bein aufgehängte tote Kuh sich dreht, blutleer, aber noch immer tropft es aus der mundähnlichen Wunde, die in ihrem Hals klafft. Dann, wie als Antwort auf ein überirdisches Stichwort, pulsiert die Wunde muskulös, und eine leuchtendrote Fontäne spritzt vom Boden in die Höhe. Die Wunde öffnet sich, legt ihre Lippen um den dicken roten Strahl und saugt das Blut gierig auf. Wenn alles Blut verschwunden ist, schließt sich der Mund, die Lippen versiegeln sich – gesättigt, nahtlos. Die Kuh schlägt verängstigt um sich, ist aber wieder ganz. Voller Leben.

Ich mach es noch mal. Und noch mal. Drehe am Knopf, lasse die Kassette vor- und zurücklaufen, fahre mit dem Finger über die Schwelle zwischen Leben und Tod, immer und immer wieder, als ob es einen Trick gäbe, in dem ich es mit genügend Übung zur Meisterschaft bringen könnte. Leben in einen Körper zurücksaugen. Manchmal weine ich, wenn ich daran denke.

Gestern abend kam die Polizei. Die Leute über mir hatten sich über Schreie beschwert.

«Die Frau sagte, es klingt, als würden hier unten Tiere abgestochen werden oder so», erklärte der eine Polizist.

«Ja», stimmte ich zu. «Sie hat recht.» Ich zeigte ihm und seinem Kollegen die Szene. Es waren zwei große, stämmige Polen aus Long Island. Wie alle Polizisten in der Lower East Side fahren sie jeden

Tag hierher, um bei den Schwarzen und den Latinos nach dem Rechten zu sehen.

«Wie können Sie sich das anschauen?» fragte er und verzog sein Babygesicht.

«Ich weiß nicht», antwortete ich achselzuckend. «Wie können Sie das essen?» Ich spulte das Band zurück und saugte die Schreie mitsamt dem Blut in den Hals der Kuh zurück.

«He, das ist ja super», sagte der Kollege. «Wie wenn man Gott spielt oder so.» Er schüttelte den Kopf, wurde plötzlich ernst. «Ich kann Ihnen sagen, manchmal würde ich mir echt wünschen, das auch zu können.»

«Ja», stimmte ich wieder zu. «Ich auch.»

Ich war mit festen Entschlüssen aus Quam zurückgekommen. Ich würde mein Video schneiden. Das würde meine Unzulänglichkeit, meine Fehler, meine Trauer aufheben. Aber die Trauer sitzt zu tief, und das Schuldgefühl ist zu absolut.

Es kostet sechshundert Dollar pro Woche, den schäbigen Schneidetisch und den Monitor zu mieten. Ich hatte von allen Beta-Masterbändern VHS-Arbeitskopien überspielen und mit einem Timecode versehen lassen. Ich habe gerechnet, die Kosten für den Schnitt des Sendebandes kalkuliert und weiß, daß ich am Ende des Monats pleite sein werde. Wenn ich es überhaupt schaffe, etwas einem Film ähnliches zu schneiden. Bis jetzt habe ich die Kassetten nur immer wieder vor- und zurückgespult, die Bilder immer wieder über den Monitor laufen lassen, bis sie die Erinnerung ersetzen, bis nichts existiert außer dem, was auf dem Schirm zu sehen ist.

Aber nachts steigen unterdrückte Bruchstücke an die Oberfläche. Ich spulte zurück, träume, daß das Kind lebt; ich spüre, wie es gegen meinen Bauch stößt. Der Körper erinnert sich.

In der Wohnung ist es kalt. Ich spiele mit Mas Nickel, rufe Sloan an. Nur der Anrufbeantworter. Ich wähle seine Handynummer. Nichts. Ich lege auf, spreche nicht auf Band.

Ich beobachte Rose beim Schlafen, folge der Kamera (mein Auge), die wie ein Ersatzfinger über ihre babyweiche Haut fährt. Bauch, Rippen... Bunny hebt das T-Shirt hoch.

Ich rufe Bunny an, spreche mit John.

«Bunny ist mit dem Mädchen für 'ne Weile nach Texas gefahren», erklärt er mir. «Zu ihren Verwandten. Sagte, sie und Rose bräuchten mal 'ne Luftveränderung.» Er räusperte sich. «Tut mir wirklich leid, was passiert ist», sagt er abschließend.

Gut, das nehme ich ihm ab. Ich bin zu folgendem Ergebnis gekommen: John ist ein anständiger Mann, dem viel leid tut und der sich an der unmenschlichen, mechanischen Massenschlachtung und am Verderben seiner eigenen Tochter beteiligt. Sein Sohn Gale ist ein gefährlicher Narr, obwohl einige seiner Ansichten über die Wiederverwertung von Futtermitteln ökologisch sinnvoll sind, so unappetitlich sie sich auch anhören. Natürlich ist manches von dem, was er sagt, absoluter Unsinn. Und einige seiner Vorgehensweisen – Hormondepots und das Verfüttern von Eingeweiden an Kühe – könnten sogar tödlich sein. Nichts ist einfach. Es gibt viele Antworten, von denen keine richtig, aber manche eindeutig falsch sind.

Ich rufe wieder bei Sloan an und hinterlasse eine Nachricht. Immer noch keine Antwort.

Ich beobachte, wie Bunnys Hand Rosies Locken streichelt. Das Zimmer ist dunkel und stickig, eine Atmosphäre der Heimlichkeit. Der unstete Strahl des Reportagelichts tastet über Bunnys Gesicht, beleuchtet es wie eine Taschenlampe. Ich stelle ihr Fragen: *Wann ist es Ihnen zum ersten Mal aufgefallen? Warum haben Sie nichts unternommen?* Sehe, wie ihre Augen, geübt im Ausweichen, unsicher zur Seite wandern. Aber dann gibt sie sich einen Ruck und hebt den Kopf. Sie blickt in die Kamera, konzentriert sich: Wie ein Strahl begegnet sie meinem Blick, erzählt mir alles. *Geheimnisse sind wie Gespenster*, sagt sie. *Es ist, als würde man mit Gespenstern leben …*

Die Worte verfolgen mich, legen meine Scham und mein Grauen bloß, die wie Abszesse wuchern.

Namen tauchen auf, hallen wie ein Refrain im Raum wider. Meine Litanei heißt: *Suzie Flowers. Helen Dawes. Lara, Dyann.*

Es ist kalt in der Wohnung, aber ich friere und schwitze. Ich verliere den Halt. Ich habe seit einer Woche nicht mehr gebadet oder die Kleider gewechselt.

Gespenster brauchen eine Zeremonie. Wie die kleinen Kinder, sie bekamen einen Namen und wurden auf Cemetery Hill beigesetzt.

Name ist allererstes. Name ist Gesicht, das man zeigt der Welt.

«Schwangerschaftsprodukt» war der Name meines Kindes, bevor es in den Verbrennungsofen geworfen wurde.

Mein Sohn. Er hatte ein Gesicht, einen Penis, er lutschte am Daumen – noch ein oder zwei Wochen, und er hätte in meiner ungastlichen Gebärmutter die Augen öffnen können.

Noch ein oder zwei Wochen, und er hätte außerhalb meiner Gebärmutter überleben können.

Das Telefon klingelt. Ich laufe hin, stoße es vom Tisch. Krieche über den Boden, um es wieder aufzuheben. Während ich mit gespreizten Beinen dasitze, höre ich: *«Takagi-san? Akiko desu. Ueno Akiko desu.»*

Eine Frauenstimme, gedämpft, körperlos. «Wer...?»

«Ich bin Akiko... Ueno», sagt sie, ist jetzt deutlicher zu hören.

«Akiko?»

«Es tut mir leid, Sie zu stören...»

«Was ist los? Ist etwas passiert?»

«Nein, aber...»

«Ich kann Sie kaum hören. Wo sind Sie?»

«Es tut mir leid, Sie zu stören, Takagi-san», sagt sie und spricht lauter. «Aber in Ihrem Fax... Sie sagten, ich könnte Sie anrufen... wenn ich Hilfe brauche...? Ich rufe Sie aus einem Flugzeug an.»

«Flugzeug? Welches Flugzeug? Wo sind Sie?»

Es folgte eine Pause. «Ich glaube... über Alaska.»

Rund sechs Stunden später stand sie vor meiner Tür, dann in meinem Wohnzimmer. Es war ungemütlich, weil ich alle Möbel weggeräumt hatte, um Platz für den Schneidetisch zu machen. Ich holte einen Stuhl aus der Küche, und sie setzte sich neben den Monitor, auf dem das Bild von Bunny zu sehen war, wie sie auf dem Zaun hockt. Es war eine witzige Gegenüberstellung.

Akiko war genau so, wie ich mir Uenos Frau vorgestellt hatte. Klein, zart und verängstigt.

«Ich habe ihn verlassen», hatte sie mir im Taxi vom Flughafen zu meiner Wohnung erzählt. Jetzt machte ich ihr Tee und fragte sie nach dem Grund.

«Er hat mich geschlagen», sagte sie nur. «Oft. Und mich getreten. Aber daran habe ich mich gewöhnt.» Sie sprach ruhig, verwendete das höfliche Japanisch und blickte unverwandt auf ihre Hände, die sie im Schoß gefaltet hatte. «Dann hat er etwas gemacht, was verkehrt war. So hätte er seine Frau nicht behandeln dürfen.» Sie sah mich an. «*Totemo yurusenai*. Das kann ich ihm nicht verzeihen.»

Ich nickte. Ich hatte keine Ahnung, wovon sie sprach. «Weiß er, wo Sie sind?»

«Nein. Ich bin weggelaufen. Er ist in New York gewesen. Er sprach davon, daß er die Sendung schneiden mußte?»

Ich verzog das Gesicht. «Ja, er hat mir die Sendung weggenommen.»

«Das tut mir leid. Ich dachte, ich könnte Sie vielleicht rechtzeitig warnen...»

«Das haben Sie auch», sagte ich. «Es gab einen Unfall.»

Sie machte ein besorgtes Gesicht. Das war lieb von ihr. «Haben Sie sich weh getan?» fragte sie.

«Ja», antwortete ich achselzuckend. «Aber es wird schon besser.» Ich lächelte sie an. «Und vielen Dank. Zumindest haben wir's versucht.»

Schüchtern lächelte sie zurück, dann sah sie auf die Uhr. «Jetzt ungefähr sollte er in unsere Wohnung kommen.» Nun hatte ihr Lächeln gar nichts Scheues mehr. «Ich würde gerne wissen, was er denkt.»

«Haben Sie ihm einen Zettel hingelegt?»

«Nein. Nichts.» Sie schwieg, und dann sagte sie stockend: «I packed my bags and left without a word.»

Mit einem Blick auf mich fragte sie, ob sie das richtig ausgesprochen habe. Ich sagte: «Ja.»

«Das ist eine Zeile aus einem Lied», erklärte sie.

Ich holte einen zusätzlichen Futon aus dem Keller und gab ihr Handtücher, damit sie kurz duschen konnte. Dann gingen wir essen.

«Zur Zeit esse ich kein Fleisch», sagte ich ihr. «Hast du etwas dagegen?»

Akiko schüttelte den Kopf. «Ich mußte für John jedes Rezept kochen, das in den Sendungen vorgestellt wurde», meinte sie.

«Wirklich? Sogar den Coca-Cola-Braten?»

«Das war eines der besten», antwortete sie. «Aber eigentlich habe ich Fleisch nie gemocht.»

Wir aßen in einem chinesischen Restaurant ganz in der Nähe der Mott Street, wo der Koch einen Rindfleisch-Ersatz aus Weizengluten herstellt, das er in einer Schwarzbohnensauce ertränkt. Es ist von echtem Rindfleisch nicht zu unterscheiden.

«Was hast du jetzt vor?» fragte ich gegen Ende des Essens.

«Ich will reisen», erklärte sie. «Ich möchte nach Louisiana fahren. Dort will ich hin, seitdem ich deine Sendung über die Familie gesehen habe, die die koreanischen Kinder adoptiert hat. Das war für mich eine der schönsten Sendungen. Ich habe ihr sehr gute Noten gegeben.»

«Danke.» Ich fühlte mich geschmeichelt. «Wenn du willst, kann ich die Beaudroux anrufen. Vielleicht möchtest du bei ihnen wohnen?»

«Das würde mir gefallen.»

«Warum fährst du nicht mit dem Zug? Das ist viel interesssanter. Ich kann dir morgen helfen, die Fahrkarte zu kaufen.»

«Ja, bitte.»

«Und dann?»

«Ich bekomme ein Kind», sagte Akiko mit ihrem scheuen Lächeln.

Der Satz traf mich wie ein Schlag in die Magengrube.

«Ich habe gerade eines verloren», antwortete ich. Ich konnte nicht anders. Die Worte kamen mir einfach über die Lippen.

Akiko zuckte zusammen. «Der Unfall?» fragte sie. Ich nickte. «Das wußte ich nicht. Das tut mir leid», flüsterte sie. Ich schüttelte den Kopf; es gelang mir, gegen die Tränen anzukämpfen.

«Das ist nicht nötig», erklärte ich. «Ich gewöhne mich daran. Ich freue mich für dich. Ist es von John?»

Akiko nickte. «Natürlich», sagte sie. «Er hat mich vergewaltigt. Kurz bevor er nach Colorado geflogen ist.»

Im Verlauf der nächsten drei Tage erzählte sie mir die ganze grauenvolle Geschichte ihrer Ehe und ihres Kampfes mit der Fruchtbarkeit. Und ich erzählte ihr die meine. Wir wanderten jeden Tag durch die Stadt, vom Battery Park bis hinauf nach Harlem und wieder zurück, kreuz und quer über die Insel. Ich machte mir Sorgen, daß die viele Bewegung sie zu sehr anstrengen könnte – sie sah so zerbrechlich aus –, aber sie versicherte mir, daß sie ihr Kind deutlich sehen könnte und genau wüßte, was es tue und was es brauche. Zuerst hielt ich das für eine japanische Redewendung, aber dann ging mir auf, daß sie das ganz wörtlich meinte.

«Sie hat die Anlagen für die Gliedmaßen», sagte sie und schloß die Augen.

Wir waren zu Macy's hineingegangen, um uns kurz aufzuwärmen. Akiko setzte sich neben die Eingangstür auf eine Bank und ruhte sich aus. Ihre Augen blieben geschlossen.

«Jetzt bildet sich gerade ihre Wirbelsäule. Die Knochen scheinen durch die Haut.» Sie öffnete die Augen und lächelte. «Ihr Herz schlägt. Sie sieht aus wie ein Seepferdchen.»

Ihr Blick schweifte an mir vorbei zu den Menschen, die sich geschäftig zwischen den Schals, Gürteln und Accessoires herumtrieben.

«Wenn wir schon hier sind», meinte sie entschuldigend, «könnten wir dann nicht ein bißchen herumgehen? Ich mag Warenhäuser. Ich würde mir gerne alles ansehen.»

Sie fragte mich nach Colorado, also zeigte ich ihr auf dem Schneidetisch einen Teil der Kassetten. Sie hörte interessiert zu.

«So sieht's also aus», sagte ich. «Es ist gutes Material, aber irgendwie kann ich es nicht schneiden. Es ist zu komplex, weißt du? Ich weiß nicht, wie ich eine Geschichte daraus machen soll.» Ich nahm die Kassette heraus und stellte das Gerät aus. «Vielleicht sollte ich es eine Weile liegen lassen und es mir in ein paar Monaten noch mal ansehen ...»

«Du bist völlig anders, als ich mir dich vorgestellt hatte», sinnierte sie und betrachtete mich eingehend. Fast klang sie enttäuscht.

«Du meinst äußerlich?» fragte ich. Es überraschte mich, daß sie sich überhaupt ein Bild von mir gemacht hatte.

«Na ja, das auch. Du bist überraschend groß ...» Sie sah auf ihre Hände. «Ich fürchte, das klingt ein bißchen unhöflich», fuhr sie fort, «... aber ich habe mir dich mehr ... *shikkari shiteru* vorgestellt. Härter. Resoluter.» Sie blickte hoffnungsvoll zu mir auf. «Erinnerst du dich an den Song von Mr. Tony Joe White? Du hast ihn in der Sendung über die Familie Beaudroux verwendet. Er heißt ‹Poke Salad Annie›.»

«Ja, ich weiß ...»

«*A straight-razor totin' woman*... so habe ich mir dich vorgestellt.»

Sie tat mir gut. Als ich sie zur Penn Station brachte, umarmte sie mich scheu und versprach, am Ende des Monats wieder da zu sein. Es tat mir leid, daß sie wegfuhr. Aber als ich mit der U-Bahn in die Stadt zurückfuhr, spürte ich ein freudiges Kribbeln im Bauch. Es dauerte einen Moment, bis ich es deuten konnte, aber dann wußte ich es. Jetzt war ich soweit. Jetzt konnte ich schneiden.

GRACE

Das kleine Holzhaus war sauber und behaglich. Sie hatten die Vorhänge gewaschen und einen Strauß frisch gepflückten Winterjasmin in eine Vase auf die Kommode gestellt. Der Duft stieg in den Kopf. Grace spannte das Laken und legte eine ordentliche Krankenhausecke, dann schüttelte sie die Zudecke auf und breitete sie aufgeplustert aufs Bett.

«Mom!» fuhr Joy auf. Der Ring in der Augenbraue verlieh ihrem breiten, ruhigen Gesicht einen brutalen Ausdruck.

«Was?»

«Du wirbelst den ganzen Staub wieder auf. Ich hab ihn gerade zusammengefegt.» Sie jagte den fliegenden Staubflusen mit dem Besen hinterher. Grace sah ihr zu. Joy ruhte von all ihren Kindern am wenigsten in sich. Vielleicht war das der Grund, warum sie den Ring brauchte – um die ruhige Fassade zu zerstören.

«Entschuldigung.» Grace hielt inne. «Joy, mir ist gerade ein Gedanke gekommen. Hast du dir die Augenbraue piercen lassen, um brutal auszusehen?»

Joy verdrehte die Augen und stützte sich auf den Besen. «Mom, laß mich mit dem Ring in Ruhe, ja?»

«Joy, also wirklich ...!» Grace setzte sich auf die Bettkante. «Du hast es vor über einem Jahr machen lassen, und ich habe nie ein

Wort darüber verloren. Es ist dein Gesicht, du kannst damit machen, was du willst. Ich bin bloß neugierig.»

«Ich hab mich piercen lassen, um dich zu ärgern.»

«Ehrlich?»

«Ja, aber das hat wohl nicht geklappt, oder? Aber mir gefällt's trotzdem. Es sieht gut aus. Exotisch.»

Grace legte den Kopf zur Seite und betrachtete ihre Tochter eingehender. «Exotisch. Exotisch ist gut?»

Joy hockte gerade vor der Kehrschaufel. Jetzt blickte sie auf. «Ja, exotisch ist gut. Und schräg. Das ist echt gut.»

«Deine Eltern sind wohl nicht exotisch, wie?»

«Nee, Mom.» Jetzt lachte Joy.

«Wer ist exotisch?»

«Jane Takagi. Hast du ihre Tätowierung gesehen?»

«Sie läßt dich grüßen, habe ich dir das gesagt? Ich habe ihr von deinem Vorsingen bei der Juilliard Musikschule erzählt, und sie meinte, du sollst sie doch anrufen, wenn du in New York bist. Sie war ziemlich beeindruckt.»

Grace schwieg. Joy hatte den Kopf wieder gesenkt und stieß die Borsten des Besens heftig in die Ritzen zwischen den Dielen, um auch das letzte Staubkörnchen aufzustöbern. War sie ärgerlich, war sie verlegen, oder freute sie sich? Grace wurde aus ihr nicht schlau. Als Jane anrief, hatte Grace sie gebeten, sich um Joy zu kümmern, wenn sie die Woche in New York war, aber wenn Joy das wüßte, würde sie bestimmt wütend werden. Sie mochte es nicht, wenn man sich um sie kümmerte. Aber es war ein perfektes Tauschgeschäft. Jane würde sich um Joy kümmern, und Grace würde sich um Akiko kümmern.

«Wann wird sie hier sein?»

«Akiko? Sie kommt mit dem Zug. Wir holen sie in New Orleans ab. Willst du mitkommen?»

«Weiß nicht. Vielleicht.»

Joy richtete sich auf und leerte die Kehrschaufel in den Mülleimer. «Ich werde in New York ständig auf Achse sein, Mom. Soll ich sie wirklich anrufen?»

«Eigentlich wollte sie dich um einen Gefallen bitten.»

«Wirklich? Was?»

«Sie überlegt, ein Kind zu adoptieren, und würde gerne mit dir darüber reden. Sie hat mich nach meiner Meinung gefragt, aber ich hab ihr gesagt, daß sie sich mit dir darüber unterhalten soll. Du bist die Expertin. Schließlich kennst du dich besser damit aus als jeder andere, und zwar aus jeder Warte...»

Joy wirkte sehr erfreut. «Dann ist doch klar, daß ich sie anrufe. Ich red mit ihr.» Sie schob sich den vollen schwarzen Pony aus der Stirn. «Sie will ein Kind adoptieren? Echt cool.»

JANE

Es war harte Arbeit, mein Fleisch-Video zu schneiden. Es war keine Fernsehsendung, wie ich sie in den letzten Monaten gemacht hatte, sondern ein richtiger Dokumentarfilm, der erste, den ich je gemacht hatte, und er befaßte sich mit einem unheimlich aufwühlenden Thema. Keine Rezepte, kein Gesellschaftsspiegel, keine unterhaltsamen Szenen. Wie sollte ich die Geschichte erzählen?

Informationen über belastetes Fleisch kann man fast überall bekommen, aber die Leuten wollen sie nicht hören. Gelegentlich ist eine Geschichte so spektakulär, daß die Medien sie aufgreifen, aber die Aufregung geht schnell wieder in der Masse der negativen Nachrichten unter, über die wir als Bürger praktisch keine Kontrolle haben.

Wenn uns Wissen auf diese Art vermittelt wird – in Wellen, gehäuft, zwingend –, wird es zum Symbol für unsere Machtlosigkeit, wird zu negativem Wissen, und deswegen verleugnen wir es, regen uns eine Weile darüber auf, bis es dem Bewußtsein entfällt. Ich selbst habe beteuert: «*Ich hab's nicht gewußt!*», aber das stimmt nicht. Natürlich wußte ich von gefährlichen Rückständen im Fleisch, von den widerwärtigen, gesundheitsschädlichen Methoden der Agrarindustrie, vom Regenwald, der gerodet wird, um Platz für die Rinderzucht zu schaffen. Vielleicht wußte ich nicht viel, aber ein bißchen. Genug. Aber ich brauchte einen Job. Und als mir *My American Wife!* angeboten wurde, ignorierte ich dieses Wissen. «Ignoranz». In diesem Sinn ist Ignoranz ein willentlicher Akt, eine Entscheidung, die man immer wieder trifft, vor allem, wenn man von der Information überwältigt wird und Wissen als Synonym für Ohnmacht steht.

Ich sehe diese «Ignoranz» weniger als ein persönliches Versagen, sondern eher als einen allgemeinen kulturellen Trend, ein Beispiel für Doubling, für psychische Betäubung, die typisch ist für unser ausgehendes Jahrtausend. Wenn wir unser Wissen nicht in Handeln umsetzen können, dann können wir ohne Ignoranz nicht überleben. Deswegen kultivieren wir sie, stilisieren sie sogar. Im Fernsehen und in Hollywood, wo die pseudo-dumme Ästhetik hochgehalten wird, kann es um nichts anderes gehen. Da wir von den Medien laufend mit schlechten Nachrichten versorgt werden, leben wir in einem Zustand ständiger unterdrückter Panik. Das negative Wissen lähmt uns, und der einzige Ausweg besteht darin, uns dumm zu stellen. Ignoranz wird zu Stärke, weil die Menschen nur mit ihrer Hilfe weiterleben können. Dummheit wird proaktiv, eine politische Aussage. Unsere kollektive Norm. Möglicherweise spricht mich das auf individueller Ebene frei, aber als Medienfrau bin ich absolut schuldig. Deswegen war es harte Arbeit, mein Fleisch-Video zu schneiden. Es war keine Fernsehsendung, sondern nur die Großmästerei mit den zwanzigtausend Rindern und Gale, der von Futtermittel- und Medikamententechnologie spricht; die Arzneimittel in der Futteranlage und Rosie mit ihrem grellblauen Wassereis; die Cowboys, die Depots einpflanzen, und der abgegangene Kalbfötus; das Schlachthaus und der Behälter mit hormonverseuchten Lebern, die eine zähe, gelbe Flüssigkeit absondern; und Bunny, die über die schlafende Rose spricht. Als ich den Film geschnitten hatte, wußte ich immer noch nicht, was ich damit tun würde. Wer würde sich so etwas schon ansehen wollen? Doch, Bunny zum Beispiel. Ich verpackte eine Kopie des Films und schickte sie ihr. Dyann und Lara. Sie bekamen auch eine. Und Sloan.

AKIKO

Der Zug überquerte Lake Pontchartrain auf einer niedrigen, schmalen Brücke. Die Gleise verliefen fast direkt über dem blauen Wasser, und der See erstreckte sich zu beiden Seiten so weit das

Auge reichte, so daß Akiko das Gefühl hatte, sie würde in einem verwunschenen Zug sitzen und über das Meer gleiten.

An der Grenze von Louisiana fuhr der Zug wieder nach Norden, durch *Mississippi*, *Alabama*, *Georgia*, *die Carolinas*. Während Akiko zum Fenster hinaussah, flüsterte sie die Namen des tiefen Südens vor sich hin und paßte die Silben dem Rhythmus des Zuges an. Kein Wunder, daß die Menschen Lieder über dieses Land sangen: tiefblaues Sumpfland in Nebelschwaden gehüllt; riesige Felder mit Tabak, Baumwolle und Weizen, die in den Horizont übergingen und größer und amerikanischer waren als alles, das Akiko bislang gekannt hatte.

Wenn der Zug sich einer kleinen Stadt näherte, kündigte sich der Ort mit einer Ansammlung von Holzverschlägen rechts und links der Gleise an, wo Männer und Frauen auf verfallenen Veranden saßen und Kinder auf der Straße spielten. Räudige Hunde liefen umher, und gelegentlich erspähte Akiko ein Huhn, das in einem Hinterhof im Kies neben einem Autowrack pickte. Auch die Autos, die auf der Straße parkten, waren alt und verrostet, ebenso wie viele, die die ungeteerten Straßen entlangfuhren. Akiko hatte noch nie ein verrostetes Auto gesehen. Mit einem Schock wurde ihr bewußt, daß die Menschen, die hier lebten, arm waren. Sie hatte sich nie vorgestellt, daß es arme Amerikaner geben könnte. Früher vielleicht, oder im Film, aber nicht jetzt. Nicht in dieser Zeit. Nicht im wirklichen Leben.

Viele der Orte waren zu klein, um einen Bahnhof zu haben, aber in den größeren hielt der Zug an. Die meisten der ein- und aussteigenden Passagiere waren schwarz. Familien, die große Taschen und Koffer mit kaputten Schlössern schleppten und viele Kinder hatten. Ein paar einzelne Männer und Frauen, die nach Hause fuhren, oder vielleicht auch von zu Hause wegfuhren. Akiko versuchte, sich das vorzustellen. Diese Leute waren unterwegs, saßen im Zug, auf der Suche nach dem glücklichen Leben.

Jetzt war es Zeit. Sie war in der achten Woche, und ihre Brüste kribbelten. Es war Zeit, sich ein Zuhause zu schaffen. Seltsamerweise hatte sie in den ersten Wochen keinen Augenblick lang Übelkeit verspürt, sondern nur ein mehr oder minder ständiges Wohlgefühl, das sie vom Moment der Empfängnis an in Wogen überflutet hatte. Ashley Beaudroux hatte Akiko erzählt, ihr sei morgens immer schrecklich schlecht gewesen. Mittlerweile war ihr Sohn acht Monate alt, ein pummeliger, blonder, quirliger Junge, der beim Essen bewundernd von Schoß zu Schoß, von Tante zu Onkel gereicht wurde. Eine ausgelassene Familie. Sie waren authentisch, genau so, wie Akiko sie im Fernsehen gesehen hatte und wofür sie Tausende von Meilen gereist war, um sie leibhaftig zu sehen.

Sie hatte noch nie Mahlzeiten erlebt, bei denen große Teller um den Tisch gereicht wurden, voll dampfendem Kartoffelpüree, Chicorée und Grünkohl und Verns preisgekröntem Kudzu-Hähnchen. Aber die größte Überraschung hatte sie an ihrem letzten Tag erlebt – ein Truthahn! Goldbraun glasiert und prachtvoll, vom ältesten Sohn triumphierend an den Tisch getragen und vor Vern abgestellt, der den Vorsitz führte. Er hatte das Tranchiermesser wie ein Schwert geschwungen, aber bevor er sich dem Vogel zuwandte, hatte er Grace über den langen Tisch hinweg hochleben lassen. Wie eine Königin saß sie am Kopfende, erfüllt von tiefer Zufriedenheit, und nährte sie alle, die ganzen dreizehn Mitglieder der Familie Beaudroux und auch Akiko, wie eine Pfahlwurzel. Hinterher wurde gesungen. Es war Akikos erstes Thanksgiving.

Als Grace erfuhr, daß Akiko schwanger war, bot sie ihr eine Hütte an und drängte sie, bei ihnen zu bleiben und das Baby dort zu bekommen. Es war eine verlockende Aussicht, aber Akiko lehnte ab.

«Wenn du es dir anders überlegst...», sagte Grace. «Du kannst jederzeit zu uns kommen und eine Weile bei uns wohnen.»

Diese Großzügigkeit, die gefühlsmäßige Fülle und Offenheit bei Grace und Vern, überwältigte Akiko. Sie versprach, später einmal wiederzukommen und das Angebot anzunehmen. Es war schön, verschiedene Möglichkeiten zu haben, dachte Akiko, als sie die abwechslungsreiche Landschaft an sich vorbeiziehen sah. Sie hatte nie eine Wahlmöglichkeit gehabt. Jetzt hatte sie zwei.

Die Familien hatten sich geräuschvoll auf ihren Plätzen niedergelassen. Überschäumend vor Tatendrang, stiegen die Kinder auf die Rückenlehnen und stolperten durch die Gänge. Die Eltern schrien ihre Kinder lachend an, packten Spielsachen und Malbücher aus, Decken und Kissen, Spielkarten, Kassettenrecorder und Tüten und Schachteln mit köstlich duftenden Picknicks. Sie kennen diesen

Zug, dachte Akiko. Sie fühlen sich hier zu Hause. Akiko mußte an die Leute vom Land in Hokkaido denken, als sie ein Kind war; sie fuhren ans Meer oder zu einem Kurort mit heißen Quellen und kauften von den Zugmädchen, die ihre Wagen durch die schmalen Gänge schoben und einen am Sitzplatz bedienten, *ekiben*-Schachteln und Flaschen mit heißem Tee und Saké. Bei Amtrak gab es keine Zugmädchen in adretten Baumwolluniformen und Pagenkäppis, die an den Sitzplatz kamen. Auf der Fahrt nach Süden hatte Akiko mehrere Stunden darauf gewartet, daß ein Mädchen erschien, und war mit jedem Kilometer hungriger geworden. In Japan enthielten die *ekiben*-Kartons immer regionale Spezialitäten des Landstrichs, durch die der Zug gerade fuhr, und Akiko hatte sich auf ihre erste Kostprobe der Südstaatenküche gefreut. Aber dann hatte sie herausgefunden, daß es im Amtrak-Zug nur Hot dogs aus der Mikrowelle oder kalte Schinken-Käse-Sandwiches gab und man zum Speisewagen gehen mußte, um sie zu kaufen.

Auf der Fahrt nach Süden hatte der Amtrak-Zugbegleiter ihr das System freundlicherweise erklärt. Der Zugbegleiter auf der Fahrt nach Norden war genauso freundlich, ein drahtiger schwarzer Mann, der über seiner marineblauen Weste eine Schürze trug. Drei Stunden nach der Abfahrt von New Orleans kannte er die Namen aller Passagiere, sogar Akikos, den er «A-KIE-ko» aussprach. Er, so sagte er ihr, heiße Maurice. Jetzt schlenderte er mit einem Besen und einem großen Müllbeutel die Gänge entlang, sammelte Abfälle ein und blieb immer wieder stehen, um mit den Passagieren zu beiden Seiten des Ganges zu reden.

«Ja, Miss A-KIE-ko», näselte er, hockte sich auf die Armlehne und stützte sich auf die Rückenlehne des Sitzes vor ihr. «Ich seh ja, daß Sie nicht aus der Gegend hier stammen. Woher kommen Sie denn?»

«Ich komme aus Japan», antwortete Akiko.

«Waoaoaow! Habt Ihr das gehört?» Er erhob sich und wandte sich an die Fahrgäste, die rund um Akiko saßen. «Die junge Dame hier kommt aus *Japan*!» Er wandte sich wieder an Akiko. «Aber Sie sind doch nicht mit diesem Zug hier von da gekommen?» Alle lachten. Akiko schüttelte den Kopf.

«Das ist aber wiiiirklich eine lange Reise», fuhr Maurice fort und sprach lauter, damit auch die Leute auf den weiter entfernten Sitzplätzen ihn hören konnten. «Also, da kann ich euch allen nur sagen, daß ihr euch bloß nicht beschwert, wie lang diese Fahrt ist und wieviel Stunden ihr schon im Zug sitzt, weil dann schicke ich diese Miss A-KIE-ko zu euch, damit sie euch den Kopf wäscht, verstanden?» Die Leute lachten und verrenkten sich die Hälse, um Akiko anzusehen. Sie lächelten ihr zu, und Akiko lief rot an und lächelte ebenfalls.

«Wissen Sie, mit welchem Zug Sie hier fahren?» fragte er sie.

Sie schüttelte den Kopf. «Wie bitte?»

«Wissen Sie, in welchem Zug Sie hier sitzen?»

«Es ist der Zug nach New York, nein?»

«Tja, das schon, aber der Zug ist noch viel mehr. Das hier ist der Hühnerbeinexpress, Miss A-KIE-ko, und wissen Sie, warum er so heißt?»

Akiko schüttelte den Kopf. Im ganzen Wagen johlten die Fahrgäste und spornten Maurice mit lauten Rufen an.

«Er heißt Hühnerbeinexpress, Miss A-KIE-ko, weil all die armen Schwarzen hier zu arm sind, um gutes Geld für diese gefrorenen Pappkarton-Sandwiches hinzulegen, die Amtrak in seinem noblen *Speise*wagen auftischt, und deswegen müssen die armen Schwarzen sich von zu Hause Brathühnchen mitbringen, stimmt's?» Die Passagiere jubelten. «Wer von euch hier hat denn ein Brathühnchen, damit Miss A-KIE-ko, die von ganz weit weg, von Japan, hierher gekommen ist, mal eins kosten kann? Jetzt zeigt ihr mal, was Südstaaten-Gastfreundschaft ist...»

Kaum hatte er das gesagt, war Akiko von Leuten umringt, die ihr Hühnchenkeulen und Pappteller mit Kartoffelsalat und Kartoffelchips und Essiggemüse und Limonade zum Trinken anboten, und auf Wunsch der Menge ging Maurice zum Kopfende des Waggons, wo er das Lautsprechersystem des Zuges anstellte. Mit ohrenbetäubendem Kreischen und Quietschen erwachte es zu Leben. Dann gab er den Fahrgästen händeklatschend und schenkelschlagend den Background-Chor vor, *Hühnerbein Hühnerbein Hühnerbein Hühnerbein*, während er selbst sang.

Jetzt hört die Geschichte
vom Zug eins-neun.
Hat Jahre auf 'm Buckel,
aber fährt wie 'ne Eins.
Und die Leut, die drin sitzen,
die haben viel Spaß,
im Hühnerbein-, Hühnerbein-, Hühnerbein-Expreß!

Akiko klatschte im Rhythmus des Liedes und sah sich dabei in dem langen Waggon voll singender Menschen um. Das wäre im Zug in Hokkaido nie passiert! Zum zweiten Mal, seit sie Japan verlassen hatte, zitterte sie vor Aufregung. Das erste Mal war beim Thanksgiving-Essen gewesen, und jetzt wieder, sogar noch stärker – als wäre sie irgendwie in einen riesigen Körper eingegangen, der die Funktionen ihres eigenen Körpers übernahm. Jetzt erfüllte er ihr kleines Herz mit dem Überschwang seiner Gefühle, zeigte ihrem straffen Bauch, wie er schwellen sollte, weitete ihr die Brust und pumpte das glückliche Leben stoßweise in ihren Fötus.

Das ist Amerika! dachte sie und klatschte in die Hände, und dann umarmte sie sich selbst vor Freude.

LARA & DYANN

«Lara, geh mal ans andere Telefon!»

Gedämpft konnte ich am anderen Ende der Leitung Lara rufen hören: «Gleich ...», und dann hörte ich ihre Stimme im Hörer: «Ja bitte?»

«Ich spreche mit Jane Takagi», erklärte Dyann ihr. «Sie will wissen, ob wir noch sauer auf sie sind.»

«Oh», sagte Lara.

Das klang nicht gut. Ich hatte ihnen das Fax und die Kassette mit dem Film über sie mit der BEEF-EX Werbung geschickt, aber sie hatten nicht darauf reagiert. Auch nicht auf die Kassette von Bunny und Rose. Ich weiß nicht, warum es mir so wichtig war, freigesprochen zu werden – vor allem von diesen Gespenstern.

«Und, sind wir noch sauer?» fragte Dyann.

«Weiß ich nicht. Was meinst du?»

«Weiß ich auch nicht. Ich meine, es war ziemlich beschissen von ihr, uns hinter unserem Rücken zu *Fürsprecherinnen* der Fleischindustrie zu machen...»

Es war beschissen gewesen, aber das hatte ich schon eingestanden und mich dafür entschuldigt.

«Ja, aber schau doch, wie subversiv wir sein müssen...» Ich glaubte, einen leicht amüsierten Ton in Laras Stimme herauszuhören.

«Wahrscheinlich... aber sie hätte es uns sagen können», widersprach Dyann streng. «Vorher.»

Stimmt. Das finde ich auch. Dafür gibt es keine Entschuldigung.

«Ja, schon. Aber sie hat sich entschuldigt...»

Was hätte ich sonst tun sollen? Ich hatte mich falsch verhalten.

«Ja, aber hat sie das *aufrichtig* gemeint?» Dyanns Stimme wurde wärmer.

«Schwer zu sagen», meinte Lara.

«Tja, das sind diese undurchschaubaren Asiaten...» Jetzt lachten beide.

«Entschuldigung», mischte ich mich ein. «Wenn ihr zu einem Ergebnis gekommen seid, könnt ihr es mich ja wissen lassen...» Sie lachten nur noch lauter. «Wegen eures Filmes haben sie mich fast gefeuert», fuhr ich leicht aufgebracht fort. «Die Werbeagentur hat mir die Hölle heiß gemacht. ‹Sie können keine lesbischen Vegetarierinnen in unserer Fleischsendung im Familienprogramm am Samstagvormittag bringen!› Das haben sie mir gesagt. Es war schrecklich.»

«Tut mir leid, Jane, aber Sie haben's verdient.»

«Ich weiß, ich weiß. Es tut mir leid. Wie oft muß ich das noch sagen?»

«Bis ans Ende Ihres Lebens, würde ich mal sagen. Was meinst du, Lara?»

«Bis ans Ende des Lebens sollte reichen, ja.»

«O.k.» Ich war erleichtert, hatte aber immer noch ein etwas mulmiges Gefühl, also ging ich zum Frontalangriff über. «Haben Sie sich den anderen Film angesehen?»

Schweigen am anderen Ende der Leitung.

«Der Film war bemerkenswert», sagte Lara schließlich.

«Total kaputt», stimmte Dyann zu. «Sehr, sehr aufwühlend. Das hat uns auch davon überzeugt, daß es Ihnen wirklich leid tut.»

Ich seufzte, zum Teil wohl vor Erleichterung. Und vor Reue und vor großer Trauer, die einfach nicht weggehen wollte.

«Was werden Sie damit machen?» fragte Dyann. «Es wird schwer sein, einen Sender dafür zu finden, oder? Ich meine, es ist ziemlich heftig fürs Fernsehen...»

«Ich weiß es noch nicht», sagte ich. «So weit habe ich noch nicht gedacht. Ich warte noch auf Antwort von der Frau, der Mutter. Von Bunny.»

«Ach, das ist ja gut. Sie haben's ihr *vorher* geschickt...»

«Dyann, hör auf», tadelte Lara.

«Ist schon in Ordnung», sagte ich.

«Es muß schwer gewesen sein, den Film zu machen», meinte Lara.

«Er hat mich alles gekostet», antwortete ich, ohne zu überlegen. Dann merkte ich, daß ich nicht darüber reden wollte. «Das ist eine lange Geschichte. Ich erzähle sie euch ein anderes Mal. Aber hört mal, da ist noch was. Wißt ihr noch, daß ich in meinem Fax schrieb, der Grund, warum ich wollte, daß euer Film gezeigt wird, war, weil ich ihn für wichtig hielt und hoffte, daß er in Japan etwas bewirken würde?»

«Ja...» Dyann klang ahnungsvoll.

«Also, das hat er wirklich.» Ich wußte nicht genau, wie ich fortfahren sollte. Es war nicht wie bei der Familie Beaudroux. Bei ihnen war es praktisch eines der zehn Gebote, Fremde in die Familie aufzunehmen, und eine Person mehr fiel kaum ins Gewicht. Bei diesen beiden lagen die Dinge anders. «Äh, ich möchte euch noch was schicken», schloß ich unbeholfen.

«Das hört sich verdächtig an», sagte Dyann. Ihre Stimme klang ominös.

«Eine junge Frau. Eine Japanerin. Ein Fan...» Vom anderen Ende war kaum eine Reaktion zu vernehmen. «Sie ist eine Freundin... eines Freundes... so etwa. Sie hat den Film über euch gesehen und stand eines Tages bei mir vor der Tür und hat nach euch gefragt. Sie ist vor ihrem Mann davongelaufen, der sie ziemlich mißhandelt hat; er hat sie auch vergewaltigt. Auf jeden Fall – sie möchte euch kennenlernen. Ihr wart beide sehr wichtig für sie. Ihr habt ihr Mut gemacht, eine wirklich beschissene Situation zu verändern. Sie möchte nach Northampton fahren...»

«In Ordnung», sagte Lara.

«Lara!» sagte Dyann.

«Wieso?» meinte Lara. «Wir haben ein Gästezimmer. Sie kann bei uns wohnen.»

«Na gut», stöhnte Dyann. «Wie lang will sie bleiben?»

«Das ist das Problem.» Jetzt wurde es wirklich schwierig. «Äh, sie ist schwanger.»

Als Lara aufgelegt hatte, suchte Dyann im ganzen Haus nach ihr und fand sie schließlich am Apparat in der Küche.

«Findest du das wirklich klug?» fragte sie.

Lara lehnte sich an die Arbeitsfläche, legte den Kopf schief und dachte nach.

«Ja», sagte sie dann.

«Also gut.» Dyann zuckte die Achseln und setzte sich an den Tisch. «Weißt du, wenn diese Takagi bei uns anruft, sollten wir in Zukunft ein bißchen vorsichtiger sein. Sie handelt uns ziemlich blöde Situationen ein.»

«Das stimmt», sagte Lara.

«Komisch, oder? Wie jemand plötzlich im Leben von jemand anderem auftaucht. Ich meine, wir haben still und vergnügt vor uns hin gelebt... wie haben wir das verdient, mit ihr geschlagen zu werden?»

Lächelnd schüttelte Lara den Kopf. «Ich weiß es nicht. Aber bislang ist doch nichts wirklich Schlimmes dabei herausgekommen, oder?»

Sie ging quer durch die Küche, stellte sich hinter Dyann und legte ihrer Geliebten die Hände auf die Schultern.

«Mich rührt Akikos Geschichte», sagte sie und drückte Dyann sanft an sich. «Du solltest was über sie schreiben. Die Frau hat Mut. Verläßt ihren Mann, der sie geschlagen hat, kommt nach Amerika, nach Northampton, Massachusetts, um ihr Kind zu kriegen, und nur wegen uns. Nein, wegen dir! *Ich fühle große Trauer für mein ge-*

lügtes Leben. Deswegen ich möchte Sie jetzt fragen, wo kann ich ein glückliches Leben wie schwarze Dame führen? Das bist du, mein Herz, es ist dein glückliches Leben, von dem sie spricht. Ich bin ganz stolz...»

Dyann ergriff Laras Hand und küßte die Innenfläche. «Also gut. Du hast gewonnen. Es ist wirklich mein glückliches Leben, das stimmt.»

JANE

«*Domo arigatoo gozaimashita*», sagte Suzuki mit einer leichten Verbeugung. Oh tat dasselbe.

Sie saßen in meiner Wohnung auf dem Fußboden. Wir hatten gerade gegessen und uns dann den Film angesehen. Die Jungs hatten geschwiegen. Als der Film zu Ende war, schauderte Oh. Suzuki wandte sich an mich.

«Vielen Dank. Ich habe das Gefühl, etwas sehr Wichtiges gedreht zu haben. Ich bin stolz.»

«Was willst du damit machen?» fragte Oh.

«Ich weiß nicht...»

«Ins Fernsehen bekommst du den Film nie, auf jeden Fall nicht in Japan. Er ist viel zu... real.»

«Ja», sagte ich. «Hier ist es auch nicht anders.»

«Wirklich schade. Die Leute sollten so was zu sehen bekommen.»

«Ja.»

Wir gingen zur Parkside Bar an der Houston Street; der Name der Kneipe war ein anachronistischer Tribut an einen Grünstreifen, der schon lange einer Teerdecke gewichen war. Ich sagte den Jungs, ich würde ihnen Drinks spendieren, schließlich sei ich ihnen etwas schuldig, weil sie die Kassetten gerettet und deswegen gelogen hatten und beinahe rausgeflogen waren. Aber sie widersprachen und meinten, sie stünden in meiner Schuld, weil ich eine Reportage gemacht hätte, auf die sie stolz sein könnten – und deswegen *wirklich* gefeuert werden könnten. Und weil ich absolut pleite war, gab ich nach.

«Aber ich warne euch», sagte ich. «Ich bin nicht mehr schwanger. Heute abend will ich richtig trinken ...»

Wir bestellten eine Runde Jack Daniel's und Brooklyn Lager.

«*Jane-chan wa mada wakai* ...», sagte Suzuki und stieß vehement mit mir an. «Du bist noch jung. Du kannst wieder schwanger werden.»

Oh hob sein Glas zustimmend.

«Da bin ich mir nicht so sicher. Allein geht das schlecht.» Suzuki warf mir einen verständnislosen Blick zu. Ich lachte. «Was, habt ihr gedacht, das sei einfach so gekommen? Wie die Unbefleckte Empfängnis? Ich hab mich von dem Typen getrennt, dem Vater.»

Suzuki streckte die Brust heraus und beugte sich zu mir vor. «*Ja, boku wa* ...?» sagte er mit einer betont männlichen Stimme. «Kann ich helfen?»

«*Boku mo* ...!» fiel Oh ein und stieß Suzuki eifersüchtig vom Barhocker. «Ich auch!» erbot er sich eifrig. «Du brauchst den Filmkommissar gar nicht. Das können wir auch.»

«*Baka*!» lachte ich und warf mit einer Handvoll aufgeweichter Partybrezeln nach ihnen. Dann wurde mir bewußt, was Oh gesagt hatte.

«Ihr habt vom Kommissar gewußt?»

«Hältst du uns für dumm?» fragte Suzuki. «Wie hätten wir nicht merken sollen, daß jede Woche derselbe sehr große Mann auftauchte und uns zu folgen schien, von Seattle bis nach Miami? Also bitte.»

«Und wieso habt ihr nie etwas gesagt?»

Suzuki sah mich beleidigt an. «Du wolltest nicht, daß wir von ihm wissen. Wir waren höflich.»

«Ach», sagte ich.

«Was ist denn passiert?» wollte Suzuki wissen. «Wieso habt ihr euch getrennt?»

«Ich glaube, es war die Fehlgeburt», sagte ich, legte den Kopf in den Nacken und leerte den Whiskey in einem Zug. «Er dachte, es sei meine Schuld oder so, aber das weiß ich nicht so genau, weil er von der Bildfläche verschwunden ist. Ich hab keine Ahnung, wo er ist. Er reagiert nicht auf meine Anrufe. Nichts.» Ich hielt das Glas hoch.

«Ach.»

Der Mann am Tresen füllte die Whiskeygläser nach, und wir tranken sie ex und bestellten noch eine Runde. Als wir die Bar verließen, mußten wir uns gegenseitig stützen. Wir gingen zu Saint Mark's und aßen eine Schüssel *ramen*-Nudeln, und dann brachten sie mich nach Hause. Es war Wochenende, es war Nacht, und auf den Straßen herrschte rastloses Treiben. Menschen auf der Suche, die eine unbehagliche Atmosphäre unstillbaren Sehnens verbreiteten.

«Es geht mich ja nichts an», sagte Suzuki, als wir die Avenue A überquerten. «Aber letztes Wochenende hat die Sloan Rankin Band in der Mercury Lounge gespielt.»

Ich blieb abrupt stehen. «Woher weißt du das?»

«Ich hab's in der Village Voice ge...»

«Nein. Der Kommissar. Daß er Sloan Rankin ist?»

«Also wirklich, Takagi», sagte er entrüstet. «Für wie blöd hältst du uns eigentlich? Sloan Rankin ist in Japan ein sehr beliebter Indie-Star. Er macht Werbung für Suntory Dry Bier. Mit seinem Saxophon.»

Am nächsten Tag rief ich in der Mercury Lounge an. Nach einem kurzen Wortwechsel stellte der Geschäftsführer mich zum Inhaber durch, der auch für die Tourneen zuständig war. Rankin, so sagte er mir, sei mit seiner Band auf Tournee.

«Normalerweise reisen sie zu dieser Jahreszeit nicht», fügte er hinzu.

«Wissen Sie, wo sie jetzt sind?»

«Ja, das ist auch seltsam. In den Südstaaten. Kleinere Gigs. Ich war überrascht.»

«Wissen Sie, wo ich die Band jetzt am Wochenende finden kann? Morgen?»

«Ja. Ich glaube, sie sind nach Memphis gefahren.»

Den ersten Abend, den sie allein in ihrer neuen Wohnung verbrachte, ging sie durch die Zimmer, setzte sich kurz auf ein Fensterbrett, lehnte sich gegen eine bloße Wand oder hockte sich in eine Ecke, um einen neuen Blickwinkel zu entdecken. Nicht, daß die Wohnung groß war. Es gab eine Küche mit genügend Platz für einen Tisch, ein winziges Schlafzimmer und ein Wohnzimmer mit einem breiten, tiefen Fenstersitz, von dem aus man auf die baumbestandene Straße blickte. Die Straße hieß «Pleasant». Das gefiel Akiko. In Japan hatten die Straßen meistens nur Nummern.

Dyann und Lara waren großartig gewesen. Lara hatte ihr geholfen, die Wohnung zu finden, und Dyann hatte ihr eine Frauenärztin vermittelt, die ihr helfen würde, das Kind zur Welt zu bringen. Die beiden hatten ihr Töpfe, Geschirr und einen Stuhl geliehen und waren dann mit ihr Einkaufen gegangen, um eine Futonmatratze auf einem Rahmen zu besorgen, der sich zu einer Couch zusammenklappen ließ. Das war schlau und sehr amerikanisch. Während Akiko von Zimmer zu Zimmer wanderte, kam sie zu dem Ergebnis, daß sich dies tatsächlich wie der Anfang zu einem glücklichen Leben anfühlte.

Den Fensterplatz mochte sie am liebsten. Sie hatte zwei dicke Kissen gekauft, eins, um darauf zu sitzen, ein anderes als Rückenlehne. Sie plante, die nächsten sieben Monate nur dort zu verbringen und dick zu werden. Von dem Platz aus würde sie beobachten können, wie der erste Schnee die skelettartigen Äste des Ahorns vor dem Haus bestäubte und dann, im Verlauf des Winters, immer höher wurde. Und wenn später das Wetter wärmer wurde, würde der Schnee schwer werden und vom Schieferdach des Nachbarhauses rutschen und in nassen Massen zu Boden fallen, wo er schmelzen und dunkle, kahle Erde freilegen würde. Und mit dem Ungestüm des frühen Frühjahrs würden rote Schößlinge die Erde von unten durchbohren (dunkel und spitz wie Ärger oder Verlust), und auch das konnte man mit ansehen. Schließlich würden die Tage länger und milder werden, so daß die winzigen Blätter sich zu einem dichten grünen Laubdach entfalteten. Und wenn eine leichte Brise warm zum Fenster hereinwehte, würde es Zeit werden, den Platz zu verlassen und ins Schlafzimmer zu gehen, um eine Tasche zu packen und ins Krankenhaus zu fahren, um ein Kind zu bekommen.

Jetzt probierte sie den Fensterplatz aus, sprang von Zeit zu Zeit auf, um etwas zu holen, so daß es noch bequemer wurde: eine Decke, eine Tasse Tee, Shonagon und auch ihr eigenes Kopfkissenbuch, und schließlich einen Stift und Briefpapier, das sie zuvor beim Schreibwarenhändler gekauft hatte. Sie lehnte sich zurück und sah durch das Fenster in die Dunkelheit hinaus, dann nahm sie den Stift zur Hand.

«Lieber John», schrieb sie. «Ich schreibe Dir, um Dir zu sagen, daß es mir gutgeht. Ich habe dich verlassen und werde nie zurückkommen.» Sie trank einen Schluck Tee. Sie hatte es sich überlegt und wollte ihm jetzt doch schreiben. Sie mußte ihm schreiben, sonst würde es nie ein Ende finden.

> Then one night she packed her bags
> And left without a word...
> And I guess I'll never know the reason why...

Nicht, daß John je ein Lied über sie schreiben würde. Aber der Song war ein Beispiel dafür, wie etwas, das ungesagt blieb, in der Luft hing, wie ein Refrain, der einem einfach nicht aus dem Kopf ging. Akiko hatte sehr viele sehr gute Gründe, ihn zu verlassen, und sie wollte, daß er jeden einzelnen kannte. Erst dann würde sie mit ihm abgeschlossen haben, ein für allemal.

JANE

Speckige Regentropfen verschmierten die Neonreklame auf der Beale Street und sammelten ihr Licht in Pfützen auf dem Teer. Beale Street. Der bloße Name beschwört Blues und Zauber herauf, erinnert an eine Zeit und einen Ort, die in ihrer verlorenen Unverfälschtheit solide wirken und den Kitsch des Hier und Jetzt entlarven. Heutzutage gilt Disney als Inbegriff des Magischen, und dieser Zauber hat die Straßen Amerikas, auf denen richtiges Leben herrscht, wie die Beale Street, die Bourbon Street und den Broadway, in selbstverliebte Schatten ihres früheren, schlechten Selbst verwandelt. An warmen Sonnentagen schlendern Touristen in bedruckten T-Shirts ahnungslos die Beale Street entlang auf der Suche nach dem wahren einstigen Reiz, aber abends, an *diesem* Abend, verschmolzen die wenigen Schwärmer, die sich hinausgewagt hatten und gegen den Regen ankämpften, mit der von Saxophonklängen getränkten Nacht.

Es war Sloans Saxophon. Ich hörte die Melodie schon einige Straßen entfernt und verlangsamte meinen Schritt. An der Ecke blieb ich zögernd stehen. Die Noten zerfetzten die Nacht, waren absolut und unversöhnlich in ihrer Dissonanz. Beinahe wollte ich kehrtmachen, zum Luxus des Peabody mit seinen Enten zurückkehren, aber ich ging weiter und stapfte durch die Pfützen wie ein japanisches Monster, um mir Mut zu machen. An der Tür nahm ich Mas Nickel in die Hand, dann drängte ich mich hinein.

Sloan beherrschte die Bühne. Die Zuhörer waren gebannt. Versunken spielte er einen langen, langsamen Riff. Sein Körper, dünn wie ein Tau, schien sich um sein Instrument zu winden und sich dann, als er das Crescendo herausarbeitete, wundersam zu entrollen. Niemand konnte so aus sich herausgehen wie Rankin. Ich blieb hinten stehen, beobachtete ihn durch den dicken blauen Dunst hindurch, über eine endlose Weite von Rücken und Köpfen hinweg, die wie große, runde Steine wirkten und die ich überqueren mußte, wenn ich zu ihm gelangen wollte. Und plötzlich war mir absolut klar: Ich wollte diese Nähe haben, wieder haben. Ich wollte den muskulösen Mund auf meinen Lippen spüren, die sicheren Fingerkuppen, die meine Knochen streichelten. Als also das letzte Set vorbei war und Sloan sich den Schweiß von der Stirn wischte und dem Publikum den Rücken zuwandte, drängte ich mich rüde durch die Menge, um als erste bei ihm zu sein. Aber als ich näher kam, blieb ich abrupt stehen.

Es waren bereits Mädchen da. So schnell. Schattenhafte Mädchen, ebenso groß wie ich, aber besser gekleidet, wie die, die wir in den Boutiquen in SoHo oder den Gartencafés in L.A. gesehen hatten, deren Talent darin bestand, dazuzugehören, wo immer sie gerade waren. Eine von ihnen gehörte zu Sloan. Knabenhaft, angekränkelt von der Blässe der Jugend, ein Kunstwerk in ihrer Unbeholfenheit. Ich stand da und sah zu, wie sie einen Kuß auf die Wange entgegennahm, sich dann lässig umdrehte und ihm die schlanken Arme um den Hals schlang, seine verschwitzte Locke zurückstrich und ihm auf die Stirn blies. Er schloß die Augen, legte den Kopf in den Nacken und drehte ihn langsam von rechts nach links, damit die Luft aus ihrem Mund ihn überall kühlte.

Vielleicht glaubte ich es nicht. Vielleicht glaubte ich nicht, daß sie echt war, oder er, oder vielleicht war es Mas Nickel, aber als er die Augen wieder öffnete, stand ich hinter ihr, mehr oder minder an ihre Schulter gelehnt, direkt in seinem Blickfeld. Ich hatte keinen Plan gemacht. Ich meine, da war ich, tropfnaß, hohlwangig, mutlos. Keine Konkurrenz. Wenn ich mit dem Mädchen gesprochen hätte, hätte ich ihr genau das gesagt und ihr beruhigend die Hand auf den Arm gelegt. Eigentlich wollte ich die beiden nur beobachten. Die Sache verstehen. Und mich dann aus dem Staub machen. Aber sobald er mich sah, ließ er sie los, ging durch sie hindurch.

Ich streckte die Hand aus. Das verlassene Mädchen beobachtete uns mit verletzten Augen. «Sloan Rankin?» sagte ich mit einer Stimme, die tragen sollte. «Es freut mich, Ihre Bekanntschaft zu machen. Jane Little, Jazz-Kommissarin von Tennessee. Es ist mir ein Vergnügen, Sie und Ihre Band herausragender Musiker hier begrüßen zu...»

Er packte das Gelenk meiner ausgestreckten Hand, riß den Arm hinter meinen Rücken, drehte mich um und stellte sich dicht hinter mich. «Geh», befahl er barsch. Ich wehrte mich, aber er drückte meinen Arm höher zwischen die Schulterblätter, und es tat weh. Er schob mich durch den Raum, der sich allmählich leerte, durch die Tür und in den Regen hinaus. An der Hausmauer ließ er mich los. «Was zum Teufel machst du hier?» fragte er.

Ich stand nur da und rieb mir den Ellbogen. Ich hatte mir keine Antwort überlegt. Ich zuckte die Achseln. «Ich habe beruflich in Memphis zu tun. Da habe ich gehört, daß du auch hier bist.»

«Quatsch.»

«Stimmt.»

Wir starrten uns an. Der Regen war heftiger geworden, und große, dicke Tropfen liefen mir übers Gesicht.

«Sag's.» Seine Stimme war rauh, die Zähne zusammengepreßt, und ich sah, wie seine Kiefermuskeln mahlten.

«Was?» Ich zog die Schultern hoch, hob die Arme, streckte meine Handflächen zum Himmel empor. «Was soll ich sagen?» Ich bemühte mich um Nonchalance.

«Daß es dir leid tut. Sag einfach, daß es dir leid tut.»

«Sloan, es ist zu spät für Entschuldigungen ...»

«Verdammte Scheiße!» Er schlug mit der Faust an die Ziegelmauer neben meinem Kopf. «Scheiß auf Entschuldigungen. Ich will keine Entschuldigung. Ich möcht's nur hören. Ich möchte nur *einmal* hören, daß es dir leid tut und daß du es wirklich meinst. Keine verdammten Entschuldigungen. Keine Erklärungen. Nur einmal, daß es dir genauso leid tut wie mir ...» Ich glaube, er weinte. Ich auch. Ich ließ mich gegen die Mauer fallen und hob die Hände vors Gesicht, dann glitt ich langsam die Mauer hinab, wie ein Mensch, der tödlich ins Herz getroffen wurde.

«Es tut mir leid», schluchzte ich. «Du weißt gar nicht, wie leid ...»

Und plötzlich war er überall um mich, hielt mich umfangen, drückte mich gegen die nassen Ziegelsteine, küßte den Regen. Und mir wurde bewußt, daß ich noch nie so umfangen worden war, noch nie zuvor so gebrochen oder so wiederhergestellt worden war, und es war schockierend, aber bevor ich überhaupt etwas begriff, gingen wir ganz schnell die Straßen entlang, die der Regen in Flüsse verwandelt hatte, um tropfnaß beim massig aufragenden Peabody anzukommen. Im Messinglift nach oben, den mit dicken Teppichen ausgelegten Korridor entlang zur Tür, wo ich nach dem Schlüssel fischte (und mich an das letzte Mal erinnerte, als ich im Peabody vor der Tür gestanden und nach einem Schlüssel gefischt hatte ...), aber bevor ich weiterdenken konnte, schwang die Tür auf und Sloan schob mich hinein, quer durchs Zimmer und auf das große, erlösende Bett.

Es war nicht leicht. Es war nicht, als hätten wir uns geliebt, und eine gigantische Welle wäre über uns hinweggespült und hätte all unsere Sünden und Unzulänglichkeiten mit sich gerissen, obwohl es sich manchmal so anfühlte. Vielmehr mußten wir schichtenweise einen Weg durch Entblößung und Einigkeit aushandeln, aufhören und wieder neu beginnen, Fragen stellen und die Tiefen ausloten. Aber wir schafften es. Tauchten ein, stiegen zu einem Plateau empor, auf dem wir uns ausruhen und tief und befreit durchatmen konnten. Bis der nächste Vorwurf ausgesprochen wurde, ein Zweifel sich regte. Und dann fingen wir wieder an, und so ging es mehr oder minder die ganze Nacht, bis zum Morgen.

Ich zwang ihn aufzustehen. Es war Sonntag, und ich zwang ihn, aus dem Bett zu steigen, sich zu duschen und anzuziehen. Es war nur gut, daß er auf der Bühne immer Anzug und Krawatte trug, denn um acht Uhr sah er manierlich aus. Wir stürzten einen Kaffee hinunter, stolperten zu meinem Mietwagen, und ich fuhr über die Grenze nach Mississippi. Eine Stunde später, kurz vor neun, parkten wir auf dem ungeteerten Parkplatz vor der Harmony Baptist Church und sahen zu, wie Purcell, Miss Helen und die vielen Kinder aus ihrem Auto herausquollen und ihre Nachbarn begrüßten. Dann warteten wir, daß sie uns bemerkten. Als Miss Helen aufsah, meinem Blick begegnete und mich erkannte, spürte ich ihre Verwirrung. Also ging ich auf sie zu und reichte ihr die Hand.

Sie nahm sie, drückte sie, sagte aber nichts.

«Ich bin zurückgekommen, um mich zu entschuldigen.»

Es dauerte eine Weile, aber schließlich sprach sie.

«Sie sagten, Sie würden wiederkommen...», meinte sie und nickte, «...und jetzt sind Sie hier.» Sie streichelte mir die Hand.

«Ich weiß nicht, wie ich erklären soll, was passiert ist...», sagte ich ihr. «Es war nicht meine...»

Sie zog mich zur Kirche, steckte meine Hand unter ihren Arm. «Hinterher kommen Sie zu uns.» Sie bemerkte Sloan. «Ist das Ihr Freund? Bringen Sie ihn mit.» Sie blieb stehen und wartete, bis Sloan zu uns getreten war und ich ihn vorgestellt hatte.

«Du hast mir nicht gesagt, daß wir in eine Kirche gehen», flüsterte Sloan, als Miss Helen eine Freundin auf der Treppe begrüßte.

«Na ja, ich hab nicht gewußt...»

«Takagi, mit Kirchen habe ich nichts...»

«Ich auch nicht. Normalerweise nicht.»

Wir hatten die Tür erreicht, und die kräftige Türsteherin in der weißen Krankenschwesteruniform begrüßte uns. Wir folgten ihr durch die Türen in die Harmony Baptist Church hinein.

«Jetzt weiß ich», flüsterte Sloan, als wir das Schiff entlanggingen. «Das ist ein Trick, und wenn wir am Altar ankommen, steht da ein Typ mit einem Gewehr…»

Ich funkelte ihn an. «Bild dir bloß nichts ein.» Miss Helen hielt noch immer meine Hand und zeigte mir Menschen, die ich bei meinem früheren Besuch kennengelernt hatte und die uns zuwinkten und begrüßten.

«Takagi, wir können heiraten, kein Problem. Ein nettes, kleines Standesamt… aber bitte nicht in der Kirche!»

In genau dem Augenblick spielte die Yamaha-Orgel einen triumphierenden Akkord, und die Stimmen der New Harmony Five schwollen zu «It Remains to Be Seen What He Can Do for Me» an. «Es wird sich zeigen, was Er für mich tun kann.»

«Reg dich nicht auf, Sloan», sagte ich und drückte ihm die Hand, während wir neben Miss Helen Platz nahmen. «Entspann dich und genieß die Musik.»

Januar – Epilog

SHONAGON

Es ist dunkel geworden

Es ist dunkel geworden, und es fällt mir schwer, noch weitere Schriftzeichen zu Papier zu bringen. Auch habe ich meine Schreibpinsel aufgebraucht, und so möchte ich diese Aufzeichnungen abschließen.

In diesem Skizzenbuch habe ich während meiner Mußestunden im Palast, wenn ich gelangweilt in meinem Zimmer saß, alles niedergeschrieben, was ich mit eigenen Augen gesehen und in meinem Herzen gedacht habe. Da ich mich dabei des öfteren lieblos und absprechend über andere Personen geäußert habe, wollte ich meine Aufzeichnungen recht geschickt verbergen; aber dennoch sind sie jetzt ans Licht gekommen…

…Doch was immer die Leute davon halten mögen, es betrübt mich, daß mein «Kopfkissenbuch» bekannt geworden ist.

JANE

Ha!

Da auch ich eine Dokumentaristin bin, kann ich eines mit absoluter Gewißheit sagen – Shonagon will sich nur den Rücken decken. Falsche Bescheidenheit, glauben Sie ihr kein Wort. Aber ich eile mir selbst voraus.

Der Rest meiner Geschichte gehört der Geschichte an. Als Sloan und ich uns in Memphis trennten, wußten wir, daß wir noch einmal versuchen würden, unsere jeweilige Unsicherheit zu einer Zukunft und einer Art Familie zusammenzuschweißen. Wir sprachen darüber, Kinder zu adoptieren. Ich rief Grace Beaudroux an, und sie versprach, mit der Familie nach New Orleans zu fahren, um Sloans letztes Konzert dort zu hören, dann flog ich nach New York zurück, um mir einen Job zu suchen.

Als ich abends nach Hause kam, wußte ich sofort, daß etwas passiert war. Es war kurz nach elf, das Telefon läutete, und jemand hatte Dutzende von Zetteln unter meiner Tür durchgeschoben. Ich watete durch das Papier zum Telefon, und da merkte ich, daß das rote Licht am Anrufbeantworter blinkte; als ich näher hinsah, stellte ich fest, daß siebenundzwanzig Nachrichten hinterlassen worden waren, und die achtundzwanzigste wurde gerade aufgezeichnet, während ich daneben stand und zuhörte.

«Hier spricht wieder Ivan Singer von der Nachrichtenredaktion bei CBS. *Bitte* melden Sie sich bei uns…»

Ich wartete, bis das Gerät wieder betriebsbereit war, dann spulte ich zurück und drückte auf «Play». Ein großer Fernseh-Nachrichtensender nach dem anderen, eine Talkshow nach der anderen bat dringend um meinen sofortigen Rückruf. Darunter waren auch Botschaften auf Japanisch von dortigen Sendern sowie von mehreren europäischen Fernsehanstalten. «Wir haben Ihre Nummer von Mrs. Dunn erhalten», schob beim ersten Anruf jeder seiner Bitte voraus, und dann hieß es weiter: «Wir möchten mit Ihnen über das Material sprechen.»

Schließlich kam eine Nachricht von Bunny.

«Hi, Jane, das tut mir wirklich leid mit diesem Rummel. Ich hab den ganzen Vormittag versucht, Sie anzurufen, aber ich kam nicht durch, weil bei Ihnen ständig besetzt war, also wissen Sie jetzt wahrscheinlich schon, was los ist. Ich will Ihnen bloß sagen, daß der Dokumentarfilm wirklich gut gemacht ist, und danke, daß Sie mein Gesicht und Rosies unkenntlich gemacht haben. Ich war dann doch etwas besorgt, obwohl ich gesagt hatte, es wäre in Ordnung... Und ach ja, ich hab ein paar Leuten Ihre Nummer gegeben. Ich hoffe, Sie haben nichts dagegen.»

Ich stellte die Anklopffunktion aus und rief sie sofort an. Ihr Band antwortete.

«Bunny, gehen Sie ran, hier ist Jane. Bunny, sind Sie da? Hier ist Jane. Jane Takagi-Little. Ich bin's, Bunny...»

«Hi, Jane.»

«Ich dachte mir doch, daß Sie telefonische Gesichtskontrolle machen...»

«Das können Sie laut sagen! Ist das nicht 'ne irre Geschichte?»

«Bunny, was zum Teufel ist denn passiert?»

«Tja, also...» Bunny seufzte. «Es hat mit dem Video mit dem Dokumentarfilm zu tun, das Sie uns geschickt haben. Von Gale und dem Schlachthaus und mir und Rosie...»

«Das habe ich mir gedacht. Was ist passiert?»

«Also, was passiert ist, ist folgendes. Zwei Wochen, nachdem ihr alle weg wart, bin ich mit Rosie nach Texas gefahren, zu einer großen Klinik, und es war genau, wie Sie sagten, eine Art Hormonvergiftung, und sie meinten, das käme von der Mästerei. Hierher wollte ich sie nicht zurückbringen, also hab ich sie bei ihrer Oma in Texas gelassen und bin allein zurückgekommen, um die Sache mit John ins reine zu bringen. Ich hab ihm erzählt, was hier vor sich geht, nicht alles, aber einiges, und er wollte mir nicht glauben. Ich meine, es klingt ja auch wirklich ziemlich verrückt, oder? Und dann kam Ihr Video. Ich hab's mir angesehen...und ihm gezeigt...» Da fing Bunny so an zu kichern, daß sie nicht weiterreden konnte.

«Bunny, was ist passiert?»

«Er ist ausgerastet!» kreischte sie. «Eigentlich ist es gar nicht komisch. Aber ich war so erleichtert, verstehen Sie? Weil er's endlich kapiert hat. Ich mußte ihn zur Mästerei fahren und Gale holen, und dann haben wir ihm das Video gezeigt. Ich werde Gales Gesicht nie vergessen, ganz verkniffen und rosa, als er die Bilder von Rosies Brust und da unten gesehen hat... also, dem Jungen ist ganz anders geworden! Es hat ihm so leid getan, er hat geheult ‹Ich hab's nicht gewußt, Daddy, das mußt du mir glauben, ich hab's wirklich nicht gewußt...›»

«Natürlich hat er's gewußt. Schließlich habe ich's ihm ja erzählt.»

«Das hab ich auch gesagt. Dann hat John ihn dazu gebracht, den Typen hier im Büro vom Landwirtschaftsministerium anzurufen. Und der hat Gale gezwungen, alles zu gestehen. Alles.»

«Alles?»

«Na ja, anscheinend hat er die Rinder mit diesem DES-Zeug gespritzt. Ich weiß nicht, woher er's bekommen hat. Er und 'ne ganze Reihe anderer Farmer hier in der Gegend...»

«Aber ich verstehe immer noch nicht – wie hat die Presse davon Wind bekommen? Und wie hat sie von dem Film erfahren?»

«Also, nachdem Gale dem Typen von dem DES und den Rindern erzählt hatte, hat John ihm von Rosie erzählt. Und dann haben wir Anrufe bekommen, vom Landwirtschaftsministerium in Washington, D.C., und von der F.D.A.; sie wollten Näheres wissen, Genaueres. Anscheinend ist so was schon mal passiert. Auf jeden Fall muß irgend jemand von so 'nem Amt die Sache an die Presse weitergegeben haben, weil keinen Tag später hatte jeder davon gehört, und wir konnten uns nicht mehr retten vor Anrufen von Fernsehsendern und so. Dann hat John in seinem Rollstuhl auf der Veranda gesessen, 'ne Knarre in der Hand, und hat die Reporter verjagt. Keine Bilder, haben wir ihnen gesagt. Klar, Rosie ist sowieso nicht hier, aber das weiß ja niemand. Dann haben John und ich darüber gesprochen, und wir haben uns gesagt, verdammt noch mal, das leiten wir einfach alles an Sie weiter. Weil Sie unsere Gesichter schwarz gemacht haben und so. Das hat John gefallen. Er meint, Ihnen kann man trauen. Sie wissen am besten, wie man mit denen umgeht. Und was Gale und die Mästerei angeht, da hat John die Schnauze voll und findet, daß es Gale gerade recht geschieht.»

«Was soll ich denn tun, Bunny? Was möchten Sie und John denn?» fragte ich hilflos.

«Machen Sie die Sache publik», sagte Bunny. «Geben Sie ihnen Ihren Film. Ach was, Sie haben kein Geld. Verkaufen Sie ihn. Was immer Sie wollen. Das Wichtigste ist, daß die Leute davon erfahren.»

Und das war's. Zwei oder drei Wochen lang gab es einen regelrechten Boom von Futtermittel-Nachrichten. Ich verkaufte Teile des Materials an alle großen amerikanischen Sender, aber auch an Anstalten in Europa und Asien, darunter den Sender in Japan, der *My American Wife!* ausstrahlte. Davon abgesehen erwarben öffentliche Fernsehanstalten in Amerika, England und Japan meine vollständige, fertig geschnittene Reportage. Aber die Leute wollten auch hören, wie es mir gelungen war, den illegalen Hormonring aufzudecken. Ich wurde derart mit Anfragen überschwemmt, daß ich nicht mehr nachkam. Also holte ich Dave Schultz aus Colorado zu mir nach New York, und wir mieteten ein kleines Büro, wo er auf einer Couch schlief. Und da er mit Zahlen und Fakten unheimlich gewieft war, kannte er sich in kürzester Zeit bestens aus und kümmerte sich um alle Anfragen von der Presse.

Kenji rief mich an und sagte, er und Ueno säßen bis zum Hals in der Scheiße. Offenbar war die Sendung für *My American Wife!* mit Bunny Dunn (Regie: «John» Ueno) ein regelrechter Werbefilm für den gesundheitlichen Wert von Rindfleisch, und der Film wurde am selben Tag ausgestrahlt, an dem auch die DES-Geschichte Schlagzeilen machte. Da sich beide Filme vor allem um die Ranch der Dunns drehten, hatte die Presse bald zwei und zwei zusammengezählt. Jetzt hatten die beiden nicht nur den Rindfleisch-Skandal am Hals, sondern standen auch noch im Mittelpunkt einer Medienkontroverse über die Zuverlässigkeit von Fernsehberichten und die Macht von industriellen Sponsoren, Inhalt und Wahrheitsgehalt von Sendungen zu bestimmen.

Die Sache zog aber noch weitere Kreise. Durch das Interview mit Gale über Futtermittel, vor allem seine Ausführungen zu der Praxis, Teile von Rindern an Rinder weiterzuverfüttern, schossen sich die Medien auf bovine spongiforme Enzephalophathie ein und deren Entsprechung beim Menschen, die Creutzfeldt-Jakob-Krankheit. Darüber war erstmals 1986 berichtet worden, als die Krankheit in England identifiziert worden war und den medienwirksamen Namen «Rinderwahnsinn» bekam. Obwohl die Gefahren bekannt waren, fuhr man in Amerika mit der Praxis fort, Wiederkäuer mit Schlachtabfällen zu füttern. Das gefiel den Japanern gar nicht.

Ueno wurde in ein regionales Büro auf dem flachen Land strafversetzt, wo er für lokale Fernsehsender Werbespots über Kurorte mit heißen Quellen und Konferenzzentren machen mußte. Das freute mich sehr. Nur Kenji tat mir leid: *My American Wife!* wurde eingestellt, das Büro in New York geschlossen.

«Na ja, wenigstens kommst du wieder nach Tokio, oder?» fragte ich.

Kenji hörte sich düster an. «Ich werde nie als Regisseur arbeiten dürfen. Nicht nach dieser Sache.»

«Es tut mir leid... aber weißt du, Kenji, es ist ganz anders, als ich es mir vorgestellt hatte. Es macht keinen Spaß, beim Fernsehen Regie zu führen. Man muß zu viele Kompromisse schließen.»

«Ach, ich habe nichts gegen Kompromisse. *Shikataganai*...» Er seufzte tief. «Ach, eines hätte ich beinahe vergessen. Ich habe Suzie Flowers die Kassette geschickt. Es tut mir leid, Jane, aber mir blieb nichts anderes übrig. Sie hat uns alle verrückt gemacht. Aber es hat nichts genützt, sie ruft immer noch jeden zweiten Tag an. Sie will mit dir sprechen. Du mußt etwas unternehmen.»

Das tat ich schließlich und endlich auch. Ich rief sie an.

«Jane!»

«Suzie, es tut mir wirklich leid...»

«Ich habe die Kassette bekommen! Mit dem Film!»

«Ich weiß, es tut mir wirklich leid...»

«Der Film ist großartig!»

«... was?»

«Er ist wunderschön, und so... ich weiß nicht... so *echt*!»

«Echt?»

«Ja, doch. Vor allem der Teil nach dem *Gesellschaftsspiegel*, wo ihr das *boinnggg!* eingefügt habt. Ich meine, genau so hat sich's damals für mich angefühlt. Als ob mir jemand mit 'nem Gummihammer einen Schlag auf den Kopf versetzt hätte oder so.»

«Wirklich?»

«Ja, echt, also habe ich's Fred geschickt. Und Sie werden's nicht glauben... er hat's sich angesehen, und dann hat er's mir zurückgebracht, persönlich! Ich hab die Tür aufgemacht, und da stand er, das Video in der einen Hand, Rosen in der anderen. *Rosen!* Ich konnt's nicht fassen. Und dann hat er mich gefragt, ob wir's nicht noch mal versuchen könnten, und es war wie im Film, so, wie Sie das Ende gemacht haben, mit 'nem dicken Kuß und allem! Das mußte ich Ihnen doch sagen...!»

Und plötzlich – *boinnggg!* –, da war's. Suzie versetzte mir einen Schlag auf den Kopf, und plötzlich verstand ich, wie mein seltsames, abwechslungsreiches Jahr mit Fleisch gelaufen war. Wie Mrs. Bukowsky zum Bürgermeister gesagt hatte: *«Man weiß nie, wer oder was es ist, aber was immer es ist, es ist genau das Richtige zur richtigen Zeit.»*

Ich hatte das Jahr als Dokumentaristin begonnen. Ich wollte die Wahrheit berichten, eine Veränderung bewirken, etwas Bedeutsames tun. Und in gewisser Hinsicht war mir das gelungen: Ich hatte eine kleine, aber wesentliche Information über belastetes Fleisch in Amerika zutage gefördert und dabei möglicherweise einem kleinen Mädchen das Leben gerettet. Vielleicht ist das das Wichtigste an der Geschichte, aber die Wahrheit ist weitaus komplexer.

Mich verfolgt alles – Großes und Kleines, Wunderbares und Jämmerliches –, bei dem die Gefahr besteht, daß es durch die Ritzen fällt und nicht in die Geschichte eingeht. Wie all die Dinge über den Golfkrieg, die im Fernsehen nicht gezeigt, über die nie berichtet wurde.

Und wie Suzies Geschichte, etwas Kleines, aber wunderbar Großartiges. Da fahre ich mit einem japanischen Filmteam nach Iowa, um eine Reportage über eine amerikanische Hausfrau zu drehen, wir verwandeln die Fakten ihres Lebens in reine Fiktion, und jetzt, ein Jahr später, erzählt sie mir, daß die Fakten sich um 180 Grad verändert und sich unserer Fiktion angepaßt haben. Das soll jemand verstehen.

Nach dem Telefongespräch mit Suzie legte ich den Hörer auf, stand an meinem Fenster und sah durch die eisernen Gitter auf die Straße hinaus. Es schneite, und die weißen Flocken deckten den grauen Matsch und die urinverfärbten Wälle aus gefrorenem Schnee entlang der Bürgersteige zu. In der Wettervorhersage hatten sie von einem gigantischen Blizzard gesprochen, einem weiteren «Jahrhundertunwetter». Die Stadt wirkte blitzsauber und weiß.

Man kann es nicht leugnen, dachte ich. In meinem Jahr mit Fleisch war die Wahrheit nicht seltsamer als Fiktion, sie *war* Fiktion. Ma sagt, ich sei weder hier noch dort, und wenn das stimmt, dann muß ich mich damit abfinden. Halb Dokumentaristin, halb Fabulantin – vielleicht muß man manchmal Dinge erfinden, um die Wahrheit zu sagen und am Ende etwas zu bewirken.

Als DES-Tochter kann ich nur hoffen, daß es gut für mich ausgehen wird. Ich weiß nicht, ob ich jemals eigene Kinder haben werde, aber trotzdem habe ich Glück gehabt – die am meisten von fatalem Adenokarzinom gefährdete Altersgruppe ist vierzehn bis dreiundzwanzig, und ich bin noch am Leben. Ich habe überlebt, und zwar in glückseliger Ignoranz. Aber Frauen um die Vierzig sind die zweitgefährdetste Altersgruppe, und beim nächsten Mal habe ich vielleicht nicht so viel Glück.

Ich glaube nicht, daß ich meine Zukunft verändern kann, indem ich ein Happy-End schreibe. Das ist zu einfach und nicht sonderlich interessant. Ich werde mich bemühen, mir eines auszudenken, doch im realen Leben muß ich abwarten und sehen, was passiert. Aber jetzt ist es erst einmal wieder Januar. Wie Shonagon habe ich «über all das berichtet, was mir in der Welt seltsam vorkam», zumindest im letzten Jahr, und über «alles, was ich mit eigenen Augen gesehen und in meinem Herzen gedacht habe.» Doch im Gegensatz zu Shonagon, die in der Heian-Zeit lebte und für die Bescheidenheit, so falsch sie auch sein mochte, ein zwingendes Gebot war, lebe ich am Vorabend eines neuen Jahrtausends. Was immer die Leserinnen und Leser von meinem Buch halten mögen, ich werde es veröffentlichen und mutig ans Tageslicht bringen. So macht man das heutzutage.

Hier ist es also, mein Jahr mit Fleisch. Es war nicht leicht. Aber ich hab's geschafft.

DANKSAGUNG

Mein tiefer Dank gilt:

Marina Zurkow für ihre Risikobereitschaft und Strenge, Cliff Colnot für die richtige Hilfe zur richtigen Zeit, und meinen Eltern, die mich drängten, das zu tun, was mir am meisten Spaß macht.

Arthur Levine, Judy Klassen und Ann Yamamoto, die sorgfältig und ohne Einschränkung für mich lasen; Molly Friedrich für ihr atemberaubendes Tempo, meiner Freundin und Lektorin Carole DeSanti, ohne die es dieses Buch überhaupt nicht gäbe.

Und den Hausfrauen in aller Welt für ihre Weisheit.